COLLECTION FOLIO

Amélie de Bourbon Parme

# L'ambition

## Les trafiquants d'éternité, I

Gallimard

Amélie de Bourbon Parme est historienne et écrivaine. Elle a notamment publié aux Éditions Gallimard *Le sacre de Louis XVII* (2001) et *Le secret de l'empereur* (2015). *L'ambition* (2023) est le premier volet de la saga historique *Les trafiquants d'éternité*, qui retrace le destin d'Alessandro Farnese, devenu pape sous le nom de Paul III.

# ARBRE GÉNÉALOGIQUE DE LA MAISON FARNESE AU XVᵉ SIÈCLE

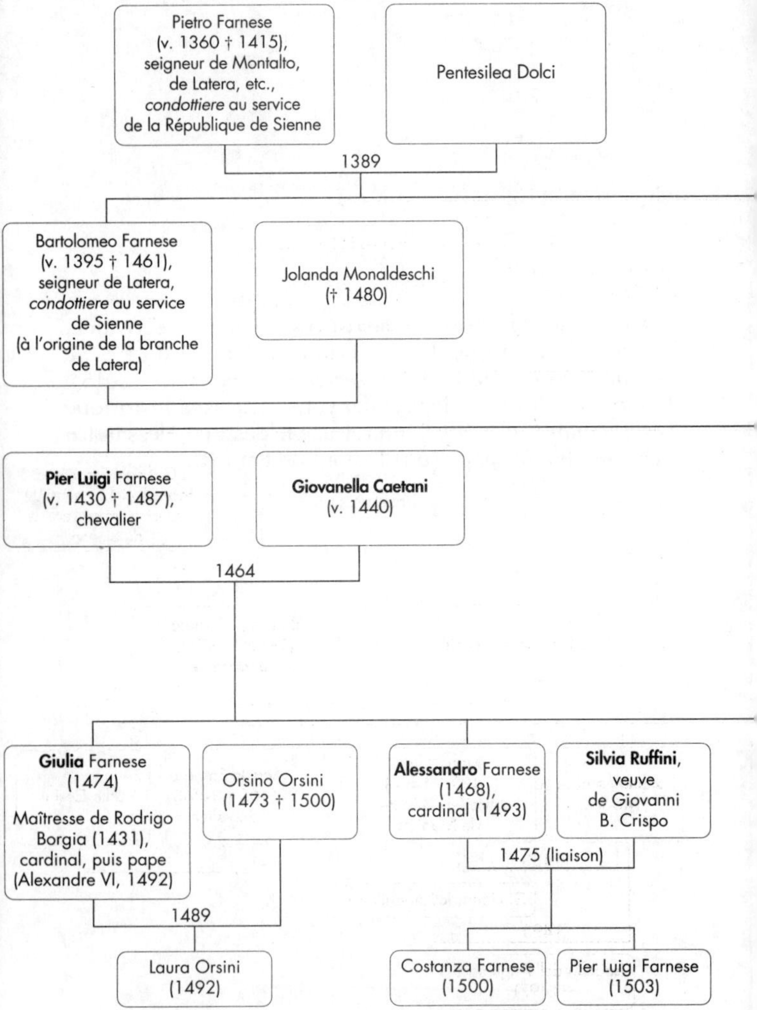

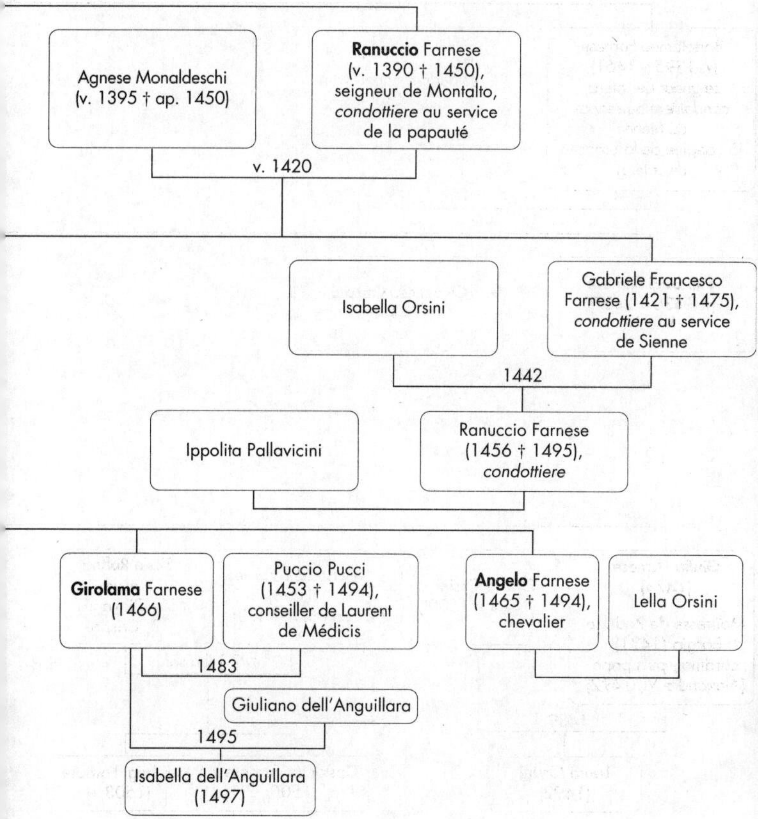
Agnese Monaldeschi (v. 1395 † ap. 1450)
Ranuccio Farnese (v. 1390 † 1450), seigneur de Montalto, condottiere au service de la papauté
v. 1420
Isabella Orsini
Gabriele Francesco Farnese (1421 † 1475), condottiere au service de Sienne
1442
Ippolita Pallavicini
Ranuccio Farnese (1456 † 1495), condottiere
Girolama Farnese (1466)
Puccio Pucci (1453 † 1494), conseiller de Laurent de Médicis
Angelo Farnese (1465 † 1494), chevalier
Lella Orsini
1483
Giuliano dell'Anguillara
1495
Isabella dell'Anguillara (1497)

# Principaux personnages de *L'ambition*

## Alessandro Farnese et les siens

**Alessandro Farnese**, jeune aristocrate, né sur les rives du lac Bolsena, à mi-chemin entre Rome et Florence, écrivain apostolique à la curie. Petit-fils de Ranuccio Farnese († 1450), *condottiere* ayant commandé les armées de l'Église.

**Matteo**, écuyer d'Alessandro et son aîné de quelques années. Il a grandi sur les terres des Farnese.

**Giovanella Farnese**, née Caetani, mère d'Alessandro, issue d'une prestigieuse lignée romaine ayant donné notamment le pape Boniface VIII († 1303). Veuve de **Pier Luigi Farnese**, seigneur de Montalto et de Capodimonte, et sœur de **Jacopo Caetani**, prélat, pronotaire apostolique.

**Angelo Farnese**, seigneur de Valentano, frère aîné d'Alessandro, *condottiere* au service de Ferdinand d'Aragon, roi de Naples, contre la papauté.

**Girolama Farnese**, sœur aînée d'Alessandro et épouse du Florentin **Puccio Pucci**, conseiller de Laurent de Médicis.

**Giulia Farnese**, *la belle Giulia*, sœur cadette d'Alessandro, fiancée à **Orsino Orsini**, seigneur de Bassanello, neveu du cardinal Rodrigo Borgia.

**Francesco Anguillara**, voisin de campagne et ami d'enfance d'Alessandro, d'une famille rivale des Farnese.

**Pomponio Leto**, érudit humaniste, maître d'une académie de lettres classiques à Rome. Alessandro a été son élève.

**Adriano di Castello**, dit Castellesi, prélat incarcéré au château Saint-Ange, dans une cellule voisine de celle d'Alessandro.

**Silvia Ruffini**, libératrice et muse d'Alessandro. Fille de **Ruffino Ruffini**, gentilhomme romain du quartier Colonna, elle achève son éducation au couvent de San Petita dont l'abbesse est sa tante **Francesca Ruffini**.

**Giovanni Battista Crispo**, marchand et banquier, époux de **Silvia Ruffini.**

## Le clan Della Rovere

**Giuliano Della Rovere**, cardinal de Saint-Pierre-aux-Liens, neveu du défunt pape Sixte IV, principal conseiller de son successeur, Innocent VIII, et adversaire du cardinal Borgia. Il est le futur pape Jules II.

**Bartolomeo Della Rovere**, frère du cardinal, gouverneur du château Saint-Ange.

**Giovanni Della Rovere**, seigneur de Sinigaglia, autre frère du cardinal, *condottiere* opposé à Ferdinand d'Aragon, roi de Naples, marié à **Jeanne de Montefeltre**.

**Giovanni Battista Cibo** († 1492), pape sous le nom d'Innocent VIII. Père de **Franceschetto Cibo**, fiancé à Madeleine de Médicis, fille de Laurent.

**Raffaele Sansoni Riario**, cousin du cardinal Della Rovere. Il est cardinal camerlingue, puis vice-chancelier de l'Église sous Alexandre VI.

**Francesco Alidosi**, secrétaire particulier du cardinal Della Rovere.

**Guidobaldo de Montefeltre**, duc d'Urbino et brillant *condottiere*. Sans descendance, il a adopté, et fait ainsi héritier du duché d'Urbino, son neveu Francesco Maria Della Rovere, fils de sa sœur Jeanne et de **Giovanni Della Rovere**.

## La famille Médicis et son cercle rapproché

**Laurent de Médicis**, *le Magnifique*, maître de la ville de Florence, mentor, bienfaiteur et référence d'Alessandro, marié à **Clarisse Orsini**. Ils sont les parents notamment de **Pierre**, fils aîné, et de **Madeleine**, fiancée à Franceschetto Cibo, fils naturel du pape Innocent VIII.

**Jean de Médicis**, fils cadet de Laurent, enfant destiné à devenir cardinal. Il est le futur pape Léon X.

**Jules de Médicis**, orphelin adopté par son oncle Laurent, destiné à l'ordre de Saint-Jean de Jérusalem. Il est le futur pape Clément VII.

**Marsile Ficin** († 1499), philosophe et poète toscan, fondateur de l'Académie platonicienne de Florence, qu'il dirige avec ses disciples, en particulier **Ange Politien** († 1494), professeur de rhétorique latine et grecque, précepteur des fils de Laurent de Médicis, et **Jean Pic de La Mirandole** († 1494), comte de la Concorde, philosophe humaniste. Tous sont des amis d'Alessandro.

**Nicolas Machiavel**, élève de Marsile Ficin, entré dans l'administration florentine.

**Hercule d'Este**, duc de Modène et de Ferrare, allié de la République de Florence et époux d'Éléonore de Naples. Il est père d'Alphonse, fils aîné et héritier, d'**Hippolyte**, destiné à devenir cardinal, d'**Isabelle**, fiancée à **François de Gonzague**, duc de Mantoue, *condottiere* au service du duché de Milan, et de **Béatrice d'Este**, promise à **Ludovic Sforza**, duc de Milan et frère du cardinal Ascanio Sforza.

**Jérôme Savonarole**, moine, prédicateur millénariste.

## Le clan Borgia et ses affidés

**Rodrigo Borgia**, neveu du défunt pape Calixte III, qui l'a fait cardinal et vice-chancelier de l'Église. Amant de Giulia Farnese, il devient le pape Alexandre VI (1492). De son ancienne maîtresse, Vannozza Cattanei, il a eu plusieurs enfants, en particulier **Juan**, futur duc de Gandie et gonfalonier de l'Église, **César** et **Lucrèce** Borgia.

**César Borgia**, destiné par son père à devenir cardinal et archevêque de Valence. Il jalouse son frère aîné Juan et a l'étoffe d'un grand chef de guerre. Ses passions et sa détermination sont sans limite. Il a pour homme de main **Michelotto Corella**.

**Lucrèce Borgia**, adorée de son père comme de César, et du même âge que Giulia Farnese. Elle est au cœur de jeux de pouvoir qui lui feront épouser successivement un Sforza, un Aragon, puis Alphonse d'Este, duc de Ferrare.

**Adriana Mila**, cousine de Rodrigo Borgia et intrigante, mère d'**Orsino Orsini**, seigneur de Bassanello.

**Fiammetta Michaelis**, courtisane réputée attirant le Tout-Rome.

**Francesco Todeschini-Piccolomini**, cardinal. Il devient l'éphémère pape Pie III.

**Giovanni Battista Crispo**, patricien de la ville de Corneto, marchand et banquier à Rome. Son frère, **Vincenzo Crispo**, notaire apostolique, est marié à Lucrezia Savelli.

**Marcello Donati**, maçon latin issu d'une lignée d'assassins.

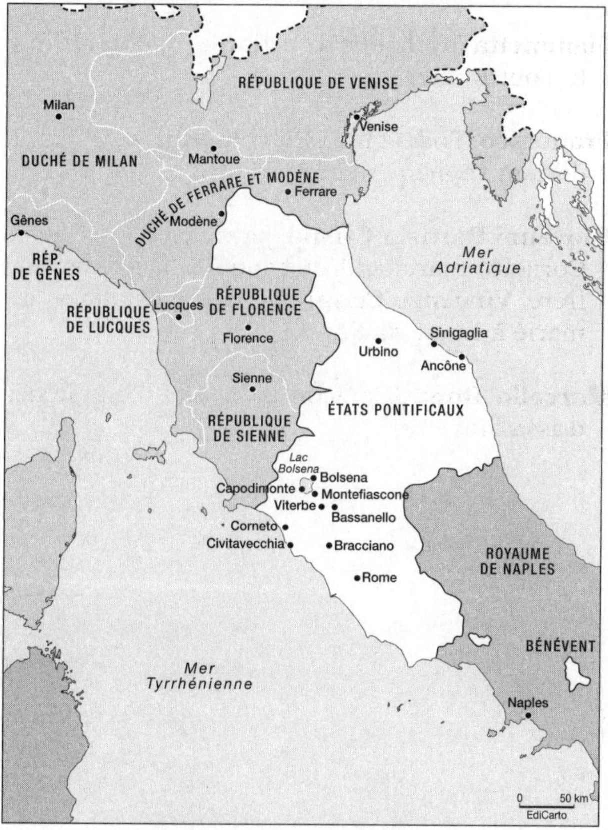


Les États pontificaux à la fin du XVe siècle-début du XVIe siècle

## AVANT-PROPOS

Les événements racontés dans ce livre se déroulent de la deuxième moitié du XVe siècle jusqu'au milieu du XVIe siècle. Après le schisme d'Avignon, et l'exil d'une papauté hors de Rome, le pape Martin V revient en 1420 dans la capitale de la chrétienté. Il y entreprend la reconquête de sa ville et de ses États livrés à la convoitise des seigneurs locaux.

Le reste de l'Italie n'est qu'un vaste terrain de jeu où se mesure l'ambition des princes. Cinq États se livrent une guerre incessante pour agrandir leurs territoires, étendre leur influence, conforter leur légitimité au sein de leur propre clan : le royaume de Naples, le duché de Milan, la République de Venise, la République de Florence et les États de l'Église. Les frontières sont encore mouvantes : tout est possible à celui qui a du talent et du courage.

Les États de l'Église sont l'un des territoires les plus fragiles politiquement car la stabilité du pouvoir y est encore plus menacée qu'ailleurs. Pratiquement à chaque décennie, l'élection d'un nouveau pape bouleverse les équilibres, redistribue les rôles au sein du gouvernement de l'Église, renverse les clans.

Pendant cette période qui précède la Réforme protestante, les évêques de Rome n'ont de cesse de restaurer et consolider leur pouvoir sur leurs États ainsi que leur prestige universel, en s'appuyant sur leurs familles et leurs alliés, souvent aux dépens de leur autorité spirituelle. La vie religieuse n'imposant pas le célibat avant de recevoir les ordres sacrés, la plupart des pontifes ont eu des enfants lorsqu'ils n'étaient que diacres ou débutants au sein des institutions de l'Église. Parfois à la tête d'une famille, ils se comportent comme des souverains et cherchent à donner à leur descendance ou à leurs parents proches un statut digne de leur fonction. À l'image des monarques, la frontière entre leur vie privée et leur vie publique est inexistante.

## *Novembre 1549*

*La nuit enveloppe le palais du Vatican. J'ai ordonné aux camériers de plonger ma chambre dans l'obscurité totale. Je ne supporte plus ces lumières permanentes, ces torches qui brûlent la nuit, ces cierges qui traversent les âmes. C'est une des choses que je n'ai jamais aimée depuis mon arrivée au palais pontifical : la lumière perpétuelle, le jour ininterrompu, la nuit impossible. On voudrait m'environner de ces lampions jusqu'à la mort. Je les soupçonne de vouloir empêcher que le pape s'éclipse dans l'ombre, qu'il se mette à l'abri, de peur qu'il redevienne un homme, livré aux doutes et à la crainte. À défaut de pouvoir fuir vers les rives du lac Bolsena ou d'être veillé ici par Silvia, j'aspire seulement à la pénombre d'un confessionnal, à la simplicité d'une absolution, au dénuement d'une prière.*

*Je n'ai renoncé à rien. Ni au pouvoir, ni à la richesse, ni au savoir, ni à la beauté. Ni à l'amour, ni à ma charge. J'ai laissé à d'autres le soin d'être irréprochables et la folie des regrets. À l'heure de ma mort, j'ai la satisfaction d'avoir défendu les dogmes de l'Église contre les thèses de Martin Luther, restauré l'autorité pontificale, et orienté les travaux du Sacré Collège dans une direction bénéfique pour la chrétienté.*

*Je me suis accompli par l'étude et par l'amour. J'ai établi l'avenir de ma Maison. Je laisse une trace vivante inscrite dans la pierre et dans le sang de ma descendance.*

*Sans les échecs si instructifs des papes mes prédécesseurs, je n'aurais jamais su où poser mes pas, comment éviter les écueils sur lesquels leurs ambitions dynastiques se sont brisées. Leurs excès m'ont inspiré la prudence, si ce n'est la mesure, et la chance a été de mon côté.*

*Mes ennemis ont dressé des obstacles imprévus sur mon chemin, m'ont accablé de libelles et de malédictions, j'ai failli échouer, mais j'ai su parvenir à l'accomplissement dont tant de pontifes avaient rêvé avant moi, sans l'atteindre.*

*À l'heure de triompher, les êtres que j'aime le plus au monde, ceux pour lesquels j'ai bâti depuis tant d'années, m'ont trahi. Ma création et mon succès se sont dérobés pour devenir les leurs. Seigneur, achève de convaincre ton serviteur que la chair de sa chair, en se détournant de lui, parachève son œuvre et lui donne longévité.*

*Si je me confesse aujourd'hui, je dois aussi avouer ma dernière faute, peut-être la plus grande de toutes : je n'ai aucun remords.*

*Est-ce pour me punir de cette absence de regrets qu'à l'instant de mon triomphe ma descendance m'échappe ? Dois-je revisiter mon existence pour connaître le dénouement de ces prochains jours ? Y déceler les causes de cette dernière épreuve, la plus terrible de toutes ?*

*À quelques heures du jugement de Dieu, je souhaite livrer ma vie à celui des hommes.*

*Alors que commence ce récit, je ne suis qu'un jeune ambitieux, nourri de convictions et d'espoirs, aussi obstiné que malléable, aussi indomptable que perméable aux événements, rêvant de gloire et d'aventure.*

# PREMIÈRE PARTIE

# LE CHÂTEAU SAINT-ANGE

*De février à mai 1486*

« Il n'est point de vent favorable
pour celui qui ne sait où il va. »

Sénèque

## *7 mars 1486*

— En prison ?

Un léger frisson avait parcouru le dos du pape qui, maintenant redressé, donnait à voir son visage : des yeux profondément enfoncés dans leurs orbites, des paupières lourdes, un nez long et aquilin, une bouche petite et pincée, le menton fuyant. Son front fortement arrondi était surmonté d'un *camauro* de velours rouge bordé d'hermine, duquel, en dépit de la tonsure, s'échappait une nuée de cheveux blancs. Le regard de Giovanni Battista Cibo, devenu pape sous le nom d'Innocent VIII, vibrait d'une lueur curieuse, vaguement gourmande, entre inquiétude et fascination coupable, l'ivresse d'un pouvoir sans limite. Le château Saint-Ange, colossale tour circulaire, plus haute qu'une église, matérialisait, au cœur de Rome, la puissance temporelle du vicaire du Christ. Ses cachots humides étaient le symbole de l'arbitraire pontifical. Au moment d'apposer sa signature au bas du parchemin le pape hésita.

— Cela est-il bien nécessaire ? continua-t-il en se tournant vers le cardinal de Saint-Pierre-aux-Liens.

Giuliano Della Rovere soupira. Il connaissait les hésitations du pape, ses craintes, ses tâtonnements. Chacune de leurs entrevues était l'occasion d'un nouvel aveu de faiblesse, d'une rémission avant l'heure. Bulle d'excommunication, attribution d'un titre, vente d'un office, lettre d'arrestation : tout était embarras, contournements, tergiversations infinies... Il fit un geste ample et rassurant de la main, comme un berger guidant son troupeau pour franchir un passage escarpé. Il fallait alors laisser parler le silence, se faire plus muet qu'un couloir du Vatican, lever simplement les yeux vers les tapisseries fines et les fresques du palais.

Le pape lui devait son trône et il le savait. Voyant que lui-même échouait à rassembler toutes les voix du Sacré Collège face au cardinal Rodrigo Borgia, Giuliano Della Rovere avait décidé d'aider le cardinal de Sainte-Cécile, Giovanni Battista Cibo, à emporter les suffrages. Un prélat dont la myopie et la timidité rassuraient ses pairs et tout un chacun. Comme on pouvait s'y attendre, cet homme faible, cultivé et doux était dépassé par la charge qu'il occupait. Il échangeait son insuffisance contre une soumission totale aux conseils et à l'autorité du cardinal Della Rovere, établi au Vatican pour mieux le conseiller. Un reste de fierté empêchait cependant le pape de se ranger trop vite à ses recommandations : Innocent VIII exerçait une sorte de liberté transitoire à travers son indécision.

— Votre Sainteté ne peut plus reculer maintenant ! Ces petits seigneurs de Viterbe doivent apprendre ce qu'il en coûte de défier votre autorité.

Le cardinal Della Rovere regardait le pape, les pupilles étrangement dilatées. Comment pouvaient-ils se comprendre ? Le parcours méthodique de Giovanni Battista Cibo au sein de la curie, sa capacité à se rendre indispensable sans susciter de jalousie l'avaient finalement placé en position de favori. Ironie du sort, il n'avait jamais convoité cette charge suprême. Ses deux enfants, Teodorina et Franceschetto, qu'il avait conçus avant de recevoir les ordres, étaient les deux seuls êtres qui suscitaient en lui un peu de passion. Sa vie licencieuse à la cour de Naples lui laissait quelques bons souvenirs sur lesquels il voulait fermer les yeux.

— J'ai pourtant quelques doutes sur la méthode que vous préconisez, mon cher Giuliano…

Depuis qu'il avait été couronné, Innocent VIII s'en remettait totalement à son plus proche conseiller, même si, depuis quelque temps, le cardinal Della Rovere l'effrayait. Il avait une conception virile et belliqueuse de sa charge que trahissaient ses accès de colère, aussi brefs que violents. Della Rovere l'avait ainsi poussé à déclarer la guerre à Ferdinand d'Aragon, le roi de Naples, au prétexte que ce vassal de l'Église refusait de lui payer son tribut annuel. Cette réaction lui avait semblé outrancière comme au cardinal Rodrigo Borgia, adepte de méthodes plus diplomatiques. Il s'était finalement laissé convaincre de profiter de ce conflit pour faire cesser l'anarchie endémique dans les États de l'Église.

Il n'était pas loin de le regretter.

Depuis le début de la guerre, la situation se dégradait : l'armée pontificale, conduite par le gonfalonier Roberto Sanseverino, subissait de nombreuses défaites. Commandée par Virginio Orsini, chef de la puissante famille Orsini et *condottiere* renommé, l'armée du roi de Naples était plus solide que la leur. Elle bénéficiait aussi du soutien de Florence, de Milan et du roi de Pologne. Pour gonfler les effectifs des troupes de l'Église, le cardinal Della Rovere avait fait relâcher tous les criminels de droit commun, contre la volonté du pape. Il s'était improvisé chef de guerre et arpentait les portes et les murailles de la ville pour galvaniser les troupes.

— Ne serait-il pas plus prudent d'arrêter cette guerre qui dure déjà depuis six mois ? Nous n'avons qu'une armée de brigands qui rançonnent et pillent notre ville et ses environs ! reprit encore le pape.

— Certainement pas ! L'honneur et la sécurité de la papauté sont à ce prix, mais aussi le magistère de l'Église qui a trop souffert de notre clémence.

Tout à coup, le regard du pape se fixa sur quelque chose au-dehors.

— Et cette fumée que l'on voit là-bas, qu'est-ce donc ? demanda-t-il, l'air inquiet.

Giuliano Della Rovere tournait ostensiblement le dos à la fenêtre par laquelle on pouvait apercevoir le Monte Giordano. Sur l'une des collines de la ville, le château Orsini était en feu. Le matin même, lors de sa ronde sur les murailles ouest de la ville, le cardinal s'était montré plus véhément que d'habitude. Le peuple déchaîné avait incendié l'immense palais.

— C'est la guerre, Votre Sainteté ! Nous devons être sans pitié ! Les Orsini sont des traîtres.

Le pape tourna à nouveau la tête vers le cardinal.

— Qu'espérez-vous de cette nouvelle arrestation ?

Della Rovere ne parvint pas à dissimuler son agacement ; ils avaient déjà consacré trop de temps à ce sujet mineur qui aurait dû être tranché en quelques secondes. En période de guerre les secondes comptaient pour des minutes. Surtout en ce moment, alors que la situation leur échappait.

— Angelo Farnese a trahi l'Église en rejoignant l'armée de Virginio Orsini contre la nôtre. Son frère sera notre otage jusqu'à ce que les Farnese fassent allégeance. Dans cette guerre, nous ne pouvons tolérer la moindre défection.

Cette explication ne parut pas satisfaire entièrement le pontife : Innocent VIII connaissait l'histoire des Farnese. Dans la première moitié du siècle, Ranuccio, chef de cette lignée et capitaine des armées papales, avait marqué l'histoire de la région par sa bravoure dans la reconquête des territoires perdus autour de Rome après le Grand Schisme. Retirés depuis sur leurs terres, les descendants de ce *condottiere* avaient quelque peu sombré dans l'oubli, en dépit du mariage de l'un d'entre eux avec une Caetani, petite-nièce de Boniface VIII, vingt ans plus tôt. Cette alliance avait redonné un peu de couleurs et de lustre aristocratique à ces seigneurs de second rang.

— Cette famille a pourtant toujours été fidèle à l'Église… Ce jeune homme n'est-il pas le petit-fils d'un ancien sénateur de Rome et capitaine général de l'Église ?

— Leur déloyauté n'en est que plus indigne, siffla Giuliano Della Rovere. Si c'est cela qui vous inquiète, ils n'ont plus aucun appui à Rome. À peine un protonotaire parmi leurs cousins Caetani.

Le pape se retourna brusquement vers le cardinal Della Rovere. Une information importante semblait lui être venue à l'esprit.

— Mais la chancellerie n'a-t-elle pas récemment révoqué la charge d'écrivain apostolique de ce jeune Farnese ? La punition n'est-elle pas suffisante ?

Les joues du cardinal Della Rovere s'enflammèrent comme deux étendards précédant une armée. Dès que l'engagement d'Angelo Farnese dans l'armée de Virginio Orsini avait été connu, il était lui-même intervenu pour que cette charge soit retirée à son frère Alessandro, comme il le faisait désormais pour tous ceux dont la famille manquait à ses engagements.

— Cette mesure n'a pas produit les effets attendus.

Puis, voyant que le pape n'était toujours pas convaincu, il ne put s'empêcher de frapper sur la table.

— Ces petits seigneurs doivent se souvenir d'où ils viennent et à qui ils doivent leur fortune !

Un sursaut de surprise avait fait trembler le corps du pontife jusqu'aux soies du tapis. Cette arrestation n'était pas ce qui l'inquiétait le plus, mais bien la vague de violences et de règlements de comptes qui se profilait. Lors du dernier consistoire ayant réuni tous les cardinaux, une altercation avait opposé son conseiller au cardinal Rodrigo Borgia. Giuliano Della Rovere avait recommandé d'avoir recours au roi de France dans cette guerre pour soumettre le roi de Naples, Charles VIII ayant hérité de la Maison d'Anjou ses prétentions à la couronne napolitaine. Depuis qu'il était l'homme de confiance du pape, Giuliano

Della Rovere ne pensait qu'à prendre l'ascendant sur le collège des cardinaux. Sa haine à l'égard du cardinal Borgia, devenu son principal rival au sein du Sacré Collège, transparaissait dans toutes ses décisions.

Le visage tourné vers la fenêtre, Innocent VIII risqua un seul œil en direction de son conseiller.

— Bien, finit-il par dire, puisque vous y tenez... Faites seulement en sorte que votre propre frère se comporte convenablement... Depuis que je l'ai nommé gouverneur du château Saint-Ange, il se croit lui aussi tout permis... Cet incident qui coûta la vie à Guido Albizzi n'a jamais été éclairci.

En voyant les traits du pape se relâcher, le cardinal sut que le moment était venu. Il lui tendit l'ordre d'arrestation.

— Faites-moi confiance. Vous savez que je n'ai que votre intérêt en tête. Cette arrestation est l'occasion idéale de montrer à tous ces seigneurs qui ne pensent qu'à se rebeller ce qu'il en coûte de défier votre autorité...

Sur l'épaisse feuille de papier présentée au pontife était inscrit en larges caractères le nom d'Alessandro Farnese. En regardant les deux clés surmontées d'une tiare imprimées en relief sur le document, le pape ne put réprimer un sourire de satisfaction. Ce symbole lui remettait toujours les idées en place. Il apposa sa signature et son sceau, souffla sur la cire encore chaude, et tendit l'ordre au cardinal.

— Faites en sorte que l'arrestation soit discrète. Nous n'avons aucun intérêt à faire savoir que ceux qui nous soutenaient autrefois se montrent aujourd'hui déloyaux...

Giuliano Della Rovere ferma les yeux en signe

d'acquiescement suprême, avant de disparaître par la porte qui menait à ses appartements. Sans attendre, il descendit en personne à la salle des gardes pour déposer cet ordre d'arrestation.

*Rome, 15 mars 1486*

Alessandro Farnese chevauchait dans l'obscurité entre les flaques d'eau de la via delle Governo Vechio. Il était minuit passé et la ville semblait déserte. À quelques mètres de lui, la monture d'un autre homme suivait ses pas. Il était rare de voir deux hommes à cheval se promener seuls à cette heure tardive. Il fallait une bonne raison pour traverser sans escorte la Ville éternelle en cette période de guerre. On pouvait craindre de croiser la route de soldats isolés voulant profiter de la confusion pour détrousser de riches seigneurs.

Même en temps de paix, la ville était déchirée par des règlements de comptes entre familles romaines qui entretenaient des *bravi* à leur solde. Ces milices établies dans les quartiers des Orsini ou des Colonna se livraient à toutes sortes de représailles qui se terminaient dans le sang. Il y avait toujours deux ou trois meurtres pendant la nuit, sans que l'on en connaisse jamais les motifs : règlements de comptes, vengeance de maris trahis, vols d'argent ou de bijoux… Il arrivait aussi que des prélats ou des pèlerins soient égorgés par erreur. Les corps étaient jetés dans le Tibre. Les familles des assassins payaient des rançons aux parents des victimes pour éviter la honte d'un procès et d'une exécution au gibet du château Saint-Ange.

Gêné par l'eau qui était montée jusqu'aux premières marches des églises, le jeune homme avait ralenti son pas aux abords du Tibre. Il pleuvait depuis trois jours et le fleuve avait débordé. L'eau baignait les maisons et les murs des palais jusqu'à deux pieds de haut. Venant des vignes et des ruines antiques, des ruisseaux de boue s'étaient déversés dans les rues.

Des détritus flottaient entre les maisons, abandonnés au courant d'un fleuve invisible. Des morceaux de bois, le cadavre d'un animal, les pieds d'une chaise, un chemin d'objets glissait le long des façades.

Il était vêtu d'un pourpoint en velours, rattaché à un pantalon court, de couleur foncée. Une cape en toile épaisse couvrait ses épaules. Une épée d'un côté et de l'autre une dague, dont le pommeau semblait ancien, étaient accrochées à sa ceinture. Sur la selle de sa monture, on pouvait distinguer, gravées dans le cuir, les armoiries un peu effacées de sa famille, des fleurs de lys d'or sur un champ d'azur.

Son visage rougi par le vent et la pluie, ses cheveux ébouriffés, ses traits à peine effleurés par les premiers soubresauts de la vie étaient ceux d'un jeune homme en quête d'aventure.

— Matteo, dépêche-toi ! À ce rythme-là, on n'y arrivera jamais avant le jour ! cria-t-il en se retournant brusquement.

Après des heures de chevauchée à travers la campagne, la fatigue commençait à se faire sentir.

Les premiers signes de nervosité avaient transformé sa voix.

Derrière lui, la silhouette de Matteo, cet écuyer de quelques années son aîné, s'était glissée dans son ombre. Le jeune homme poussait un juron tous les quarts d'heure et s'offusquait de la mauvaise vie des habitants de Rome.

— Dommage que la ville ait choisi cette nuit pour nous cracher toute sa vilenie !

Le silence réprobateur de Matteo n'en finissait pas de peser sur les épaules d'Alessandro. L'écuyer n'avait pas dit un mot depuis qu'ils avaient quitté le château de Capodimonte, galopant presque sans arrêt pendant plus d'une vingtaine de lieues pour rejoindre la ville. Mais, depuis leur entrée dans Rome, la lenteur dont il faisait preuve parlait à sa place. La sentence tomba alors qu'ils passaient devant la façade de l'église Santo Spirito, dédiée aux causes perdues.

— Tout cela ne me dit rien qui vaille ! Rejoindre l'armée de Roberto Sanseverino en pleine nuit sans être annoncé est beaucoup trop aventureux !

Alessandro laissa le silence de la ville emporter ces paroles.

— Ne pouvons-nous pas nous arrêter quelque part avant de repartir ? Même les *condottiere* reposent leurs chevaux, reprit Matteo d'un ton ironique qui ne plut pas à son maître.

Alessandro n'avait aucunement l'intention de se reposer. Il était pressé de rejoindre les troupes qui défendaient les États de l'Église contre celles du roi de Naples. De se confronter pour la première fois à ces figures qui hantaient son esprit de jeune seigneur à l'ascendance militaire. De se mesurer à ces hommes qu'il n'avait fréquentés que dans les chroniques qu'il lisait dans sa chambre.

Il était impatient de participer à ces opérations sous le commandement du célèbre *condottiere* vénitien Roberto Sanseverino. Son armée était en difficulté, elle manquait de soldats.

La personnalité et la figure de Sanseverino le fascinaient depuis longtemps. Il appartenait à cette génération de capitaines dont son grand-père tant admiré, Ranuccio Farnese, faisait partie. Neveu de François Sforza, lui aussi célèbre *condottiere*, ce soldat si brave, un peu mystique, avait préféré faire un pèlerinage en Terre sainte plutôt que de verser dans les luttes de pouvoir qui déchiraient parfois ces capitaines et entachaient leur renommée.

L'imagination d'Alessandro était pleine des hauts faits de ces figures, de leurs actes de bravoure, de leurs gestes héroïques. Il avait lu tous les récits relatant la vie des plus célèbres d'entre eux : Sigismondo Malatesta, dont il avait déjà visité le palais à Rimini, mais aussi Braccio da Montone et Niccolò Fortebraccio à la réputation plus sanglante. Ces capitaines n'étaient pas des saints mais leur destin et leur fin tragiques forçaient son admiration. Leur histoire avait façonné son enfance passée à chevaucher et à grimper dans les chênes, à se battre avec les paysans de la région.

— Mes chevaux ne se sont jamais plaints de moi, quant à mon écuyer, s'il souhaite s'arrêter là, rien ne l'en empêche.

Matteo demeurait circonspect. Il savait que son maître ne renoncerait pas à cette expédition aventureuse, qu'il espérait depuis toujours marcher dans les pas de son grand-père. Que son désir contrarié trouvait une occasion exceptionnelle de s'exprimer. Ranuccio Farnese, un homme célèbre qui avait forgé la domination familiale sur toute la région. Issu d'une modeste ascendance militaire qu'il avait portée à son apogée. Il avait réussi à rassembler un corps de mercenaires de six cents cavaliers et mille fantassins au service du pape, laissant s'accumuler les arriérés de sorte qu'il était devenu le banquier de l'Église.

Mettant à profit le besoin du pape de pacifier ses États, il avait demandé à être payé en forteresses et territoires voisins des siens. Les succès militaires de Ranuccio Farnese avaient permis de constituer un vaste fief à la frontière entre le Latium, la Toscane et l'Ombrie. Il avait fait de sa famille une puissance locale, introduite dans les cercles du pouvoir, invitée par les grandes familles romaines. Il était mort juste avant d'avoir pu acquérir un palais dans Rome, accomplissement recherché par toutes les familles qui aspiraient à y jouer un rôle politique.

Une seule chose pouvait peut-être encore retenir Alessandro.

— Cela ne t'inquiète pas de prendre les armes contre Angelo ? demanda Matteo.

Les paroles de Matteo parvinrent entrecoupées par des cris de mouettes qui avaient dû attraper le cadavre d'un animal. Depuis la mort de leur père, son frère aîné était devenu le chef de famille, sans en avoir l'envergure, prenant des décisions qu'Alessandro n'approuvait pas. Sous l'influence de leur sœur aînée, Girolama, dont le mari défendait les intérêts de Florence, il avait pris fait et cause pour le roi de Naples, allié de la seigneurie. Reniant leurs anciennes alliances avec l'Église, brisant ce serment de fidélité qui les liait à la papauté ; pour la première fois de leur histoire ils s'étaient engagés dès le début de la guerre dans l'armée hostile à la papauté, celle de Virginio Orsini.

Ses arguments n'étaient pas nouveaux. La lenteur administrative de la curie qui tardait à chaque renouvellement d'allégeance à confirmer leurs possessions familiales, la cérémonie d'hommage lige qui se transformait en mise en scène humiliante, la stagnation de leur statut, la progression de leurs voisins, les Anguillara, qui rognaient leurs terres. Tout cela était sans doute vrai, mais Alessandro n'y voyait que des motifs secondaires, de peu d'importance si on les comparait à la valeur militaire des actes de son grand-père et à ses réalisations au service de leur famille, à la fidélité qui devait s'imposer à travers le temps, à cette continuité, seule capable de perpétuer une lignée. En dépit même des changements d'époque, alors que les nouveaux papes ne semblaient pas prêts à leur octroyer le moindre privilège, ne pensant qu'à favoriser leur clan sans la moindre reconnaissance pour les familles qui avaient défendu l'Église. Alessandro pensait qu'il n'y avait qu'une voie possible : celle qui avait toujours réussi aux Farnese.

— Il n'est plus temps d'en discuter. Aide-moi plutôt à traverser la ville jusqu'à la porte Saint-Jean et à retrouver l'avant-poste des troupes du pape.

Et puis il y avait une autre raison qui le poussait à prendre part à cette guerre : se distinguer par les armes était sa dernière chance d'échapper à cette carrière ecclésiastique à laquelle il était promis. Sa position de cadet le désignait mais aussi sa culture, son goût pour les lettres, son éloquence. Dès l'enfance, il avait su que son destin devrait s'accomplir au sein de l'Église. Les Farnese étaient demeurés trop longtemps loin de Rome et de la curie, là où les grandes familles pouvaient espérer gagner quelque pouvoir. Le dernier prélat Farnese était mort au début du XIVe siècle. En mariant son père à Giovanella Caetani, appartenant à l'une des trois grandes familles de l'aristocratie romaine introduite à la curie, son grand-père avait voulu faire en sorte que les Farnese reprennent le chemin de Rome.

Mais la trahison d'Angelo avait brusquement interrompu ce projet : la sanction était tombée dès le jour de l'entrée d'Angelo dans l'armée de Virginio Orsini. Sa charge d'écrivain apostolique, achetée pourtant quelques centaines d'écus, avait été révoquée au grand désespoir de sa mère et de son oncle. Cet événement était un signe. Il lui donnait l'occasion de prouver son talent et son courage par les armes. En quelques heures, cette flamme qu'il croyait éteinte s'était ranimée. Ce souffle qu'il pensait avoir perdu dans les chevauchées de son enfance, les longues journées passées à chasser le gibier dans les forêts de chênes.

— Si on se dépêche un peu, on devrait arriver avant le jour, continua-t-il pour clore la discussion.

Alessandro releva le bord de sa cape jusqu'à son cou. Une odeur de marée se promenait entre les façades des rues étroites. L'horloge de l'église San Lorenzo Damaso venait de sonner une heure du matin.

Il donna un coup de talons à son cheval et se remit en marche. Il avait donné rendez-vous à

Francesco Anguillara, son ami d'enfance, dans le quartier de la piazza Navona, pour qu'ils rejoignent ensemble l'armée de Roberto Sanseverino, campée au sud de Rome, près de Campobasso. Malgré le mauvais temps qui gênait sa marche, il n'était pas question d'attendre. Une bataille décisive allait avoir lieu le lendemain, près de la frontière. Pour se faire une place parmi les soldats, il fallait rejoindre les troupes avant qu'elle ait lieu.

Alors qu'il traversait le pont, Alessandro sentit un vent froid s'engouffrer dans son cou. Il enfonça son menton jusqu'au nez dans le pli de sa cape. La nuit était aussi déserte que la ville. Même les mendiants avaient trouvé un refuge, et l'on n'entendait plus dans les ruelles que le goutte-à-goutte d'un toit gonflé d'eau, le claquement d'un volet qui fermait mal.

En approchant du port de Ripa, il entendit le bruit des cargaisons que l'on déchargeait. Les barques remplies de caisses de thons et de harengs accostaient toute la nuit pendant la période du carême. Il resta quelques instants à observer leurs va-et-vient. Mais aucune trace de Francesco, qui devait l'attendre près du pont Sisto. Il fit le tour de la *piazzetta*.

— Il avait bien dit que nous devions nous y retrouver à minuit ? murmura-t-il alors qu'un doute surgissait dans son esprit.

Matteo regardait au loin d'un air imperturbable.

— Attendons quelques minutes...

Alessandro tournoya entre les caisses de poissons avant de passer devant le palais du vice-chancelier qu'il avait visité une fois. À mi-chemin entre le pont Saint-Ange et le Campo dei Fiori, sa façade imposante l'impressionnait. Le pape

Pie II le comparait autrefois à la Domus Aurea construite par Néron dans l'Antiquité. Le cardinal Borgia l'avait édifié grâce à un héritage mais surtout à la multitude de bénéfices que son oncle le pape Calixte III lui avait attribués. Mais le plus étonnant se trouvait peut-être à l'intérieur : sculptures, tapisseries, pièces d'orfèvrerie, divans de brocart d'or. Alessandro n'avait jamais vu un tel luxe. L'édifice reflétait l'ambition de son propriétaire dont l'emblème, un taureau vigoureux et conquérant, était nettement visible sur le devant du bâtiment.

Il donna un coup d'éperon à son cheval pour avancer plus vite.

En remontant vers le fleuve, Alessandro ne vit aucune ombre ressemblant à celle de Francesco.

Matteo, qui à force de marcher dans ses pas devançait ses pensées, murmura d'une voix sourde :

— Ce n'est pas normal…

Alessandro attrapa l'épée que lui tendait Matteo. Un relent d'eaux stagnantes lui monta au visage et lui donna brusquement envie de quitter les abords du fleuve.

— Retrouve-moi piazza Navona. Avant, je vais passer devant la taverne des Innocenti.

S'il avait eu un contretemps, Francesco aurait envoyé un messager pour le prévenir. Francesco Anguillara nourrissait les mêmes rêves de gloire et de succès militaires que lui. Ils avaient été élevés ensemble et avaient entretenu une amitié indéfectible, malgré la dégradation des relations entre leurs familles, qui étaient presque devenues ennemies dans la région du lac Bolsena.

Alessandro passa devant la taverne où Francesco

avait ses habitudes. Mais tout était sombre, les volets fermés, l'inondation avait fait fuir les clients. Autour de lui, les restes d'un marché d'antiquaires échoués au croisement de deux ruelles ; des monticules d'objets cassés, abandonnés là par les marchands. Il aperçut tout à coup son reflet dans un miroir posé sur une chaise. Un sortilège. La glace était abîmée, mais elle lui renvoyait le reflet à peine déformé de son visage ovale, de ses yeux noirs, de ses paupières en forme d'ogive.

D'un coup de talons, il fit repartir son cheval en direction de la maison où vivait la courtisane la plus célèbre de Rome, Fiammetta Michaelis. Francesco y passait parfois la soirée.

Le palais de la femme la plus convoitée de la ville sainte était éclairé à la torche. Une voiture venait de s'y arrêter, dont un homme descendit. Le mouvement de ses jambes découvrit le bas de sa robe rouge, le frôlement d'une soutane sur les pavés. L'habit de cardinal dissimulé sous un manteau. Alessandro leva les yeux vers l'entrée et reconnut le médaillon en forme de perroquet. La courtisane était devenue une figure respectable à force d'être fréquentée par les plus éminentes personnalités de la curie. Seule la rapidité avec laquelle les visiteurs s'engouffraient dans son palais signalait encore la tenue d'un commerce illicite. Mais depuis quelques années les mœurs s'étaient tellement relâchées que les hommes d'Église y pénétraient presque sans la moindre gêne, à visage découvert, même en plein jour.

Alessandro attendit quelques minutes, observant les va-et-vient. Il faillit sonner à la porte pour demander si Francesco avait été aperçu. Mais il préféra ne pas s'y aventurer, pensant que celui-ci avait peut-être fini par renoncer à son projet de partir avec lui.

Il rejoignit la piazza Navona pour y faire manger son cheval et retrouver Matteo. Dans ce quartier, la nuit était vivante, habitée par des créatures de toutes sortes. Une prostituée espagnole tenta d'attraper la bride de son cheval.

Ce n'était pas vraiment une voix, plutôt un souffle. Une respiration reprise par une poitrine. Dans l'obscurité, il ne voyait que ses yeux, les contours d'un visage souillé par l'air sale des ruelles. Sa bouche flottait, imprécise, autour des paroles qu'elle venait de prononcer. Des mèches de cheveux bruns glissaient sur ses épaules nues. Son sourire maquillé s'en allait au vague, loin devant elle, avec ces hommes qu'elle croisait sur la place. Elle murmura quelque chose en le regardant.

Comme il ne répondait pas, elle lâcha mollement la bride du cheval, et s'en alla chasser ailleurs, à coups de hanches.

Tout à coup, Alessandro eut un mauvais pressentiment. Matteo n'était pas réapparu sur la place comme convenu entre eux. Mais il ne pouvait plus attendre.

Il lança son cheval au galop : la porte sud de la ville n'était plus qu'à quelques pas de là.

Il atteignait le palais Massimo lorsqu'il vit s'avancer vers lui, fondues dans la nuit, quatre silhouettes en armure aux armes du pontife.

— Arrête-toi !

L'homme qui semblait diriger la troupe s'approcha de lui. Alessandro se retrouva entouré de quatre soldats dont deux fermaient le passage derrière lui.

— Alessandro Farnese...

L'un d'entre eux avait parlé, sans qu'il puisse dire lequel.

— Que fais-tu si tard dans la ville ?

Stupéfait, Alessandro observa chacun des gardes.

— Je cherchais quelqu'un...

Deux gardes se regardèrent en souriant.

— Il est très imprudent de se promener si tard le soir...

Rendu nerveux par la présence de ces inconnus, son cheval piétinait dans la boue, des gouttes d'eau éclaboussant son visage et l'armure des gardes.

— Que voulez-vous ? Il n'est pas interdit de se promener...

— Le gouverneur te dira ce qu'il pense de ta petite aventure nocturne. Allez, viens avec nous !

— C'est une erreur... Je m'apprêtais à rejoindre un ami.

Les deux autres gardes semblaient sourds à toute parole.

Un demi-sourire sur les lèvres, le bargello le fixait de son regard à la fois brutal et lointain.

— C'est ce que disent les aventuriers comme toi...

Il fit un signe aux autres gardes qui lancèrent une corde autour de son cheval et se jetèrent sur lui. La violence de l'assaut faillit le faire tomber de sa monture et lui blessa le haut de la cuisse.

L'homme lui demanda de remettre son arme.

— Ne nous oblige pas à t'attacher toi aussi...

Avant qu'il ait pu dire un seul mot, les soldats se remirent en marche entraînant sa monture vers le pont Saint-Ange. Une façade plus sombre que la nuit s'élevait au-dessus des palais, impénétrable et menaçante, qui remontait aux origines de la ville : le château Saint-Ange.

Les grilles de la forteresse se refermèrent sur un bruit interminable. Construit sur la rive droite du Tibre, ce gigantesque chaudron de murs circulaires enfermait les hommes et leurs questions dans un exil sphérique. En période troublée, les papes s'y réfugiaient pour se protéger des armées étrangères, mais surtout des ennemis de l'intérieur, ces forces hostiles qui contestaient leur pouvoir à l'intérieur des murailles. En pénétrant dans la galerie qui menait au premier étage, Alessandro sentit le poids du temps s'abattre presque physiquement sur ses épaules, le mur en brique suintait l'humidité. Dans l'air, une odeur de poussière, de suie et de passé. Au cœur de ce cylindre de pierre, il y avait un tombeau construit treize siècles plus tôt pour recueillir l'urne funéraire de l'empereur Hadrien. Ce mausolée était devenu une prison et les cellules funéraires avaient été converties en geôles.

Cela faisait maintenant plusieurs minutes qu'il marchait dans le couloir, suivant les pas d'un garde dont le regard semblait ne pas pouvoir se détacher du sol. Le reflet de sa torche dansait sur son crâne chauve. Le long du mur, une troupe de rats galopaient plus vite qu'eux.

Ils arrivèrent bientôt à un premier palier. La plupart des cellules qu'il longea étaient vides. Les exécutions avaient lieu tous les mardis, libérant de la place pour les nouveaux prisonniers.

Assis à son bureau, au sommet de la vieille rampe qui servait à faire monter les marchandises, celui qui devait être le chef des gardes parlait à quelqu'un, il était en train d'éplucher un fruit avec un couteau, et le brandissait avant de mettre un morceau dans sa bouche. À côté de lui, un autre soldat était endormi sur sa paillasse.

Alors que le garde qui l'accompagnait le poussait vers un autre couloir, Alessandro s'immobilisa.

— Pour quelle raison suis-je ici ?

Les yeux du garde se plissèrent et une expression étonnée apparut sur son visage.

— Sais-tu que nous sommes en guerre ?

Puis il jeta un morceau de parchemin sur la table :

— Regarde, n'est-ce pas ton nom ?

ALESSANDRO FARNESE

Il avait articulé en détachant chaque syllabe les unes des autres avec une sorte de jouissance. Puis, il avait relevé la tête, une expression soucieuse sur le visage.

— J'ai reçu l'ordre de t'arrêter. Ici, les décisions du pape ne se discutent pas

L'homme s'était signé en tournant son visage vers l'emblème pontifical suspendu au mur. Comme tous ses prédécesseurs, Innocent VIII avait entremêlé les armes de sa famille aux clés du paradis de saint Pierre. Puis il fit signe à l'autre garde qui attendait à côté d'Alessandro :

— Allez, emmène-le !

L'homme au regard de chien le poussa par l'épaule. L'instant d'après, la grille se referma et le garde souleva la torche pour l'entraîner dans un nouveau dédale d'escaliers poussiéreux. Le couloir connaissait son chemin jusqu'à sa cellule. La forteresse savait ce qu'elle faisait.

En avançant, Alessandro se remémorait les derniers instants qui avaient précédé son arrestation : il n'était pas nécessaire de réfléchir longtemps aux causes de cet emprisonnement. La trahison d'Angelo était la raison de tout cela. Elle justifiait peut-être même la mort. Abasourdi, il s'accrochait aux pas du garde devant lui. Il avait l'impression que ce trajet n'allait jamais finir, qu'il s'enfonçait pour toujours dans cette forteresse, au cœur de cette captivité absurde. Les geôles pontificales se refermaient sur lui alors qu'il s'apprêtait à rejoindre les armées du pape. Mais qui aurait pu le savoir ? Qui s'en souciait ? Ses désirs, sa volonté, son désaccord avec Angelo lui parurent tout à coup plus fragiles qu'un souffle entre ces murs.

Ils s'arrêtèrent devant une porte en bois qui semblait plus ancienne encore que le château. Le battant était rongé par les vers, et la serrure ne tenait plus qu'aux clés des gardes. Et pourtant, il en fallait une pour l'ouvrir. Alors que l'homme était en train de détailler une à une les clés de son trousseau, le regard d'Alessandro fut attiré par une silhouette dans l'obscurité.

Une ombre vague se balançait d'une lueur à

l'autre, comme un tissu dans l'air. Sa robe foncée faisait glisser ses pas entre les pierres. Les plis d'un voile, puis, tout entière, la silhouette d'une femme monta tout à coup de la pénombre. De chaque côté d'un garde, légèrement en retrait, il y avait deux religieuses. Droites, presque raides, très sombres dans leurs robes de moniales. Il croisa le regard de l'une d'elles ; bleus et vifs, ses yeux traversaient la pénombre plus vite que ses pas. Elles passèrent près de lui avant de prendre le couloir à droite.

L'une des religieuses, la plus grande, s'arrêta avant la grille pour attendre l'autre sœur. Alessandro aperçut son visage : sa peau était très claire, presque blanche. Elle avait les joues un peu creuses. Pendant un instant, il ne vit que le contraste entre la ligne mince de son cou et le barreau épais et noir de la grille.

Il n'avait pas entendu le bruit de la clé dans la serrure, ni le garde ouvrir la porte devant lui. Et avant même qu'il tourne la tête, la main du soldat le poussa vers le corridor.

— Avance !

Après avoir fermé la porte derrière lui, le garde leva encore un œil lourd, presque aveugle, avant de s'engager dans un couloir plus étroit. En marchant, Alessandro parvenait à apercevoir les formes étendues dans les cellules. Certains cachots étaient dallés de pierres, d'autres en terre battue.

La silhouette d'un prisonnier au fond d'une cellule lui sembla appartenir aux murs. Un autre avait posé son visage entre les barreaux. Les joues écrasées contre la grille, il lançait ses bras vers le couloir comme s'il cherchait à attraper quelque chose.

Le garde s'était arrêté. Il ouvrit une grille.

— Tu es arrivé. Entre !

Alessandro avança dans une pièce sombre, tassée dans un angle. Mais suffisamment large pour faire quelques pas. Une lampe à huile était posée sur une chaise.

La grille se referma, puis le garde disparut au fond de la galerie. Alessandro resta un moment immobile, incapable d'ajouter un seul geste, ni même un soupir, à sa présence entre ces murs. La flamme brûlait l'obscurité par petite mèche, sans parvenir à défaire les ombres. Dévoilant seulement autour d'elle des objets, une table, une paillasse en toile épaisse, une couverture. Impossible de savoir si la fente dans le mur donnait sur l'extérieur. La nuit était noire, aucune lune n'éclairait le ciel. Il devait être deux heures du matin. Écrasé par le poids des pierres, Alessandro se laissa tomber sur la paillasse et sombra dans un sommeil sans lumière.

*De quoi est fait le destin d'un homme ? D'un mélange de chance, de dons, et d'héritage. Mes parents s'étaient mariés avec le projet de rapprocher leur fils cadet de l'Église.*

*L'Église était l'instrument de leur ambition, l'institution par laquelle leur nom devait s'imposer parmi ceux des grandes familles romaines. Les choix n'étaient guère nombreux pour un fils issu de l'aristocratie militaire : l'Église ou les armes. Pour prendre pied à Rome, il me fallait faire partie de ce cercle sacré convoité et devenir cardinal.*

*La Providence vint leur donner raison, ou plutôt s'allier à eux. C'est elle qui permet de dépasser les espérances, d'excéder les calculs de l'intelligence. Car les obstacles sont innombrables, imprévisibles, plus affûtés que nos talents.*

*J'étais doué pour les études, intéressé par les lettres, le latin et le grec. J'aimais les mots, les discussions philosophiques, les contradictions, j'adorais ce terrain de désaccord pacifique, ces adversaires de l'esprit qui vous élèvent l'âme.*

*J'aimais aussi la compagnie des hommes mûrs : leur connaissance du monde me semblait un moyen d'aller plus vite, de comprendre ce que d'autres n'avaient pas encore saisi.*

*Ma mémoire était excellente. Je m'en servais pour me souvenir des idées qui me plaisaient et pour oublier les autres.*

*On me prêtait un talent pour parler de toutes ces choses de l'esprit qui plaisent aux hommes sans les connaître parfaitement. Mais ce talent me contrariait. Il allait à l'encontre de mes désirs, de mes croyances, de mes fantasmes militaires.*

*Je n'avais pas conscience de mes dons ou plutôt je ne leur accordais pas d'importance. Je les négligeais. C'est cet aveuglement qui m'entraîna derrière ces murs.*

À côté de sa paillasse, la flamme ne faisait pas de bruit. Elle s'élançait, silencieuse et droite, vers le plafond de la cellule. Elle éclairait le silence. Un baril d'eau, trois miches de pain et un bocal d'huile. Une bible avec les épîtres de saint Paul avait été posée sur la table.

Tout à coup, un cri résonna sous la voûte. Des pas s'éloignèrent dans le couloir avant de laisser la place à un grand silence.

Il se redressa. Le bruit avait cessé. Quatre murs en brique se dressaient autour de lui. Son regard commençait à s'habituer à l'obscurité. Près du plafond, un soupirail inaccessible semblait donner sur l'extérieur, laissant filtrer une légère lumière. Des bruits de mariniers et les cris des mouettes lui parvenaient très lointainement.

Sur le mur, près de son lit, il distingua des inscriptions. Des lettres et même des dessins avaient été tracés sur la paroi lisse. Certains étaient illisibles, recouverts de salpêtre et de suie. Les prisonniers avaient gravé leur passage dans ces murs, leurs initiales, la parole d'un apôtre, le prénom d'une femme. Certains avaient été condamnés à la pendaison, d'autres avaient été libérés. Il ne restait de leur passage à Saint-Ange que ces signes à moitié effacés, impossibles à déchiffrer.

Ces graffitis lui rappelèrent les disciples de l'Académie romaine de son maître Pomponio Leto, emprisonnés par le pape pour avoir célébré des rites païens, et accusés d'avoir voulu attenter à sa vie.

Il prit la lampe et se leva pour mieux observer le mur opposé à sa paillasse. Il aperçut une ouverture, comme une sorte de lucarne, qui donnait sur la cellule voisine.

Une voix s'en échappait.

En s'approchant, il l'entendit plus distinctement. C'était une sorte de litanie, de prière latine en forme de lamentation. Il colla la lampe à huile au mur. La cavité était de la largeur d'une main, elle s'ouvrait sur un conduit qui donnait sur une autre pièce.

En plaçant ses mains autour de son visage, il aperçut l'intérieur de la meurtrière. Un crucifix, des livres, quelques feuilles de papier et une plume étaient posés sur une table. À côté d'elle, un homme allait et venait. De l'autre côté du mur, la cellule ressemblait davantage à une chambre qu'à un cachot. Il y avait des meubles, des tapis, de la lumière. Il pensa tout à coup qu'il s'agissait peut-être d'un prélat invité dans les appartements du pape ou du gouverneur et dont la chambre, par un mystérieux agencement des murs à travers les siècles, se trouvait mitoyenne de sa cellule.

Mais le souffle de l'homme, ses mouvements répétés, l'impatience au bout de ses gestes étaient ceux d'un homme en cage dont l'énergie est entravée.

Tout à coup, il ne vit plus rien. Juste les contours d'un regard, les sourcils épais d'un visage. Ils restèrent un instant à se regarder sans se voir.

— Gentile ?

Alessandro recula.

— Non, mon nom est Alessandro Farnese…

De l'autre côté, l'homme sembla réfléchir avant de demander :

— Quand es-tu arrivé ?

— Hier soir…

Un silence. Puis un soupir.

— Ils n'ont pas perdu de temps pour remplir à nouveau cette cellule…

Alessandro se pencha vers la gueule de pierre. Puis le souffle se fit à nouveau entendre. Avant qu'il ait pu dire un mot, l'homme sembla se signer :

— À l'heure qu'il est, il doit être en train de se balancer au bout d'une corde !

La sinistre vision s'imposa au milieu de leur conversation.

— Gentile de Viterbe était un écrivain apostolique, fils d'un médecin du pape, qui occupait ta geôle. Un homme très cultivé et érudit que j'avais pris en affection…, continua-t-il.

Alessandro s'inquiéta. Il avait cru bénéficier du traitement particulier réservé dans cette prison à ceux que le pape voulait punir ou faire parler, contrairement aux prisonniers de droit commun soumis aux aléas et au bon vouloir des gardes.

— Pourquoi était-il ici ?

— C'était un faussaire. Il avait fabriqué et vendu de fausses bulles au nom du pape. Il avait dû gagner beaucoup d'argent…

Malgré son peu d'assiduité dans les locaux de la

chancellerie où il disposait d'un bureau, Alessandro connaissait ces trafics. Le soir, lorsqu'il s'attardait dans l'une des cellules où il rédigeait des bulles, il apercevait certains secrétaires qui rinçaient ces actes à l'eau claire. Après avoir fait disparaître l'encre, ils remplaçaient le nom de la personne concernée par celui de leur client. Ils facturaient plus ou moins cher, en fonction du droit ou du privilège accordé. Tous les écrivains apostoliques étaient tentés de se laisser acheter pour quelques ducats, tant les sollicitations étaient nombreuses. Dérogation accordée à un prêtre souhaitant vivre maritalement, permission donnée à des religieux mendiants de s'enrichir, ou encore de dire la messe sans servir de vin. Néanmoins, tous n'usaient pas de leurs prérogatives aussi frauduleusement.

— Tu es le troisième prisonnier à occuper cette cellule en seulement une semaine. À croire qu'elle est maudite…

Le souvenir de ces prisonniers qui s'étaient tenus là quelques jours plus tôt vint hanter leur silence. Alessandro pensa à son arrestation. À cette cellule sale et humide dans laquelle ses vêtements ne séchaient pas depuis la veille.

— J'espère ne pas avoir été confondu avec l'un de ces trafiquants…, souffla Alessandro.

Avant la révocation de sa charge, il s'était distingué dans ce collège d'écrivains par la qualité de son écriture, l'habileté avec laquelle il usait de sa connaissance de la grammaire dans la rédaction des décrets et des bulles papales. L'un des administrateurs du collège lui avait même fait savoir que le pape appréciait son style.

De l'autre côté du mur, l'homme semblait réfléchir.

— Maintenant que j'y pense, Alessandro Farnese, c'est un nom que j'ai déjà entendu… mais dans un tout autre contexte que celui de la curie.

— Je suis membre de l'Académie romaine de Pomponio Leto.

Un long sifflement se fit entendre. Alessandro hésitait, sans voir le visage de cet homme, il était difficile de saisir sa pensée.

— Qui ne le connaît pas ? C'est un homme très respecté pour son savoir… mais sa connaissance des lettres latines est un peu datée… J'ai moi-même fréquenté ses cours, mais je suis plus versé dans l'étude du grec depuis quelque temps…

Comme la plupart des jeunes érudits qui faisaient partie de ce collège, il suivait les cours de Pomponio Leto au Studium. Pas une de ses leçons sur les poètes, les dramaturges ne lui avait échappé ni celles sur les historiens romains, il avait tout appris, tout lu, tout aimé. Mais ce qu'il préférait était les réunions que Leto organisait dans les vignes, ces discussions interminables sur la grandeur passée de Rome, où l'on ressuscitait les grandes figures de l'Antiquité, où l'on mimait leurs joutes poétiques, jusqu'à ces promenades dans les catacombes, affublé d'un autre nom. Il aimait à se croire en dissidence, à se déguiser en un personnage vivant au Ier siècle.

— Il n'a pas toujours été en odeur de sainteté, répliqua Alessandro qui tenait à la réputation sulfureuse de son maître.

— Peut-être mais ses cours semblent la meilleure éducation dont puisse rêver un jeune aristocrate romain pour gravir les marches de notre sainte Église… N'est-ce pas ton cas ?

Alessandro ne répondit pas.

— Quel est ton crime ? reprit son voisin de cellule au bout d'un instant.

— Je n'en ai commis aucun… Et je ne suis pas un faussaire.

Le souffle s'était rapproché de son oreille.

— Ne t'a-t-on pas appris que l'innocence est la pire des fautes ?

Le rire de l'homme traversa la paroi. Ses remarques, son aplomb le troublaient, à moins que ce ne fût l'atmosphère de la prison qui commençait à déformer ses pensées. En le regardant se déplacer près du conduit, il distingua des bribes de son visage. Il était à peine plus âgé que lui, peut-être vingt-cinq ans, son nez très long atteignait presque sa lèvre supérieure. Mais son ascendant était évident. Alessandro sentait qu'il ne provenait pas d'une fonction éminente mais d'une conviction plus profonde ou au contraire d'une incroyance. Il parlait vite, et articulait chaque mot avec précision, voire avec une certaine préciosité, qui donnait à ses paroles un ton particulier, comme s'il se moquait de vous.

— Mon nom est Adriano di Castello, mais appelle-moi Castellesi.

Ce nom parut familier à Alessandro. Il l'avait déjà entendu parmi les représentants municipaux de Corneto, l'une des villes situées sur leurs terres, non loin du château de Canino où il était né.

— Et vous, pour quelles raisons êtes-vous ici ? demanda Alessandro.

Le silence qui s'imposa entre eux semblait lourd de secrets. Au bout d'un moment, l'homme articula d'une voix grave :

— Je ne suis qu'un pauvre écuyer et notaire de la chambre apostolique… Mais j'ai eu le malheur de croiser la route de Franceschetto Cibo. Le pape m'a placé à son service pour tenter de lui inculquer quelques lettres et essayer de le rendre moins stupide.

Le fils du pape était un débauché notoire qui passait ses journées et ses nuits à boire et à jouer. Mais aussi à visiter les courtisanes, entrer par effraction dans les maisons. Parmi la douzaine d'enfants naturels qu'il avait eus, Franceschetto était le seul fils que son père avait légitimé, espérant lui confier de grandes responsabilités et l'élever au titre de duc dès qu'il en aurait l'opportunité.

Derrière le mur, Castellesi proféra quelques insultes inaudibles.

— La nature ne lui a épargné aucun vice, pas même celui du jeu. C'est beaucoup pour un homme de sa taille !

L'homme s'agitait. Alessandro pouvait entendre son épaule frotter contre le mur.

— Un soir, à la fin d'un dîner qui avait lieu au palais apostolique, le fils du pape a proposé une partie de dés au cardinal Raffaele Sansoni Riario. En seulement deux coups, il a perdu la somme de 14 000 ducats…

Dans le silence des murs, Alessandro entendit un petit bruit sec, comme si Castellesi venait de casser quelque chose.

— Il s'est d'abord plaint au pape que le cardinal avait triché ; puis quelques jours plus tard, voyant que l'affaire prenait trop d'importance, il m'a chargé de livrer le montant de sa perte au cardinal. Évidemment, il ne m'avait jamais donné le moindre argent. Le pape qui voulait faire taire le scandale a préféré m'envoyer au château Saint-Ange en m'accusant de l'avoir volé.

Un rire étrange éclata au bout de la percée, mêlé de colère. Comme s'il y avait plusieurs hommes dans la cellule, d'autres prisonniers dans une même voix.

— Depuis lors, le gouverneur m'interroge régulièrement pour savoir où j'ai mis l'argent ! Plusieurs fois par semaine, il vient me chercher pour se livrer à cette honteuse mascarade…

Alessandro s'était rapproché un peu plus près pour ne rien perdre des paroles de Castellesi. Ces péripéties ne l'étonnaient pas. Depuis qu'il fréquentait l'administration pontificale, les événements les plus surprenants se déroulaient sous ses yeux. Jusqu'à cette captivité.

Tout à coup, un bruit de pas se fit entendre dans la pénombre. Un des gardes marchait vers leurs cellules.

— J'entends justement les pas du garde du gouverneur…

L'homme allait bientôt disparaître. Une idée s'était imposée à Alessandro pendant leur conversation.

— Savez-vous comment je pourrais sortir d'ici ?

— Si je le savais… Ici, il n'y a rien d'autre à faire qu'attendre… et espérer, souffla Castellesi.

Le bruit d'une clé que l'on tourne dans une serrure s'éleva sous la voûte. Des voix se firent entendre au fond du conduit. L'instant d'après, plus aucun son ne traversait la cloison. Castellesi avait quitté sa cellule.

Après s'être assoupi quelques heures, Alessandro se redressa sur sa paillasse à l'écoute de la forteresse. Un bruit plus fort que les autres l'avait réveillé. L'heure était difficile à saisir. La nuit devait être tombée depuis un certain temps. Une autre temporalité régnait dans la prison. Des cris, le bruit d'une bagarre se propageaient jusqu'à lui. Des allées et venues au fond du couloir. Il était arrivé seulement deux jours plus tôt mais, déjà, il comprenait qu'il se passait quelque chose d'inhabituel. Tout à coup, les voix disparurent dans un silence qui sembla tout absorber. Le corps fatigué par la planche en bois qui lui servait de lit, Alessandro s'allongea à nouveau et jeta un œil vers le mur opposé. Les paroles de son voisin de cellule lui semblaient irréelles, trop intimes pour être celles d'un inconnu.

Soudain, un chuchotement se fit à nouveau entendre.

— L'entretien a duré plus longtemps que prévu…, souffla Castellesi, reprenant la conversation avec lui comme s'il venait de s'interrompre.

Alessandro colla sa joue contre la pierre.

— J'ai entendu des bruits étranges… Que se passe-t-il ?

— Des soldats ont été capturés près de Campobasso, ils en ont déjà exécuté dix, séance tenante, pour montrer l'exemple.

Alessandro pensa à son frère.

— Savez-vous qui sont ces soldats ?

Un sifflement se fit entendre de l'autre côté du mur.

— Cette sévérité est l'œuvre du cardinal Della Rovere… Jamais les exécutions n'ont été aussi nombreuses.

Devinant ses pensées, il demanda :

— As-tu peur pour la vie de quelqu'un ?

— Mon frère Angelo a rejoint l'armée de Virginio Orsini…

D'une voix experte, Castellesi prononça sa sentence :

— Tu es donc l'otage du pape…

— C'est ce que je crois, concéda Alessandro.

Il demeurait encore préférable d'être un prisonnier politique plutôt qu'un de ces pauvres bandits qui finissaient pendus à une corde.

— Ton frère a manqué de jugement… Le cardinal Della Rovere a décidé de remettre au pas tous les seigneurs du Latium qui auraient la mauvaise idée de se montrer déloyaux. Pour le moment, comme ses moyens sont limités, il s'en prend aux plus faibles…

Alessandro observa la cavité qui ressemblait à une sorte d'isoloir. Accablé par cette vérité, il renonça à expliquer son désaccord mais ne put s'empêcher de se justifier.

— Je m'apprêtais à rejoindre l'armée de Roberto Sanseverino…

— On dirait que ton rêve de gloire a tourné court… n'est-ce pas ?

Encore une fois, Alessandro se sentit piqué au vif par cet homme qui semblait connaître ses pensées les plus secrètes. Il voulut s'éloigner lorsque des pas se firent entendre dans le couloir. Les voix de deux gardes se rapprochaient. Elles résonnaient de plus en plus fort.

— Ils distribuent les repas. Faisons attention à ne pas laisser voir que nos cellules communiquent.

Alessandro alla se remettre en place. Au moment où l'un des gardes ouvrit la grille, il était allongé sur sa paillasse.

Les deux hommes s'arrêtèrent devant sa cellule et ouvrirent la grille ; ils ne cessaient de plaisanter sur les pendaisons qui allaient avoir lieu le matin même. Le nom d'un des soldats de Virginio Orsini revenait dans leurs bouches. Marco Trivulzo. Depuis quelques jours, les exécutions s'enchaînaient.

L'un des deux gardes était celui qui l'avait conduit dans sa cellule, toujours chauve, l'air craintif. Il vint déposer une écuelle et un morceau de pain sur la table sans lui adresser la parole ni un regard.

— J'aimerais parler au gouverneur…, demanda Alessandro.

Sans lui prêter attention, l'homme repartait vers le couloir.

— Entendez-vous ? Pouvez-vous transmettre ma requête ?

Le garde s'arrêta. Il regarda son acolyte, l'air stupéfait. Celui qui était resté dans le couloir répondit :

— Ici, ce ne sont pas les prisonniers qui décident de rencontrer le gouverneur Della Rovere…

Puis il ferma la grille avant de poursuivre sa ronde dans la galerie. Alessandro sentit à nouveau le poids de la forteresse s'abattre sur ses épaules. Il alla jusqu'aux barreaux de sa cellule pour suivre leurs pas.

Ils étaient entrés dans une autre cellule, de l'autre côté de la coursive. Sans doute celle d'un des prisonniers qui allaient être exécutés. Ils furent rejoints par un autre groupe de gardes qui parlaient encore plus fort. Des bruits de lutte se firent entendre. L'homme résistait. Les gardes semblaient avoir l'habitude d'emmener des prisonniers au gibet ; ils laissaient parfois échapper un juron ou un rire de fond de gorge.

Les mains accrochées aux barreaux, Alessandro ne parvenait pas à détacher ses yeux de ce spectacle invisible, cette inutile lutte contre la sentence mortelle qui allait être exécutée. Un frisson parcourut son dos à peine couvert de sa chemise déchirée. Dans cette cellule à quelques mètres de la sienne, le destin de cet inconnu, à qui les mêmes gardes venaient de distribuer la même soupe, lui parut très proche.

Au bout d'un moment, les voix s'éloignèrent. Le convoi se dirigeait vers l'autre côté de la galerie pour rejoindre le gibet installé sur la terrasse haute du château. Un silence s'installa comme si rien ne s'était passé. Le souvenir des batailles et des hommes qu'il admirait semblait très lointain, presque irréel. Ses rêves étaient soudainement frappés par la violente réalité de cette forteresse, des murs qui suintaient. À l'exaltation de sa fuite vers l'armée du pape succédait la peur.

Il revint vers la table où ils avaient déposé le bol de soupe, quelques croûtons de pain y baignaient.

Au-dessus de lui, il perçut le son des cloches de la chapelle située sur la terrasse du château. Chaque mise à mort était précédée d'une petite cérémonie.

Il s'assit sur sa paillasse. Le gouverneur était un des frères du cardinal Della Rovere. Cette parenté pouvait jouer en sa faveur puisque le gouverneur était étroitement lié à celui qui décidait de tout à Rome. Enfermé dans ce vaste chaudron, dont il ne parvenait pas encore à saisir tous les signes et les usages, il devait tenter de savoir d'où viendrait le prochain coup.

Il s'approcha à nouveau du mur et se pencha vers la brèche. De l'autre côté, l'inconnu ne semblait pas choqué par la scène qui venait de se dérouler à quelques mètres de leurs cellules. Il aspirait sa soupe à grands bruits. Sentant sa présence, il murmura :

— Depuis quelque temps, de nombreuses exécutions ont lieu sans le moindre procès ni jugement, même sommaire... Sous couvert de protéger la papauté, le cardinal Della Rovere fait éliminer tous ceux qui gênent son pouvoir. Il a fait le vide autour du pape.

Alessandro resta silencieux. Sa rencontre avec le cardinal Della Rovere avait été aussi brève que marquante. Elle avait eu lieu au palais du vice-chancelier quelques semaines après son entrée au sein du collège des écrivains apostoliques. Le cardinal Borgia, qui avait la responsabilité de ce corps de jeunes *scrittori*, avait réuni quelques-uns des nouveaux venus les plus prometteurs. Invité en tant que premier conseiller du pape, le cardinal Della Rovere était resté en retrait. Mais sa réserve avait impressionné Alessandro autant que sa stature, sa haute taille, ses épaules larges et puissantes. Cette figure virile ne semblait pas en mesure d'exprimer la moindre hésitation, le moindre doute. Sa large tonsure exhibait son appartenance aux ordres majeurs. Formé chez les franciscains, il émanait de lui une austérité monastique purement factice car il était l'un des plus riches et des moins chastes cardinaux du Sacré Collège. En le voyant vêtu de sa soutane, avec cette allure vigoureuse, Alessandro avait pensé que le cardinal de Saint-Pierre-aux-Liens s'était trompé de vie, qu'il était un capitaine égaré dans des vêtements de prêtre. Son air furieux, quelques instants après le discours du vice-chancelier, n'avait fait que renforcer cette impression.

Il ne supportait pas la magnificence du palais du cardinal Borgia ni la prééminence dont le vice-chancelier prétendait jouir sur lui dans toutes les occasions de la vie somptuaire romaine.

Cette personnalité intraitable pouvait être sensible à son désir de rejoindre l'armée du pape. Il en était convaincu. Et ce que Castellesi disait ne faisait que confirmer ce qu'il sentait : il fallait quitter ces lieux au plus vite alors que les condamnations sans procès ni jugement s'enchaînaient.

— Comment pourrais-je rencontrer le gouverneur ? demanda-t-il.

— Je doute que tu y parviennes… et quand bien même, Bartolomeo Della Rovere n'est que l'ombre de son frère. Il ne fait qu'obéir à ses instructions. Tu n'obtiendras rien de lui. De même que Jean, le préfet de Rome, capitaine général de l'Église. Ces trois-là tiennent notre ville et plus encore !

À force de l'entendre sans le voir, Alessandro

comprenait un peu mieux ce qui le gênait chez Castellesi depuis le début, ce mélange de mépris et d'obédience pour ceux qui l'avaient jeté dans cette cellule.

— Vous semblez bien les connaître...

Castellesi approcha sa bouche encore plus près de la cavité. Son chuchotement ressemblait à celui d'une confession.

— C'est ce que je croyais... Giuliano Della Rovere m'a trahi. Il m'avait juré qu'il ne laisserait pas le pape se servir de moi contre son fils. Cela fait maintenant plus de deux mois que je suis ici. Je ne lui pardonnerai jamais cette captivité.

Ces paroles résonnèrent tout à coup en lui. La proximité de son oncle Jacopo Caetani avec le cardinal Della Rovere ne l'avait pas protégé non plus. Peut-être n'était-il pas si proche de lui qu'il l'avait prétendu.

— Un membre de ta famille finira bien par venir te sortir de là..., continua Castellesi qui devinait ses pensées. À moins que ton frère refuse de rendre les armes...

— Mon oncle Jacopo Caetani est l'un des protonotaires... c'est lui qui m'a fait entrer au collège des écrivains apostoliques. Il a dû être informé de mon arrestation.

De l'autre côté du mur, le prisonnier ne semblait pas impressionné.

— Je ne t'apprendrai rien en disant que cette fonction honorifique n'a plus de réelle influence aujourd'hui.

Alessandro regardait l'orifice d'où provenaient ces paroles aussi perfides qu'inquiétantes. Jacopo faisait partie de ce collège de prélats dont la position était la plus élevée parmi ceux qui n'étaient pas évêques. Seules les familles de la noblesse romaine pouvaient prétendre à cette fonction qui était l'une des plus anciennes de l'Église. Elle était intrinsèquement liée à l'histoire de Rome : Clément Ier, l'un des premiers évêques de Rome, avait divisé la ville en sept quartiers et avait chargé sept protonotaires de rédiger la vie des martyrs chrétiens. Gardiens de ce savoir sacré, les protonotaires bénéficiaient de nombreux honneurs et prérogatives qui les distinguaient des autres prélats.

En entendant Castellesi, Alessandro mesurait le chemin à parcourir pour prendre place au sein de la curie romaine. Sa mère l'avait compris. Giovanella Caetani était une femme orgueilleuse et fière de son histoire qui désirait venger la mémoire de son ancêtre Boniface VIII. Près de deux siècles plus tôt, celui-ci avait reçu une gifle d'un envoyé du roi de France, ultime affront dans un conflit qui opposait la papauté à l'empire. Il était mort de cet outrage. Au-delà de cette figure, Giovanella était ambitieuse et voulait que sa famille se fasse une vraie place au sein de l'Église. Après lui avoir donné six cardinaux, les Caetani avaient quelque peu déserté les rangs du Sacré Collège et même l'histoire de Rome. Elle n'était pas loin de considérer son entrée dans la curie et sa future ascension comme une revanche nécessaire.

— Tu es bien silencieux..., souffla le prisonnier au bout d'un moment en faisant craquer une fois encore ses articulations. Le fait que tu sois le neveu d'un Caetani ne jouera pas en ta faveur, au contraire. Aujourd'hui, les grandes familles romaines ont perdu leur pouvoir. Elles ont fait leur temps et se contentent de créer l'anarchie.

En vérité, leur puissance a vécu. Ce sont les Della Rovere, les Riario, les Médicis, ou les étrangers comme les Borgia, qui tiennent Rome.

— Peut-être…

Alessandro repensa au dernier entretien qu'il avait eu avec le plus jeune frère de sa mère. Celui-ci lui avait reproché de ne pas remplir sa charge d'écrivain avec assez de sérieux.

Alessandro sentait la paroi humide lui frôler la joue. Elle était aussi rugueuse que les murs de leur forteresse familiale. Une *rocca*, comme on appelait ces châteaux construits sur la roche volcanique, au-dessus du lac Bolsena. Le volcan s'était éteint et aujourd'hui les champs et les forêts de chênes n'étaient plus traversés que par quelques troupeaux de moutons. Cette forteresse aux pièces sombres, aux meubles épais et lourds, gardait le souvenir d'une époque où les luttes d'influence se livraient d'un château à l'autre, où les familles de la région se disputaient le pouvoir sur des terres abandonnées par les papes en exil.

Il espérait que ses rêves ne disparaîtraient pas entre les murs de cette forteresse, aux fondations plus anciennes que Capodimonte.

## *23 mars 1486*

Les nouvelles du front étaient mauvaises. Alessandro avait surpris des conversations entre gardiens. Les troupes de Roberto Sanseverino avaient subi de nouvelles défaites face à l'armée commandée par Alphonse de Calabre et Virginio Orsini qui, elle, accumulait les soutiens. Autour de Rome, des agents florentins avaient provoqué des soulèvements contre les représentants du pape à Pérouse, Viterbe, Spolète, Orvieto. La Ville éternelle était à nouveau menacée. Tout comme les villes des États pontificaux. On disait même que des vaisseaux turcs rôdaient sur les rives de l'Adriatique. La prison vibrait au rythme de cette guerre. Alessandro avait fini par détecter les avancées ou les reculs de l'armée pontificale : chaque fois qu'elle perdait du terrain, les mesures de sûreté étaient renforcées, les tours sur la terrasse interdits, les portions de repas réduites. Le gouverneur menait sa propre guerre avec sa troupe de gardes sans courage, contre des prisonniers sans armure ni munition.

Alessandro s'impatientait. La malchance l'avait entraîné sur le mauvais champ de bataille. Là où les victoires se mesuraient en nombre de rondes, en mesquineries, en tracasseries de serrures. Il avait à nouveau demandé à rencontrer le gouverneur. Les armées du pape avaient besoin de troupes. Il n'en démordait toujours pas. Mais sa requête restait sans réponse.

Sa seule distraction était la lecture des épîtres de saint Paul qu'il connaissait à présent par cœur. Les pérégrinations de ce treizième apôtre l'interpellaient, sa foi de converti était plus brûlante que celle des autres, son discours plus ardent que celui de tous les disciples. Ce soldat de Dieu, fauché sur le chemin de Damas, le séduisait. Chaque jour, ce destin lui permettait de repousser les limites de sa cellule.

Un matin, il entendit les bottes d'un garde et les cliquetis d'une armure dans la galerie. Les hommes qui surveillaient les prisonniers ne passaient jamais à cette heure si matinale. Il se dressa sur sa paillasse. D'autres pas, plus légers, presque frôlés, marchaient dans ceux du garde. Ce n'était pas une ronde au hasard des couloirs. Deux personnes se dirigeaient quelque part. Son cœur se mit à battre plus fort. Était-ce son tour ? L'arbitraire pontifical allait-il s'abattre sur lui ce matin-là, par inadvertance ou par erreur ?

Assis sur le bord de son lit, il s'apprêtait à bondir. Avant d'être exécuté, il devrait tout tenter, avec les forces qui lui restaient. Ne pas se laisser entraîner vers le gibet sans résister. Se révolter comme l'aurait fait l'un de ses héros dont les exploits l'avaient attiré dans ce piège.

Prêt à se jeter sur le garde, il reconnut une silhouette familière. Dans le contre-jour de la torche brandie par le garde derrière lui, le visage de Jacopo Caetani surgit de la galerie.

Il entra dans la cellule, raide comme la lance du soldat.

Son visage était plus immobile que jamais, le regard dur, les lèvres serrées. Il était d'habitude difficile de déceler des sentiments sur cette figure austère, aux traits si délimités. Mais pour la première fois de sa vie, malgré l'obscurité, Alessandro y vit de la colère et de la déception.

Le garde referma la grille derrière lui.

Alessandro s'était levé. C'était la visite qu'il attendait tout en la redoutant. Quelques jours avant sa fuite, alors que sa charge d'écrivain apostolique venait d'être révoquée, son oncle lui avait conseillé de quitter Capodimonte pour s'installer chez sa sœur Girolama et son beau-frère Puccio Pucci, à Florence. Il voulait aussi l'éloigner de son petit groupe de disciples de l'Académie de Pomponio Leto qui le distrayait un peu trop de ses vraies études. Lorsqu'il serait arrivé chez sa sœur, il était prévu qu'il commence des études de droit à l'université de Pise.

— C'est dans cette immonde cellule qu'ils t'ont mis ! lâcha-t-il au bout d'un moment.

Une seule question taraudait Alessandro depuis son enfermement.

— Est-ce Matteo qui vous a prévenu ?

Jacopo Caetani ne répondit pas tout de suite, parcourant les murs de la cellule des yeux.

— Oui, Matteo a eu besoin de quelques jours pour se remettre des coups qu'il a reçus. Mais il va mieux. Il reprend des forces dans l'appartement que tu occupes au palais de tes cousins Orsini. On veille sur lui.

Alessandro oublia la présence de son oncle. La vision de son compagnon d'aventure blessé l'envahit de culpabilité. Matteo était plus qu'un écuyer. Son courage, sa présence fidèle à ses côtés depuis l'enfance lui étaient indispensables. Il se sentait plus proche de lui que de son propre frère.

— Que faisais-tu à cette heure dans les rues de Rome ? Je t'avais dit de ne pas t'y aventurer ! reprit Jacopo en le regardant au fond des yeux.

Son oncle connaissait son goût pour l'aventure, ses velléités de supplanter son frère aîné, d'inverser le destin qui l'enfermait dans cette carrière ecclésiastique trop étroite pour ses rêves de grandeur et d'intrépidité.

— J'étais en route pour rejoindre les armées de Roberto Sanseverino…, lança-t-il d'un ton provocant.

Jacopo Caetani ouvrit très grand ses yeux comme s'il voulait y faire entrer plus de lumière pour comprendre.

— Que dis-tu ? N'en as-tu pas fini avec ces mirages héroïques ? Ta fréquentation de ce fou de Pomponio Leto t'a complètement tourné la tête !

Alessandro s'avança vers lui, soudainement emporté par la colère, la fureur contenue de ces journées d'attente et de peur.

— Non ! Car les cartes sont rebattues ! Pourquoi devrais-je me soumettre à une règle alors que mon frère trahit notre serment ?

Jacopo s'exclama plus fort.

— Penses-tu que les troupes du pape t'attendent ? Toi qui n'as jamais pris les armes ! Quelle folie !

Alessandro se savait plus doué que son frère pourtant aguerri au maniement des armes auquel son père l'avait exercé depuis l'enfance. Angelo croyait être un capitaine de génie, héritier des talents de leur grand-père, mais il usait de méthodes ou de réflexes qui étaient ceux d'un autre temps.

— L'engagement d'Angelo nous porte préjudice. Mais c'est son manque de talent qui nous déshonore le plus !

Jacopo s'arrêta net au milieu de la pièce, comme sidéré.

— Pour qui te prends-tu ?

Alessandro battit soudain en retraite, conscient de raviver une colère qui pouvait mettre fin à leur entretien.

— Ce n'est pas moi qui suis le plus blâmable ! poursuivit Alessandro pour détourner sa fureur vers Angelo.

— Mais c'est toi qui es en prison ! Si tu m'avais écouté, tu serais déjà à Florence !

D'un mouvement du bras, Jacopo fit voler le bas de son manteau de velours dans la pièce. Alessandro crut qu'il allait quitter la cellule. Mais il la traversa de long en large, semblant chercher un chemin, une hypothétique issue à un désaccord plus profond. En effet, deux visions du monde s'opposaient au sein de la famille Farnese : celle de la vieille aristocratie romaine dont il était l'un des représentants, patient et loyal à la papauté, et celle de Puccio Pucci, le beau-frère d'Alessandro, un juriste puissant à la cour de Laurent de Médicis, qui était pressé de voir la famille de sa femme lui donner de nouveaux accès à l'Église. Puccio comptait sur ces appuis pour aider son fils issu d'un premier mariage à gravir quelques échelons au sein de la curie. Mais depuis son union avec Girolama, trois ans plus tôt, il trouvait que les choses n'avançaient pas assez vite et qu'il fallait changer de stratégie, quitte même à changer de camp.

— Je déplore que Puccio ait réussi à convaincre ton frère…

Puccio Pucci était un homme influent à la cour de Laurent de Médicis. Il était le fils du premier conseiller de Cosme de Médicis, le grand-père de Laurent. Depuis la mort de Pier Luigi Farnese, son beau-père, un an plus tôt, Puccio Pucci avait pris l'ascendant sur la destinée des Farnese. D'une loyauté sans faille à l'égard de Laurent de Médicis, il mettait un point d'honneur à entraîner son entourage dans les pas de son maître et à défendre les intérêts de la cité avant toute chose. Ceux-ci étaient clairement du côté de Ferdinand de Naples que Laurent soutenait afin d'empêcher le pape de gagner en influence aux frontières de la République de Florence.

— Je l'avais dit à ta mère Giovanella ! J'ai toujours su qu'il n'était pas bon de se rapprocher aveuglément d'intérêts qui ne sont pas les nôtres…

Mais derrière Puccio Pucci, il y avait la puissance de la première famille de Florence. Les Médicis étaient devenus les banquiers de la papauté. Alessandro s'intéressait de très loin à cette lignée de marchands dont l'influence sur les décisions du pape était connue. Cette cité qui ne possédait pas d'armée, soumise aux lois de l'argent, et à l'emprise insidieuse de cette famille, ne l'attirait pas. Seule la conjuration qui avait failli coûter la vie à Laurent, et dans laquelle avait péri son jeune frère Julien, huit ans plus tôt, l'avait marqué. Lors de cette attaque sanglante dans la cathédrale Santa Maria del Fiore, le jour de Pâques, leur résistance héroïque lui avait semblé admirable.

— Angelo est-il informé de ma captivité ? finit par demander Alessandro qui ne voyait plus d'issue à cette conversation.

— Oui... Mais il refuse d'abandonner le commandement de ses troupes qui comptent sur lui.

Alessandro faillit hausser les épaules. Cela ne l'étonnait qu'à moitié. Il n'espérait rien de lui. Leurs dissensions étaient anciennes. Ou plutôt leurs différences de caractère. Girolama était l'alliée d'Angelo, sa plus proche confidente. Elle s'était liguée avec son frère aîné pour forcer Alessandro à faire ce qu'on attendait de lui, manigançant ce séjour à Florence pour l'éloigner de Capodimonte et des tentations de résistance. Giulia, sa plus jeune sœur, était sa seule complice. Un lien charnel les unissait depuis toujours. Ils se comprenaient sans se parler, s'entendaient sans se voir. Mais elle n'avait que douze ans et se préparait à entrer au couvent pour parfaire son éducation : elle ne pesait pas le moindre poids dans ces discussions où l'avenir familial se décidait.

— Et le cardinal Della Rovere, il ne vous écoute pas ?

Alessandro vit les traits de Jacopo Caetani se crisper. Ses paroles, il le sentait, frisaient l'insolence.

— Mais que crois-tu ? Tu es ici dans la geôle du premier des souverains d'Europe ! J'ai usé de tous mes appuis au Sacré Collège pour te rendre cette visite.

Alessandro s'assit sur la paillasse, alors que se creusait un abîme d'incertitudes au bord de cette cellule.

— Giuliano Della Rovere vient de quitter Rome pour Gênes où il doit rencontrer les envoyés du duc de Lorraine pour essayer de négocier son soutien contre Naples. Je le verrai à son retour…

Jacopo semblait sur le point de partir. Il avait fait signe aux gardes. En marchant vers la grille, il se retourna.

— Pendant les prochaines semaines, il ne faut pas que tu entreprennes d'autres projets aventureux comme cette fuite dans Rome !

Jacopo Caetani avait l'obéissance et la loyauté envers l'Église chevillées au corps et à l'âme. Sa raideur était le reflet physique de cette disposition morale.

Intraitable, Jacopo posa son regard au fond du sien.

— Nous n'avons pas le choix. Faisons confiance à la Providence pour veiller sur toi le temps que je convainque le cardinal Della Rovere de faire preuve de clémence à ton égard.

Il avait prononcé ces dernières paroles en se signant. Alessandro ne put s'empêcher de déceler dans l'étincelle au fond de ses yeux la satisfaction de le voir puni de sa dissidence.

L'abbaye de San Petita était située à quelques ruelles du château Saint-Ange. Entourée de murs épais qui s'élevaient à plus de quatre-vingt-dix pieds de hauteur, elle décourageait les passants au premier regard. Un autre ciel commençait derrière l'enceinte. Le mur était si haut qu'il avait plusieurs fois servi de refuge aux habitants du quartier pendant les invasions des Sarrasins et les ravages des grandes compagnies. En temps de paix, la forteresse n'abritait jamais plus d'une vingtaine de religieuses. Elles appartenaient toutes à la noblesse romaine. La plupart d'entre elles avaient été cloîtrées derrière ces murs à la demande de leurs familles ; sans dot et sans possibilités d'alliance à la hauteur de leurs prétentions, leur seul avenir était dans la prière.

L'abbaye de San Petita était l'un des plus anciens monastères de la ville et le seul qui fût construit à l'intérieur de son enceinte. L'unique entrée se trouvait rue de Castille, à l'angle d'un chemin de poussière qui menait vers un pan de murailles antiques. La petite grille ne s'ouvrait que pour le passage de la nourriture. Il existait cependant une autre porte, connue seulement de l'abbesse et du confesseur. De l'autre côté de l'enceinte, ombragée par des arbres, presque invisible, une poterne donnait sur le jardin de la chapelle San Lorenzo qui permettait de sortir dans la ville sans repasser devant la chambre de la sœur tourière. Bien que soumis à la règle de saint Benoît qui interdisait aux sœurs les visites et les sorties, le monastère avait sa propre histoire.

Chaque abbaye avait ses entorses à la clôture, ses habitudes, son battement de prière. L'âme de San Petita était quelque part sous ce cloître, dans cette terre sombre que la pluie faisait parfois surgir entre les dalles et les herbes de la cour. Légèrement en retrait, à l'ombre de cyprès longs et bleus, la chapelle avait été bâtie à l'emplacement d'une villa antique, tout près d'une source qui donnait encore plusieurs barriques d'eau par jour.

Au milieu du cloître, le puits s'enfonçait dans les profondeurs du temps et de la roche. On racontait qu'à environ un mètre au-dessus de la nappe d'eau, dérobé au regard, un souterrain avait été creusé à l'horizontale pour rejoindre le château Saint-Ange sur la colline opposée. C'était sans doute cette connivence secrète, ce lien invisible qui avait fini par affleurer à la surface de la terre.

Car la terre parlait d'une bâtisse à une autre. Elle murmurait sa légende, sa rumeur sacrée qui, de siècle en siècle, remontait jusqu'à la première abbesse de San Petita, Felize da Cenzi. Dans ce passé lointain, figé sur la ville par le terrible hiver de l'an 850, la peste noire prenait chaque jour plus d'une centaine d'hommes et de femmes. Au-dessus des toits, le ciel n'était plus qu'une immense toile opaque, un nuage de cendres froides et de fumées tordues par le vent. Nuit et jour, des bûchers brûlaient les corps emportés par l'épidémie. Les processions menées par le pape sillonnaient les rues pour tenter d'infléchir la vengeance divine.

Réfugiés dans leurs maisons ou leurs cloîtres, les habitants n'ouvraient plus leurs portes de peur de faire entrer le mal. Les seules silhouettes encore vivantes dans les rues étaient les employés de la ville tirant leurs charrettes remplies de cadavres. Ce fut en ce moment de désespoir, alors que la ville croyait disparaître de l'Histoire, que l'abbesse de San Petita recueillit un prisonnier évadé du château Saint-Ange. L'homme en haillons s'était présenté à la porte de l'abbaye, le visage pâle, la peau glacée. Malgré la règle qui lui interdisait de faire entrer des hommes dans le monastère, elle l'avait soigné, lui avait donné des vêtements, et son propre manteau de laine. Peu après son départ, un événement étrange s'était produit. Le nombre de malades avait très vite diminué, et la peste avait disparu pendant plusieurs années. Sous les traits d'un prisonnier, l'abbesse avait alors été certaine d'avoir recueilli un ange, un envoyé de Dieu, protecteur de la ville.

Depuis, malgré les dangers et les troubles qui déchiraient les familles romaines, toutes les abbesses de San Petita avaient perpétué le geste de Felize da Cenzi. La règle voulait que, chaque semaine, l'abbesse et l'une des sœurs aillent porter aux prisonniers du château Saint-Ange des vêtements qui avaient été lavés, reprisés, étoffés dans l'abbaye. Les archevêques responsables de l'abbaye n'avaient jamais émis d'objection à cette tradition. Comme la plupart des prélats de Rome, ils étaient avant tout préoccupés du sort de la ville, des épidémies et des invasions qui pouvaient provoquer des troubles.

Depuis qu'elle avait été nommée abbesse de San Petita, Francesca Ruffini se faisait de plus en plus souvent remplacer par des religieuses pour distribuer les vêtements.

Comme dans la plupart des monastères établis à l'écart de la ville, les moniales de San Petita vivaient confortablement installées dans leurs cellules, entourées d'une ou plusieurs servantes. Et de la pureté et de l'innocence virginales des premiers temps, il ne restait plus que le tremblement fragile d'un buisson d'aubépine près de la chapelle. De la même façon que les sœurs, l'abbesse se retirait dans son appartement une grande partie de la journée et ne paraissait qu'à l'heure de l'office. Les religieuses partageaient leur temps entre le réfectoire et la chapelle, à l'affût d'une confidence ou d'une rumeur venue du dehors.

Ce matin-là, Silvia Ruffini descendit dans le jardin du cloître plus tôt que d'habitude pour rejoindre sœur Angela qui partait visiter le château Saint-Ange.

La nièce de la mère abbesse avançait sur les dalles grises, le front baissé, le voile glissé de chaque côté de son visage, elle n'avait croisé personne depuis qu'elle avait quitté sa chambre. Dans cet espace clos, le moindre déplacement inhabituel était scruté, observé ; en ces temps de désobéissance et d'affaiblissement de la discipline, la seule règle à laquelle nombre de sœurs obéissaient vraiment était celle non écrite de l'indiscrétion et de la curiosité.

Un vent léger venu de la mer faisait trembler les feuilles des arbres, avant de s'engouffrer dans les manches de sa robe. Autour de son cou, le pendentif que lui avait laissé sa mère juste avant de mourir, un agnus-Dei enchâssé dans une petite croix en or. Un porte-bonheur qu'elle ne quittait jamais depuis que cette muraille de silence s'était dressée autour d'elle, un an auparavant. À la mort de sa mère, Silvia avait demandé à entrer dans ce cloître ; à quatorze ans, elle voulait dédier sa vie à la prière. Ces premiers mois passés à San Petita l'avaient confortée dans l'idée qu'elle n'était pas faite pour le mariage, surtout avec l'homme que lui avait choisi son père, Giovanni Battista Crispo, de plus de vingt ans son aîné. Le silence, la solitude et la présence continue de Dieu étaient seuls capables de satisfaire sa soif d'absolu. En tant que cadette d'une famille de sept enfants, la vie de moniale était l'une des voies qui s'offraient à elle pour échapper à son destin de femme mariée. C'était celle-là qu'elle avait choisie.

Les bourgeons du buisson d'aubépine à l'angle de la chapelle faisaient frémir le souvenir de son arrivée au cloître, à une période où le givre couvrait les branches et que les tiges glacées s'élançaient dans le ciel.

Au bout du chemin, elle reconnut la silhouette de Francesca qui revenait de l'office du matin, les joues rosies par la prière et le froid de la chapelle.

— Sœur Angela t'attend à l'atelier, lui dit-elle, en caressant sa joue.

Francesca se laissait rarement aller à un élan de tendresse envers elle pour ne pas trahir sa préférence. Mais le cloître était vide à cette heure-là.

Et dans la lumière bleutée du matin, son geste passerait inaperçu.

Dès son arrivée à l'abbaye, quelques mois plus tôt, elle avait pris sa nièce en affection. Elle avait tout de suite perçu l'intelligence et la vivacité de l'enfant qui s'accompagnaient d'un caractère un peu frondeur. Son frère, Ruffino Ruffini, l'avait chargée de détourner Silvia de son projet de devenir moniale. Le père de Silvia n'était pas un homme pieux : pour lui, il était dommage que sa dernière fille, la plus jolie et la plus intelligente des trois sœurs, gâche ses qualités purement terrestres en restant dans ce cloître. Qui plus est alors qu'un excellent parti se présentait. Crispo, marchand romain issu d'une famille patricienne, de la ville de Corneto, et devenu riche par ses affaires avec la papauté, avait demandé sa main. Ce veuf, âgé d'une quarantaine d'années, était tombé sous le charme de Silvia au premier regard, lors du mariage de sa sœur Camilla. Mais cet amour déclaré pour la plus jeune des filles Ruffini n'était pas la première des qualités de Crispo : il était propriétaire d'un magnifique palais près du Tibre et d'une maison sur les hauteurs de Rome, dignes récompenses de son sens des affaires et de sa fidélité au clan Colonna. Son grand-père, Crisostomo Crispo, était l'un des lieutenants du cardinal Vittelleschi, *condottiere* devenu chef des armées pontificales, un demi-siècle plus tôt. Sans enfant, Giovanni Battista Crispo espérait que Silvia renoncerait à prendre le voile pour l'épouser et qu'elle lui donnerait enfin une descendance. Ce projet de mariage, offrant la possibilité d'une dot minime, aurait bien fait les affaires de

Ruffino Ruffini, qui peinait à restaurer son palais familial.

En laissant sa main retomber le long de sa robe, Francesca laissa échapper un soupir. Silvia était ravissante. Et, ce qui était plus rare, son âme était aussi forte qu'elle était belle. De toutes les sœurs dont elle avait la charge, « ses filles » comme elle les appelait, sa nièce était celle dont l'âme était la plus ardente. Elle aurait fait une formidable suppléante, alors que Francesca songeait à se retirer. Elle la voyait si heureuse et si épanouie entre ces murs. Mais elle avait promis à Ruffino de faire son possible pour la dissuader de rester. Et elle n'avait qu'une parole pour son frère.

— Ne restez pas trop tard… J'aimerais te voir après ta visite. J'ai une chose importante à te dire.

Silvia sourit. Elle savait que sa tante allait plaider la cause du mariage. Mais elle était bien décidée à ne pas suivre les projets de son père. Elle ouvrit la porte de la chapelle en douceur pour ne pas déranger les sœurs qui chuchotaient tout bas avant l'office de none. Elle devait passer chez la sœur lingère pour récupérer les vêtements des prisonniers qui avaient été lavés.

Silvia jeta un rapide coup d'œil derrière elle. Au fond de la chapelle, Virgilia et Caterina se repenchèrent sur leurs prie-Dieu. Les sœurs passaient leur temps à s'épier. L'ennui, la crainte de vieillir entre ces murs les rendaient très curieuses, capables de tout pour distraire leurs journées.

Le chat qu'elle avait recueilli lors d'une précédente sortie passa à côté d'elle et enroula sa queue autour de ses jambes. Elle caressa son dos cambré et sentit sa main devenir plus légère. Tout à coup, le félin glissa au bout de ses doigts et sauta sur le muret du jardin.

Silvia retrouva sœur Angela dans la petite salle voûtée où elles se consacraient à rapiécer des vêtements et parfois même à les fabriquer entièrement pour les prisonniers. C'était la pièce la plus lumineuse de toute l'abbaye. Elle avait pris goût à ce travail manuel qui la distrayait des heures de prière. Mais aussi des soubresauts de son âme, de ces rêves qu'elle croyait évanouis mais qui n'attendaient qu'un signe de la vie pour se réveiller.

Après le départ de son oncle, Alessandro tournoya dans sa cellule, d'un coin à l'autre, comme une feuille tombée d'un arbre. L'espoir d'une libération prochaine s'était évanoui. Son oncle ne pouvait rien pour lui, ou si peu. L'incertitude prenait place, la durée de son enfermement était suspendue à l'issue de cette guerre. Il était pris au piège. Il avait sans doute eu tort d'avouer ses projets à son oncle. Il flottait entre ces murs un air de punition, le parfum d'une sanction contre cette échappée au mépris de tous les arbitrages familiaux. Cette arrestation était venue le frapper en plein vol. Mais il ne voulait pas renoncer. Pas encore. Il voulait se mesurer à la forteresse, surmonter cette épreuve, en faire une chance de prouver la légitimité de son désir. Au cœur de cette impatience, une idée commençait à naître. Il se rapprocha du mur. Cet inconnu semblait mieux connaître la prison que lui. Il s'arrêta, repensant à leur discussion. Un doute, ou plutôt une hésitation, le traversa. Pouvait-il lui faire confiance ? Les dénonciations et les intrigues en échange de quelque avantage, peut-être la liberté, étaient courantes.

Au fond, Castellesi lui avait confié très peu de choses. Le motif de son emprisonnement semblait plausible quoique légèrement extravagant pour un homme aussi intelligent. Il émanait de lui une connaissance précise des ressorts par lesquels se frayer un chemin entre les entraves et les pièges de la curie.

Avant même qu'Alessandro ait parlé, devinant ses pensées, la voix de son voisin de cellule se fit entendre.

— Tu veux t'évader ?

Alessandro ne bougea pas. L'homme n'était peut-être pas digne de confiance mais il était perspicace ou très indiscret.

— Comment le savez-vous ?

— Je commence à te connaître…

Amusé, Alessandro alla s'asseoir sur le tabouret et s'appuya contre le mur.

— Dites plutôt que vous avez écouté notre conversation…

— Je l'avoue. On s'ennuie un peu ici et cela m'a distrait de mes lectures.

Malgré le froid qui lui transperçait le corps, Alessandro se colla contre la paroi pour être sûr de ne pas être entendu. La malice de cet homme lui plaisait.

— J'aimerais tenter quelque chose en effet, je ne veux pas rester là à attendre le bon vouloir du cardinal Della Rovere.

— Je ne veux pas te décourager…

D'un ton navré, le prisonnier ménageait son effet.

— … mais sans la moindre aide extérieure, c'est impossible. Personne n'a jamais réussi à « s'échapper » sans la complicité d'un garde. Depuis le début de la guerre, les mesures de surveillance ont été renforcées.

Alessandro l'écoutait d'une oreille distraite. Entre les paroles de Castellesi s'étaient glissés la musique et les chants venus de la rue, une sorte de clameur qui l'intéressait plus que les avertissements. Une procession était en train de longer les murs du château Saint-Ange. Presque chaque jour, un convoi sillonnait la ville, un cortège reliait le Latran à la basilique Saint-Pierre, en mémoire d'un saint ou d'un apôtre, suivant des parcours différents, des itinéraires qui variaient selon la mobilisation de certains quartiers, qui voulaient mettre en valeur leurs artisans et corporations. Le château Saint-Ange se trouvait souvent à la jonction de ces itinéraires sacrés.

— Il faudrait profiter de l'agitation d'une de ces cérémonies..., poursuivit Alessandro.

— L'heure n'est pas vraiment à la fête, ricana Castellesi, et ces petites processions ne suffiront pas à détourner l'attention des gardes.

La guerre avait entraîné l'annulation de nombreux cortèges. La mauvaise posture des troupes du pape ne se prêtait pas à de grandes célébrations, comme c'était le cas lorsque l'on fêtait l'arrivée d'un capitaine triomphant, ou l'entrée solennelle d'un prince venu faire allégeance au pape. Mais il y avait sûrement dans le calendrier liturgique une prochaine fête religieuse qui offrirait une diversion parfaite pour s'évader.

Rome grouillait de pèlerins venus célébrer les cultes des martyrs, s'agenouiller devant les reliques des saints de l'Église. Une agitation perpétuelle y régnait. Elle n'avait fait que s'amplifier au cours des dernières années, alors que la glorification de la Rome antique s'entrechoquait avec les commémorations chrétiennes. Pour étancher sa ferveur et distraire le peuple de ses mauvaises habitudes, le pape maintenait certaines cérémonies qui se déroulaient dans les rues de Rome.

Les ombres refluèrent doucement au fond du cachot. De l'autre côté du mur, Castellesi ne bougeait pas.

— La fête du Corpus Christi n'a-t-elle pas lieu dans moins d'un mois ? demanda Alessandro.

À Rome, il s'agissait de l'une des fêtes les plus importantes du calendrier liturgique. Elle célébrait la présence réelle de Jésus-Christ dans l'eucharistie. Elle était suivie par tous les habitants de la ville. Les rues étaient envahies par des défilés qui duraient toute la journée. C'était le moment idéal pour tromper la surveillance des gardes et quitter la ville.

— En effet, concéda Castellesi soudain intéressé par cette ébauche d'évasion. Mais comment comptes-tu sortir de cette cellule ?

Alessandro avait identifié un jeune garde avec lequel il avait échangé quelques mots plus civilisés. Il était originaire de Bolsena. Il connaissait ses parents, son père avait gardé les moutons de leur métayer. En lui promettant quelques ducats, il pourrait l'inciter à se montrer coopérant.

— J'en fais mon affaire, murmura-t-il pour ne pas dévoiler tous ses plans.

Une seule chose l'inquiétait. L'accès à la longue rampe qui desservait les étages de la prison. Elle était surveillée par de nombreux gardes sur tout le parcours qui menait à la grille d'entrée. À l'extérieur, le pont-levis était aussi très bien gardé. Il lui fallait prendre un autre chemin s'il voulait sortir d'ici sans être arrêté dès le premier guichet au fond de la galerie.

— La principale difficulté est surtout de sortir de la prison sans emprunter le chemin que nous avons pris pour entrer. Y aurait-il des couloirs moins bien gardés que les autres ?

— Cette forteresse se garde toute seule..., souffla Castellesi. Le plus dur est de la quitter.

La seule issue était donc la façade de la forteresse. Une véritable armée de pierres, une bataille à mains nues. Avec des chemins de ronde à tous les étages, une obscurité pleine de soldats. Pourtant, ici et là, des pierres pouvaient servir d'appui ; nombreuses étaient les brèches qui permettaient de poser un pied, une main ou un doigt.

— À ma connaissance, personne n'est parvenu à descendre sa façade..., glissa Castellesi qui en défendait soudain la mémoire.

Mais au lieu de l'inquiéter, cette difficulté exalta Alessandro.

— Je n'ai pas le vertige et j'ai l'habitude des forteresses !

Oubliant Castellesi, il se leva pour donner plus de place à cette idée qui surgissait dans la pénombre, aussi nettement qu'un ciel étoilé dans la nuit. La physionomie du château lui était familière, il l'avait longé plusieurs fois. Lors de défis qu'il s'était lancés avec ses amis de l'Académie, il en avait déjà escaladé les premiers mètres. La forteresse de Capodimonte était à peine moins abrupte et il l'avait plusieurs fois gravie à mains nues.

Parcourant sa cellule, il pensa aux différents outils, ustensiles et autres accessoires dont il aurait besoin pour accomplir cet exploit, comme on passe en revue ses troupes. Il lui fallait une corde pour passer d'un étage à l'autre car le cylindre n'était pas d'une pièce, il était surmonté d'une large rangée de mâchicoulis. Un peu plus bas, légèrement en retrait, une portion du bâtiment était constituée de briques. Le château se terminait par un socle de travertin et de tuf plein d'aspérités, un soubassement très haut qui semblait taillé dans la roche. Des cordes se trouvaient certainement sur la terrasse où avaient lieu les pendaisons. Il lui faudrait s'en assurer.

Emporté par son enthousiasme, il n'avait pas entendu la voix qui lui parlait à nouveau : Castellesi répétait son prénom. Même lointainement, il lui semblait qu'il voulait entraver son élan. Il s'arrêta tout à coup pour l'écouter.

— Alessandro, tu sembles mince et agile, mais même avec les cordes du gibet, la façade est très haute ! Plus de cent pieds de haut ! Jamais elles ne te permettront de descendre jusqu'en bas.

C'était la première fois qu'il l'appelait ainsi. Cette familiarité, pleine de sollicitude, lui déplut.

— C'est ce que nous verrons.

— Et tu oublies une chose…

— Quoi encore ?

— Aucun des gardes qui nous surveillent n'a la clé qui mène à la terrasse où se déroulent les exécutions et d'où tu pourras tenter d'enjamber le mur.

À cet instant, l'enthousiasme retomba. Une sorte de chape de plomb recouvrit le projet à peine esquissé.

— Comment la trouver ? demanda Alessandro avide de poursuivre son plan.

— Elle est dans une armoire à l'entrée de notre

galerie, bien gardée. Les religieuses de l'abbaye de San Petita sont les seules à avoir un double, je crois… celles qui font le tour des galeries. Elles distribuent des vêtements aux prisonniers… Mais n'y compte pas trop, on ne sait jamais quand elles viennent.

Alessandro se souvint de cette vision le soir de son arrivée. Elle suscita un nouvel espoir qui l'empêcha de dormir une partie de la nuit.

Alessandro passait désormais ses journées à guetter les allées et venues des gardes. Il lui fallait repérer le parcours qui serait le sien en sortant de sa cellule.

Ce projet d'évasion lui insufflait un tel élan, une telle joie d'avoir enfin trouvé un exploit à sa mesure, à la hauteur de son imagination, qu'il en oubliait les obstacles. Le garde de Bolsena avait accueilli sa proposition avec plus de facilité qu'il ne l'aurait cru, il semblait hostile au pape, prêt à tout pour recevoir quelques écus. Il lui avait bien certifié que des cordes en bon état se trouvaient sur le sommet de la forteresse. « Il fallait, disait-il, que les pendus ne se décrochent pas tout seuls avant de trépasser. » Pour raviver ses muscles endormis par des journées d'immobilité, il avait commencé à faire de l'exercice. Chaque matin, avant la ronde, il soulevait plusieurs dizaines de fois la table, allongé sur sa paillasse.

La seule difficulté était la clé qui menait à la terrasse : elle était bien gardée dans une armoire juste au-dessus du chef des gardes qui ne quittait jamais son fauteuil. Il comptait moins sur l'aide de Castellesi que sur les sœurs dont les visites avaient lieu au moins tous les deux mois.

Une après-midi, la visite espérée se produisit.

Au fond du couloir, des voix de femmes se firent entendre.

Les visiteuses passaient d'une cellule à l'autre. Lorsqu'elles arrivèrent au niveau de la sienne, il observa les deux silhouettes.

L'une était âgée et l'autre beaucoup plus jeune. Le corps drapé jusqu'aux chevilles dans un tissu clair. Au bord de sa cellule opaque et suintante, la blancheur de ce voile ressemblait à une apparition.

Le garde ouvrit une cellule à côté de la sienne, tandis que l'autre sœur plus âgée continuait vers la cellule suivante. La religieuse qui tenait un panier rempli de vêtements s'approcha, rassurée sans doute par son visage encore jeune, son allure svelte. Il fut frappé par la clarté de son regard. Ses traits parfaitement harmonieux, comme ceux d'une divinité ou d'une Vierge peinte par un artiste de génie. La douceur de son sourire le troubla.

Il posa sa main sur son bras.

— Voulez-vous m'aider ?

Elle avait à peine tremblé, comme si elle était venue pour l'écouter. Il fallait parler vite, savoir où aller, ne pas se tromper de chemin.

— J'ai besoin de la clé qui ouvre la porte de la terrasse supérieure.

Un hochement de tête imperceptible. Elle recula. Car elle s'était profondément avancée dans la cellule.

— Silvia, ne t'attarde pas, continuons, s'exclama l'autre sœur qui sortait de la cellule d'à côté.

Avant qu'elle ait quitté la sienne, Alessandro souffla d'un peu plus près :

— Je partirai le jour de la fête du Corpus Christi… dans un mois et demi. Si vous le pouvez, apportez-la-moi avant.

Elle eut un mouvement de tête imperceptible.

La novice était déjà dans le couloir. La grille de sa geôle s'était refermée sur un espoir. L'instant d'après, les pas s'éloignèrent. Alessandro n'entendit pas le garde refermer la grille, ni l'écho de leurs pas disparaître dans la galerie, ni même les voix qui s'élevaient sur le passage de ces religieuses.

En entrant à l'abbaye de San Petita, Silvia était allée tout de suite dans sa cellule, sans passer par le réfectoire, pour éviter de voir sa tante. Elle avait prévenu qu'elle ne se sentait pas bien, qu'elle les rejoindrait plus tard.

Elle voulait y cacher la clé de la terrasse du château qu'elle avait réussi à subtiliser. Au moment de passer devant l'armoire, elle avait tout de suite repéré la clé dont lui avait parlé ce prisonnier. Elle n'avait pas voulu réfléchir. Une sorte d'instinct l'avait poussée à la subtiliser. Elle avait profité d'un moment d'inattention du gardien qui s'était levé et plaisantait sur leur visite, pour la remplacer par une autre clé. Sa détermination l'avait elle-même surprise.

C'est en arrivant dans le cloître, sentant le poids du fer dans les plis de sa robe, qu'elle avait mesuré la gravité de son geste. Elle était devenue la complice d'une tentative d'évasion. Pour une personne qu'elle ne connaissait pas, un inconnu qui était peut-être un voleur ou un assassin.

Après son passage dans la cellule de ce prisonnier, sœur Angela s'était doutée de quelque chose.

Elle l'avait questionnée sur le chemin du retour au sujet du temps qu'elle avait passé dans la cellule. Son cœur battait si fort que sa tête s'était mise à bourdonner.

Lorsqu'elle fut dans sa cellule, elle posa la clé sur son bureau. La silhouette si jeune, si énergique de ce garçon l'avait surprise. Cela n'avait duré qu'un instant, puis sa voix, son élan vers elle l'avaient troublée. Les sœurs ne connaissaient pas l'identité des prisonniers qu'elles visitaient.

Elle s'assit sur la cathèdre et regarda le petit miroir que sa tante l'avait autorisée à installer dans sa chambre. Elle enleva les épingles une à une pour détacher son voile. Une fine pellicule de poussière recouvrait son front et ses tempes. L'air de la forteresse était si sale qu'une couche de suie se déposait sur sa peau à chaque fois qu'elle la visitait.

Ses joues étaient rouges, son regard brillant mais inquiet. Elle n'aimait pas se sentir fébrile. Juste à côté de la table était suspendu un portrait de sa mère, autour duquel elle avait enroulé un agnus-Dei. Elle regarda le visage de celle qui l'avait quittée trop tôt. Sa disparition l'avait plongée dans une tristesse profonde que rien n'avait pu dissiper sauf ce cloître. L'abbaye avait été son refuge. Pour la première fois, son âme s'était sentie apaisée entre ces murs.

La prière avait été le remède auquel elle voulait vouer sa vie. Elle baissa les yeux et se mit à prier.

Le vol de la clé n'était pas l'unique cause du trouble qui faisait trembler ses mains. Elle le savait. Quelque chose d'autre vrillait son cœur. C'était venu si soudainement, si immédiatement.

De longues minutes passèrent loin de tout, les

chants des sœurs s'élevaient jusqu'à sa cellule, l'office du soir avait commencé.

Pour la première fois depuis son arrivée à l'abbaye, quelques mois plutôt, le souffle de la prière, le calme de cette cellule ne lui procuraient pas d'apaisement.

Elle replaça son voile sur ses cheveux et sortit, pressée de mêler sa voix et ses pensées à celles des autres sœurs.

De l'autre côté du quartier, derrière les murs du château Saint-Ange, le souvenir de cette apparition avait hanté les nuits et les jours vides d'Alessandro. Qui était cette religieuse ? Quel était ce couvent auquel elle appartenait ? Y faisait-elle son éducation comme c'était le cas des jeunes filles de cet âge ? Ou y avait-elle prononcé des vœux ? Il aimait la sobriété de son visage, la douceur de ce voile posé sur son front. Le classicisme de ses traits n'était entravé par aucun ornement, aucun artifice, aucune des parures dont s'affublaient les jeunes romaines qu'il avait rencontrées et cru aimer. Sa beauté sans fard ni apprêt lui plaisait. À moins que ce ne soit sa visite, l'espoir qu'elle avait suscité, cet acquiescement imperceptible de la tête.

Quelques jours plus tard, une autre visite vint troubler ses projets. Dans cette prison, les événements les plus espérés survenaient quand on ne les attendait plus. Ils devenaient alors des coïncidences redoutables. Il était encore tôt lorsqu'un homme élégamment vêtu apparut à la grille de sa cellule. Il ne portait pas d'arme sur lui, seulement une balafre en travers du visage. Il n'avait même pas de torche à la main : il connaissait la prison par cœur.

— Le gouverneur veut te parler !

En se redressant, Alessandro sentit un frisson lui parcourir le cou. Il pensa tout de suite à cette religieuse à laquelle il avait demandé de l'aide puis au garde qui aurait pu trahir ses projets.

— Vous en êtes certain ?

— N'as-tu pas demandé à le rencontrer ?

Alessandro finit par suivre l'homme mi-ombre, mi-garde à travers ce couloir qu'il devrait emprunter pour s'échapper. Il était à peine midi. La galerie était vide.

Au bout du couloir, la fameuse porte en fer dont Castellesi lui avait parlé était surmontée des armes pontificales.

— Passe devant, fit l'homme en ouvrant la porte.

Un petit escalier s'enroulait vers le dernier étage du château, jusqu'à la fameuse terrasse depuis laquelle il avait prévu de commencer sa descente. La lumière du jour était éblouissante. Surtout pour des yeux qui ne l'avaient pas vue depuis un mois. Le soleil radieux ne suffisait pas à réchauffer l'air. Des rafales de vent balayaient sans cesse l'esplanade comme le sommet d'une montagne.

L'esplanade était déserte. Un arbre poussait dans la muraille, un puits était installé au milieu de la petite cour. On aurait dit une place de village. De minuscules bourgeons semblaient posés sur l'air. De l'autre côté, on distinguait la potence en bois. À l'autre bout de la terrasse, le *passetto*, ce couloir en pierre reliant le palais du Vatican au château, s'enfonçait dans la brume. Il avait été aménagé deux siècles plus tôt sur l'ancienne muraille qui protégeait la basilique Saint-Pierre des invasions sarrasines ; il devait permettre au pape de se réfugier dans sa forteresse en cas d'attaque. Ce mur lui avait toujours semblé l'emblème de la lâcheté pontificale, cette propension du pape à fuir les menaces, à déserter son palais pour se réfugier de l'autre côté du quartier, derrière ces murs, comme un proscrit ou un homme au pouvoir trop fragile.

— Par ici, fit le garde en soulevant un rideau.

Les appartements du gouverneur se situaient derrière la salle d'armes. Alessandro traversa le vestibule. Il franchit un rideau en velours et pénétra dans une grande pièce remplie de meubles précieux et de livres. Une table en occupait le centre, deux sièges en bois recouverts d'une tapisserie au point lui faisaient face ; une fine tenture tissée d'or représentant les armoiries du pape était suspendue au-dessus d'un coffre. Des miniatures et des statuettes étaient disposées sur les étagères d'une armoire ouverte. Une collection de médailles romaines était exposée sur une crédence. C'était le décor d'un homme cultivé, amateur d'antiquités, ou qui prétendait l'être. Les rayons de soleil passaient à travers une fenêtre au verre épais et légèrement verdâtre. Une atmosphère chaleureuse et confortable régnait entre ces murs. Les appartements du gouverneur étaient ceux d'un homme de bien aimant le luxe, pas ceux d'un chef de guerre enfermé dans sa citadelle.

Le gouverneur se tenait derrière la table. Il discutait avec un garde. Au bout d'un moment, il apposa son poinçon sur un document. En le regardant, Alessandro pensa que son allure était parfaitement ajustée au monument dont il avait la charge. C'était un homme brun et lourd. Même assis, on voyait qu'il était de haute taille. Son allure était rendue plus massive encore par l'épaisse couche de vêtements qu'il portait : une houppelande bleu foncé, recouverte d'un manteau bordé de fourrure. Un collier de petits glands, représentant l'emblème familial, scintillait sur sa poitrine.

Au bout d'un moment, il leva les yeux vers lui.

— Prenez place !...

L'homme avait parlé d'un ton aimable, désignant le fauteuil qui lui faisait face.

— Depuis quand êtes-vous dans nos murs ? continua-t-il comme s'il évoquait un séjour d'agrément. Une dizaine de jours, c'est cela ?

Le ton de sa voix rassura un peu Alessandro sur le motif de cet entretien.

— Plus de deux mois...

Bartolomeo Della Rovere se leva. La tonsure sur le haut de son crâne était plus discrète que celle de son frère. En tant qu'évêque de Massa Marittima et de Ferrare, le gouverneur du château Saint-Ange cumulait des responsabilités militaires et religieuses avec aisance. Sa fonction à la tête du château en faisait un personnage central à Rome. De même que sa parenté avec son frère, le cardinal Della Rovere, l'homme le plus puissant de Rome après le pape. Leur ressemblance était assez frappante. Le gouverneur avait la même taille, la même stature imposante, la même attitude impérieuse. Hormis le regard qui exprimait moins d'impatience que de zèle, moins d'ardeur que de contentement de soi.

— Le temps paraît toujours plus long entre ces murs..., précisa-t-il en faisant quelques pas.

Alessandro l'observait avec d'autant plus de détachement qu'il ne tenait plus à rejoindre les troupes du pape. Son désir d'évasion s'était presque totalement substitué à sa ferveur guerrière, ou plutôt il l'avait convertie en une sorte de fièvre au service de sa fuite, de cet exploit qu'il s'apprêtait à accomplir. À cet instant précis, il ne pensait qu'aux réserves de corde qui se trouvaient certainement près du gibet mais qu'il n'avait pas vues en passant.

— Mon frère devrait être ici dans quelques instants. Il souhaite vous interroger…

Castellesi avait raison. Le gouverneur ne faisait rien sans en référer au cardinal de Saint-Pierre-aux-Liens. En l'attendant, il crut bon de devoir lui exposer l'origine de sa captivité.

— Il est dommage que votre frère Angelo refuse de déposer les armes, et de mettre ainsi fin à cette fâcheuse situation dans laquelle vous vous trouvez.

— Pourquoi me garder prisonnier si cela ne produit pas les effets espérés ? ne put s'empêcher de demander Alessandro.

L'homme ne répondit pas. Il s'était mis à feuilleter un ouvrage.

Alessandro plissa les yeux pour regarder la couverture. *Les Métamorphoses* d'Ovide. Un ouvrage qu'il avait lu plusieurs fois.

— La bibliothèque du château renferme une collection de livres antiques… Le pape Paul II en était très amateur, un véritable protecteur des lettres, poursuivit le gouverneur plus à l'aise dans l'évocation de la culture que dans les prédictions liées à sa captivité.

À cet instant, l'homme changea d'expression.

Des bruits de pas s'étaient fait entendre. Sans un mot, ni un regard vers eux, le cardinal Della Rovere entra dans la pièce et se dirigea lentement vers la fenêtre. Lorsqu'il s'assit sur le fauteuil, les plis de sa robe s'ordonnèrent autour de ses jambes et la lumière se coucha à ses pieds.

Son arrivée quelque part devait toujours créer cet effet un peu théâtral. Le cardinal semblait légèrement vieilli depuis leur entrevue au palais du vice-chancelier, plus d'un an auparavant. Quelques reflets gris étaient apparus autour de sa tonsure. Mais la vivacité de ses traits, sa large mâchoire, ses lèvres fines reflétaient toujours cette impétuosité, comme s'il se tenait prêt à bondir vers un adversaire invisible.

Le cardinal s'assit face à lui. Contrairement à son frère, il n'essayait pas d'avoir l'air aimable.

— Nous aimerions te donner la possibilité de sortir plus vite de ton cachot en rachetant la trahison de ton frère, déclara-t-il d'un ton solennel.

— Car il n'est pas bon de s'attarder trop longtemps entre ces murs, reprit le gouverneur.

L'ombre d'une menace plana sur la conversation. Alessandro sentit le regard du cardinal s'appesantir sur lui.

— Qu'attendez-vous de moi ?

— Ta cellule est voisine de celle d'un certain Castellesi. Cet homme est un intrigant qui semble te faire confiance…

— Qu'en savez-vous ?

Un sourire glissa sur le visage du gouverneur.

— Vos discussions ne nous ont pas échappé.

Un silence inquiet s'engouffra dans la pièce.

— Nous sommes en guerre, et nous avons des preuves que ce Castellesi a tenté, au nom du cardinal Borgia, de se rapprocher du camp adverse.

Alessandro le vit guetter sa réaction. L'affrontement entre le cardinal Della Rovere et le cardinal Borgia lors du conclave qui avait élu Innocent VIII continuait sous son règne. Les deux hommes étaient les cardinaux les plus puissants du Sacré Collège : le vice-chancelier, personnage le plus important après le pape, tandis que le cardinal de Saint-Pierre-aux-Liens jouissait d'une proximité et d'une influence uniques auprès du pontife. Leurs richesses et leur conception de la papauté étaient comparables. Les deux avaient à cœur de restaurer le prestige de l'Église mais de façons différentes : la diplomatie et le charme pour l'un, la guerre et la brutalité pour l'autre. En attendant le prochain conclave qui élirait le prochain pape, aucun des deux prélats ne renonçait à défendre ses positions.

— Nous aimerions que tu nous dévoiles les discussions qu'il a entreprises pour se rapprocher du roi de Naples et les noms de ceux qui le soutiennent.

Derrière lui, le gouverneur était retourné s'asseoir, renonçant à intervenir dans cette discussion dont il n'était pas maître.

— Un jeune garçon talentueux tel que toi a tout intérêt à quitter ce château le plus vite possible et à remettre sa carrière sur le droit chemin… Ma maison te sera toujours ouverte.

Le cardinal accompagna ses paroles d'un sourire qui en disait long sur la douceur dont il pouvait user pour arriver à ses fins. Mais aussi sur la nature de ses relations avec les hommes qu'il fréquentait. S'il avait eu quelques maîtresses, aucune d'elles n'était restée durablement dans sa vie. Son goût pour les jeunes écrivains apostoliques qu'il prenait sous son aile était connu de tous. Quelques-uns de ses amis étaient devenus ses amants, y voyant un moyen de satisfaire leurs ambitions ou de renouer avec les mœurs licencieuses de l'Antiquité. L'effervescence intellectuelle au sein de ce collège contribuait à ressusciter ces pratiques dans les cercles les plus cultivés de la curie romaine. Mais Alessandro ne goûtait pas ces plaisirs-là et se tenait éloigné de la cour de Giuliano Della Rovere.

— Je vais réfléchir, murmura Alessandro qui espérait mettre fin à cet entretien en forme de conciliabule.

Signe d'agacement, le gouverneur tapotait les accoudoirs de son fauteuil. Le cardinal claqua des doigts en se tournant vers lui.

— J'aime ceux qui réfléchissent autant que ceux qui prient..., continua-t-il en s'adressant à son frère. Ils sont en route pour la Vie éternelle. Nul doute que ce jeune Alessandro Farnese, avec toute l'érudition qui est la sienne, ne veuille nous aider. Il y va de l'honneur de l'Église qui ne doit parler que d'une seule voix.

Un crucifix serti de pierreries luisait sur sa poitrine. Il reflétait la force et l'éclat de ses richesses amassées depuis son arrivée au Sacré Collège, grâce à son oncle Sixte IV, qui l'avait doté de nombreux offices.

— Je ne suis pas sûr d'obtenir ce que vous attendez. Castellesi n'a jamais évoqué de quelconques agissements...

— Je suis certain que tu sauras l'écouter, reprit le cardinal les yeux mi-clos.

Puis il se tourna vers son frère.

— Dès qu'Alessandro Farnese nous communiquera des informations utiles, nous lui donnerons des facilités pour quitter ces lieux…

Bartolomeo Della Rovere agita une petite cloche pour que l'un des gardes raccompagne le prisonnier à sa cellule.

Alessandro se leva et regarda le cardinal quitter la pièce sans se retourner. Cet entretien n'avait pas suscité en lui la moindre envie de collaborer, ni d'abuser Castellesi.

S'il restait convaincu que l'évasion était la seule issue possible, il était frappé par la personnalité du cardinal, sa manière de lui tordre le bras tout en le rendant maître du jeu.

## *24 mai 1486*

Malgré ses prières, Silvia Ruffini avait encore du mal à apaiser sa colère. Dix jours plus tôt, sœur Méthilde avait pris sa place pour rendre visite aux prisonniers du château Saint-Ange. En revenant, elle lui avait annoncé avec une certaine joie que le gouverneur suspendait leurs visites jusqu'à la fin de la guerre. Des vols de clé avaient eu lieu. On soupçonnait des prisonniers d'avoir corrompu des gardes.

Silvia pensait jour et nuit à un moyen de parvenir jusqu'à ce prisonnier. Plusieurs semaines étaient passées depuis qu'ils s'étaient croisés et la fête du Corpus Christi allait avoir lieu quelques jours plus tard. Méthilde lui avait fait perdre un temps précieux. Silvia s'était renseignée sur les prisonniers récemment arrivés. Plusieurs noms lui avaient été donnés par l'une des sœurs qui suivait de près les allées et venues dans le château Saint-Ange. Mais impossible de se fixer sur l'un d'entre eux avec certitude.

À force d'arguments distillés à sa tante Francesca, elle était parvenue à convaincre cette dernière d'imposer une visite au château le jour de la fête du Corpus Christi. Appréciant tout ce qui venait de Silvia, sa tante était allée entreprendre en personne le gouverneur, homme intraitable mais superstitieux, pour qu'il accorde aux sœurs le droit d'apporter à chaque prisonnier un des minuscules chapelets en bois figurant une hostie qu'elles confectionnaient. Ne pouvant suivre la procession, ni même l'apercevoir depuis leurs cellules, les prisonniers ne devaient pas être maintenus à l'écart de cette célébration qui fêtait la présence réelle du Christ dans l'eucharistie.

Il était impensable que l'abbesse du couvent de San Petita laisse des âmes privées de cette commémoration qui trouvait son origine dans une vision qu'avait eue une jeune religieuse nommée Julienne de Cornillon.

En sortant du cloître, Silvia pressa le pas et passa devant la sœur tourière qui venait d'ouvrir la porte.

Felize était déjà à l'autre bout de la rue, portant un panier rempli de chapelets. Silvia la rejoignit et lui prit le bras jusqu'au château. Au bout de quelques pas, Felize demanda de sa voix douce qui n'exprimait jamais la moindre méchanceté :

— Qu'y a-t-il ? Ton bras est tendu…

À travers le tissu, sa main douce et prudente devinait tout. Silvia serra son bras.

— Dépêchons-nous de distribuer ces chapelets… et de rentrer avant qu'il pleuve.

En traversant les ruelles qui descendaient vers le fleuve, elles passèrent à proximité du palais Ruffini.

En suivant une autre ruelle, Silvia aperçut la masse sombre de la forteresse. Une légère appréhension lui fit ralentir le pas à mesure que la façade se dressait sous ses yeux. Le pont-levis venait d'être abaissé. Il n'y avait plus de nuages, seulement des pierres, de la fumée qui s'échappait d'une cheminée.

Juste après son entretien avec le gouverneur, Alessandro avait dessiné le plan sommaire du chemin qui menait à la terrasse. La galerie était un véritable labyrinthe de marches, de guichets et de recoins qui distribuaient des demi-étages, où il pourrait perdre un temps précieux. Il recula pour contempler son dessin. Quelques traits gris tracés avec un morceau de barreau rouillé. Ces graffitis étaient à peine visibles dans la couche de suie et de poussière qui s'était solidifiée à la surface du mur. Mais surtout, ces indications lui parurent dérisoires. La Fête-Dieu avait lieu dans trois jours. Sans la clé qui menait à la terrasse, ce parcours se heurterait à une porte close.

La veille, il avait reçu la visite d'une autre sœur au visage aussi lisse que fade mais dont les yeux pétillaient de malice et de fausseté. Cette silhouette l'avait tellement déçu qu'il ne s'était même pas levé lorsqu'elle avait déposé une chemise sur sa chaise.

La seule personne qui pouvait désormais l'aider à s'emparer de cette clé était le garde de Bolsena qu'il avait rallié à sa cause. Mais Alessandro hésitait, il craignait la punition qui pouvait s'abattre sur lui s'il était découvert. Quant à son regard vide, il dénotait une capacité assez limitée pour réussir cette mission.

Alessandro leva les yeux pour implorer Dieu. Un mince filet de lumière dessinait un trait blanc en haut du mur. Le ciel devait être dégagé.

Un espoir subsistait encore. Les yeux de la jeune religieuse n'avaient pas pu mentir. Il s'accrochait à cette étincelle comme à un talisman.

Il entendit du bruit dans la cellule de son voisin. Un léger frottement, comme s'il s'était installé près de la paroi et qu'il voulait lui parler. Il s'approcha à son tour.

— Que voulait te dire le gouverneur ? chuchota Castellesi d'un ton faussement désinvolte.

— Il voulait me parler de vous !

Pour la première fois, Castellesi sembla pris de court. Alessandro continua :

— Oui, j'ai eu droit à une tentative de corruption. Il voulait savoir si vous m'aviez confié quelques informations importantes... mais cela n'avait rien à voir avec une somme d'argent que vous auriez dérobée. En échange, le cardinal m'a promis la liberté.

— J'espère que tu n'en as pas cru un mot !

— Ne vous inquiétez pas, j'ai toujours l'intention de quitter ces lieux par mes propres moyens si je puis dire... Mais avant cela, j'aimerais beaucoup connaître la vraie raison de votre captivité.

Castellesi avala une gorgée d'eau. Une sorte de grésillement se fit entendre. Alessandro colla un peu plus près son oreille.

— Je ne t'ai pas menti, seulement, je me suis rapproché récemment de la famille du cardinal

Borgia, qui est un homme d'un grand raffinement...

Alessandro n'avait jamais eu directement affaire au vice-chancelier. Sa beauté était incontestable. L'unanimité était parfaite sur ce point, bien que ses origines espagnoles suscitassent la méfiance des grandes familles romaines. Alessandro la considérait comme un avantage décisif, qu'il ne fallait pas sous-estimer, contribuant à éblouir ses adversaires. On ne pouvait pas ne pas être séduit ou admiratif devant sa haute taille, ses membres allongés qui donnaient à ses gestes une élégance naturelle, son regard profond et mystérieux, ses lèvres bien dessinées, ses traits réguliers. Il jouait de son charme avec d'autant plus de volupté et de talent qu'il en savait son ennemi tout à fait dépourvu.

— Mais il aime un peu trop les femmes..., souffla Alessandro en souriant.

Vannozza Cattanei, la dernière de ses maîtresses, issue de la bourgeoisie du Trastevere, lui avait donné quatre enfants dont il prenait soin comme d'un trésor. Il l'avait installée dans une maison proche de son palais. Pour préparer son accession au trône pontifical, et sauver les apparences, il l'avait mariée. Mais elle en était à son quatrième conjoint, ceux-ci décédant quelques mois après le mariage.

— C'est vrai..., murmura Castellesi, mais ses enfants lui serviront plus tard, quand il sera pape, à nouer des alliances utiles pour le Saint-Siège.

Il avait baissé la voix, comme s'il s'apprêtait à faire une confidence de première importance. Alessandro avait tourné la tête pour être sûr de bien entendre ce qu'il disait.

— Vous croyez ?

— Bien sûr. Le pape a besoin d'alliés face aux vautours qui nous guettent. Et je ne crois pas à la manière brutale pour restaurer notre autorité. Il nous faut un prince pour rétablir le prestige sans lequel notre Église court à sa ruine, pas un soldat.

Il reprit à voix plus basse.

— Rien à voir avec Giuliano Della Rovere qui est toujours en campagne alors que le conclave a eu lieu. Il utilise cette guerre pour se rendre indispensable et nouer des liens avec des puissances voisines qui lui seront utiles le moment venu. Mais nous ne le laisserons pas faire.

— Et que manigancez-vous ? demanda Alessandro soudainement dubitatif.

— Le cardinal Borgia va rencontrer le pape dans quelques jours, une entrevue secrète dans le palais de la chancellerie, loin du cardinal de Saint-Pierre-aux-Liens, qui va encore s'absenter pour rencontrer l'envoyé du duc de Lorraine. Il a prévu de lui exposer ses arguments sur la faiblesse de nos armées face à celles du roi de Naples. Le pape n'aime pas la guerre…

Un bruit résonna au fond du couloir. Ils se turent soudainement.

Tout à coup, les pas de plusieurs personnes se firent entendre.

Alessandro se leva brusquement. Il alla vers la grille pour tenter de voir qui venait vers eux.

Il aperçut le voile blanc des sœurs.

Elles arrivèrent bientôt au niveau de sa cellule. Il distingua la silhouette qu'il guettait depuis plusieurs jours.

La jeune sœur qu'il attendait avait cette fois

donné l'ordre à la deuxième de visiter la cellule suivante.

Ses yeux brillaient lorsqu'elle pénétra dans le cachot. Ils se regardèrent intensément sans se voir. Dans la cellule, l'air était lourd.

— Je n'ai pas pu venir avant, dit-elle en sortant la clé de sa poche.

Elle était enroulée dans un chapelet en bois. Il referma sa main sur la sienne, fasciné par cette jeune fille dont l'ingéniosité et le courage l'attiraient encore plus que sa beauté.

— Comment vous appelez-vous ? demanda-t-il en s'approchant.

— Silvia Ruffini.

Surpris par la fermeté de cette voix, il voulut l'embrasser. Elle laissa ses lèvres se poser sur les siennes avant de reculer.

Il ne croisa plus son regard jusqu'à ce qu'elle soit à nouveau dans le couloir, poursuivant sa visite vers d'autres cellules.

Pendant quelques instants, Alessandro resta subjugué avant de glisser la clé dans sa botte.

Il n'entendit pas le grincement de la grille, puis le battement du fer contre la serrure, les pas s'éloignant dans le fond du couloir.

Il pensait à ce frôlement imprévisible. À cette main qui s'était refermée brièvement sur la sienne, à ce regard qui éclairait la pénombre d'une lumière inattendue.

*26 mai 1486*

Une effervescence inhabituelle s'était propagée dans tous les quartiers de la ville. Les édifices et les rues qui se trouvaient sur le chemin du défilé du Corpus Christi avaient été décorés avec des draperies, des tapis colorés ; des guirlandes avaient été suspendues entre les maisons. Au-devant de ce convoi, l'évêque de Rome portait haut l'ostensoir comme le trophée d'une victoire sur la mort. La coupe en vermeil qu'il soulevait au-dessus de la foule scintillait de tous les feux de cette consécration. Il avançait sous un dais brodé d'or porté par de jeunes clercs, entouré des cardinaux. La ferveur et l'agitation débordaient le parcours du défilé qui reliait la basilique Saint-Jean-de-Latran à la basilique Sainte-Marie-Majeure ; elles inondaient les rues alentour, comme une vague qui se répand dans toutes les directions. Tout ce qui aurait pu entraver la circulation, les détritus et les mendiants, les étals et les chariots de légumes, avait été retiré.

La procession approcha du château Saint-Ange en début de soirée. Depuis sa cellule, Alessandro entendait les chants de plus en plus distinctement.

Le lendemain de la visite de la religieuse, il avait donné les dernières pièces qui lui restaient au garde de Bolsena pour qu'il laisse la grille de sa cellule ouverte après sa dernière ronde.

Castellesi lui avait souhaité bonne chance avant de disparaître à nouveau. Malgré leurs conversations aveugles, cet homme lui était devenu familier. Un lien amical s'était forgé dans cette proximité souterraine.

Les chants et le brouhaha de la procession commençaient à couvrir les bruits qui émanaient de la forteresse. Il alla vers la grille, la poussa légèrement. Pas un grincement, la grille n'opposait aucune résistance. Il guetta d'éventuels bruits en provenance du fond de la galerie. Aucun son ne s'en échappait.

Tout au fond du silence, on pouvait distinguer la clameur de la procession qui longeait les murs de la prison.

Il marcha doucement sur les dalles pour ne pas attirer l'attention des autres prisonniers.

Après avoir dépassé le premier guichet, il arriva près de la table et de la paillasse où se tenait toujours un garde. Mais l'heure était tardive, et celui qui avait pris la relève dormait, le visage penché vers le mur. Il continua et arriva à une deuxième porte dont il ne se souvenait pas. Tout à coup, l'angoisse l'assaillit. Il pensa s'être trompé de chemin. Puis il poussa le verrou qui ne tenait qu'à quelques clous. En posant la main sur la serrure, il se souvint de ce passage sans obstacle, dont la porte n'était qu'un lambeau qui tenait à peine sur ses gonds.

Derrière elle, les escaliers menaient au bureau du gouverneur.

Un courant d'air siffla dans son oreille. Il sentait déjà l'odeur de la ville, un mélange de résine de pin et d'effluves venus du Tibre. Son œil s'était habitué à l'obscurité, il voyait chaque pavé comme en plein jour. Un mélange de crainte et d'excitation faisait battre son cœur de plus en plus vite, à mesure qu'il s'approchait de la terrasse. Il regarda derrière lui. La galerie était vide.

Il arriva à la porte fermée par la clé que lui avait remise la religieuse.

Il la glissa dans la serrure, mais au lieu de tourner, elle se figea. Il avança puis tira la clé, secoua la porte. Le verrou enfin céda et la porte s'ouvrit.

Il poussa la porte derrière lui et la referma à clé. Sur la terrasse, le vent soufflait toujours. Des torches étaient accrochées au mur intérieur mais la nuit était obscure. Quelques mouettes étaient posées sur le muret à attendre les restes du repas du gouverneur.

Il longea la muraille pour rejoindre la partie du mur où se déroulaient les exécutions. Les gibets étaient en place, les cordes enroulées par terre. Le pape, le gouverneur et leurs invités étaient installés de l'autre côté de la terrasse, dans la partie qui donnait sur le pont Saint-Ange. Des musiciens accompagnaient le défilé.

Il commença à nouer les cordes entre elles, inquiet à l'idée qu'elles ne seraient peut-être pas suffisamment longues. Le temps de finir son assemblage et d'enrouler la corde autour d'une grille, la nuit protégerait sa silhouette le long de la muraille.

Lorsqu'elle fut fixée, il lâcha la corde dans le vide. Impossible de voir jusqu'où elle descendait. Il regarda autour de lui. Au-delà du château

Saint-Ange, du côté nord, quelques palais, une forêt de sapins et de chênes, une route qui menait à Florence. Les hauts murs du cloître du monastère de San Petita étaient visibles depuis ce point de vue. Il resta quelques instants à les observer. Il emportait le pendentif en forme d'hostie comme talisman.

Avant d'enjamber la balustrade, il fit un signe de croix et regarda vers le balcon où se tenait le pape, dans la partie de la forteresse où se concentraient tous les gardes. Ils étaient tournés du côté de la procession qui allait bientôt s'éloigner pour continuer sa route vers la basilique Saint-Pierre.

En commençant à descendre, il retrouva son agilité. Malgré la fatigue, la faim, l'excitation d'être enfin libre lui donnait de la force. Il atteignit le premier niveau sans difficulté. Un petit muret en relief lui permit de se reposer. Mais la suite était plus inquiétante. La corde disparaissait dans l'obscurité. Quand il l'agitait, elle paraissait légère, trop courte pour atteindre le sol. Alessandro regarda derrière lui, le long de la petite coursive qui reliait les créneaux de la forteresse. Des bruits de voix glissaient le long du mur. La ronde de nuit allait passer devant sa cellule et son absence allait être remarquée.

Alors qu'il s'élançait dans le vide, ses pieds perdirent la corde et flottèrent quelques instants sans appui ; une contraction lui déchira les avant-bras qui supportaient tout le poids de son corps. Impossible de se laisser tomber sans se briser les os. Il tenta de rattraper la corde en prenant appui avec ses jambes contre la façade. Il continua ainsi en se laissant glisser le long de la corde, se brûlant la paume des mains.

Il était encore trop haut pour sauter. Sur sa droite, un buisson de lauriers semblait assez épais pour amortir sa chute, mais il était encore trop loin. Des cris venus du chemin de ronde se firent entendre : un garde l'avait aperçu et allait donner l'alerte. Ses mains étaient en sang. Il se laissa glisser encore un peu, mais la douleur était trop forte et il se laissa tomber dans le vide. La chute dura quelques instants. Puis un choc se fit sentir contre sa hanche, les branches lui déchirèrent le visage et les vêtements. Le soulagement de ne pas être mort.

Les bruits de la ville lui parvinrent à nouveau. La procession était loin. La forteresse s'élevait immense et sombre au-dessus de lui. Il avait réussi à lui échapper.

Des chevaux hennissaient derrière la haie. Mais des gardes surveillaient les montures. Il attendit quelques minutes, quand tout à coup les hommes rentrèrent dans leur logis. Personne ne surveillait les alentours. Il patienta encore quelques minutes. Puis il se leva, guettant les douleurs dans ses jambes, ses pieds. Il fit quelques pas. Rien de grave, aucune blessure qui l'empêchât de marcher.

Devant lui, le pont Saint-Ange était presque vide, il ne restait que quelques flambeaux titubant dans la nuit. Il profita du passage d'un groupe de pèlerins qui revenaient en chantant de la basilique Saint-Pierre pour quitter l'ombre de la forteresse et disparaître dans la rue qui menait au palais Orsini.

*Cette captivité avait duré près de trois mois. En m'évadant, je savais que je ne reviendrais pas à Rome avant longtemps.*

*Je quittais cette forteresse comme on se quitte soi-même, ou comme on se défait de sa première peau, la plus tendre, la plus lourde aussi, une peau que l'on n'a pas façonnée mais avec laquelle on est né.*

*J'étais reconnaissant à ce château de m'avoir délesté de ce poids, mais d'en garder aussi le souvenir pour que rien ne s'efface.*

*Cette forteresse n'était pas encore venue tout à fait à bout de mes rêves, de ce mirage de* condottiere *que je gardais au fond de moi. Mais elle avait transformé mon arrogance en fierté, mon ignorance en curiosité. J'avais compris que la liberté s'offrait à travers une multitude de circonstances plus secrètes et intérieures que je ne le pensais.*

*Qui aurais-je été si je n'avais pas été capturé ce soir-là dans Rome ? Si je n'avais pas commis cette folie ? Un autre homme certainement.*

*Mais surtout, la rencontre que j'y avais faite*

*allait changer ma vie. Silvia Ruffini. Ce n'était encore qu'une ombre claire, une apparition. Mais sa douceur, son efficacité m'avaient subjugué. Je n'avais jamais regardé une femme ou à peine. On m'avait parlé de l'amour mais je considérais ce sentiment avec méfiance, comme un concurrent, presque un rival, un double de moi-même qui serait le mauvais génie de mon ambition.*

*J'allais mettre un certain temps avant de comprendre que ce n'était pas de moi mais d'elle qu'il était question, que les fils de mon histoire se rejoindraient grâce à elle.*

Alessandro et Matteo ne cessèrent de galoper jusqu'à ce qu'ils soient suffisamment éloignés de Rome. Ils avaient longé la Maremme, les terres marécageuses infestées de moustiques au nord du Latium, préférant faire un détour pour être certains de ne pas être rattrapés par les soldats du pape. Ils venaient d'entrer sur des terres plus sèches marquant les limites de la République de Florence. Alessandro et Matteo ralentirent l'allure de leurs montures pour les laisser se reposer. Le souffle tiède de la campagne les enveloppa. La nuit était éclairée par une lune presque trop ronde pour être vraie.

Ils s'étaient à peine parlé depuis qu'ils s'étaient retrouvés.

Après avoir quitté la forteresse, Alessandro était repassé chez lui ; il n'occupait plus les appartements que lui avaient prêtés ses cousins Orsini depuis la révocation de sa charge, mais il les savait vides. La clé de la porte qui donnait sur la rue était cachée dans une petite urne, sous une statue représentant le saint patron d'une confrérie du quartier. Comme son oncle le lui avait dit, Matteo était là, il dormait dans une pièce attenante à l'écurie, pratiquement rétabli de ses blessures. Il semblait l'attendre et parut à peine surpris en le voyant surgir ce soir-là. Alessandro avait enlevé ses vêtements déchirés par la chute, enroulé ses mains en sang dans des bandes de tissu, et s'était rhabillé pendant que Matteo sellait leurs chevaux. Ils avaient quitté la ville sans attendre.

Matteo baissa la tête dans l'ombre. Il guettait les expressions d'Alessandro dont il connaissait les silences. Il le sentait préoccupé. L'euphorie qui avait suivi son évasion avait disparu. La satisfaction d'avoir réussi ce tour de force qu'il préparait depuis plusieurs jours s'était envolée, effilochée dans le vent.

— Nous devrions arriver chez ta sœur avant dix heures..., glissa Matteo lorsqu'ils passèrent près d'un petit calvaire.

— Nous finissons par aller à Florence..., s'exclama Alessandro d'un ton rêveur.

Il pensait à ce voyage qu'il aurait dû faire trois mois plus tôt. Comme si tous les fils du destin s'étaient liés ensemble pour l'enserrer dans cette toile familiale, le forcer à prendre cette route. Par nature, il n'aimait pas ce qui lui était imposé mais, lorsque les signes se mettaient à parler, il fallait s'y soumettre. Les astres ne mentaient pas, ils pouvaient seuls le forcer à être sage.

— Tu sembles te réjouir assez peu de cette perspective..., finit par dire Matteo qui cherchait à reprendre leur discussion fraternelle.

— Nous verrons bien, Florence n'est pas une si mauvaise destination...

Avant qu'il s'évade, Castellesi lui avait rappelé à quel point cette cité était devenue le centre d'une production culturelle et artistique novatrice. Laurent de Médicis avait suivi la tradition de son grand-père, qui avait accueilli et protégé les intellectuels les plus brillants pour accroître son magistère sur les habitants de sa cité. Des érudits grecs, des artistes vivaient à sa cour, ils écrivaient, discutaient, s'aimaient, peignaient, se querellaient, loin de la sécheresse et de l'hiératisme des études latines enseignées par son maître Pomponio Leto. Quant aux personnes qui fréquentaient sa cour, elles lui seraient très utiles pour la suite de sa carrière.

— Combien de temps devras-tu rester éloigné de Rome ?

— Autant qu'il le faudra pour me faire oublier ! Au moins jusqu'à la fin de la guerre...

Là aussi son voisin de cellule l'avait averti que son évasion, si elle réussissait, le disqualifierait pour longtemps vis-à-vis du pontife mais surtout du cardinal Giuliano Della Rovere ; qu'il lui faudrait vivre loin de Rome peut-être jusqu'au prochain conclave qui élirait un nouveau pape. C'était sans doute la durée indéterminée de cet exil qui le contrariait le plus. Ce regret n'avait rien à voir avec son désir de devenir *condottiere*, une envie frappée en plein vol dont il ne restait qu'une ambition difficile à saisir. Elle prenait sa source dans la prison elle-même. Le souvenir de ce baiser était aussi vif que les brûlures sur ses mains, cette présence le suivait comme une ombre, une silhouette claire et mystérieuse à la fois.

Cette fuite lui faisait perdre tout espoir de revoir Silvia Ruffini. Son nom était tout ce qu'il savait d'elle. En souvenir de cet instant rare, il avait enroulé autour de son poignet le chapelet en bois qu'elle avait eu le temps de glisser dans sa main.

À mesure qu'ils s'approchaient de Florence, voyant les premiers champs de vignes qui entouraient la ville, Matteo commençait à s'inquiéter.

— Ne penses-tu pas que Girolama sera surprise de te voir arriver ainsi ?

Alessandro sourit en imaginant l'expression de sa sœur lorsqu'elle le verrait avec sa barbe, ses cheveux sales, sa mauvaise mine.

— Ma sœur non, mais mon beau-frère, oui…

Il n'avait pas souvent vu sa sœur depuis son mariage avec Puccio Pucci trois ans plus tôt. Son palais toscan était grand et luxueux en comparaison de leur château de Capodimonte. La solidarité familiale était trop forte pour que sa sœur lui refuse sa maison mais il était évident que ce bourgeois de Puccio Pucci ne serait pas enchanté d'accueillir un fugitif à la place d'un jeune clerc plein d'avenir.

— Tu as eu beaucoup de chance de pouvoir t'échapper sans te casser les os, reprit Matteo.

— C'est vrai, mais je m'étais bien entraîné avec toi.

Matteo se mit à rire. Le son de sa voix qui puisait dans les profondeurs de sa large poitrine lui fit du bien.

— … Moi je n'aurais jamais pu descendre ainsi. Je suis trop lourd.

Alessandro repensa à cette soirée sinistre, aux gardes qui avaient surgi dans la ville inondée comme les gardiens d'un enfer humide et froid.

— Tu sembles presque remis de cette arrestation…, fit Alessandro en le scrutant dans la lumière de la lune. À part cette cicatrice au-dessus du sourcil…

La pointe du campanile de Florence se dressait

au-dessus des arbres. La ville n'était plus qu'à quelques lieues.

— Tu as entendu ? demanda Alessandro en arrêtant son cheval.

Matteo tourna la tête.

— Oui, des cris qui venaient de cette étable.

Alessandro regarda dans cette direction. Un autre cri se fit entendre. Le cheval de Matteo continuait à avancer.

— ... Il n'est pas prudent de nous arrêter.

Alessandro guettait les bruits. Une chouette hululait quelque part. Puis à nouveau un cri bien net. On appelait au secours.

— Non, allons-y, c'est un enfant ! Je préfère être pendu que de continuer.

Ils se dirigèrent vers le bois d'où provenait la voix.

Tout à coup, un jeune garçon surgit d'un buisson en se précipitant vers eux. Il était vêtu d'une robe de satin, il pleurait.

— Seigneur, seigneur, venez nous aider ! Mon frère est tombé dans le puits !

Alessandro descendit de cheval et courut vers l'endroit qu'il lui indiquait. Deux femmes richement vêtues étaient rassemblées autour d'une vieille citerne. Elles se précipitèrent vers lui pour le supplier de les aider, expliquant que l'enfant avait échappé à leur surveillance.

La grille de la vieille citerne avait été déplacée. Elle s'ouvrait sur un trou obscur sans doute rempli d'eau.

— Depuis combien de temps est-il là ? demanda Alessandro.

— Il n'y a pas très longtemps, lorsque je lui ai demandé de chercher mon chat qui avait glissé..., répondit le jeune garçon au visage maigre.

Il avait du mal à parler. Alessandro se pencha à nouveau.

— Aidez-moi ! criait la voix dans le puits. Je suis accroché à une pierre mais je suis trop fatigué.

— Nous allons lancer une corde ! continua Alessandro en voyant Matteo revenir de l'étable.

Matteo avait accroché la corde au pied de la citerne et l'avait lancée au fond du puits.

— Tu l'as reçue ?

Tout à coup, la corde se tendit. Ils commencèrent à tirer tous les deux, mais l'enfant pesait très lourd.

— Il a le même âge que toi ? demanda Alessandro en regardant la silhouette chétive du petit garçon qui les avait alertés.

— Non, il est plus âgé et plus gros aussi…

Au bout d'un moment, la tête ronde d'un enfant surgit du trou. Une petite tonsure apparaissait sur le haut de son crâne. Elle était nettement visible à travers ses cheveux fins. Pour le sortir du puits, Alessandro dut le soulever des deux mains, alors que Matteo le tirait par le bras. Il était essoufflé et terrorisé. Il devait avoir à peine dix ans.

— Que faisiez-vous ici à cette heure ?

Le garçonnet mit quelques minutes à reprendre son souffle. Alessandro vit qu'il portait un vêtement aussi élégant que son petit frère. Ce n'était pas des paysans qui jouaient dans la campagne. Et sa tonsure indiquait qu'il s'agissait d'un jeune clerc. Il n'était pas grand mais corpulent.

— Et vous, que faites-vous là ? demanda le garçon d'un air supérieur.

Alessandro se mit à rire. Frappé par ce garçon qui parlait comme s'il était chez lui et qu'ils fussent des visiteurs.

— Nous sauvons les jeunes clercs en perdition ! Tu as de la chance que nous soyons passés par là !

À côté de lui, le garçon se mit à rougir.

— Nous vous remercions, murmura le petit d'un air sentencieux tout en se collant à la jambe de Matteo, nous avons voulu nous cacher et nous avons perdu les autres…

Tout à coup, ils entendirent des cavaliers dans la forêt et des voix qui appelaient. Les enfants semblaient appartenir à la suite d'un seigneur fortuné ou puissant.

— Nous sommes ici ! cria le garçon qui venait d'échapper à la noyade au fond du puits.

Alessandro et Matteo disparurent de l'autre côté de la forêt, là où ils avaient laissé leurs chevaux. Ils continuèrent leur chemin et atteignirent Florence avant que la lune ne cesse d'éclairer leurs pas.

# DEUXIÈME PARTIE

# FLORENCE

*1486-1489*

« Tel un statutaire qui reçoit la charge et l'honneur de sculpter ta propre personne, tu te donnes, toi-même, la forme que tu auras préférée. »

JEAN PIC DE LA MIRANDOLE

## *Juin 1486*

Le palais de Girolama et Puccio Pucci, voisin de l'église San Michele Visdomini, n'était qu'à quelques minutes de marche de celui des Médicis, via Larga. Un banquet allait y être donné en l'honneur de l'imminent mariage de Pierre, fils aîné de Laurent. Comme toutes les cérémonies familiales organisées par les Médicis, cette réception, précédée d'une messe privée, revêtait une dimension politique. Elle était une occasion de célébrer leur discrète prééminence sur la seigneurie.

Alessandro marchait à côté du couple Pucci, heureux de se mêler à la foule qui arpentait constamment le dédale de ruelles du quartier San Giovanni.

L'agitation était d'une autre nature qu'à Rome, où la foule convergeait vers les basiliques et les lieux de prières. Ici, à chaque pas, un atelier de tissage de laine ou de soie destinées à être vendues dans toute l'Europe.

Girolama s'était empressée de lui faire confectionner le costume traditionnel qu'il portait ce jour-là, une tunique rouge tirant sur le brun, cousue dans une étoffe légère, accompagnée d'un chapeau assorti porté sur le côté de la tête. Cette tenue sobre mais distinguée donnait à Alessandro l'allure d'un habitant de la cité comme les autres.

À Florence, chaque citoyen, si riche et important fût-il, s'habillait sans ostentation, pour ne pas choquer l'esprit républicain de la ville. Plus que quiconque, Alessandro devait se fondre dans le paysage. Ne pas attirer l'attention. C'était ce que lui avait demandé son beau-frère Puccio Pucci, qui avait fini par accepter qu'il les accompagne.

Girolama, vêtue d'une robe de soie rouge et noir sans damas ni aucune des ornementations communément portées par les nobles dames des duchés et des principautés de la péninsule, lui prit tout à coup le bras. Elle s'approcha de son oreille et murmura doucement :

— Je suis contente que tu sois avec nous : dès que tu parleras avec Laurent, je suis certaine qu'il te prendra en amitié !

Sa présence à leurs côtés ce jour-là était une victoire que sa sœur revendiquait. Sa participation à cette fête s'était décidée à la dernière minute : elle avait suscité des discussions tendues entre elle et son mari. La réception avait lieu seulement une semaine après son évasion. Comme il s'y attendait, Puccio Pucci s'était montré contrarié par sa fuite. Il n'aimait pas l'imprévu ni les personnes qui enfreignaient les lois : les exploits ne l'impressionnaient pas. Il s'était préparé à accueillir en pension, quelques mois plus tôt, un jeune et talentueux écrivain apostolique qui mettait entre parenthèses pendant quelques mois ses fonctions pour apprendre le droit canon à Pise. À sa place, il voyait débarquer un aventurier défiant l'autorité du pape, ennemi d'hier mais éventuel allié de demain. Car les relations entre le pape et Laurent de Médicis étaient en train d'évoluer. Les armées pontificales étant acculées à la défaite, la guerre allait se terminer bientôt. Pour sceller la paix, Laurent parlait déjà de donner sa fille en mariage au fils naturel d'Innocent VIII.

Pucci aurait préféré laisser passer l'été avant de le convier à un événement privé au palais de la via Larga. Un tel honneur valait réhabilitation pour son beau-frère. Puccio était un juriste éminent à Florence mais ses affaires étaient essentiellement celles que Laurent de Médicis lui confiait. Prudent et discret, il se muait en chien de garde lorsqu'il défendait les intérêts du maître de la seigneurie et de sa banque dans leurs innombrables négociations et contentieux à travers l'Europe. Puccio Pucci se flattait de délivrer le premier citoyen de Florence des tracasseries du quotidien, de le libérer des fâcheux qui entravaient ses projets. Telle une sentinelle, il montait la garde contre les ennemis du dehors et du dedans, surveillant son entourage et son environnement pour s'assurer que rien ne vienne déstabiliser l'autorité de son maître ou amoindrir son propre crédit. Il était devenu son ami intime.

Girolama n'était pas moins soucieuse de préserver son statut, mais l'esprit de solidarité familiale surpassait sa prudence. Elle avait insisté pour que son frère soit présenté rapidement à Laurent et à sa famille, puis, face aux résistances de son mari, s'était mise en colère, arguant qu'on trouvait des gens de rien, de modestes apothicaires ou des artisans sans fortune ni aucune naissance à la table de Laurent. Son propre frère ne pouvait être considéré comme un proscrit. Girolama avait la mémoire longue lorsqu'il s'agissait de défendre sa famille : elle avait rappelé ce que cette République de Florence devait à leur grand-père Ranuccio Farnese qui avait mis ses talents militaires à son service plusieurs années auparavant. Puccio Pucci avait finalement soumis la question à Laurent de Médicis en personne. Le maître des lieux avait accepté que ce visiteur les accompagne, précisant être « curieux » de rencontrer cet agile beau-frère.

Les Pucci apportaient pour cadeau à Pierre de Médicis une belle boîte en argent, enveloppée dans un tissu de velours vert.

Bien qu'il ne fût pas intervenu dans leur dispute, laissant se dénouer cette scène conjugale, Alessandro s'était félicité de voir sa sœur imposer son avis ; il n'aurait raté ce banquet pour rien au monde. La voix de Castellesi résonnait encore dans le conduit en pierre, qui parlait de la cour de Laurent de Médicis : une Olympe peuplée d'érudits, d'hommes de lettres et autres philosophes. Il avait retenu ses paroles : « À Rome, nous sommes environnés de ruines ; à Florence, l'Antiquité est vivante : des hommes mettent en pratique ses concepts philosophiques et leur donnent de nouveaux développements. » Même son maître Pomponio Leto, pourtant ardent défenseur de la suprématie romaine, avait concédé son admiration pour Marsile Ficin, qui avait fondé grâce au grand-père de Laurent cette Académie platonicienne devenue célèbre dans toute l'Italie.

Alessandro était aussi curieux de voir quels liens unissaient ces figures à Laurent de Médicis, comment son autorité s'appuyait sur les sphères plus secrètes et mystérieuses de la pensée. Il ne pouvait s'empêcher de douter de cette alliance contre nature : comment des philosophes pouvaient-ils s'allier à un homme, issu d'une lignée de commerçants, dont le pouvoir reposait sur le calcul des intérêts et l'argent ?

Il rabattit le col de sa veste qui frottait contre sa joue. Il venait de raser la barbe qui avait poussé pendant son séjour en prison et le contact du tissu était désagréable.

En marchant il aperçut le regard de son beau-frère plein de soupçons posé sur lui.

— Puisque tu es là, je vais te dire ce que tu dois savoir avant ce banquet. Pose-moi toutes les questions que tu veux.

Pris de court, Alessandro regarda le palais de la seigneurie devant lequel ils venaient de passer.

— Est-ce là que sont élus les hommes qui gouvernent la ville ?

— Les élections du conseil des Soixante-Dix ne servent qu'à renouveler les hommes qui sont soumis à Laurent et à satisfaire l'orgueil et la vanité de nouveaux notables... Le véritable maître, c'est lui.

L'homme fort de Florence avait hérité d'un pouvoir qui ne disait pas son nom. À la suite de son grand-père, il avait réussi à conforter sa domination sur les institutions de la ville sans en changer une ligne, étendant son empire dans tous les domaines de la vie publique par sa connaissance des hommes : s'il ne siégeait pas à toutes les réunions du conseil, son ombre était partout. Ses représentants s'assuraient que sa prééminence ne fût pas contestée.

— C'est à l'opposé du fonctionnement de Rome, remarqua Alessandro. Le pape feint d'avoir une puissance qu'il n'a guère, là où Laurent de Médicis dissimule sa domination…

Puccio Pucci lui jeta un coup d'œil inquiet.

— Garde-toi bien d'en faire la remarque ! Il se flatte de ne régner que sur les arts et les lettres de cette cité… mais ici Laurent a bien gagné l'affection de ses citoyens par son talent, et su l'imposer aux familles aristocratiques. En outre, depuis la conjuration des Pazzi, son autorité s'est encore renforcée sur la ville…

Alessandro écoutait avec intérêt les analyses de Puccio, même s'il se dégageait de ses paroles une fascination inconditionnelle qui lui semblait suspecte. L'emprise de Laurent avait suscité la jalousie des familles les plus puissantes. De Rome, on avait suivi de près la montée en puissance de Laurent qui avait obtenu du pape la riche concession des mines d'alun de Tolfa, découvertes dans les États pontificaux. La tentative de coup d'État dont il avait été victime et qui avait coûté la vie à Julien de Médicis, son frère, avait eu pour but de remettre en cause cette prééminence. Comme la plupart des conjurations ratées, elle avait eu l'effet inverse et renforcé le pouvoir des Médicis sur la République.

— Nous ne sommes plus entourés que d'alliés, les ennemis sont muselés ou exilés. N'en parle évidemment pas, mais n'hésite pas en revanche à le féliciter pour sa politique étrangère…

Celle-ci était simple mais était couronnée de succès : pour préserver la seigneurie devenue l'un des cinq grands États de la péninsule, il avait constitué autour d'elle une ceinture d'États fidèles qui protégeaient Florence des incursions de ses ennemis. Dans le reste de l'Italie, il avait divisé les forces pour mieux s'élever au-dessus d'elles en arbitre.

— Le palais est à droite, souffla son beau-frère.

Un édifice austère, d'allure militaire, surgit devant eux. Alessandro était déçu par ce bâtiment qui manquait de raffinement et ressemblait à une forteresse de campagne. Au milieu de l'artère principale, ces sombres pierres d'appareil lui évoquèrent la façade du château Saint-Ange. Autour du palais à bossages, dont les blocs étaient taillés exprès pour simuler la rusticité des propriétaires, plusieurs patrouilles de gardes surveillaient les alentours.

— Laurent a dû renforcer la protection..., souffla Puccio.

Le trio fit le tour du palais car la porte monumentale avait été ouverte pour ces festivités.

— Et Pierre de Médicis, qui est fêté aujourd'hui, comment est-il ?

Girolama ferma ses yeux noirs, laissant ses longs cils balayer le haut de ses pommettes.

— Il a quatorze ans. Il est jeune mais peu brillant ni habile malheureusement... Je doute qu'il soit un héritier à la hauteur.

Puccio Pucci jeta un regard furieux à sa femme. Il n'aimait pas que l'on critique la famille de son protecteur et ami.

— Pierre est entre les mains des meilleurs professeurs, il se prépare à sa tâche depuis plusieurs années. Les deux sœurs aînées sont intelligentes et belles. L'une d'elles, Madeleine, va certainement épouser le fils du pape, Franceschetto Cibo. Il a aussi un plus jeune fils de onze ans, Jean, qui se destine à une carrière à Rome. Et il a adopté Jules, le fils naturel de Julien, devenu orphelin après l'assassinat de son père.

Lorsqu'ils eurent passé la porte, Alessandro fut frappé par le raffinement et l'élégance du décor. Une petite foule joyeuse déambulait de pièce en pièce. Des torches avaient été allumées dans la cour, des statues et des poteries en *terracotta* avaient été installées dans le patio. Dans les grandes salles d'apparat du palais, les invités côtoyaient les œuvres d'art et les sculptures antiques. C'était bien le palais d'un prince.

Avant qu'ils se séparent, son beau-frère avait encore une fois recommandé à Alessandro la plus grande discrétion. Tandis que Girolama lui prenait le bras pour lui présenter les invités comme on visite une galerie d'objets précieux.

— Ici, les vieilles familles florentines, les Albizzi, Soderini, Peruzzi, Corsini, ne se mélangent pas vraiment aux hommes qui travaillent à la banque pour Laurent.

À cette petite assemblée florentine s'ajoutaient les ambassadeurs des États voisins et des représentants de la haute noblesse romaine. Alessandro avait identifié les cardinaux Ascanio Sforza, Prospero Colonna, quelques membres de la famille Orsini, qu'il connaissait déjà. Le cardinal Sforza, qu'il avait rencontré à Rome, l'avait reconnu. Son évasion s'était ébruitée parmi les membres du Sacré Collège auprès desquels le pape prenait des conseils. Mais le pape avait tout intérêt à garder aussi secret que possible cet épisode humiliant pour les gardes et surtout pour sa forteresse réputée imprenable, d'où personne ne pouvait s'échapper.

— Et qui sont ces hommes en conciliabule, là-bas ?

— À chaque fête, tous les hommes qui travaillent pour Laurent ou ceux qui occupent des fonctions officielles sont présents : il y a ici les trois plus proches. Bernardo Michelozzo, son secrétaire, Piero da Bibiena, son chancelier, et son conseiller Pier Filippo Pandolfini.

Alessandro avait surpris un regard prudent de son beau-frère qui se mêlait discrètement à cette garde rapprochée sans laquelle la suprématie des Médicis n'aurait pu durer.

Girolama fut retenue par son amie Lucia Albizzi. Elle lui présenta Alessandro comme son jeune frère venu étudier à l'université de Pise. Ils avaient convenu ensemble qu'ils éviteraient de parler de la guerre contre Naples. La conversation des deux femmes dériva bientôt vers les thermes de Bagno Vignoni où la bonne société florentine aimait à se détendre.

Alessandro en profita pour s'éclipser dans le grand salon du palais. Il ne pouvait s'empêcher d'être ébloui par les fresques, les tapisseries et les meubles précieux. Même dans le palais du vice-chancelier, il n'avait rien vu d'aussi beau, d'aussi rayonnant. De petits spectacles avaient lieu dans chaque pièce pour amuser les convives. Sur les tables, les mets les plus recherchés d'Italie avaient été disposés : venaison de chevreuil, poissons, lamproies de Pontedera, anguilles salées de Ferrare, truffes, une pyramide de fruits frais, figues et oranges. Les buffets étaient une démonstration d'abondance qui contrastaient avec la parcimonie, l'austérité des réceptions des vieilles familles de la noblesse romaine, qui sous couvert de retenue et d'élégance n'étaient pas capables de faire étalage de tant de mets raffinés.

Alessandro accepta la timbale de vin toscan que

lui tendait un serviteur du palais et y trempa ses lèvres. Il cherchait des yeux le maître des lieux, étonné de ne pas l'avoir déjà croisé au milieu d'une pièce et des convives.

Alessandro attrapa quelques grains de raisin et traversa la cour d'honneur. Il aperçut tout au fond, près d'une fontaine, un homme assis sur une majestueuse cathèdre, l'air un peu las, le menton posé sur son poing serré, un demi-sourire nostalgique sur les lèvres. Il portait le chapeau florentin traditionnel, de chaque côté de sa tête tombait un tissu rouge. Il se dégageait de cette silhouette un mélange de force et de lassitude. Cet homme ne pouvait être que Laurent de Médicis. Malgré l'agitation, le bouffon déguisé en cochon qui s'échinait à le distraire, il semblait seul. En le voyant, Alessandro eut la sensation que cette fête superbe n'était qu'un brouhaha un peu vain. Il s'approcha.

Son arcade sourcilière et son nez étaient très prononcés, donnant à son regard une profondeur intimidante, à son expression une gravité inhabituelle. Sa mâchoire était aussi large que ses lèvres étaient fines, ses pommettes marquées. Son teint olivâtre était sans doute le résultat des journées de chasse qu'il passait dans ses villas. Laurent de Médicis semblait porter un masque. Malgré la disharmonie de ses traits, son aura le rendait presque beau. Il ressemblait à l'un de ces médaillons sculptés aperçus dans une vitrine à l'entrée du palais.

Une petite fille était assise contre son genou, tandis qu'un jeune garçon qui devait avoir huit ans jouait avec un chien, juste à ses pieds. L'homme eut un geste de tendresse pour cet enfant qui devait être le sien. On le disait très proche de ses enfants.

Soudainement, une voix aiguë se fit entendre :

— C'est lui ! C'est l'inconnu qui m'a sauvé la vie !

Alessandro élargit le champ de son regard, cherchant à identifier celui qui s'exclamait dans sa direction.

— Oui, mon père ! J'en suis sûr !

Non loin de Laurent de Médicis, il reconnut l'enfant tonsuré qu'il avait sorti du puits, la nuit de son arrivée à Florence, et, à ses côtés, le petit garçon qui l'accompagnait.

Le regard de l'homme assis sur la cathèdre s'éclaira brièvement. Il fit signe à Alessandro de s'approcher.

Autour d'eux, un cercle se forma. Les invités le scrutaient avec un mélange de curiosité et d'avidité.

Au silence respectueux de la foule, il comprit qui étaient ces jeunes enfants : le fils cadet de Laurent, Jean, jeune clerc promis à la vie ecclésiastique, et Jules, son cousin.

Jean vint vers lui et lui prit la main.

— Quel hasard que tu sois là ! Viens, je vais te présenter mon père.

Alessandro croisa le regard de Puccio Pucci qui blêmit en voyant que l'attention se portait sur son encombrant beau-frère.

Laurent s'était levé. Un jeune homme s'était approché de lui, sans doute Pierre de Médicis, son fils aîné. Sa silhouette était un peu tassée, ses cheveux tombaient en frange sur son front, son regard n'exprimait pas la moindre émotion. Telle une ombre ou une sorte de soldat désarmé attendant des ordres, il se tenait aux côtés de son père.

Jean regardait tour à tour son père et Alessandro, qui se tenait maintenant devant eux. Très excité par leur rencontre, il poursuivit :

— Je t'ai cherché l'autre soir quand mon secrétaire est arrivé, mais tu avais disparu !

Laurent le regardait avec une intensité troublante.

— Tu as sauvé Jean d'une noyade certaine… Qui es-tu ?

Laurent s'était tourné vers sa garde rapprochée. Puccio Pucci s'était précipité vers lui.

— C'est mon neveu, Alessandro Farnese, j'allais vous le présenter. Il est arrivé il y a quelques jours…

Un silence à peine troublé par quelques murmures parmi les invités. Un sourire étira les lèvres fines de Laurent.

— Cela fait beaucoup d'exploits pour un seul homme.

Alessandro se sentait mal à l'aise. Mais Laurent ne semblait pas vouloir interrompre cette mise à l'honneur, convoquant par ses gestes, le ton de sa voix, l'attention de tous les convives.

— Je veux te remercier de ce que tu as fait.

Une femme à la silhouette frêle, qui se tenait près de Laurent, s'approcha d'Alessandro. Son visage était d'une blancheur d'albâtre ; elle lui prit les mains et l'embrassa.

— Je suis Clarisse Orsini, la mère de Jean ; jamais nous n'oublierons ce que nous te devons. Nos enfants sont ce que nous avons de plus cher au monde.

— Tout le monde aurait fait la même chose !

Votre fils a juste eu de la chance que nous passions par là et que nous trouvions une corde assez longue…

D'un geste de la main, Laurent balaya ces protestations de modestie avec fermeté.

— C'est un talent de se trouver à l'instant précis où le ciel a besoin de nous. Personne n'a le droit de le contester. Ce serait une injure faite à Dieu.

Il plongea alors ses yeux dans ceux d'Alessandro. Son amabilité en disait long sur sa volonté et sur son exigence vis-à-vis des hommes qui croisaient sa route.

— Tu peux considérer que tu es ici chez toi et que nous sommes ta famille. Pierre et Jean seront tes meilleurs ambassadeurs.

Il se tourna vers Jean puis vers Pierre.

— Montrez-lui la maison, présentez-lui les hommes qui font l'honneur de notre République… Alessandro, je crois que Jean et toi vous destinez à une même carrière…

Alessandro regarda Laurent qui était allé se rasseoir, pressé de se retirer à nouveau dans ses pensées, tandis que sa femme s'était évaporée dans les plis de sa robe rose.

Avant que Pierre ait pu dire un mot, Jean lui prit le bras affectueusement. Du haut de ses onze ans, il semblait déjà dépositaire d'une autorité familiale qui faisait défaut à son aîné.

— Allez, raconte-moi comment tu as réussi à t'enfuir du château Saint-Ange ?!

Alessandro se mit à rire.

— Je ne suis pas sûr d'avoir intérêt à m'en vanter si je veux revenir à Rome un jour.

— Le motif de ton emprisonnement au château

Saint-Ange sera vite oublié, tandis que ton évasion, elle, restera pour toujours !

Le fils de Laurent de Médicis était vif et parlait sans entrave. Son physique n'était pas celui d'un Apollon mais il émanait de lui une telle joie, une telle énergie positive, qu'Alessandro lui trouvait du charme.

— Combien de soldats as-tu tués en t'évadant du château Saint-Ange, et comment as-tu fait ?

Alessandro sourit d'un air énigmatique. Il songeait à la jeune religieuse, se remémorait son visage. Il fut tenté un instant de parler d'elle. Une confidence aurait pu la compromettre.

— Je crains de te décevoir…

Le visage de Jean, déjà rebondi, s'arrondit encore plus.

— Tu veux dire que tu n'as même pas tué l'un des sbires du pape ?

— Non, pas un seul. Et je dois avouer que j'en suis plutôt fier.

Dans l'une des salles qui longeaient la cour intérieure, un groupe de femmes se tenaient en cercle autour d'une musicienne qui jouait du luth. Alessandro demanda à Jean de ralentir son pas. La musique était si belle qu'il voulut voir qui jouait de cet instrument. En s'approchant un peu plus près, il découvrit une jeune fille dont les cheveux blonds glissaient sur les épaules, une petite couronne de fils d'or tressés autour de la tête.

Fasciné par sa beauté, Alessandro ne parvenait pas à détacher son regard d'elle.

— Qui est-ce ?

Jean ferma les yeux et murmura, l'air mystérieux :

— La princesse Isabelle d'Este…

En l'entendant prononcer ce nom presque aérien, Alessandro pensa que cette vision était celle de l'élégance et du raffinement. Il était subjugué.

— Sa mère, la princesse Éléonore, est une amie de ma mère. Elle vient souvent en visite avec elle.

Jean l'entraîna dans une autre pièce, jaloux de l'intérêt soudain de son ami pour cette jeune fille.

— Combien de temps vas-tu rester ici ? demanda-t-il d'un ton candide et aimable.

— Le temps qu'il faudra...

— ... pour te faire oublier !?

— ... et pour devenir florentin.

— Mais tu es déjà un nouveau membre de notre famille, comme te l'a dit mon père... cela devrait te suffire. Il n'a pas dit cela à la légère...

Alessandro pensa que de nombreux ambitieux auraient rêvé d'entendre cette phrase, une distinction qu'il avait gagnée par chance. Mais dont il était incapable de tirer le moindre profit pour le moment.

— Je vais m'inscrire à l'université de Pise... J'aimerais apprendre le grec, le droit...

— Et la théologie ?

Alessandro hocha la tête sans enthousiasme.

— Dans ce cas, nous suivrons les mêmes cours. Je vais te présenter mes professeurs... Ils sont tous ici, enfin les plus brillants, bien sûr. La réouverture de l'université de Pise est un des projets dont mon père est le plus fier...

Alessandro écoutait les paroles de Jean avec intérêt.

— Ils ne sont pas tous amusants mais mon père tient à ce que je perfectionne mon éducation avec eux... Alors si tu es avec moi, ce sera moins ennuyeux...

En croisant le regard d'un homme visiblement moins à l'aise que les autres convives, Alessandro fut intrigué.

— Qui est-ce ?

Jean se rapprocha de lui et souffla dans son oreille comme s'il lui confiait un secret :

— Guido da Bisengue, le *condottiere* de notre cité, l'homme en qui mon père a toute confiance…

Alessandro observa ce mercenaire qui tenait une coupe remplie d'un vin qu'il ne buvait pas. Son regard était concentré sur l'assistance, il examinait chaque invité. L'homme était à l'affût, et sa tâche ne souffrait aucun répit. À travers lui s'ouvrait un monde d'aventures, d'armes et de combats militaires. Un bref instant il pensa à Angelo, dont Girolama lui avait avoué les mauvaises expériences dans l'armée de Virginio Orsini. Il pensa à son propre goût pour les armes. Tous les horizons possibles s'ouvraient dans ce palais. Le pouvoir de la famille Médicis s'étendait sur l'avenir et le destin des hommes qui croisaient sa route. L'évasion et la disgrâce d'Alessandro auraient pu mettre un terme définitif à sa carrière ecclésiastique. Justifier qu'il emprunte un autre chemin, celui dont il rêvait autrefois. Mais il n'était plus certain d'en avoir envie.

— Veux-tu que je te le présente ? demanda Jean en le voyant tout à coup silencieux et concentré.

— Ce n'est pas nécessaire. Présente-moi plutôt tes amis philosophes.

Quelques instants plus tard, ils arrivèrent dans un petit salon décoré de pierres et de gemmes de toutes les couleurs. Il régnait une atmosphère mystérieuse dans cette pièce. Plusieurs hommes étaient assis autour d'une table sur laquelle étaient disposées des cartes.

Jean s'approcha d'eux mais s'arrêta à bonne distance de la table pour s'adresser à toute l'assistance.

— Mes chers amis, vous qui êtes la fierté de notre ville... et de notre siècle ! Je veux que vous fassiez bon accueil à notre *ami* Alessandro Farnese qui va suivre vos cours à l'université.

Le plus âgé d'entre eux, celui qui semblait dominer cet aréopage par son regard clair en contact direct avec les sphères de l'esprit, sourit à Jean.

— Nous n'y manquerons pas, les amis de nos amis sont notre famille, comme tu le sais.

Alessandro ne put s'empêcher de repenser à ce que son maître, autrefois prisonnier des geôles du pape, lui avait dit de ces érudits réfugiés à la cour des Médicis. Des philosophes entretenus par le pouvoir en place, à la solde de la puissance politique locale, ne pouvaient être totalement libres. Sans oser le dire clairement, Pomponio Leto insinuait que leur pensée était affaiblie par ce confort. À moins que son maître n'ait simplement été envieux du sort de ces hommes.

— Et d'où vient ce mystérieux jeune homme ? souffla un garçon aux cheveux sombres et bouclés.

— Il vient de Rome mais il ne faut pas lui en tenir rigueur ! s'exclama Jean. Il va se changer les idées parmi nous.

Tous les invités de Laurent de Médicis présents autour de la table ne purent s'empêcher de sourire. Rome n'était pas réputée pour sa libéralité en matière de pensée et Laurent se flattait de favoriser les plus grands esprits, de leur donner ce havre de paix et de sécurité qui permet de chercher la vérité, par la douce existence qu'il leur offrait.

— J'ai l'honneur de te présenter Cristoforo Landino, secrétaire de la chancellerie et de la seigneurie de Florence, et Marsile Ficin, le plus grand philosophe de notre cité...

Cristoforo Landino était un homme assez âgé, aux cheveux gris tombant sur les épaules. Il se tenait appuyé contre le dossier du fauteuil. Il regarda Alessandro mais parut ne pas le voir, un vague sourire sur les lèvres. L'homme qui avait parlé le premier, empressé de témoigner son obéissance au fils du maître, était Marsile Ficin. Un chapeau rond en arrière du crâne, le nez allongé, Marsile Ficin semblait avoir été interrompu en plein discours, les joues maigres, le regard vif.

Jean se pencha à l'oreille d'Alessandro :

— Marsile Ficin était un ami de mon grand-père, nous lui devons beaucoup et il est encore très influent, mais en termes de pensée, il faudra que tu ailles entendre le cours de mon précepteur, Ange Politien, qui va reprendre la chaire de poétique et de rhétorique. Ses cours et sa vision des textes anciens sont beaucoup plus avant-gardistes...

Alessandro croisa le regard de ce grammairien aux lèvres épaisses duquel il se dégageait une certaine sensualité. Il connaissait son nom et ses œuvres.

— Et je gardais le meilleur pour la fin, notre cher apothicaire et botaniste qui sera là pour te guérir des maux du corps auxquels nos chers philosophes ne peuvent rien !

Alessandro sourit à cet homme qui le regardait

avec curiosité comme on observe un animal avant de le disséquer.

— Je ne l'oublierai pas, même si je crois que les maux du corps sont le reflet de notre âme.

Ses paroles firent s'esclaffer les membres de l'Académie, tandis que Jean applaudissait.

— Ton ami est déjà des nôtres. Où l'as-tu trouvé ? demanda Ange Politien en souriant avec tendresse.

— Ne soyez pas impatient, il est avec nous pour… pour combien de temps au fait ?

— Sûrement plusieurs mois… Je vais poursuivre les mêmes études que Jean, comme lui je me prépare à une carrière à Rome…

Cristoforo Landino joignit les mains.

— Alléluia ! Si vous suivez tous les deux nos enseignements ici, notre Sainte Église est sauvée.

Puis il leva son verre en invitant les autres à faire de même.

— À la santé de l'Église, puisse-t-elle s'inspirer de nos écrits !

Jean fit un petit signe de tête à Marsile Ficin pour qu'il reprenne son discours interrompu.

— Cher Jean, comme nous en avions discuté, j'ai refait ton horoscope. Les astres sont formels, né le 11 décembre 1475 à cinq heures du matin, tu es appelé aux plus hautes destinées, tu seras pape…

Un souffle traversa l'auditoire, le vent d'une intronisation zodiacale avant le suffrage du Sacré Collège.

— Mais je suppose que les astres ne disent pas comment je dois m'y prendre…, soupira Jean en adressant un clin d'œil à Alessandro.

Le philosophe sourit :

— Les astres pourront t'aider à reconnaître le chemin que tu devras prendre mais en aucun cas ils ne pourront déterminer ton destin ! Ton père me semble le meilleur conseiller possible pour cette ascension… Fais-lui confiance.

Un silence s'imposa autour de la table. Personne ne voulait prendre la parole, aspiré par le gouffre qui venait de s'ouvrir au-dessus d'eux : la voûte céleste n'était qu'un champ d'étoiles muettes. Laurent de Médicis était l'astre unique.

— C'est à Dieu d'en décider ! s'exclama alors un jeune homme qui venait d'entrer dans la pièce, suivi de près par Pierre de Médicis. Enroulé dans un drap de tissu sombre, il se tenait tel un oracle obscur près d'une colonne.

L'homme était maigre, ses cheveux noirs tombaient en boucles sur ses épaules, son visage était juvénile et féminin. Il tenait à la main des feuillets de parchemin et les brandissait avec emphase et arrogance. En s'asseyant à côté de Marsile, Alessandro vit le nouveau venu caresser l'épaule d'Ange Politien.

— Ces prédictions ne sont que des superstitions… La liberté permet seule de connaître Dieu… C'est ce que je démontre dans mes *Conclusions philosophiques*.

Jean se pencha vers Alessandro :

— Jean Pic de La Mirandole, comte de la Concorde, est un brillant érudit qui s'est surtout distingué jusqu'ici par son éloquence et son train de vie fastueux ! Il veut présenter son œuvre à Rome et organiser un grand débat d'érudits autour de ce texte. Mon père l'apprécie beaucoup… Peut-être parce qu'il voit grand mais surtout parce que sa richesse familiale le dispense de dépendre de nous !

Pic reprit :

— Le pape a tout intérêt à ce que ces débats aient lieu ! Tôt ou tard, son pouvoir sera contesté s'il ne s'ouvre pas à la controverse : notre religion doit être régénérée par les écrits antiques issus d'autres textes que la Bible.

— Je serais ravi de t'aider à organiser ce débat, intervint Alessandro. Sous le pontificat de Paul II, Pomponio Leto, que j'avais pour maître, avait à cœur de propager à Rome les valeurs et les idées des auteurs de l'Antiquité. Il a failli y laisser la vie. Aujourd'hui, la papauté est plus tolérante.

— Fais attention à toi, suggéra Jean en souriant à Pic de La Mirandole. Notre ami et invité, Alessandro Farnese, a fait les frais de la sévérité du pontife en passant quelques semaines au château Saint-Ange.

Tous les regards s'étaient tournés vers Farnese. Alessandro croisa d'abord celui de Pic de La Mirandole, un œil noir, intense et lumineux à la fois. Mais une expression méfiante, presque inquiète, s'était posée sur ses traits, comme si son origine romaine rendait Alessandro tout à coup suspect, trop proche d'une force hostile à son projet.

Ange Politien profita de l'occasion pour le dévisager à nouveau.

— Leto a été ton maître ? demanda enfin Pic avec déférence.

La radicalité et le sens de la mise en scène de Leto étaient sans doute ce qui devait plaire le plus à ce personnage théâtral.

— Oui j'ai participé à des cérémonies et surtout

suivi ses leçons dans les ruines. Il est devenu une figure intouchable. Mais ses premiers enseignements ont été considérés comme hérétiques.

Pomponio Leto avait une réputation qui dépassait les États pontificaux. Tous les hommes de lettres savaient qu'il avait été le premier à diffuser des valeurs humanistes et il était devenu une figure admirée de ceux qui aspiraient à concilier religion catholique et sagesse antique.

— Nous en parlerons ! déclara Pic. Car je veux que tous les hommes de lettres puissent commenter et critiquer mes thèses que j'ai intitulées *Neuf cents conclusions philosophiques, cabalistiques et théologiques*. Je compte les inviter à Rome pour en débattre.

— Fais attention à toi, chuchota Jean à Alessandro, les thèses de Pic peuvent être mal vues à Rome.

Alessandro hocha discrètement la tête même si la fougue, l'énergie et la vivacité de Pic l'avaient immédiatement séduit. Il détonnait par rapport aux autres philosophes. Sa volonté de dépasser la seule étude des textes grecs ou latins lui plaisait.

Ils se donnèrent rendez-vous prochainement dans la villa de Marsile Ficin avant que Pic et Ange Politien ne quittent la table, emportant leurs silences et leurs désirs de renouveau loin du palais. En partant, ils laissèrent la pièce étonnamment vide.

— Nous nous retrouvons tous les jeudis soir chez moi, dans ma villa de Careggi. Nous y débattons librement de tous les sujets qui nous intéressent… Tu es mon invité !

Marsile Ficin avait prononcé ces paroles avec une bienveillance suave.

Autour d'eux, les mèches des lampes avaient fini de se consumer, le palais avait disparu dans l'obscurité. Les paroles échangées s'étaient frayé un chemin jusqu'au bout de la nuit, mais il était temps de quitter les lieux.

*Rome, mars 1487*

Situé dans le rione Colonna, l'élégant palais Ruffini, construit aux plus riches heures de la famille, n'était plus que l'ombre de sa splendeur passée. Le crépi de sa façade était lépreux, totalement rongé par l'humidité dans sa partie basse, et les branches d'un figuier soulevaient un angle de toiture des communs. Comme pour nombre de familles de la petite noblesse romaine, ce palais était le dernier vestige d'une grandeur révolue.

Les constructions modernes du voisinage, commanditées par de récentes fortunes nées du négoce et de la banque, accentuaient par contraste l'impression de délabrement se dégageant de l'ancienne demeure des Ruffini.

Cependant, depuis quelques jours, une effervescence inhabituelle régnait entre les murs du palais, l'espoir d'un renouveau capable de raviver les vieilles dorures et les fresques effacées.

— Ne bouge pas Silvia, murmura Camilla en posant le voile sur les cheveux de sa sœur.

Une aiguille entre les dents, Camilla entremêlait chaque boucle de la tresse du chignon de sa cadette avec le tissu de soie blanche qui lui servait de voile.

Silvia regardait son reflet dans le miroir. Ses cheveux enroulés en chignon avec un cordon emperlé, elle observait chaque détail de sa coiffure. Une ceinture sous la poitrine, la robe mettait en valeur son décolleté, le corsage vert était échancré et rehaussé à l'épaule de broderies dorées sur fond cramoisi. La robe de mariée de sa propre mère avait été réquisitionnée pour la cérémonie de mariage qui allait avoir lieu dans quelques heures, avec Don Giovanni Battista Crispo. Sa longue jupe écrue lui rappelait le tissu ample de l'habit de religieuse qu'elle avait porté pendant presque deux ans.

À côté d'elle, un bouquet de fleurs était disposé dans un grand vase. Le *cassone* était posé sur la table au milieu de la chambre. Il était ouvert pour laisser voir l'intérieur du couvercle décoré d'une miniature représentant la Vierge. Giovanni lui avait fait porter ce cadeau que le futur marié offrait traditionnellement à sa fiancée. Il n'avait pas été gravé à son nom car la date du mariage avait été décidée seulement quelques semaines plus tôt.

— Cette coiffure ne me va pas..., murmura Silvia.

Camilla, qui tentait de contenter sa sœur depuis quelques minutes, laissa retomber ses bras le long de sa robe.

— Je fais de mon mieux... Si tu n'avais pas décidé de te marier de façon aussi précipitée, nous aurions pu mieux préparer les choses, soupira-t-elle.

Alors que la question de ses vœux perpétuels

avait été soulevée par sa tante, de plus en plus possessive avec sa nièce, Silvia avait finalement décidé de quitter le couvent de San Petita et d'accepter la demande en mariage de Giovanni Crispo. Un homme plus âgé, riche, veuf de sa première épouse, et dont elle serait peut-être veuve à son tour. C'était la seule façon qu'elle avait trouvée de quitter le couvent. Et de ne plus penser au prisonnier du château Saint-Ange. Il lui était devenu impossible de consacrer sa vie à la prière alors que son âme était absorbée par celui dont elle avait appris le nom peu après son évasion : Alessandro Farnese. Elle avait aussi découvert qu'il avait fui à Florence.

Devant le visage dépité de sa sœur, Silvia lui prit la main.

— Mais ce n'est pas grave, Camilla… même si je ne l'aime pas, j'ai décidé d'accepter la proposition de Giovanni Crispo car j'aurais été encore plus malheureuse dans ce couvent…

Camilla la regarda avec sévérité.

— Tu as eu raison, tu apprendras à l'aimer.

Pendant un instant, Silvia hésita à lui parler d'Alessandro Farnese. Sa sœur était sa plus proche amie. Mais elle craignit sa réaction. Camilla était trop sérieuse, trop raisonnable pour comprendre. Quant à elle, elle avait toujours été la plus turbulente et imprévisible de toutes les sœurs.

Tout à coup, quelqu'un frappa à la porte de sa chambre.

— Qui est-ce ?

— Mario.

— Entre.

Silvia faillit s'élancer vers lui mais les mains de la suivante et de Camilla, sa sœur aînée, l'en empêchèrent. Occupées à fixer des fleurs dans sa coiffe, elles la maintinrent devant le miroir.

Mario était le plus jeune des fils de la famille et son frère préféré.

Mario tournoya sur lui-même vaguement gêné. De très grande taille, il cherchait toujours une façon de poser son corps quelque part.

— Tu es parfaite…

— Je sais ce que tu penses. Seul le pape pourrait être un époux digne de moi !

— Et encore ma sœur, pas n'importe quel pape !

Mario avait fait un effort pour sourire mais ses sourcils étaient restés froncés. Son futur beau-frère était un opulent marchand romain de bonne famille, originaire de Corneto, devenu le banquier du puissant cardinal Rodrigo Borgia. Crispo avait mis son argent et ses amitiés au service de celui qui prétendait devenir le prochain pape, et il avait maintenant à cœur de voir ce prélat réussir au moins à conforter sa fortune et assurer la prospérité de leur ville.

Mario s'approcha de sa sœur.

— Notre tante ne viendra pas à la cérémonie, mais elle te souhaite d'être heureuse.

La mère supérieure, qui considérait Silvia comme destinée à lui succéder, avait ressenti son départ comme une trahison. Profondément déçue de voir sa nièce renoncer à la vie cloîtrée, elle la soupçonnait d'avoir eu quelque lien avec l'évasion du prisonnier de Saint-Ange. Peu après que la nouvelle se fut propagée dans le quartier, sa tante l'avait convoquée et croyait l'avoir percée à jour.

— Il est bientôt l'heure d'y aller, Silvia, poursuivit Camilla qui lui apportait son châle pour sortir vers la chapelle attenante au palais.

Le voile accroché à ses cheveux, la robe flottait sur ses hanches, elle tenait un bouquet d'anémones. Sa sœur et l'une de ses jeunes nièces s'étaient baissées pour ramasser la traîne qui glissait sur le tapis. De l'autre côté du palais, dans la chapelle, on pouvait entendre les voix des religieuses venues répéter les chants de la messe.

Dès le jeudi qui suivit la fête au palais de la via Larga, Alessandro honora l'invitation de Marsile Ficin. Sa villa à Careggi lui avait été offerte par Cosme, le grand-père de Laurent, pour qu'il se consacre à cette tâche révolutionnaire qui justifiait tous les privilèges : inventer une sorte de nouvelle religion naturelle réconciliant la théologie platonicienne et la révélation chrétienne.

Ce rendez-vous fut le début d'une série de rencontres auxquelles il essayait de prendre part chaque semaine. Il fut bientôt l'un des membres les plus assidus de cette Académie constituée de Marsile Ficin, Ange Politien, Démétrios Chalcondyle, son professeur de grec. Pic de La Mirandole leur faisait parfois cadeau de sa présence. Marsile Ficin, qui poursuivait inlassablement la traduction du grec au latin de l'œuvre de Platon, associait son cercle de fidèles à son travail et à ses questionnements d'exégète profane. De devinettes en commentaires et en traductions, Alessandro avait l'impression de participer à une grande œuvre. De travailler à l'accouchement d'une vérité plus vraie, réalisant enfin la synthèse entre des mondes qu'il croyait antinomiques et même hostiles l'un à l'autre depuis toujours. Des croyances prétendument incompatibles dont les interprétations avaient justifié tant de martyrs et de désarroi parmi les hommes.

Alessandro s'était découvert une passion pour le grec qu'il apprit plus vite que les autres élèves pour pouvoir participer à ces discussions et donner sa version. Leurs discussions bousculaient sa manière de voir le monde, au-delà des cours à l'université de Pise qui lui enseignaient les bases de la philosophie et de la théologie.

Des fils invisibles se tissaient sous les arbres, des prolongements inattendus se déroulaient grâce au vent, au mouvement des feuilles dans les branches. Et la beauté du jardin, du paysage où se tenaient ces réunions, confirmait leurs intuitions. Le royaume de Dieu que les Écritures promettaient était quelque part sur ces collines, dans ce havre de civilisation et d'harmonie, aux sources de ces vignes qui dévalaient vers un petit lac en contrebas. Il en mesurait l'étonnant mystère plus que n'importe où ailleurs.

En plus de sa traduction, Marsile Ficin travaillait alors à une œuvre totale intitulée *Les Trois Livres de la vie*. Ses trois tomes intitulés respectivement *De la vie saine*, *De la vie longue* et *Comment organiser sa vie de façon céleste* disaient tout du projet qui s'offrait désormais aux hommes voulant mettre en pratique une sagesse divine au cœur de leur vie. Alessandro comprenait cette philosophie qui réconcilie la foi avec l'intelligence, où se dessine un individu maître de son destin, qui n'est pas écrasé par la Providence divine mais dont l'existence est sacrée.

Ces haltes où l'on discutait de l'éternité de l'âme en buvant un verre de vin de malvoisie exprimaient un soulagement : la dimension païenne et purement sensuelle de l'existence n'était plus contradictoire avec le Bien tel qu'il était défendu par la Bible.

En fin de journée, l'obscurité faisait disparaître les contours des silhouettes ; des petites lampes à huile étaient disposées autour d'eux, faisant danser les ombres autour des visages et des regards.

Ce soir-là, le cercle accueillait Botticelli échappé de son atelier pour revenir boire à la source des paroles de son maître et inspirateur, Marsile Ficin, et inventer des silhouettes parfaites, aux visages angéliques. Il manquait Pic de La Mirandole qui était parti à Rome pour recueillir le verdict du pape sur ses thèses. Un autre jeune homme qu'Alessandro ne connaissait pas avait rejoint la villa mais il ne s'était pas assis avec eux. Alessandro l'avait aperçu se promenant sous les chênes, l'air absorbé dans ses pensées. Il portait un livre qui tranchait avec le ton et les sujets de leurs dernières discussions : *Histoire romaine* de Tite-Live. Sa silhouette et son allure vive semblaient très différentes de celles des autres membres du cercle.

Lorsque Marsile Ficin s'approcha d'eux pour commencer leur discussion, il chercha du regard ce jeune garçon. Tout à coup, il tourna la tête et le vit assis sur un petit rocher tout près de lui. Ses traits étaient fins, ses lèvres aussi minces que la lame d'un couteau, entourées d'une barbe rousse clairsemée. Il dégageait une impression de fragilité et de nervosité. Il devait avoir à peine seize ans, mais son regard était affûté. L'usure de son vêtement de drap et de ses chausses violet foncé trahissait une évidente pauvreté. Marsile posa la main sur son épaule.

— Nous accueillons aujourd'hui l'un de mes jeunes élèves, Nicolas Machiavel. Il étudie le droit et la politique… mais son but reste le Bien, comme à nous. N'est-ce pas, mon cher ami ?

Le jeune garçon hocha à peine la tête. Un léger malaise se répandit dans l'assistance. Un observateur étranger s'était glissé dans leurs rangs. Alessandro s'assit à côté de lui. Ange Politien prit place juste en face d'eux et ne put s'empêcher de l'observer avec une volupté qui ne laissait aucun doute sur ses intentions. Ange Politien lui avait plusieurs fois proposé d'être son professeur particulier de grec. S'il suivait avec passion ses cours brillants de grammaire, il se gardait d'accepter toutes ses faveurs.

— Je suis sûr que tu as une devinette à nous soumettre, commença Alessandro.

— Qui a dit : « L'avarice chez un vieillard n'a pas de sens : peut-on imaginer rien de plus absurde que d'augmenter les provisions de voyage à mesure qu'il reste moins de chemin à faire ? »

Ange arborait un sourire tranquille. Aucun des invités n'osa regarder Marsile Ficin, que chacun accusait d'être un peu trop économe, de vouloir accumuler des prébendes et des offices pour assurer un meilleur train de vie à la villa de Careggi. Marsile se tourna vers Jean de Médicis.

— Alors, messire Jean, vous allez sans doute pouvoir répondre ? J'ai parlé de cet auteur lors de ma dernière leçon. Pour être un homme d'Église digne de ce nom, il ne suffit pas de collectionner les charges et les offices, il faut avoir un peu de culture…

Jean se mit à rire. Il riait de tout et surtout de lui-même lorsqu'il était pris en flagrant délit d'ignorance. Cela ne durait jamais longtemps parce qu'il avait la mémoire courte et que le moindre sentiment de culpabilité lui était étranger.

Alessandro chuchota à l'oreille de son ami.

— Plutarque !

Alessandro aperçut le regard enflammé d'Ange Politien qui s'était mis à applaudir le fils de son protecteur avec déférence.

— Tu as de la chance, Jean, d'avoir un ami qui se passionne pour les œuvres de nos philosophes…, souffla-t-il en le regardant. En voici une autre : « La chance est puissante. Laisse toujours ta ligne dans l'eau et tu attraperas un poisson quand tu t'y attendras le moins. »

Le silence n'était troublé que par le bruit de l'eau qui s'écoulait justement d'une petite fontaine à côté d'eux. La nature leur obéissait.

— Il me semble que ce ne pourrait être que *Les Métamorphoses* d'Ovide. Le style est reconnaissable entre tous…, répondit Nicolas Machiavel sans un sourire, l'air vaguement méprisant.

Marsile Ficin, qui distribuait la parole comme un professeur à ses élèves, posa son regard bleu clair, presque gris, sur lui. Il le scruta, soupesa sa silhouette, comme il en avait l'habitude, pour savoir s'il était compatible avec ce goût du savoir, de l'esthétisme et de la beauté qui caractérisait les membres de l'Académie.

— Pour avoir de la chance, il faut être patient, ne pas aller trop vite en besogne…

Marsile avait murmuré ces paroles de sa voix la plus détachée mais en glissant un regard vers Alessandro.

— Hâte-toi lentement… je m'en souviendrai, déclara Alessandro.

Il faisait allusion à son thème astral que le philosophe avait dressé lors de sa première visite à Careggi.

— Surtout pour toi qui vas avoir la vie longue, continua Marsile, qui lui avait prédit une destinée d'au moins huit décennies.

Jean de Médicis se retourna vers lui :

— Tu veux dire qu'Alessandro va tous nous voir mourir ?

Marsile, avec son air de celui qui en sait plus que tout le monde, tenait à garder secrètes ses discussions avec les planètes : il ne répondit pas.

— Il ne faut pas attacher trop d'importance à tout cela…, répondit Alessandro qui était superstitieux et ne voulait pas contrarier les astres en dévoilant les prédictions de Marsile.

Démétrios Chalcondyle réfléchissait à une nouvelle citation :

— Et celle-ci : « Quand on lui a demandé : "Qu'est-ce que l'espoir ?" Il a répondu : "Le rêve d'un homme éveillé." »

— Aristote ! s'exclama Jean.

Tout le monde applaudit. Leur réunion fut tout à coup troublée par l'arrivée d'un émissaire de Laurent de Médicis. L'homme s'était dirigé vers Ange Politien et avait murmuré à son oreille. Tout le monde attendait des nouvelles du voyage et du séjour de Pic de La Mirandole à Rome. Ils restèrent immobiles.

Ange Politien les regardait sans les voir, la bouche arrondie, les joues rouges. Il semblait bouleversé.

— Je dois vous quitter, Giovanni a eu un problème sur la route de Rome.

— Que s'est-il passé ?

— Lors d'une halte à Arezzo, il a séduit la femme d'un cousin de Laurent, il s'est enfui avec elle…

Tout le monde attendait en silence la suite de l'histoire qui, jusque-là, semblait assez banale.

— … le mari vient de les faire jeter en prison…

— Comment a-t-il pu être si fou… ? s'exclama Marsile Ficin, l'air contrarié par cette fausse note qui venait perturber l'harmonie parfaite dont il était le chef d'orchestre.

Alessandro sourit.

— Cher Marsile, l'amour n'est-il pas un des moyens d'accéder au souverain bien ?

Debout, face à eux, Ange Politien le regarda fixement.

— Tu sembles en savoir quelque chose Alessandro…

— Bien, je crois que la séance est levée ! s'exclama Jean de Médicis en signifiant à Ange Politien qu'il pouvait prendre congé.

Les invités de Marsile s'éparpillèrent dans le jardin. Nicolas Machiavel en profita pour s'éloigner par un autre chemin. Avant qu'il ait pu répondre à ses questions sur ses études latines, il s'était déjà éclipsé.

Jean prit le bras d'Alessandro comme il en avait l'habitude dès qu'ils étaient seuls.

— Alors, tu viens avec nous à Ferrare dans

quelques jours ? Tu ne dois pas fréquenter uniquement notre Académie... On va finir par penser que tu n'y suis pas que des leçons de philosophie.

Alessandro avait reçu l'émissaire de Laurent la veille alors qu'il était chez sa sœur. Le duc Hercule, duc d'Este, donnait une représentation théâtrale. Malgré son peu de goût pour ces mondanités et festivités, faire partie de la suite de Laurent de Médicis était un privilège difficile à refuser. Parmi les invités, François de Gonzague, célèbre *condottiere*, héritier d'un duché voisin, et sa belle fiancée Isabelle d'Este. François de Gonzague était l'un des hommes d'armes les plus convoités du pays depuis qu'il s'était mis au service du duché de Milan. Lorsqu'il s'agissait de rassembler une armée, on faisait de plus en plus souvent appel à lui. Il faisait partie de ces figures qu'Alessandro avait rassemblées dans son petit panthéon personnel. Le désir de revoir la belle Isabelle autant que celui de rencontrer cette figure militaire avaient emporté ses réticences.

— Je ne manquerais cette invitation pour rien au monde !

— Si tu veux t'amuser, lorsque tu seras là-bas, pour te changer des discussions bucoliques, continua Jean, tu pourras aller écouter les prêches de Jérôme Savonarole...

— Qui est-ce ?

— Un moine qui nous a prédit la fin du monde et que l'on a fait éloigner de Florence. Il a repris ses études à Ferrare et y enseigne à nouveau.

Alessandro resta songeur. À Rome, il arrivait que des libelles critiquant les mœurs du pape et annonçant la vengeance divine circulent de temps en temps. Mais aucun prêtre ne se serait risqué à prononcer le moindre sermon sur ce sujet. Voulant tout connaître des courants qui faisaient vibrer les esprits et les âmes de son temps, il se promit d'aller l'écouter.

À quelques lieues de la frontière de la République, Hercule d'Este, duc de Modène et de Ferrare, allié de Florence, faisait à nouveau face à une révolte des citoyens de Modène. Vieille d'un demi-siècle, la querelle entre la Maison d'Este et ses sujets modénois n'en finissait pas de resurgir. Cette fois, Laurent de Médicis avait décidé d'envoyer un soutien militaire au duc pour l'aider à mater le soulèvement.

Par tradition, la République de Florence soutenait les États avec lesquels elle partageait une frontière, formant une barrière protectrice contre des ennemis plus puissants. En l'occurrence, la République de Venise, directement voisine du duché de Ferrare, demeurait une puissance menaçante. Par un juste retour des choses, Hercule d'Este s'était rangé du côté de Florence dans la guerre contre Naples, apportant son soutien symbolique toujours bienvenu.

Laurent était reconnaissant et aimait témoigner son amitié au duc. Comme le maître de Florence n'était pas un chef de guerre, il saisissait diverses occasions artistiques et intellectuelles pour rencontrer son allié.

Assister à sa représentation théâtrale était l'occasion parfaite pour attester de leurs liens et des intérêts réciproques de Florence et de la Maison d'Este. Le duc excellait davantage dans la direction théâtrale que dans le maniement des armes. Il avait mis en scène une pièce de Plaute, auteur très à la mode dans leurs cercles raffinés. Il avait distribué les rôles parmi sa petite cour d'amis, d'artistes et de philosophes.

Escorté par Jean qui aimait à le présenter à tout le monde comme un ami intime de la famille, Alessandro avait assisté à la représentation dont il connaissait déjà les répliques pour l'avoir interprétée à Rome. La pièce était mal jouée mais plutôt distrayante.

Le spectacle le plus réussi fut celui qui suivit la représentation. Le duc de Ferrare fit un petit discours pour célébrer le départ en Hongrie de son fils de sept ans, Hippolyte, dont le destin ecclésiastique avait pris un tour exceptionnel. Grâce à sa tante qui avait épousé le roi de Hongrie, il venait d'être nommé administrateur de l'archevêché d'Esztergom, principal archevêché de l'Église de Hongrie. Alessandro admira le talent avec lequel le duc justifiait cette nomination, pour tenter de donner quelque fondement à ce titre qui venait de lui être attribué en dépit de son extrême jeunesse.

Jean, qui s'était endormi pendant la pièce de théâtre, venait de se réveiller.

N'ayant pas entendu le discours du duc, il se pencha vers Alessandro :

— Il n'y a aucune chance que le pape accepte cette nomination. Un enfant de sept ans ne peut tout de même pas être à la tête du plus prestigieux évêché de Hongrie et percevoir des bénéfices d'un montant de 50 000 ducats !

Apercevant Jean, Hippolyte vint vers eux.

— Je suis content de te voir ici ! D'autant plus que je pars dans quelques semaines.

— Tu veux dire que le pape a accepté ta nomination ? demanda-t-il sidéré.

Un sourire aux lèvres, l'enfant était ravi de la nouvelle, comme s'il venait de gagner un jeu de dés.

— Le pape ? Bien sûr. Nous sommes ses alliés ! Il a trop besoin de nous.

Entraîné par sa mère vers le château, Hippolyte disparut dans la foule.

— Quelle honte.

Jean semblait jaloux de son ami. Alessandro posa une main sur son épaule.

— Et toi, n'as-tu pas reçu récemment l'abbaye du Mont-Cassin en commende ?

Les caprices de son ami l'agaçaient. Cette abbaye, l'une des plus célèbres de la chrétienté, était aussi l'une des mieux dotées. N'ayant pas reçu les ordres majeurs, Jean n'y exerçait aucune action particulière. Celui que l'on appelait *messire Jean* avait reçu la tonsure à l'âge de sept ans. Un air rieur au fond des yeux, il se préoccupait davantage de son avenir au sein de la curie romaine que des contraintes attachées à sa charge : c'était pour lui des concepts très abstraits. Il courait encore derrière les ânes et les animaux de la ferme près de la villa de Poggio a Caiano lorsqu'il était devenu chanoine de la cathédrale de Florence et de Fiesole, archevêque d'Aix-en-Provence. Il se contentait de verser les importants revenus attachés à ces charges dans sa cassette personnelle :

elle lui servait à assurer son train de vie et à entretenir sa suite déjà nombreuse. Le pouvoir de son père et la puissance de la République de Florence dont le pape voulait s'attirer le soutien ou l'amitié laissaient présager de nouvelles distinctions, une existence semée de dignités et d'offices. Malgré cela, Jean ne pensait qu'à une seule chose : sa nomination dans les rangs du Sacré Collège. Cette décision était en suspens depuis des mois au motif qu'il était encore trop jeune. Le pape s'était engagé lors de son élection à ne pas attribuer de charge ecclésiastique à un enfant. Un engagement qu'il respectait de façon aléatoire.

— C'est tout de même injuste.

Alessandro ne répondit pas. Cette course à la charge dépourvue de toute légitimité était l'une des raisons pour lesquelles Alessandro était si peu enthousiaste à l'idée de suivre le même chemin que Jean. Non pas par modestie ni esprit de modération mais par fierté : une vie passée à attendre et à espérer le bon vouloir du pape, à élaborer des stratagèmes pour mettre la main sur les charges ecclésiastiques auxquelles étaient attachés les revenus les plus importants, lui déplaisait.

— Reconnais que tu es jaloux d'avoir perdu ton titre de plus jeune clerc d'Italie !

— Je te laisse alors continuer sans moi, répliqua Jean vexé. Si tu sais tout mieux que tout le monde, tu n'as pas besoin d'escorte !

Alessandro fut soulagé de le voir s'éloigner vers le buffet. Face à lui, la troupe d'acteurs commençait à se mélanger à la foule qui les attendait pour les féliciter. Alessandro cherchait François de Gonzague mais il fut bientôt distrait par le visage d'Isabelle d'Este qui rayonnait au milieu des courtisans. Ses cheveux blonds étaient relevés en chignon, quelques boucles débordaient sur son front, mettant en valeur son regard. Ses traits étaient encore plus harmonieux en pleine lumière que dans l'ombre brouillée des tapisseries du palais Médicis.

Un cercle s'était formé autour d'elle, sorte d'essaim d'abeilles qui n'en finissait pas de convoiter cette fleur unique. Des dames se pressaient dans son sillage, des nains faisaient des acrobaties, aimantés par sa beauté. Béatrice, sa sœur à peine plus jeune qu'elle, se tenait à ses côtés. Elle avait les mêmes traits mais, chez elle, tout semblait moins joli, moins vif. L'annonce de ses fiançailles avec Ludovic Sforza avait eu quelque retentissement à Florence qui, à travers eux, allait célébrer l'union de ses deux alliés les duchés de Milan et de Ferrare. On disait que le futur mari de Béatrice regrettait d'avoir raté Isabelle : sa lettre de demande en mariage était arrivée juste quelques jours après celle du duc de Mantoue.

À côté d'elle, François de Gonzague était moins impressionnant qu'Alessandro ne l'aurait cru. De petite taille, des cheveux épais et bruns glissant sous son chapeau, des lèvres épaisses et une barbe délimitant les contours de sa mâchoire lui donnaient un air viril.

Alessandro continua à observer la jeune femme, intrigué par sa ressemblance avec sa propre sœur, Giulia. Elles avaient le même âge, la même allure féminine, mais Isabelle semblait plus sûre d'elle, et, surtout, consciente de son statut. Elle promenait son expression aimable et distante à travers la cour, n'en finissant pas de ramener à elle une brassée de sourires admiratifs, de regards flatteurs et de révérences.

Tout à coup, il vit la jeune femme venir vers lui. Des taches de rousseur constellaient ses joues. Elle semblait plus jeune lorsqu'elle était près de vous. Mais son expression, son sourire amusé étaient déjà ceux d'une femme.

— Laurent de Médicis s'est montré très élogieux à votre égard lors de notre réception… Il a pourtant les plus brillants érudits à sa cour.

Alessandro sourit : comme toutes les princesses, sûre de son pouvoir, Isabelle d'Este distribuait des médailles et des récompenses d'un air désinvolte.

— Il a la bonté de me recevoir et de me faire inviter à des représentations théâtrales de la meilleure qualité.

— Ce n'est pas tout à fait vrai !

Elle s'était mise à rire, penchant légèrement la tête en arrière, mettant en valeur le décolleté ouvert sur sa gorge blanche. Sa robe en velours vert était bordée par une bande de soie crème. Elle redevint sérieuse.

— Ce n'est pas lui qui vous a invité : c'est moi qui lui ai demandé que vous veniez. Nous nous sommes croisés au palais de la via Larga.

Puis elle se pencha légèrement vers lui. Un parfum de fleurs de lys émanait d'elle :

— Tout le monde loue vos exploits pour avoir su vous échapper de ce sinistre château Saint-Ange.

— Et vous avez une très belle voix, reprit Alessandro qui ne voulait pas s'attarder sur ce début de légende.

Deux femmes s'approchaient d'eux, inquiètes de voir leur protégée parler à un inconnu. L'une d'elles était une femme sans âge au visage fade mais dont les yeux observaient le monde avec méfiance. Alessandro reconnut Élisabeth de Montefeltre, la belle-sœur d'Isabelle, qui était assise à côté d'elle dans les salons du palais Médicis.

Un sourire s'était posé sur les fines lèvres d'Isabelle. Elle resta silencieuse comme si elle réfléchissait. Puis elle lui prit le bras et murmura plus bas sur le ton de la confidence :

— Si vous voulez m'entendre chanter au château, je donnerai un petit concert pour mes amis dans quelques semaines. Cela me ferait plaisir que vous puissiez y assister.

Elle avait prononcé ces mots d'un ton impérieux. Alessandro n'osa répondre tout de suite à Isabelle d'Este dont l'oreille délicate et attentive semblait n'avoir jamais essuyé le moindre refus.

L'instant suivant, elle avait rejoint Élisabeth et le groupe de nains qui effectuaient des tours de magie. Alessandro suivait la silhouette d'Isabelle parmi les autres invités. Elle continuait à sourire et à charmer son entourage avec aisance et légèreté. Même de dos, elle semblait encore vous regarder.

Alessandro aperçut Laurent qui sortait du palais du duc d'Este. Il traversait la cour lorsqu'un moine petit et roux, à la silhouette disgracieuse, vint vers lui. Ils semblaient très bien se connaître et échangèrent quelques paroles. Tout à coup, l'homme s'éloigna en faisant de grands gestes. Laurent reprit sa marche et vint vers lui. Sous son bras, le livre *Histoire romaine* de Dion Cassius, dont le duc venait de lui offrir une version en langue italienne. Un objet unique qui ne suffisait pas à effacer cette ombre sur son visage.

Il demanda sans hésiter :

— Qui était ce moine ?

— Un frère dominicain très en verve qui m'a prédit l'Apocalypse, le premier jeudi de carême. Il s'est mis en tête d'extirper tous les vices de Florence. Mais je préfère ne pas l'écouter. Enfin pour l'instant. Je suis encore trop jeune pour avoir peur. Alors j'ai demandé à ses supérieurs de le renvoyer prêcher ici, dans sa ville natale.

— Jérôme Savonarole ? Jean m'en a parlé.

Laurent soupira.

— Son père était le médecin du duc. Il a vécu son enfance à la cour de mon ami Hercule. C'était un enfant et un jeune homme aimable qui a eu le malheur de venir vivre à Florence où il est tombé amoureux de Maria Strozzi, la fille de mon ami Filippo. Mais la jeune fille a refusé sa demande en mariage et il en a conçu une haine farouche pour le monde dans lequel elle vivait.

Alessandro écoutait, fasciné, l'histoire de cet homme blessé dans son amour-propre qui s'était drapé dans sa robe de bure pour mieux venger son honneur, prédisant les pires supplices au monde qui l'avait bafoué.

— Ainsi l'amour mène le monde… même ceux qui semblent les plus éloignés de ce sentiment y ont cédé un jour ou y céderont, continua Laurent.

Laurent aimait bien ces petites prophéties qui le délivraient de la rigueur des chiffres et des lettres de change dont ses hommes d'affaires l'entretenaient régulièrement. Amateur de femmes, il avait passé ses jeunes années à leur écrire des poèmes, avant sa prestigieuse union avec Clarisse Orsini, qui manquait cruellement de gaieté et d'enjouement. Pour se distraire de sa mélancolie, il s'échappait avec quelques-unes des plus belles femmes de la cité dans ses villas près de Florence. Avant son mariage, une seule s'était distinguée : Lucrezia Donati. Il en avait fait une sorte de muse. Depuis son mariage, en revanche, il restait toujours discret et personne ne savait qui avait pris possession de son cœur.

— Et toi ? pourquoi ne profites-tu pas de ce séjour pour rencontrer une des femmes de la suite d'Isabelle ? Tu as tout intérêt à prendre une amante ou une muse sinon mes chers académiciens vont nourrir des espoirs inutiles...

Alessandro repensa à la proposition d'Isabelle.

— Est-il prudent de se laisser inviter par la fiancée du plus grand *condottiere* de notre temps ?

Laurent parut réfléchir. Sur ses lèvres apparaissait ce demi-sourire auquel il consentait parfois lorsqu'il était charmé.

— Elle est très séduisante. Mais c'est une princesse...

Alessandro n'était pas certain d'aimer son caractère entreprenant. Il n'était pas amateur de femmes au sens de la plupart de ses amis ou connaissances, qui multipliaient les conquêtes tout en fréquentant les courtisanes. Mais il ne pouvait s'empêcher d'admirer sa beauté et son aisance naturelle. Jean lui avait expliqué qu'elle était promise depuis l'âge de six ans au duc, François de Gonzague, mais son père semblait ne pas vouloir la céder à son mari alors qu'elle avait atteint l'âge de se marier.

— Tu n'as personne d'autre à l'esprit ? demanda Laurent que son silence intriguait.

Alessandro pensa à Silvia Ruffini. Il avait voulu lui écrire dès son arrivée à Florence. Mais la crainte d'attirer l'attention des sœurs de son couvent l'en avait dissuadé. Depuis son arrivée à Florence, la rumeur de son évasion s'était répandue plus largement à Rome.

— J'ai rencontré quelqu'un que j'aimerais revoir, répondit Alessandro qui brûlait de partager ce souvenir.

Il lui fallait parler d'elle pour ne pas s'en éloigner, la décrire pour ne pas la laisser s'échapper.

— Qui est-ce ?

Laurent l'écoutait avec plus d'attention que jamais.

— Elle vit à Rome.

Pragmatique, Laurent s'exclama :

— Tu la reverras à ton retour. En attendant, amuse-toi. Je te laisse mon meilleur cheval pour aller et venir comme bon te semble. Il s'appelle « Cher ami ». Fais-en bon usage !

Le brouillard enveloppait les tours du château de Ferrare. Un paysage totalement différent de celui de sa première visite se déployait sous ses yeux. En deux semaines, le temps avait changé. Malgré l'épaisseur de sa cape en laine, Alessandro sentait l'humidité traverser ses membres. Il pressa le pas. En tournant dans la via della Santa Maria, il entendit le grincement du pont-levis qu'on était en train d'abaisser. La place était vide. Deux grandes torches accrochées de part et d'autre de la porte éclairaient la façade, ornée du blason de la Maison d'Este. En entrant dans le palais, hormis les gardes de faction, il ne croisa personne. Un chemin fragile se dessinait d'une pièce à l'autre, qui ne tenait qu'à la lueur d'un flambeau. Une sorte de jeu de piste entre les tapisseries et les statues de marbre. Le silence du château l'intriguait de plus en plus, comme le fil d'une énigme qu'il voulait dérouler jusqu'au bout. Il hésita un instant, regarda autour de lui, avant de monter l'escalier d'honneur. Pas l'ombre d'un serviteur ni d'une silhouette pour lui indiquer où se déroulait le concert. Il continua à suivre le dédale de pièces de plus en plus curieux de voir à quoi ressemblait ce spectacle sans public.

Tout à coup, il entendit le chant d'une femme.

Il se laissa guider par cette voix jusqu'à une pièce voûtée qui donnait sur une cour. Isabelle d'Este était debout sur une petite estrade, à côté d'un musicien qui jouait du luth. Elle tenait une partition dans la main. Quelques fauteuils et chaises étaient disposés autour d'une table, un grand coffre avec des costumes lui faisait face, mais la pièce était vide. Il s'arrêta près de la porte, hésitant à continuer, pour ne pas troubler ce qui ressemblait moins à une représentation qu'à une leçon de chant.

Soudain, elle croisa son regard. Ses cheveux étaient lâchés et lui tombaient jusqu'au bas du dos. Elle s'interrompit sans prévenir son accompagnateur qui continuait à jouer du luth.

— Approchez, Alessandro ! Je termine cette leçon.

Alessandro alla s'asseoir sur l'un des fauteuils pour l'écouter.

Elle chantait sur une musique de Nicolas Grenon dont le refrain tournait autour de *la plus jolie et la plus belle*. Ce musicien était le préféré de Giulia. Isabelle s'était tournée de côté, dessinant quelques gestes pour accompagner sa voix : elle n'était pas très grande mais, debout sur cette estrade, sa silhouette paraissait particulièrement gracieuse. Elle portait une robe en soie blanche qui mettait en valeur sa poitrine lorsqu'elle reprenait sa respiration. De profil, elle l'observait sans en avoir l'air, croisant parfois son regard, terminant son refrain par un sourire.

Lorsque la chanson prit fin, elle fit une petite révérence avant de descendre de son estrade.

— J'espère que cette répétition ne vous a pas ennuyé ? demanda-t-elle en lui prenant la main.

Elle salua le musicien qui disparut par une des portes qui donnaient sur l'escalier.

L'instant suivant, ils se retrouvèrent seuls dans la pièce voûtée. Elle le regardait d'un air malicieux. Alessandro observait sa gorge qui semblait insensible au froid.

— Je suis flatté d'être votre unique spectateur.

Elle rougit.

— Nous avons dû annuler le spectacle car ma sœur est tombée malade et mon père est contraint de partir pour une affaire urgente à Venise… Et j'ai oublié de vous prévenir. Venez, je vais vous montrer quelque chose.

Par une porte en trompe-l'œil, elle l'entraîna alors dans l'escalier à vis de l'une des tours du château. En montant les marches, il sentit cette chevelure si longue et blonde effleurer ses mains.

Ils arrivèrent dans une pièce étroite, au plafond bas, remplie d'objets rares, d'instruments de musique, de livres et de manuscrits enluminés. Un trésor qu'il aurait aimé découvrir mais que la présence d'Isabelle reléguait au second plan. Deux bougies étaient allumées sur une table et sur le rebord de la lucarne ; elles diffusaient une lumière douce, presque vivante autour d'eux, rapprochant leurs silhouettes, créant une brusque intimité entre eux. Des coussins de tapisserie rouges et verts étaient posés par terre et sur une banquette elle avait laissé ouvert un livre de partitions de musique.

— J'ai commencé à collectionner ces merveilles à l'âge de dix ans. Je les commande à des artisans qui me plaisent.

Alessandro regarda les objets qui reflétaient sa personnalité, légèrement troublé par la proximité de la jeune fille.

— Lorsque je serai marquise de Mantoue, j'aurai mon *studiolo* où je rassemblerai toutes ces pièces et d'autres plus merveilleuses encore.

Son parfum était maintenant à portée de souffle, sa beauté respirable, son charme impossible à esquiver. L'audace dont elle avait fait preuve en se faufilant avec lui en cachette jusqu'à cette petite pièce la rendait encore plus séduisante que dans les circonstances mondaines où il l'avait croisée. Avant qu'elle ait pu se retourner, il lui prit la main et l'embrassa sur les lèvres.

Elle s'assit sur les coussins et l'attira vers elle avec une fermeté déconcertante, voulant rester maîtresse du jeu. Ne souhaitant pas se laisser entraîner par son audace, il s'assit à côté d'elle et demanda :

— Pourquoi cette invitation alors que l'on te dit très amoureuse de celui que tu vas épouser bientôt ?

Ces paroles eurent l'effet voulu. Isabelle s'alanguit sur la banquette, posant son coude sur un coussin et sa tête sur sa main.

— À force d'être fiancée depuis mes six ans à cet homme, il est devenu un peu comme mon frère… Je te le dis seulement à toi, tout le monde croit que je suis très amoureuse !

— Tu finiras par l'aimer. C'est un homme courageux. Vous avez le même tempérament.

— Ce n'est pas à toi de me le dire ! s'exclama-t-elle agacée par ses remarques. Tu me plais et j'aime ton esprit d'aventure, continua-t-elle. Ne prends pas ce compliment à la légère.

Le visage penché, Isabelle continuait à le fixer avec intensité.

— Combien de temps resteras-tu à Florence ?

Cela faisait plus de six mois qu'il s'était évadé et qu'il vivait chez sa sœur. Le temps avait filé sans qu'il s'en aperçoive. La paix entre le pape et le roi de Naples avait été conclue durant l'été. Mais son oncle lui avait écrit qu'il ne devait pas envisager de revenir avant au moins plusieurs mois. Il avait prévu d'attendre encore avant de demander à Laurent s'il pourrait, le moment venu, intercéder en sa faveur auprès du pontife.

— Le temps de terminer mes études. Au moins six mois encore.

Elle se redressa et le regarda d'un air provocant.

— Tu veux toujours poursuivre ta carrière au sein de l'Église ? Après que le pape t'a enfermé dans cette immonde prison ?

— Ma chère Isabelle, quand on est une duchesse comme toi, on sait que nos choix sont parfois limités.

Elle sembla ne pas entendre.

— Lorsqu'on s'évade comme tu l'as fait, on doit prendre les armes. J'aurais pu demander à François de te faire une place dans son armée.

Dans la pièce sombre, où dansait la lueur d'une bougie, Alessandro sentit son esprit vaciller légèrement. Quelques mois plus tôt, il aurait rêvé d'une telle proposition. Aujourd'hui, elle lui rappelait l'ombre d'une vie qu'il n'avait pas vécue. Le regard perdu dans la contemplation d'une des timbales serties de pierres précieuses posées sur l'étagère, Alessandro se sentait un peu comme cet objet aux multiples facettes dont les couleurs s'éclairaient différemment en fonction de l'orientation de la lumière. Il s'était découvert un goût plus prononcé qu'il ne le pensait pour les choses de l'esprit. La perspective d'un avenir militaire lui semblait non seulement impossible mais réductrice.

— Je n'ai pas l'intention de devenir *condottiere*...

Contrariée que sa nouvelle conquête ne lui soit davantage soumise, la jeune femme s'était redressée :

— Sans avoir d'appui sérieux au sein de l'Église ou parmi les princes, tu végéteras à la curie...

Par la magie de ses doigts, la fine robe d'Isabelle était à nouveau parfaitement mise et ses cheveux en place, comme si rien ne s'était passé.

— Laurent m'a proposé son aide, s'avança-t-il.

Isabelle conclut, tenant à avoir le dernier mot :

— Ne te fie pas trop aux Médicis. Laurent n'a que l'intérêt de sa famille en tête. Il ne fera rien pour toi si cela peut compromettre ses projets.

Sur ces mises en garde, la jeune fille, n'ayant pas obtenu par ses charmes ni son pouvoir la sujétion qu'elle désirait, tourna le dos à Alessandro et disparut par la porte.

Vexé à son tour, regardant cette ombrageuse princesse comme soudainement très jeune, Alessandro se leva.

Farnese n'avait pas soupçonné, sous le visage délicat de la séduction, un caractère capable d'une telle froideur.

## *Fin de l'hiver 1486-1487*

Le froid qui descendait des Apennins transforma les réunions de l'Académie platonicienne ; celles-ci se firent plus espacées, ne suscitant pas la même ferveur qu'à l'ombre des arbres. L'annonce, en début d'année, de la convocation d'un tribunal de l'Inquisition pour juger des thèses de Pic de La Mirandole avait achevé de glacer le sang et les conversations. Le spectre de la condamnation flottant de nouveau sur la pensée libre avait dissipé pour un temps la belle harmonie de l'Académie. Chacun travaillait de son côté, hormis le point de ralliement occasionnel que constituait la maison florentine de Marsile Ficin, où, dos à la cheminée, il lisait des passages de son œuvre.

Remarquant la pertinence des réflexions d'Alessandro, Marsile le chargea de traduire des passages du *Banquet*. Entre ses cours à l'université qu'il suivait avec assiduité, il passait des après-midi chez son maître, tentant de saisir la source de sa sagesse.

Mais l'âge d'or des premières semaines à Florence s'était achevé. Depuis sa conversation avec Isabelle d'Este, une sorte de voile avait obscurci son admiration, sa fascination pour Laurent de Médicis. Les ressorts de son pouvoir, de ses calculs lui apparaissaient plus nettement. Pour tenter de dissiper ce malaise, il avait demandé à voir Laurent pour lui parler de son avenir.

Lorsqu'il arriva au palais de la via Larga, peu après six heures du soir, tout était sombre. Le palais était très différent lorsque l'atmosphère festive des banquets et autres célébrations n'y régnait pas. Il s'en dégageait une mélancolie proche du mystère. Lorsque les lieux étaient vides, l'âme de son principal habitant reprenait le dessus. Elle regagnait les espaces perdus ou envahis par les rires et les paroles futiles des invités.

Au fond du vestibule, il aperçut la silhouette de Marsile Ficin, boitant légèrement, les épaules penchées vers la droite. Il traversa la pièce sans lui faire signe.

Depuis l'antichambre où il patientait, Alessandro apercevait le cabinet de travail où Laurent et Marsile avaient commencé à s'entretenir. Ils avaient laissé la porte ouverte, se croyant peut-être seuls. Ils se tenaient trop loin pour qu'il les entende. Mais leur entretien avait des airs de conciliabule ou de complot. Intrigué, Alessandro observait chacun de leurs gestes. Marsile déposa un livre sur le bureau de Laurent, tandis que le maître de maison lui remettait une bourse, de toute évidence remplie de florins.

Chaque semaine, Laurent payait sa pension au philosophe. En échange, Laurent recevait de lui un manuscrit rare. Voyant ce troc s'effectuer sous ses yeux, Alessandro était convaincu d'assister au véritable marchandage qui faisait le succès des

Médicis : celui de la pensée contre l'argent, des idées contre le pouvoir, de la connaissance contre l'autorité.

Au bout d'un certain temps, un domestique vint lui annoncer que Laurent le conviait à un rendez-vous extérieur et le rejoindrait dans le vestibule. Marsile s'était sans doute déjà éclipsé en passant par un autre chemin. Laurent parut bientôt, drapé dans un vêtement simple, le visage caché par le pli de sa cape, comme il aimait se promener discrètement dans les rues. Son chien favori, Bontemps, le seul ayant une vie domestique hors de sa meute de chasse, le suivait de près.

— J'ai rendez-vous à la cathédrale avec le peintre qui effectue une fresque pour mon oncle dans une des chapelles. J'aimerais te la montrer.

Pic de La Mirandole lui avait déjà fait visiter la chapelle, dont le chantier avait commencé un an et demi plus tôt. Pic, qui était devenu son ami, lui avait expliqué que les notables florentins s'arrachaient Ghirlandaio pour célébrer la gloire de leur famille dans des lieux sacrés. Mais Alessandro ne dit mot de cette première visite qui lui avait seulement permis de voir l'ébauche de la fresque.

Laurent et Alessandro s'enfoncèrent dans les ruelles menant à la cathédrale Santa Maria Novella, deux gardes du corps ouvrant discrètement la voie, tandis que deux autres la fermaient derrière eux. Devant l'air soucieux de Laurent, Alessandro prit les devants.

— Avez-vous des nouvelles des thèses de notre ami Pic de La Mirandole ? L'Inquisition a-t-elle statué ?

Laurent poussa un soupir, laissant deviner une forme de résignation.

— Oui, j'ai su par le cardinal Rodrigo Borgia que les thèses allaient être condamnées. Pic ne pourra que se dédire ou bien quitter la ville.

— Vous ne le soutiendrez pas ? demanda Alessandro qui savait l'admiration et l'affection de Laurent pour le comte de la Concorde.

— Non, car cela ne sert à rien, l'autorité de l'Inquisition est indiscutable et nous venons de nous réconcilier avec le pape.

Alessandro sentit que Laurent voulait changer de sujet.

— Alors, aimes-tu autant Florence l'hiver que l'été ? demanda Laurent en évitant les flaques de boue.

Laurent était attentif au moindre état d'âme des citoyens de la ville pour mieux en contrôler le sort.

— Je l'aime peut-être mieux l'hiver. Nous nous réunissons moins souvent à Careggi chez Marsile mais j'ai plus de temps pour lire et écrire.

Au fil de ces jours inoubliables, tous les Médicis et leurs amis lui étaient devenus plus familiers que sa propre famille.

— Marsile Ficin apprécie beaucoup ta vivacité et ton talent de traducteur.

Le compliment, venant de Laurent, le toucha au cœur. Il aspirait à être reconnu de ce maître-là.

— Je suis heureux que Jean ait un ami comme toi alors qu'il se prépare à devenir cardinal, continua Laurent. Tu pourras continuer à le guider lorsqu'il devra se rendre à Rome.

L'occasion était trop belle pour ne pas s'en saisir.

— Je considère Jean comme un frère, répondit Alessandro. Je serai évidemment là pour lui. Mais je crois qu'il sera plus vite en position que moi d'accéder à une fonction importante…

Laurent resta silencieux un instant.

— J'ai consulté mon ambassadeur avant notre entrevue, apparemment le pape est toujours furieux contre toi et contre ta famille.

— Je n'imagine pas qu'il nous ait pardonné… Notre ralliement à Florence nous a durablement compromis…

Alessandro n'avait pu s'empêcher de rappeler cette évidence.

— Mon soutien ne sera motivé que par ton talent… Aucunement par ce choix qui n'a pas pesé dans notre victoire.

Alessandro préféra s'échapper de ce terrain glissant. Le ton acerbe de Laurent lui rappela l'avertissement d'Isabelle.

— Si je veux progresser au sein de la curie, je dois être à nouveau soutenu par le pape. Attendre qu'il disparaisse me ferait sans doute perdre trop de temps.

Laurent se baissa pour caresser la tête de son chien.

— Comme je te l'ai dit le jour de notre première rencontre, je t'aiderai à retrouver la place qui était la tienne avant ton arrestation.

Il continua un ton plus bas, comme s'il craignait d'être entendu.

— Mais je dois attendre un certain nombre de décisions de la part du pape avant d'intervenir pour toi auprès de lui. Elles seront prises, si Dieu le veut, au début de l'année prochaine. Cela te laisse le temps de perfectionner ta connaissance des lettres grecques…

Puccio Pucci lui avait expliqué que le mariage

entre Madeleine, la deuxième fille de Laurent, et le fils naturel du pape Franceschetto Cibo, un quadragénaire débauché, venait d'être convenu et qu'il aurait lieu dans un an. Cette première victoire ferait entrer les Médicis dans le clan des familles les plus prestigieuses de la péninsule. Bien que de modeste origine, la famille du pape était celle d'un pontife qui régnait sur le trône le plus illustre du monde. Cette alliance donnerait plus de pouvoir à Laurent qu'il n'en avait jamais eu et le placerait en position de force, vis-à-vis du pape lui-même, dont il deviendrait l'un des parents.

Mais Laurent ne lui parlait pas du projet auquel il tenait plus qu'à nul autre et qui demeurait depuis des années en suspens.

D'un ton faussement désinvolte, il poursuivit du bout des lèvres :

— Jean devrait être fait cardinal dans quelques mois, dès que son âge le permettra.

Toutes les grandes familles romaines et princières faisaient partie de ce cercle restreint. Quant à ceux qui n'avaient pas encore reçu cet insigne honneur, comme c'était le cas des Médicis, ils devaient recourir à une stratégie plus longue, où l'argent jouait un rôle décisif, rebattant les cartes du hasard et de la naissance. L'assentiment du pape était nécessaire pour avoir la chance de faire partie de ce cercle sacré. Alessandro mesura tout à coup le chemin qu'il devrait parcourir pour accéder un jour à cette fonction-là.

— Tu seras ainsi le meilleur guide pour lui dans cette Rome pleine de pièges..., poursuivit Laurent qui finissait toujours par flatter son interlocuteur pour éluder un sujet qui le dérangeait.

Leur conversation les avait amenés jusqu'au portail de la cathédrale Santa Maria Novella. Ils saluèrent le prieur de la basilique qui les attendait à l'entrée.

À l'intérieur, quelques bougies se consumaient dans les alcôves. Les quatre gardes du corps tenaient de grandes torches et devançaient Laurent qui se dirigeait vers le chœur de l'église.

Grâce à la lumière des flambeaux, les personnages de la fresque étaient nettement visibles.

Laurent prit d'abord du recul avant de s'approcher de la partie la plus avancée qui figurait *L'Apparition de l'ange à Zacharie*. Sur le côté gauche, une foule de spectateurs en train de surgir du néant.

— Les travaux progressent vite… C'est le moment que je préfère, lorsque les expressions commencent à apparaître, que les personnages deviennent reconnaissables, alors qu'il n'y avait rien quelques jours plus tôt.

Alessandro reconnut sur le côté les membres de l'Académie platonicienne : Cristoforo Landino, Marsile Ficin, Ange Politien et Gentile Becchi, un ami proche de Laurent. La scène de la nativité de la Vierge n'était pas du tout avancée tandis que de l'autre côté, sur celle de *Joachim chassé du temple*, on distinguait clairement le fils de Giovanni Tornabuoni. Alessandro regardait Laurent, très concentré.

Sentant son regard, il tourna son visage vers lui :

— Vois-tu, les œuvres de ces artisans sont ma fierté et celle de ma ville. Florence n'a pas d'armée permanente, mais ces œuvres à la gloire de notre famille ou de n'importe quel marchand ayant fait fortune ici sont plus utiles que les soldats les mieux entraînés. Ces artisans et ces philosophes que tu as rencontrés sont les vrais défenseurs de notre cité !

À côté d'eux, la torche faisait danser les formes à peine esquissées sur le mur, leur donnant presque vie. Alessandro l'écoutait religieusement car Laurent manifestait rarement un tel enthousiasme.

— Qui peut rivaliser avec le spectacle de ces chefs-d'œuvre ? Avec ces textes qui renouvellent notre manière de voir le monde ? Dieu, seulement ! Le rayonnement de ces beautés nous apporte une aura éternelle, qui surpasse en durée, en étonnement et en qualité toutes les batailles possibles.

Laurent s'avança, illuminé.

— J'aime mieux que les Florentins que je gouverne rivalisent par le pinceau et les commandes, plutôt qu'à coups de poignard. Ils en oublieront j'espère leurs conjurations stupides.

La démonstration de Laurent était d'autant plus convaincante que les silhouettes qu'ils avaient sous les yeux étaient parfaites.

— Ce sont les idées qui gouvernent le monde, ce ne sont plus les dogmes qui ont figé les peuples dans l'ignorance, la peur et la soumission.

Ghirlandaio, rappelé en urgence pour faire la visite avec Laurent de Médicis, arriva échevelé au milieu de la travée principale, juste à temps pour répondre à cette question :

— Qui est ce personnage sur le côté ?

Le peintre fronça les sourcils en s'approchant de la fresque, le temps de réfléchir à la réponse qui ne lui attirerait pas d'ennuis.

— Il me semble que c'est vous monseigneur…

— Peux-tu s'il te plaît atténuer la ressemblance ? Je ne souhaite pas être aussi visible.

Comme dans tout ce qu'il faisait, Laurent aspirait à la discrétion et à une forme de clandestinité.

— L'ambiguïté est la meilleure des alliées. Même sur les fresques de ma ville, il me faut préserver ce principe.

— Bien, fit le peintre en baissant la tête, ce sera fait selon votre volonté. Et que pensez-vous de cette citation pour l'arcade de droite au-dessus du temple de Jérusalem : « Alors que la ville, belle entre les belles, illustre par ses richesses, ses victoires, ses arts et ses monuments, jouissait doucement de l'abondance, de la santé et de la paix… » ? Nous la daterons lorsque la fresque sera achevée.

Laurent hocha la tête avant de se tourner à nouveau vers lui.

— Il te reste encore à profiter de tout cela avant de rentrer à Rome. Ne sois pas trop impatient !

Puis il se drapa dans sa cape et sortit de l'église. À son tour, Alessandro s'en alla méditant à travers les rues, respirant l'air mêlé de pluie et de fumée échappée des cheminées. Le soutien de Laurent était suspendu aux décisions du pape. Encore une fois, son destin était entre les mains de celui vers lequel tout convergeait et dont la fonction le fascinait de plus en plus.

*En côtoyant cette Académie d'érudits, de philosophes, d'artistes de génie, le savoir et le talent m'apparurent comme des remèdes à tous les obstacles, à toutes les compromissions que je croyais devoir fuir.*

*Ces rencontres informelles, sans règlement ni heures fixes, étaient réellement divines.*

*J'avais mal jugé, par ignorance et par naïveté, l'intelligence de Laurent de Médicis. Mi-homme mi-dieu, il se servait de la beauté de ces œuvres pour étendre pacifiquement son pouvoir sur la République.*

*Florence n'avait pas d'autres armées que celle de ses mercenaires de la Vérité et du Beau.*

*Et pourtant, malgré la lumière et l'intelligence qui s'étaient couchées à ses pieds, Laurent demeurait toujours en quête d'une légitimité supérieure.*

*Loin de Rome, je mesurais toute la puissance du pape vers lequel ses ambitions convergeaient. Tout au long de mon séjour à Florence, Laurent n'eut de cesse de rechercher un rapprochement avec la papauté à travers ses enfants.*

*Affichant discrétion et modestie à l'intérieur de sa cité, Laurent poursuivait des alliances princières hors de ses frontières. Parmi elles, la papauté était la plus convoitée.*

*Je me promis de ne pas oublier ce pouvoir de fascination dont je pense avoir usé avec plus de talent que tous mes prédécesseurs.*

Un matin, alors qu'il était en train d'annoter le nouveau texte de Marsile Ficin, un long poème intitulé *L'Altercation*, Alessandro reçut une lettre qui allait changer sa vie.

— Alessandro, es-tu là ? Un *avisi* vient de déposer une lettre de Giulia pour toi !

— Entre !

Alessandro leva les yeux du texte de son maître. Sa sœur semblait agacée. Une expression légèrement hostile froissait les traits réguliers de son visage. Il prit la lettre des mains de Girolama, qui resta immobile. Elle paraissait curieuse de savoir ce qu'elle contenait. Cette marque d'intérêt l'intrigua. Elle prêtait habituellement peu d'attention à ce que disait ou faisait Giulia, la prenant pour une écervelée. Angelo, dont elle était proche, lui avait peut-être parlé secrètement d'un événement important qui concernait leur jeune sœur et que Giulia ne lui avait pas encore confié.

— Qu'attends-tu pour l'ouvrir ? demanda Girolama. Espérons qu'elle te raconte enfin autre chose que ses affaires de cœur...

La complicité d'Alessandro avec Giulia l'agaçait

depuis toujours. Elle ne comprenait pas cette confiance dans leur destin, cet appétit pour l'aventure et le jeu qu'ils partageaient depuis toujours. Girolama avait peu de goût pour les minauderies séductrices de Giulia, jugeait le caractère de sa petite sœur dissimulé et fourbe alors qu'Alessandro y voyait du charme et de l'habileté. Leur sœur aînée s'était toujours sentie plus de points communs avec Angelo, aîné de la fratrie, dont elle appréciait le courage et la droiture. Malgré tout, la venue à Florence de son jeune frère avait fait naître l'espoir qu'ils se rapprocheraient davantage l'un de l'autre. Mais il ne suffisait pas de vivre sous le même toit pour se comprendre, au contraire, les motifs de désaccord se multipliaient.

— Je vois que tu n'as pas la même réaction que lorsque Angelo te donne des nouvelles de Capodimonte !

Alessandro jeta un coup d'œil à la lettre non ouverte d'Angelo posée sur sa table de travail.

— Tu devrais y prêter attention, ta vie n'est pas que dans les livres, ni les conversations avec l'Académie platonicienne ! continua-t-elle.

Elle se méfiait de la passion d'Alessandro pour ses études et de son engouement pour ces nouveaux apôtres d'une vie sensuelle débridée, libérée de toute contrainte religieuse. Sans parler du comte de la Concorde dont les écrits venaient d'être condamnés par le pape. En bonne patricienne florentine, elle n'aimait pas les excès. Alessandro avait eu droit à une erreur de jeunesse, mais il était temps maintenant qu'il reprenne le chemin d'une ambition familiale raisonnable et qu'il ne se disperse pas.

— Angelo ne fait que me répéter ce que je sais déjà... Ses lettres sont toutes identiques.

Installé au château de Valentano depuis la fin de la guerre, Angelo préparait son mariage avec Leila Orsini, la fille du comte de Pitigliano. Cette union était prévue de longue date tout comme celle de Giulia avec Orsino Orsini, riche seigneur de Bassanello, fils de Ludovico Orsini, proche ami de leur père, et d'Adriana Mila, une Espagnole intrigante dont la réputation sulfureuse dépassait les frontières de la cité léonine. Ces alliances avec deux branches de la puissante Maison Orsini avaient pour but de consolider, voire d'étendre, les possessions Farnese dans la région de Viterbe. Il était prévu que Giulia quitte son couvent dans un an, le jour de ses quatorze ans, pour épouser son fiancé. Giulia écrivait de temps en temps à Alessandro pour lui raconter sa vie cloîtrée qui l'ennuyait. Comme toutes les jeunes filles de son âge issues de l'aristocratie, elle devait y faire son éducation. Elle se désespérait de pouvoir sortir bientôt, même pour épouser un homme d'âge mûr, peu attirant, bien que fortuné, et qui avait le malheur d'être borgne.

En réalité, l'union avec Orsino Orsini obéissait à un dessein plus audacieux. Alessandro avait particulièrement soutenu cette idée auprès de leur mère et d'Angelo. Elle permettrait de se rapprocher de l'oncle et parrain d'Orsino, le puissant cardinal Rodrigo Borgia, vice-chancelier de l'Église, l'une des figures les plus importantes de la curie romaine. La mère du futur marié, Adriana Mila, était la cousine, mais aussi la confidente, l'amie et l'alliée en toutes circonstances dudit cardinal.

— Quant à Giulia, ses lettres sont toujours

pleines d'esprit et d'idées ! Je me fie davantage à elle qu'à n'importe qui d'autre ! continua-t-il, conscient de provoquer Girolama.

Mais Alessandro ne précisait pas sa pensée, car, s'il faisait confiance à leur jeune sœur, de six ans sa cadette, c'était d'abord pour sa capacité de séduction. Giulia avait toujours été une ravissante enfant mais en grandissant, ces dernières années, elle avait encore embelli et son charme était devenu irrésistible. Sa beauté semblait manifester la grâce d'une élection divine : c'était un atout dont il fallait tenir compte pour les prochaines années. Il devenait évident que ce don de la nature pourrait favoriser non seulement son destin mais celui de sa famille. La beauté de Giulia était une forme d'absolution. Encore fallait-il bien la diriger. Si le cardinal Borgia succombait à sa beauté, il pourrait bénéficier de son soutien et envisager de devenir cardinal.

Girolama n'était pas assez intelligente ni assez fine pour le comprendre. Elle ne démordait pas de sa jalousie, plus vive que son ambition.

— Alors, quand sort-elle finalement de son couvent ?

Mue par une envie de venger la honte de la captivité d'Alessandro au château Saint-Ange, Giovanella Farnese avait demandé à Adriana Mila d'avancer les présentations de Giulia au cardinal Borgia, avant même la date du mariage prévu entre Giulia et son fiancé Orsino Orsini. En attendant sa réponse, leur mère n'avait pas hésité à montrer un portrait de la jeune fille à la cousine du cardinal Borgia. Depuis sa dernière lettre, Alessandro attendait de savoir quand cette entrevue allait avoir lieu.

— Laisse-moi lire…

Découvrant avec bonheur l'écriture féminine de sa jeune sœur, il remarqua son ton particulièrement enjoué. Giulia lui annonçait qu'elle quittait le couvent le lendemain même alors que la date de son mariage n'avait pas encore été fixée.

Giulia, qui devinait les manigances de sa mère, ne perdait pas son naturel. Elle racontait que l'entrevue avait été fixée avec le vice-chancelier de l'Église : il avait demandé à rencontrer celle qui allait épouser son cher filleul afin de pouvoir donner son assentiment. Cette perspective amusait beaucoup Giulia, comme une sorte de jeu, dont elle était à la fois l'instigatrice et l'appât.

Elle parlait de sa future belle-mère, la mère d'Orsino, comme d'une « seconde mère » qu'elle était aussi impatiente de connaître. Pas un mot sur son fiancé Orsino Orsini qu'elle allait sans doute voir pour la première fois aussi.

À la fin, elle mentionnait la date de la signature du contrat de mariage avec Orsino Orsini.

— Notre sœur devrait devenir Mme Orsini le 20 mai 1489, réfléchit tout haut Alessandro. Je ne sais si je serais rentré à temps pour signer le contrat.

— Angelo s'en chargera très bien ! le coupa Girolama qui lisait par-dessus son épaule.

Alessandro se leva pour soustraire la suite de sa lettre au regard de sa sœur. Giulia s'y désolait que ce soit son frère aîné, Angelo, qui représente leur père à cette occasion. Elle le suppliait instamment d'être présent pour signer le contrat.

Girolama se tenait à côté de lui, telle une duègne surveillant les manœuvres de son frère dont elle craignait l'esprit d'aventure. Elle venait d'apercevoir le nom du cardinal au milieu d'une lettre dont le sens lui échappait.

— Que préparez-vous avec ce cardinal Borgia ? N'est-ce pas un homme déjà très âgé ? demanda-t-elle, l'air soupçonneux.

Girolama vivait loin de Rome depuis son mariage. Au-delà des vieilles familles romaines, sa connaissance des nouvelles figures de l'Église était très limitée. Elle n'avait pas eu l'occasion de mesurer ni même de comprendre la fulgurante ascension de Rodrigo Borgia qui collectionnait les offices et les trésors depuis que son oncle Calixte III l'avait fait cardinal. Par ignorance, autant que par mépris pour ce prélat espagnol devenu par la force de cette parenté, de sa séduction et de son talent l'un des deux prélats les plus puissants de Rome après le pape. Il était aussi celui qui aimait le plus les femmes, ce qui lui avait valu des réprimandes de la part de son oncle. La réputation sulfureuse du cardinal Borgia avait failli gêner son ascension. Cette vie-là ne s'était pas faite en un jour et le vice-chancelier avait déjà cinquante-six ans. Même Angelo considérait ce rapprochement avec méfiance, leur sœur n'ayant que treize ans.

— Dans ces sphères-là, ma chère, ce ne sont pas les années que l'on compte mais le nombre de bénéfices accumulés !

Alessandro releva la tête alors que la cloche de l'église commençait à sonner l'office de midi, comme une sorte d'avertissement. Il mesurait ce que cette rencontre pouvait changer pour lui et pour sa famille.

— Et combien en a-t-il ? demanda Girolama soudain curieuse.

Voyant l'air méfiant de Girolama, il termina :

— Il te suffit de savoir qu'il est le cardinal le plus puissant après le pape. À part le cardinal Della Rovere.

— Ne peux-tu revenir à Rome qu'en jetant notre sœur dans les bras de ce débauché ? Le soutien de Laurent ne te suffira-t-il pas ? demanda Girolama d'un ton cinglant.

— Je n'ai aucunement besoin de Giulia ni du cardinal Borgia pour rentrer à Rome ! répliqua Alessandro, piqué au vif.

Girolama le regardait de ses yeux noirs, campée sur ses certitudes d'honorable épouse florentine.

— Et pour la suite ?

Alessandro se leva :

— Rome n'est pas la capitale sainte dont tu rêves ! L'Église est ainsi faite aujourd'hui que le mérite et l'intelligence comptent pour beaucoup moins que la cooptation, aucun cardinal n'a été nommé sans avoir eu le soutien d'un membre de sa famille, ni a fortiori aucun pape, à moins d'être issu d'une des plus grandes familles romaines…

— Je ne savais pas que tu voulais être pape ! Tu es bien présomptueux !

— Laisse-moi, tu ne comprends rien !

Girolama battit en retraite et quitta la pièce.

Soulagé d'être enfin seul pour goûter cette nouvelle porteuse de tant d'espoirs, Alessandro se rassit pour relire la lettre de Giulia. En la parcourant, il sentit un frisson d'impatience et de peur parcourir son cœur. Un peu comme lorsqu'il s'apprêtait à descendre la façade du château Saint-Ange. Son lien avec Giulia était si fort qu'il pouvait entrevoir à travers ses mots l'avenir dont ils étaient les seuls à posséder la clé.

*Florence, fête de la Saint-Jean, juin 1488*

Le cortège du fils du pape se déversait en une rivière de costumes colorés et de bannières fièrement levées le long de la rue principale. Son équipage et son escorte, composés de représentants de la noblesse romaine, de cardinaux et d'autres prélats, étaient suivis par une foule de Florentins remplissant les rues adjacentes.

Un peu songeur, Alessandro était resté sur les marches d'une église. Il venait d'apercevoir un jeune homme dont la silhouette reconnaissable entre toutes était dissimulée par un drap de tissu foncé. Ce vêtement inhabituel en cette saison avait attiré son attention. Mais surtout, son beau visage, et ses cheveux bouclés qui glissaient sur ses épaules. Il se faufila entre les passants jusqu'à lui.

— Cher comte de la Concorde ! Que faites-vous ici ? Quand êtes-vous rentré ?

Alessandro était heureux de revoir Pic de La Mirandole sans lequel la vie à Florence n'avait pas la même saveur. Il avait entendu dire que Laurent était intervenu pour le faire libérer de sa prison française.

Le jeune homme lui sourit mais il ne semblait pas aussi joyeux que d'habitude.

— Je viens d'arriver, à l'instant même...

Ses traits étaient tirés, il avait l'air fatigué, comme un homme qui a effectué un travail en chambre depuis des mois ou qui revient d'un long voyage.

— Cela n'a-t-il pas été trop dur ? Tu verras le retour à la liberté est une ivresse très agréable.

Pic reprit brusquement des couleurs.

— Nous étions frères d'esprit, maintenant nous sommes frères de captivité !

Ils reculèrent pour laisser passer le convoi du fils d'Innocent VIII. Ils virent de plus près les visages et les silhouettes qui se déplaçaient dans le sillage de Franceschetto Cibo, fascinés par le faste et la richesse de son escorte. Moqué pour sa petite taille, le fils préféré du pape n'avait rien négligé pour apparaître dans toute sa splendeur : il paradait sur un cheval magnifique à l'avant de ce brillant cortège, fier de pouvoir compter sur l'appui des Médicis pour obtenir une position digne de ses prétentions. Alessandro recula en voyant passer un garde du pape portant les armoiries de la famille Cibo.

— Le pape te manquait trop alors tu viens assister au triomphe de son fils ? s'exclama Alessandro.

— C'est la première fois que l'on célèbre la Saint-Jean depuis la conjuration des Pazzi, il y a dix ans. Les étoiles sont parfaitement alignées. Je n'aurais raté cela pour rien au monde, mais je vais m'éclipser après le défilé.

Ils s'écartèrent pour laisser passer un convoi encore plus imposant qui arrivait dans l'autre sens.

C'était celui de Laurent qui venait à la rencontre de son hôte sur un char richement décoré. Ses étendards arboraient la puissante devise « Le temps revient » en forme de convocation : Laurent revendiquait ce retour vers un âge d'or où les valeurs de l'Antiquité s'imposaient à nouveau aux hommes de sa cité. Il s'y mêlait une nostalgie pour ce monde perdu, idéalisé, que les fouilles et les traductions d'ouvrages exhumaient chaque jour davantage.

Laurent ne perdait pas une occasion d'associer étroitement son peuple aux événements marquants de son existence familiale et de sa victoire sur une ville conquise par son talent et sa générosité.

Alessandro ne pouvait détacher son regard de cet homme auquel son peuple prêtait allégeance par des acclamations spontanées. Après le passage de la quatrième haquenée, Alessandro tourna le dos au cortège et regarda son ami, qui semblait hésiter.

— Tu as vraiment envie de fêter le triomphe du fils du pape ? demanda Pic.

— J'ai pris l'habitude d'accepter les invitations de Laurent de Médicis.

En réalité, Alessandro espérait croiser le cardinal Borgia à ce banquet. Les prélats les plus proches du pape avaient tous fait le déplacement jusqu'à Florence pour honorer son fils et témoigner leur amitié à Laurent de Médicis. Il était impatient de rencontrer celui qui avait fait la connaissance de Giulia. Sa mère n'avait pas pu s'empêcher de lui écrire que Giulia avait fait merveille. Mais l'ampleur des conséquences ne pouvait être mesurée sur le simple récit d'une mère flattée par la beauté de sa fille. Il devait voir le cardinal Borgia, chercher l'étincelle que sa jeune sœur avait allumée dans ses yeux.

Pic avait haussé les épaules d'un air méprisant.

— Je n'ai rien à faire à ce banquet, et puis j'aimerais retrouver mon ami Flavius Mithridate qui est de passage à Florence. J'ai réfléchi pendant ma captivité à quelques idées intéressantes à propos de la Torah, dont j'aimerais lui parler…

Flavius Mithridate était un Juif sicilien converti au catholicisme. Doté d'une grande culture, il établissait des liens entre les cultures chrétiennes et orientales en traduisant des textes arabes ou hébreux en latin. Il avait certainement été l'amant de Pic dont la quête intellectuelle trouvait des prolongements amoureux mêlés d'ésotérisme.

— Tu le verras plus tard !

Pic hésitait, sans doute curieux de se frotter à nouveau aux réunions de la via Larga où il avait tant brillé.

— Tu es sûr que cela n'est pas dangereux ? Ce pape est capable de tout pour m'empêcher de répandre mes idées…

Lors de ses premiers pas à Florence, après sa fuite de Rome, Alessandro avait lui-même pris certaines précautions pour ne croiser aucun proche du pape, mais la cité des Médicis était trop puissante, fière et libre pour subir les menaces pontificales qui s'arrêtaient aux frontières de la seigneurie. Depuis deux ans qu'il vivait à Florence, il n'avait jamais été inquiété.

— Il n'y a aucun risque ! Florence est une ville libre… et si tu es arrêté par les gardes du pape, moi aussi je suis un proscrit, et je t'accompagnerai cette fois.

Pic souriait à nouveau.
— Tu as sûrement raison. Je suis content de t'avoir retrouvé si sûr de toi. Marchons ensemble, cela va nous éclairer.

Ils pénétrèrent dans une ruelle épargnée par l'agitation et le tumulte de la fête.

Tout à coup, un homme surgit d'un renfoncement de mur, échevelé, le corps vêtu de guenilles, brandissant une canne de berger. Il bouscula Alessandro et attrapa sa main. Il était maigre, sale, sa silhouette fragile ne semblait tenir qu'à la fureur de son regard.

— Ne t'approche pas trop près du soleil… tu risquerais de te brûler ! Quant à notre cité, Satan nous l'a volée ! Elle n'est plus à nous.

La surprise empêcha tout d'abord Farnese de sentir que le mendiant, lui prenant le bras, enfonçait sa main dans sa poche pour y chercher quelques florins. Il le repoussa, et l'homme était si frêle que ce simple geste le fit presque voler contre le mur.

Alessandro fixa le fond de la ruelle par laquelle l'homme venait de s'échapper. Les battements de son cœur masquaient les bruits autour de lui.

— Tu as vu ? demanda Pic en se retournant. Cet homme a peut-être raison…

— C'est un demi-fou et un voleur, répondit Alessandro en regardant du coin de l'œil son ami qu'il ne reconnaissait pas tout à fait.

Celui qu'Alessandro avait quitté audacieux, insolent, prêt à toutes les imprudences pour découvrir de nouvelles correspondances entre les religions semblait métamorphosé par la captivité. Deux ans plus tôt, son goût pour le danger l'avait séduit, cet esprit d'aventure spirituelle était tout ce qu'il aimait. Il s'était senti une histoire commune avec ce jeune homme riche et noble qui avait choisi une vie d'intellectuel alors que sa mère l'espérait juriste en droit canon. La rébellion de Pic contre un destin programmé depuis sa naissance lui avait fait sentir qu'il y avait dans les livres, la connaissance, les idées, plus d'aventure, plus de risque que dans n'importe quelle trajectoire militaire. D'autres combats pouvaient être menés différemment, et d'autres victoires pouvaient advenir sous la forme de révélations ou d'enrichissement, d'élévations ou de conquêtes. Il lui devait cette conversion intime.

— Tu sais Pic, je ne te l'ai jamais dit, mais ton histoire, ce que tu es, m'a beaucoup aidé à me détacher de mes obsessions de petit-fils de *condottiere*.

Pic le regarda avec étonnement à son tour.

— Je ne pensais pas être un exemple pour qui que ce soit, l'on finit toujours par devenir ce que l'on est…

Son regard s'assombrit à nouveau.

— Cette épreuve m'a beaucoup ébranlé. En entendant ce mendiant, je ne peux m'empêcher de penser aux prêches de frère Jérôme… Il est convaincu que le temps de la punition viendra prochainement.

Alessandro était allé écouter le moine Savonarole lors de son passage à Ferrare il y a plusieurs mois. Il avait été frappé par son allure : sa tête était couverte d'un capuchon marron qui formait un halo sombre autour de son visage blafard, préservant ses pensées de toute interaction avec l'extérieur. Son éloquence était réelle, et la fascination qu'il semblait exercer sur les pauvres gens reposait sur cette étincelle de revanche divine qu'il évoquait. Alessandro mesurait aussi la supercherie d'un tel personnage.

— Tu ne crois quand même pas à ces fadaises, toi, le plus éclairé de tous ?

Un silence se fit entre eux. La sensibilité exacerbée de Pic, sa quête pour montrer l'unité des religions monothéistes s'accompagnaient d'une superstition démesurée. Il en était ainsi des êtres extralucides, la faille par laquelle ils voyaient le monde les fragilisait.

— Il faut qu'il revienne à Florence. Je dois convaincre Laurent. Malgré nos écrits, nous ne devons pas oublier d'où nous venons et où nous irons…

Alessandro était de plus en plus surpris. Il y avait dans le regard de Pic une lueur différente, un accès de piété qu'il ne lui connaissait pas.

— Mais vos écrits sont vrais ! Notre salut en dépend et non l'inverse ! Laurent ne pourra pas accepter le retour de Savonarole.

Les théories de son ami Pic ouvraient des champs si nouveaux à leur façon de comprendre le monde, elles repoussaient ces murs étroits entre lesquels l'humanité était enfermée depuis des siècles.

— Quoi qu'il en soit, je ne crois pas que ce soit une bonne idée de faire venir ici ce moine illuminé.

Tout à coup, une voix retentit de l'autre côté de la rue. Entre les deux chars, surmontés l'un d'une statue de Junon et l'autre de la déesse Diane, la silhouette de Jean se détachait dans la foule. Il avait crié dans leur direction, par-dessus les effigies et les étendards :

— Alessandro ! Pic !

Il traversa la rue et fut devant eux.

— Vous venez bien au palais ce soir, j'espère ?

À treize ans, le second fils de Laurent de Médicis avait toujours un physique aussi ingrat, mais il émanait de lui un charme étrange. Ses yeux rayonnaient d'une force invincible, de l'assurance d'un clan auquel rien ne résistait. Il semblait avoir mûri ces derniers mois. Son visage paraissait lui aussi empreint d'une gravité inhabituelle.

— Tu as l'air préoccupé ?

— Oui, ma mère est au plus mal... Mais ne gâchons pas cette belle fête. Mon père ne le voudrait pas.

— Je suis accompagné de Pic qui est de retour et nous fait l'honneur de sa présence !

Jean le regarda à son tour.

— Tu dois te montrer et que le monde comprenne que tu n'as plus rien à te reprocher.

— Plus rien à me reprocher ?

Le regard de Pic était à nouveau éclairé.

Lorsqu'il rougissait, Jean retournait en enfance.

— Oui... enfin, je veux dire que tu as payé ta dette...

— J'aime mieux te retrouver ainsi, s'exclama Alessandro en posant sa main sur l'épaule de Pic.

Pic se drapa à nouveau dans son manteau, mais cette fois sans se couvrir le visage. Ils se laissèrent alors emporter par le flot d'invités qui convergeait, une fois encore, vers le palais de la via Larga, cœur battant de la ville.

Pour cet événement attendu de longue date, Laurent avait fait décorer la demeure familiale encore plus luxueusement que d'habitude. Une fois n'était pas coutume, il dérogeait à la règle de discrétion instaurée par son grand-père à son retour d'exil et voulait éblouir ses invités : de nouvelles statues avaient été installées dans la cour, des tapisseries tissées à l'or fin représentant des scènes originales avaient été livrées in extremis par des tisserands hollandais, des médailles à peine sculptées et des pierres encore plus précieuses avaient été disposées dans les vitrines, le jardin avait été décoré de poteries en *terracotta*, tandis que les statues antiques éclairées par des lampions faisaient danser leurs ombres avec plus de grâce que jamais.

Dans les grandes pièces d'apparat du palais, les invités côtoyaient les œuvres d'art et les sculptures, sans que l'on sache lesquels étaient les plus vivants.

— Laurent est de mauvaise humeur, leur annonça Ange Politien en les apercevant dans le patio, il n'a pas salué Franceschetto Cibo depuis son arrivée au palais.

— Mais n'a-t-il pas toutes les raisons d'être heureux ? demanda Alessandro.

Son conseiller Pier Filippo Pandolfini, qui se flattait d'être à l'origine de ces succès et de cette brillante alliance, susurra d'une voix chantante :

— Laurent a de quoi savourer son triomphe. Pierre a épousé Alfonsina Orsini, Madeleine devient la belle-fille du pape, toutes les puissances accourent pour festoyer sous son toit.

— À moins qu'il ne s'agisse de la maladie de Clarisse qui l'affecte plus qu'on ne le pense..., continua Pic.

Les deux conseillers haussèrent les épaules avec mépris. Ange Politien eut une mine faussement désolée.

— Je ne crois pas.

À côté de lui, Alessandro Braccesi, secrétaire privé de Laurent et poète, qui connaissait ses moindres états d'âme, continua :

— C'est plutôt la nomination au Sacré Collège de son fils. Le jeune âge de Jean a encore dissuadé le pape. Laurent aurait voulu annoncer cette nouvelle en même temps que l'on célèbre ce mariage...

Braccesi se mit à parler plus bas pour ne pas être entendu des familiers du nouveau marié :

— Laurent n'a pas encore versé la dot de Madeleine mais Franceschetto, lui, n'a pas perdu de temps : il a déjà demandé à Laurent de l'aider à se constituer un État seigneurial qui aurait pour capitale Sienne ou Città di Castello !

Alessandro profita de leur indignation pour s'éclipser. Il passa d'un salon à l'autre, cherchant les ondulations écarlates du vice-chancelier. En essayant d'éviter un des bouffons qui bondissait sur le tapis du grand salon, il bouscula un jeune garçon qu'il n'avait jamais vu.

— Vous cherchez quelqu'un ? demanda cet inconnu dont le regard frondeur le pénétra jusqu'à l'âme.

— À qui ai-je l'honneur ?

Le visage du jeune garçon était fin mais très anguleux, son nez curieusement écrasé comme si une pierre lui était tombée dessus.

— Je ne suis pour le moment que l'élève de maître Bertoldo.

Jean, qui avait l'œil à tout, s'approcha d'eux. Avant qu'il ait pu dire un mot, le jeune garçon s'était enfui dans un autre coin de la pièce, négligeant toute forme de politesse.

— Ce jeune sculpteur du nom de Michelangelo Buonarroti est l'un des plus prometteurs. Mon père croit beaucoup en lui et l'héberge désormais au palais.

— Où est son atelier ?

— Au jardin de San Marco.

Alessandro pensa qu'il lui rendrait visite. L'hospitalité généreuse des Médicis était toujours une forme d'élection.

Il recroisa Pic qui trempait ses lèvres dans une timbale de vin toscan. Tous les familiers de Laurent arrêtaient Pic pour le saluer et le féliciter d'avoir échappé à la captivité du roi de France.

— Je ne vais pas rester longtemps, susurra-t-il, je voudrais juste croiser Laurent pour savoir ce qu'il pense de mon idée à propos de Savonarole.

Ils traversèrent la cour d'honneur. Près de la fontaine, Ange Politien récitait un poème mis en musique pour Franceschetto et Madeleine.

Madeleine, la future jeune mariée, était assise à côté de Vittoria Donati, une couronne de fleurs posée sur sa tête, charmante et fraîche. Le contraste physique était saisissant avec son époux, cet homme de vingt ans son aîné, que l'on disait dépravé et dont la silhouette épaisse reflétait une vie de débauche et d'excès. Elle caressait les cheveux de Jules, son petit frère de huit ans, qui s'était endormi la tête posée sur ses genoux.

Vittoria Donati se leva et vint vers lui. Elle lui proposa de l'attendre lorsqu'il quitterait le palais.

Laurent était assis avec ses plus proches familiers. Le corps endolori par la goutte, il faisait de moins en moins d'effort pour se déplacer.

Alessandro l'entendait parler de loin, prenant son premier cercle de familiers à partie mais sans égards pour son nouveau gendre qui festoyait dans la pièce voisine.

— Ce diable de pape n'en finira jamais de m'infliger cet affront ! Quand je pense qu'il ose se montrer précautionneux sur l'âge de mon fils alors qu'il n'hésite pas à légitimer ses propres enfants et à s'occuper de leur avenir !

— Le précédent pape nous a laissé un mauvais souvenir sur ce chapitre et je crains que celui-ci ne soit comme lui…

Alessandro se gardait d'intervenir dans cette discussion qui pouvait revenir aux oreilles du pape. Laurent était d'humeur provocante, ce qui lui arrivait rarement, hormis sous le coup d'une profonde lassitude. Les traits tirés, le menton posé sur la paume de sa main, le dos appuyé en tension contre le dossier de son fauteuil, il laissait paraître son impatience, peut-être même sa crainte que le projet qui lui tenait le plus à cœur ne se concrétise pas.

— Peut-être aurons-nous plus de chance avec le pontife suivant ?

Laurent leva un œil, mais ne bougea pas et articula, s'adressant au cardinal Ascanio Sforza :

— Éminence, n'êtes-vous pas le mieux placé ?

Le cardinal Sforza souriait de toutes ses joues. Sous son air sévère, une allure de bonhomie emportait sa silhouette vers des plaisirs qui n'étaient pas que spirituels. Frère du duc de Milan, représentant les intérêts familiaux au Sacré Collège, aussi riche que mondain, il s'était imposé comme un habile gestionnaire dans les fonctions de légat du Patrimoine, c'est-à-dire de gouverneur des territoires de l'Église dans le nord du Latium. Sa juridiction s'étendant sur les possessions de la famille Farnese, le père d'Alessandro avait eu affaire à lui.

— Il est vrai que si la divine Providence m'y appelle, je ne me défausserai pas.

En embuscade dans l'encadrement de la porte, Alessandro voyait dans cette conversation une occasion de sonder Laurent qui s'était récemment rapproché du cardinal Borgia. Très politique et soucieux de préserver de bonnes relations avec Florence, le vice-chancelier était l'un de ceux qui soutenaient la nomination rapide de Jean de Médicis parmi le collège des cardinaux, cette nomination dût-elle être tenue secrète jusqu'à sa majorité. Si les liens entre Laurent et le cardinal Borgia continuaient à se resserrer, le Catalan disposerait d'un atout majeur lors du prochain conclave.

— Qu'en est-il du cardinal Rodrigo Borgia dont

j'ai souvent entendu vanter les qualités ? demanda Alessandro.

Tous les regards se tournèrent vers lui. Certains le reconnurent pour l'avoir déjà aperçu à Rome, ou rencontré dans les couloirs du palais de la chancellerie. La plupart le considéraient retiré pour toujours à la cour de Laurent de Médicis ou dans un état de disgrâce tel qu'ils l'avaient effacé de leur mémoire.

— Le cardinal Borgia a toujours été très sensible aux intérêts de la République de Florence, répondit Laurent. Mais si ta question est de savoir quel cardinal pourrait être demain le plus utile et le plus bénéfique à la tête de l'Église, je crains qu'il soit difficile de le savoir avant l'élection… Chacun des candidats a l'habitude de faire des promesses qu'il ne tient pas.

— Ce n'est malheureusement pas le premier sujet de préoccupation de notre Sacré Collège…, persifla le secrétaire Michelozzo, homme du peuple qui n'aimait guère le pape ni les manières aristocratiques du Sacré Collège. Une élection est avant tout affaire de liquidités et de promesses…

— Jamais plus un étranger ne montera sur le trône de Saint-Pierre ! répondit brusquement un parent du cardinal Della Rovere.

— N'était-ce pas déjà ce que l'on prétendait avant la désignation de Calixte III, rétorqua Alessandro en faisant allusion à l'oncle du cardinal Borgia, un Catalan du royaume de Valence, élu trente-trois ans plus tôt.

Tout à coup, un messager vint interrompre Laurent, qui s'éclipsa. Lorsqu'il se leva, tous les invités s'éparpillèrent dans les pièces voisines.

En passant devant une pièce sombre où personne ne pénétrait, Alessandro entendit une faible quinte de toux. Il avança doucement pour ne pas déranger ce qui ressemblait à un conciliabule de femmes. Éléonore d'Este et Madeleine se tenaient près de Clarisse, à demi allongée sur une sorte de chaise longue. La femme de Laurent souffrait de tuberculose. Le souffle s'extirpait difficilement de son corps replié sur lui-même, il semblait chercher des forces au cœur de sa poitrine. Depuis cette chambre, Clarisse avait tenu à participer au mariage de sa fille. Le mal l'avait empêchée de se lever.

La maladie rapprochait ces trois femmes unies dans une sorte de communion. Il ne s'attarda pas plus longtemps, gêné d'avoir surpris cet instant suspendu, alors qu'elle semblait sur le point de succomber.

*Février 1489*

Dès l'automne et jusqu'à la fin de l'hiver, les festivités du palais de la via Larga se prolongeaient par des parties de chasse dans le Mugello aux alentours de Pise ou plus souvent dans l'immense parc de Poggio a Caiano, la villa de Laurent imaginée et dessinée par Giuliano da Sangallo, à moins de cinq lieues de Florence. Pour rien au monde Alessandro n'aurait raté ces rendez-vous qui lui rappelaient ses chevauchées dans la campagne romaine. Il avait beau préférer les battues moins fastueuses, le contact plus brutal avec la nature et le gibier, il profitait de ce luxe et du talent avec lequel Laurent usait de ces parties de chasse comme d'un instrument de pouvoir sur la République de Florence.

Dans ce cadre enchanteur, le maître de la cité dispensait honneurs et marques d'affection à ses invités ; ceux-ci traquaient cerfs et sangliers, capturaient perdrix et grives à l'aide de filets ou d'oiseaux de proie. Des représentants des vieilles familles florentines, Soderini, Pitti, Albizzi, des princes voisins, Sforza, Este, amis d'hier et ennemis de demain, défoulaient leur soif de pouvoir, leur désir inassouvi de conquête en chevauchant les collines alentour. Laurent comptait sur ces battues pour satisfaire à moindre coût leur instinct de domination, dissiper l'amertume que suscitait leur mise à l'écart des instances de décision. À Poggio, Laurent s'était ingénié à concevoir un parcours particulièrement élaboré : bosquets pour la capture des grives, plantations destinées à prendre au filet merles et fauvettes. Il entretenait le plus bel équipage de toute l'Italie : plus d'une dizaine d'étalons, une meute de plus d'une cinquantaine de chiens, un élevage de faucons et d'éperviers, l'ensemble supervisé et entretenu par une horde de maîtres de chasse et de valets. Laurent de Médicis avait fait de ses domaines de chasse de gigantesques pièges pour les représentants de ces familles.

Se contentant de ces échauffourées inoffensives, elles étaient devenues le gibier de celui qu'elles avaient prétendu combattre. « Si une bonne chasse pouvait épargner une guerre ou une conjuration, avait l'habitude de dire Laurent à ses proches, je serais le plus heureux des hommes. »

Même si, depuis quelque temps, l'ambiance était différente. Laurent participait de moins en moins fréquemment à ces battues et délaissait Morelo son étalon venu d'Égypte. Ce spectacle, si bien organisé, se déroulait sans lui. Il n'avait plus d'autre choix que de se réfugier dans les thermes de Fileta, assisté par son médecin Piero Leoni, pour tenter d'y soulager ses douleurs. Perclus de goutte, rivé à ses souffrances physiques, il devait faire désormais face à une conjuration d'une autre nature. Celle de son organisme contre lui-même. Aucun traître n'était comparable à cet ennemi-là.

Le mal était tel qu'il en venait à regretter les complots de ses ennemis, ces coups de poignard maladroits dont les auteurs finissent pendus sur la place de la seigneurie.

Connaissant la passion d'Alessandro, Laurent lui avait définitivement attribué la monture la plus rapide de son écurie. Ce bel étalon surnommé « Cher ami » qu'il lui avait laissé lors de leur voyage à Ferrare.

Alessandro excellait à la chasse et était devenu l'un des principaux acteurs de ces battues. Son étrangeté aux affaires florentines le rendait sans doute libre de ses mouvements. Plus agile et plus rapide que tous les courtisans entravés dans leurs calculs. C'était à d'autres spectres qu'il se mesurait, de lointains souvenirs enfouis dans les limbes de l'aventure militaire des Farnese, ces fantômes guerriers qu'il avait voulu poursuivre en croyant les aimer. Mais aussi au désir de revenir à Rome. Le temps passait. Laurent vieillissait, les honneurs et les charges pleuvaient sur sa famille et ses amis. L'impatience grandissait depuis que Giulia lui avait écrit et raconté ce coup de foudre entre le cardinal Borgia et elle. Une lettre brève, des mots amoureux qui reflétaient ceux d'un prélat peu disposé à la continence. Le souffle d'une passion inévitable et calculée comme telle. Le temps était venu de se rapprocher de ce feu qui pouvait éclairer son avenir.

— Alessandro, laisse un peu de gibier aux autres ! Tu vas finir par fâcher nos invités, glissa Pierre qui supervisait les parties de chasse lorsque son père n'était pas là.

Le regard de Pierre de Médicis trahissait une

jalousie plus personnelle que mondaine. Malgré leurs trajectoires différentes et le prestige de son nom, le fils aîné de Laurent se montrait souvent envieux de lui. Son amitié avec Jean, le respect qu'affichait son père, avec lequel il partageait une forme de complicité platonique et platonicienne, étaient de trop nombreux motifs d'agacement pour cet homme débordant d'orgueil et d'instinct de supériorité.

— Je n'y suis pour rien, cette monture me donne des ailes !

Refusant de s'arrêter dans un si bel élan, Alessandro regarda autour de lui, cherchant une idée pour retenir son geste. Il aperçut alors le jeune cousin de Jean, Jules de Médicis, âgé de dix ans, qui restait prudemment en retrait. Laurent insistait pour que cet enfant n'aimant pas l'exercice physique participe aux battues. Jules choisissait toujours la monture la plus lente et n'attrapait jamais le moindre gibier. Son oncle espérait sans doute faire sortir de lui-même cette personnalité dissimulée dont il n'arrivait pas à saisir les pensées.

— Je vais prendre Jules sur mon cheval, ce qui devrait me ralentir..., prévint Alessandro, et lui décoiffer un peu sa pelisse...

— Bonne idée, souffla Pierre.

Jules protesta à demi-mot, car avec lui rien n'était jamais clair.

— Fais-lui confiance ! s'exclama Pierre en repartant au galop, c'est le meilleur cavalier de toute cette chasse.

Après qu'il eut pris Jules derrière lui, Alessandro poursuivit sa course vers les bosquets. Ils chevauchèrent quelques minutes seuls, loin de leurs compagnons de chasse.

— Je vais te montrer comment attraper les palombes avec un filet… C'est une vraie technique.

— Je préfère chasser la grive à la glu, souffla Jules dans son cou. Les animaux sont attrapés vivants. J'aime mieux leur arracher les plumes ainsi…

Alessandro n'appréciait guère Jules de Médicis dont la personnalité était presque opposée à celle de Jean. Né quelques semaines après l'assassinat de son père, il avait été adopté par son oncle qui lui avait offert la même éducation qu'à ses propres enfants. Comme Jean, il était promis à une carrière au sein de l'Église : il venait d'être reçu chevalier de l'ordre de Saint-Jean de Jérusalem, privilège extraordinaire pour un roturier, et d'obtenir le prieuré de Capoue grâce à la réconciliation entre Laurent de Médicis et Ferdinand d'Aragon, le roi de Naples exerçant son autorité sur ledit prieuré. Mais la beauté de Jules, sa ressemblance avec son père, dont le souvenir charmait encore les esprits, se doublait d'une personnalité énigmatique encline à la fourberie.

Alessandro descendit de cheval et aida le jeune garçon à mettre pied à terre. Il posa ses mains sur ses épaules et le regarda dans les yeux.

— Sais-tu que les animaux sont des êtres vivants qui ont été créés par Dieu et qu'il Lui déplaît que nous les fassions souffrir ?

Jules le regarda sans faiblir, en souriant légèrement.

— Si l'on veut s'endurcir le cœur, il ne faut pas s'émouvoir.

Alessandro soupira en se redressant. Sa petite leçon avait peu d'écho sur ce jeune garçon au visage aussi régulier que son âme était tortueuse.

— S'endurcir sans faire souffrir autrui, c'est mieux. Et puis c'est beaucoup plus amusant d'attraper les oiseaux au filet, on leur laisse une chance…

L'après-midi passa vite. Autour d'eux, la lumière commençait à s'adoucir, les couleurs se fondaient dans une brume fraîche. Après avoir attrapé autant de palombes qu'ils pouvaient en rapporter, ils revinrent vers la maison. La lumière rouge de la fin d'après-midi accompagnait leur retour vers la somptueuse villa. Alessandro avançait au-devant du petit groupe d'amis florentins qui riaient des maladresses de Dionigi Pucci, l'un des conseillers de Laurent, qui était tombé sur son épervier, provoquant la fureur de l'animal. Il ne les écoutait pas vraiment.

Alessandro fut soulagé de voir Jules s'éloigner, au cours des deux heures qu'ils avaient passées ensemble il n'avait pas réussi à assouplir le cœur de cet enfant. Il cherchait la silhouette de Jean qu'il n'avait pas vu de toute l'après-midi. Seul membre de la famille, Pierre terminait la chasse au faucon, accompagné par son maître fauconnier Pilato. Mais ce fut vers Nicolas Machiavel qu'Alessandro se dirigea pour lui demander des nouvelles de son ami. Nicolas était toujours au courant des événements qui traversaient la famille, naviguant dans l'entourage des Médicis ou bien chez Marsile Ficin, sans qu'il soit évident de comprendre s'il était un observateur ou un courtisan.

— Si c'est Jean que vous cherchez, je peux vous donner une nouvelle qui va vous intéresser : Laurent lui a annoncé ce matin la décision du pape de le nommer cardinal…

Alessandro observa Nicolas Machiavel, ne sachant s'il était davantage surpris par cette annonce que tout le monde attendait ou par l'attention soudaine que lui portait ce jeune garçon à l'allure si frêle mais au regard pénétrant. Avec cette nomination, les liens semblaient plus forts que jamais entre Laurent et le pape : le chemin de son retour en grâce auprès du pontife s'ouvrait aussi de ce côté-là.

— Nous finissions par ne plus y croire en effet.

— Cette nomination cardinalice est une échelle pour faire monter au ciel les Médicis, souffla-t-il en souriant malicieusement avant d'ajouter : Mais du fait de ses quatorze ans c'est une nomination *in petto*, qui doit rester secrète. Elle sera officiellement annoncée dans quelques semaines et ne prendra effet que dans trois ans.

— Je présume que Laurent ne tiendra pas sa langue.

Alessandro comprenait qu'avec les fortunes dépensées pour obtenir ce fameux chapeau de cardinal – on parlait tout de même de 200 000 florins – il soit difficile de rester discret.

Alessandro voulut prendre congé de son hôte. Il n'avait pas envie de rester festoyer pour déguster les gibiers qu'ils avaient chassés, il préférait aller féliciter son ami. Au moment de partir, Nicolas ajouta :

— Cette annonce va influer sur le destin de nombreuses personnes chez les Médicis et leurs familiers, encore faudra-t-il qu'ils sachent user de cette proximité avec le pape.

À mots couverts, Nicolas Machiavel désignait sans le nommer Pierre, le fils aîné de Laurent, dont la stature se révélait décevante face aux défis qu'il devrait relever.

Troublé par ses paroles, Alessandro alla enfourcher son cheval pour rentrer chez lui. Il n'aimait pas l'œil inquisiteur ni la froideur de cet homme mais il y avait quelque chose d'attirant chez lui, une façon de manier l'ambiguïté en toutes circonstances. Il ne faisait pas partie de leur monde mais semblait le comprendre plus intimement que n'importe qui.

*10 avril 1489*

Alessandro longea le mur du palais de la via Larga qui s'élevait comme une muraille jusqu'au ciel. Malgré l'allure imposante de la forteresse, il y avait quelque chose de chancelant dans l'air, une incertitude qui planait autour du palais. Laurent lui avait spontanément proposé une audience quelque temps après l'annonce de la nomination de Jean au Sacré Collège. Mais l'entrevue avait été reportée plusieurs fois à cause de son état de santé.

À l'entrée du patio, Alessandro aperçut Pic de La Mirandole qui sortait du cabinet de Laurent. Avec son bonnet rouge et ses cheveux bruns qui glissaient sur les côtés, il semblait plus que jamais égaré dans le corps d'une femme. Retiré sur la colline de Fiesole dans une villa que lui avait prêtée Laurent de Médicis, il se consacrait à sa nouvelle œuvre et ne paraissait presque plus aux réunions de l'Académie. Il se contentait de descendre de temps en temps pour discuter de l'avancée de ses travaux avec Laurent, qui voulait s'assurer que ses idées ne déchaîneraient pas à nouveau les foudres du pape. Pic lui fit un petit signe de la main, emportant sa folie et son génie vers d'autres séances de travail.

Alessandro fut soulagé de ne pas avoir à discuter avec lui. Il était impatient de s'entretenir avec le père de Jean de l'intercession qu'il pourrait lui apporter pour rentrer à Rome. Depuis que la relation entre Giulia et le cardinal Borgia avait pris une tournure plus sérieuse, il sentait qu'une opportunité rare, qui allait au-delà des espérances de leur mère, était en train d'advenir. Le mariage de Giulia avec Orsino Orsini, mari fantoche qui s'avérait être le parfait complice de cette relation interdite, allait avoir lieu dans un mois, à Rome. Il espérait pouvoir être présent.

Ces circonstances exceptionnelles rendaient tout à coup moins ardente sa passion pour les discussions philosophiques avec ses maîtres, les relectures des textes de Marsile moins essentielles. La chaleur revenue du printemps lui rappelait les chaudes soirées romaines, même l'odeur marécageuse qui flottait dans la ville lui manquait. Quant au souvenir de Silvia Ruffini, il n'avait jamais été si présent. Il était même revenu, plus vivace que jamais, alors que Vittoria Donati lui avait plusieurs fois fait des avances qu'il n'avait pas toujours déclinées.

La porte du *studiolo* venait de s'ouvrir et Michelozzo, le secrétaire de Laurent, lui fit signe d'entrer. Alessandro pénétra dans le cabinet en frôlant le sol comme on s'introduit dans une église. C'était la première fois qu'il se retrouvait en tête à tête avec Laurent depuis leur dernière visite sur le chantier du chœur de Santa Maria Novella.

Devant lui, une collection d'objets précieux :

vases, gemmes, monnaies, médailles et camées. Tout cela formait une assistance lumineuse dans laquelle se reflétaient les rayons du soleil, animant les objets de lueurs imprévisibles.

Aux pieds de Laurent, son chien Bontemps donnait un peu d'humanité à ce décor trop précieux, un peu de vie à ce prince rendu nostalgique par la solitude de ses palais peuplés de fresques et de statues.

Vespasiano da Bisticci, un autre visiteur qu'il connaissait bien, se tenait face à Laurent. Ce copieur de manuscrits antiques, acteur majeur de la propagation des textes anciens, était devenu une institution à Florence. Alessandro lui avait récemment commandé plusieurs traductions latines pour Marsile. Mais sa notoriété et son savoir-faire lui étaient un peu montés à la tête. Sa prééminence de gardien des lettres, cette mémoire sacrée dont il était une sorte d'émissaire, était contestée alors que les premiers imprimeurs commençaient à reproduire les livres plus rapidement et à moindre coût. Un débat animé avait lieu entre eux à ce sujet. Il semblait sur le point de prendre fin sur une incompréhension. Laurent souriait avec toute la douceur dont il était capable lorsqu'il s'apprêtait à faire plier son adversaire. Face à lui, Vespasiano ne s'avouait pas vaincu.

— Rendez-vous compte de ce que vous me dites, mon cher prince ! s'exclama le vieil homme. Imprimer la copie d'un livre c'est assécher son contenu, lui voler son âme !

Nullement ému, Laurent se tourna vers lui.

— Approche Alessandro, tu connais mon ami Vespasiano ? Je t'ai fait venir car j'ai besoin de ton avis sur le sujet dont nous discutons. Toi qui es un homme de lettres, peux-tu lui expliquer que le monde change et que les livres aussi doivent profiter de ces évolutions, d'autant qu'elles ne vont pas supplanter les anciennes méthodes ?

Alessandro avait envie de soutenir Vespasiano tant son désarroi face à cette nouvelle technique le touchait.

— C'est vrai, mais les dernières copies de Vespasiano ont été réalisées plus vite que jamais. Et les impressions sont encore défaillantes…

Laurent sembla réfléchir. Il se leva, fit quelques pas, l'air absorbé.

— Tu as raison, finit par dire Laurent qui aimait parfois sacrifier l'efficacité à de plus nobles aspirations. J'essaierai de privilégier, dès que je le pourrai, la méthode ancienne.

L'air soulagé, le vieux maître des livres s'empressa de quitter les lieux, emportant cet engagement comme une garantie de revenus.

Laurent fit signe à Alessandro de s'asseoir. Sur son visage, une expression de joie enfantine illuminait ses traits pourtant altérés par les crises de goutte à répétition.

— J'ai appris la nouvelle, s'exclama Alessandro, Jean sera le meilleur des cardinaux, c'est un garçon aussi talentueux qu'honnête.

Laurent le regarda l'air curieux, soudain concentré et attentif.

— Je m'en réjouis. Comme je te l'ai dit, Jean aura besoin d'une personne de confiance pour le guider dans ce nœud de vipères.

— J'y serai son meilleur confident car mon désir est de retourner à Rome, s'empressa de déclarer Alessandro. J'aimerais pouvoir racheter la charge de notaire apostolique acquise par ma famille qui m'a été retirée peu avant mon arrestation.

Se tenant tout à coup très près d'Alessandro, comme s'il allait lui confier un secret, le puissant Médicis eut un petit sourire complice, presque tendre, qu'il n'avait jamais affiché auparavant avec lui.

— J'ai les plus hautes aspirations pour Jean et il ne me semble pas encore suffisamment armé pour y répondre, reprit Laurent. Il faudrait aussi qu'il se déniaise. Il n'y a rien de tel que les bras d'une jolie femme pour échapper aux pièges des hommes.

Alessandro observa son visage balafré. Il acquiesça en pensant aux baisers de Vittoria qui étaient porteurs d'un savoir illustre sur le monde.

— J'ai déjà demandé à mon secrétaire de me proposer un courrier pour arranger tes affaires. Je vais te le lire.

Posés côte à côte, en évidence sur le bureau du maître de Florence, deux parchemins attendaient sa signature.

— L'un est destiné à mon ambassadeur à Rome afin qu'il demande au pape de te faire bon accueil, et un autre pour le pontife : « Votre Sainteté, je vous recommande Alessandro Farnese comme je le ferais pour mon fils Pierre, parce qu'il est de noble naissance, d'une famille illustre par les services rendus en la personne de Ranuccio Farnese, mais aussi parce qu'il a de nombreuses et singulières qualités telles que les lettres et les bonnes manières, la culture. Il est un exemple de vie bonne et respectable. »

Alessandro croisa les yeux perçants de son bienfaiteur. Cette lecture, en dessinant la perspective de sa réhabilitation prochaine, avait fait surgir un détail qui l'avait toujours rebuté, une coquetterie de jeune seigneur habitué aux exercices violents et à la chasse. Le rochet. Cette courte pèlerine en lin portée par-dessus la soutane. Les notaires la portaient au même titre que les plus importants prélats. Cet accoutrement lui paraissait ridicule. Il voulait en être épargné.

— Pensez-vous que je pourrais demander à ne pas porter certains accessoires attachés à ma future charge ?

— Ne demande rien et ne les porte pas. Je te conseille d'ailleurs, lors de ton retour à Rome, de demeurer discret un certain temps.

Il n'avait pu rester tout à fait attentif. Une autre inquiétude qu'il ne parvenait pas à dissiper l'empêchait d'écouter.

— Mais le mariage de ma sœur est prévu au mois de mai en présence de nombreuses personnalités... je compte y assister.

— Tu sembles encore une fois trop impatient..., murmura Laurent l'air tout à coup songeur.

Laurent réfléchit quelques instants, puis attrapa une toupie sur son bureau, qu'il fit tourner avant d'attendre qu'elle tombe sur le côté droit. Comme si cela pouvait éclairer sa réponse, il leva les yeux vers lui :

— Je crois que tu ne devrais pas y aller. C'est trop tôt.

La déception d'Alessandro ne dura qu'un bref instant tant son enthousiasme et sa confiance en l'avenir s'étaient renforcés. Face à lui, il sentait que Laurent hésitait à lui parler du cardinal Borgia. Ses émissaires et son ambassadeur avaient sans doute déjà mentionné dans un de leurs courriers l'aventure entre le vice-chancelier et Giulia. Rien de ce qui se tramait derrière les portes des palais romains ne leur était inconnu ni indifférent.

— Quant au cardinal Borgia, dont ta famille semble proche, il pourra favoriser ta progression au sein de la curie. Mais c'est un Catalan. Il a donc peu de chances, le moment venu, de réunir tous les suffrages. En outre, ses mœurs sont loin d'être irréprochables.

— Le vice-chancelier est un diplomate et un homme d'apaisement, se défendit brusquement Alessandro.

— Comprends-moi bien, je suis attaché, au moins autant que toi, au monde enchanté d'intelligence et de plaisirs dans lequel nous avons le privilège de vivre. Mais il n'est exempt ni d'excès, ni de luxure, et le balancier, pour un temps, va repartir dans une autre direction. Mieux vaut accompagner ce mouvement que l'ignorer… C'est la raison pour laquelle j'ai autorisé le retour de Jérôme Savonarole à Florence.

Alessandro ne put cacher son étonnement. Pic avait eu gain de cause. Cette nouvelle était sans doute la raison de son air joyeux lorsqu'il était sorti, plus tôt, du bureau de Laurent.

— Ne pensez-vous pas que ses prédications vont enflammer les foules toujours avides de distractions et d'émotions ?

Les prêches haineux du moine illuminé contre la dépravation des mœurs résonnaient lointainement dans le petit cabinet, semblant venus d'un autre monde.

— Il est parfois un peu excessif mais il vaut mieux puiser à la source de la critique pour s'en extraire… Nous trouverons un terrain de conciliation avec lui, j'en suis certain, et notre âme en sortira renforcée.

— Je l'ai bien écouté à Ferrare, continua Alessandro, il fait des efforts pour ne pas vous attaquer frontalement mais, dès qu'il sera à Florence, il se déchaînera contre vous.

Laurent sourit faiblement. Le Lion de Florence semblait tout à coup affaibli et inquiet.

— L'Église doit se réformer et, si elle ne le fait pas, c'est à nous, puissances temporelles, de l'inciter à le faire. Tôt ou tard, des contestations violentes vont naître, mieux vaut savoir d'où elles viendront. Pierre, lorsqu'il me succédera, pourra mieux contrôler Savonarole en l'ayant sous sa main.

Soudain il s'arrêta comme frappé par une vérité venue d'ailleurs et posa son regard droit dans les yeux d'Alessandro. Il murmura, comme s'il avait à son tour été envoûté par le moine :

— Peut-être faut-il payer pour les péchés que nous avons commis ?

Alessandro était désorienté par le changement d'état d'esprit de Laurent. Sans attendre de réponse de sa part, Laurent revint à leur discussion.

— Je ferai porter cette lettre par mon ambassadeur dans les prochains jours. Tu auras bientôt de mes nouvelles.

— J'aimerais vous remercier de votre bonté.

— Je veux te donner avant que tu partes ce manuscrit que Vespasiano a recopié pour moi. Il s'agit des commentaires d'Aristote que tu affectionnes particulièrement. Cet ouvrage sera le premier de ta bibliothèque.

Alors qu'Alessandro le remerciait, Julien, le plus jeune fils de Laurent, entra sans se faire annoncer pour lui montrer une petite timbale gravée à son nom. Au lieu de le réprimander, Laurent l'embrassa sur le front. L'enfant s'en alla ravi après l'avoir salué.

Alessandro pensa que Nicolas Machiavel avait tort de moquer la tendresse et l'attention trop familière de Laurent pour ses enfants : il y puisait sans doute cette force qui lui permettait d'être craint sans perdre son humanité.

Alessandro se leva pour l'embrasser. Ce n'était certainement pas leur dernière entrevue mais ce cadeau symbolisait le lien familial qu'ils avaient développé pendant ces trois dernières années à Florence. Une affection qui était née presque immédiatement, grâce à ce sauvetage improvisé, le soir de sa fuite. Alessandro admirait Laurent pour ce pouvoir invisible, omniprésent qu'il avait su instaurer sur cette ville, cette alliance si subtile de rêves et de menaces. Il lui devait aussi peut-être cette forme de pragmatisme dont il était arrivé tout à fait dépourvu à Florence, trois ans plus tôt.

*Si elles sonnaient juste, chez un homme qui souffrait et sentait qu'il avait atteint le crépuscule de sa vie, les mises en garde de Laurent me laissaient presque indifférent.*

*La prudence était une vertu cardinale dont il fallait tenir compte. Mais je n'étais pas prêt à refuser de la Providence le cadeau qu'elle me faisait.*

*La passion du cardinal Borgia pour Giulia était un signe du destin, je ne devais pas l'outrager.*

*Je voulais en suivre à présent le moindre soubresaut et en épuiser les fruits.*

*Mon ascension ecclésiastique m'était servie dans une coupe de vermeil et j'allais la boire jusqu'à la dernière goutte.*

*C'était un serment que je me faisais à moi-même, peut-être même un devoir.*

*Mes amis florentins m'avaient appris que l'homme doit faire de sa vie une œuvre d'art et que cette perfection préserve de toutes les malédictions puisqu'elle permet d'approcher Dieu.*

*Je croyais à cette philosophie plus qu'aux prophéties du moine Savonarole.*

# TROISIÈME PARTIE

# GIULIA FARNESE

*1492-1496*

« Je juge qu'il peut être vrai que la fortune soit l'arbitre de la moitié de nos actions, mais aussi qu'elle nous en laisse, à nous, gouverner l'autre moitié, ou à peu près. »

MACHIAVEL

*Capodimonte, fin de l'été 1492*

Sur les rives du lac Bolsena, l'été commençait à se perdre dans les ombres des chênes. Il suffisait d'un courant d'air, d'une petite brise à la surface de l'eau pour alléger la chaleur de l'après-midi. Ce mouvement de l'air, alors que le soleil brûlait presque autant, était caractéristique de la fin de saison.

— L'automne arrive toujours de la même manière… et pourtant il n'y a pas un coucher de soleil identique à un autre, murmura Alessandro qui se laissait prendre à chaque fois par la langueur des abords de ce lac.

Cette vaste étendue d'eau formée quelques centaines de milliers d'années plus tôt à la suite de l'effondrement de certains cratères de la chaîne des monts Vulsins était particulièrement calme mais elle cachait un tumulte ancien, celui de sa création et des hommes qui vivaient à ses côtés.

— Tu es d'humeur poétique aujourd'hui ? s'amusa Francesco Anguillara.

Assis dans l'herbe où ils avaient laissé leurs montures se nourrir, au pied du château de Capodimonte, Alessandro se sentait envahi par un sentiment de nostalgie. La mort de Laurent de Médicis, quelques mois plus tôt, l'avait bouleversé, peut-être encore plus que celle de son père. Les trois années passées à Florence l'avaient plus marqué que ses dix-huit ans dans le Latium. Depuis l'annonce de la disparition de Laurent, le souvenir de leur dernière discussion à Florence lui revenait fréquemment à l'esprit. Ses avertissements avaient pris une dimension presque prophétique. Les deux années qui venaient de s'écouler avaient été occupées par la reconquête de son statut de jeune clerc prometteur issu d'une des plus anciennes familles aristocratiques romaines. Comme Laurent le lui avait prédit à mots couverts, ce retour en grâce s'était opéré par étapes, grâce à la place prépondérante que sa sœur avait prise dans la vie de Rodrigo Borgia. Malgré cet avantage, il avait été surpris de la difficulté et de la lenteur avec lesquelles sa carrière avait été relancée alors que sa chute n'avait duré que quelques heures et sa captivité à peine trois mois. Même avec les recommandations du maître de Florence, et le soutien du vice-chancelier, il avait dû attendre un an avant de retrouver sa charge d'écrivain apostolique, puis un an encore pour intégrer le collège des notaires apostoliques. Mais l'élection de Rodrigo Borgia sur le trône pontifical à peine quelques semaines plus tôt allait certainement accélérer sa progression. Du moins, il l'espérait, à la vue de la passion que Giulia avait soulevée dans son cœur.

— La permanence et la perte, c'est ce va-et-vient continuel dans nos vies qui me fascine... J'aimerais que les choses et les êtres que j'aime ne disparaissent pas. Pas toi ?

Francesco ne répondit pas. Alessandro savait

que ce silence dissimulait beaucoup de regret mais il n'avait pas vraiment envie d'en parler avec lui. Il s'était réconcilié avec son ami d'enfance dès son retour. Alessandro avait préféré lui faire confiance et croire qu'il ne savait rien des agissements de son oncle contre lui.

— Pour rien au monde je ne laisserais tout cela nous échapper…, continua Alessandro en contemplant la forêt et le lac qui scintillait devant eux.

— Pourquoi le crains-tu ? demanda Francesco.

Angelo avait épousé Leila Orsini quatre ans plus tôt mais elle ne lui avait pas encore donné d'héritier. Que Girolama n'ait aucun enfant de Puccio Pucci importait peu, mais que son frère aîné n'ait aucune descendance, cela entraînerait la transmission de leurs terres à leurs cousins qu'il fréquentait peu et dont le destin semblait aussi obscur qu'une forêt de sapins. Cette idée lui déplaisait plus qu'il n'aurait pu l'avouer.

— La transmission de nos fiefs n'est pas assurée… Ce qui fait sans doute vos affaires à vous qui êtes nos voisins ! s'exclama Alessandro en donnant un coup de botte à son ami.

Francesco attrapa une poignée du sable noir qui recouvrait la plage entourant le lac Bolsena et la jeta sur les jambes d'Alessandro.

— Personne ne voudrait de vos terres volcaniques tout juste bonnes à faire paître quelques moutons, et encore !

— Notre terre volcanique sera encore là quand tu ne seras plus qu'un tas de poussière !

— Tu n'as qu'à te marier ! s'exclama Francesco en riant.

Son ami aimait bien le provoquer sur ce sujet. Même depuis qu'Alessandro avait repris le chemin de la curie, Francesco plaisantait sur son instinct contrarié de chef de famille.

— C'est peut-être la seule chose qui soit encore interdite ! s'exclama Alessandro.

Si le mariage était incompatible avec le statut qu'il convoitait, la vie maritale et donner naissance à des enfants faisaient partie des habitudes de nombreux prélats, soucieux de ne pas laisser leurs biens revenir à l'Église.

Il jeta un nouveau coup d'œil vers le chemin de terre qui allait vers l'ouest. Il guettait l'arrivée de Giulia. Elle passait chaque fin de mois sur les terres familiales avant de rejoindre la propriété de son mari Orsino Orsini à Bassanello. Il espérait des nouvelles importantes de sa part. Dès son intronisation, le 11 août, au cœur de l'été, Alexandre VI avait promis à sa sœur une belle récompense pour lui. Alessandro espérait faire partie des nouveaux promus au titre de cardinal que le pape s'apprêtait à désigner lors du prochain consistoire.

— Pour ma part, j'aimerais mieux être débarrassé de toutes ces contraintes que tu recherches, et pouvoir me consacrer à d'autres choses…

Peu après son arrestation, Francesco avait bien rejoint l'armée de Roberto Sanseverino. Il s'était illustré par de belles actions. Le *condottiere* lui avait offert de rester auprès de lui. Mais le père de Francesco lui avait ordonné de rejoindre les terres de ses ancêtres pour en cultiver les richesses et en faire fructifier les ressources agricoles. À ce destin guerrier contrarié s'était ajouté un projet de mariage peu enthousiasmant avec une jeune fille issue d'une famille de l'aristocratie d'Orvieto.

— Tu devrais pourtant être content de l'avenir

qui s'offre à toi..., reprit Francesco qui semblait réfléchir de son côté, l'élection du nouveau pape va changer les choses, l'avenir s'ouvre à toi maintenant !

Une pointe de sarcasme perçait dans ses paroles. En arrière-plan, il y avait Giulia, qu'il avait demandée très jeune en mariage. Un désir auquel son père n'avait pas cédé.

L'annonce de l'élection de Rodrigo Borgia, alors que la chaleur était à son comble, avait placé ce nouveau pape sous les auspices d'une fièvre inhabituelle. Encore plus que son frère et sa mère, Alessandro avait attendu l'issue du fameux scrutin comme si sa vie en dépendait. Rodrigo Borgia avait joué très habilement en ralliant à sa cause le cardinal Ascanio Sforza dont les voix lui avaient permis de dépasser Giuliano Della Rovere.

Il avait suivi ces tractations de loin, préférant se retirer sur ses terres pendant cette période pour ne prendre aucun risque. Giulia avait retrouvé son mari. Ils étaient reparus pour le couronnement du pape qui avait été suivi de fêtes superbes. Giulia figurait en bonne place aux côtés des enfants du pape. Il s'était immédiatement réjoui de cette nouvelle et de la place unique qu'il occupait auprès du nouveau pape, une sorte de beau-frère sans titre, dont les contours restaient à définir. Mais lors de cette consécration, dans les regards, mais aussi les gestes de cette famille espagnole qui prenait ses quartiers au palais pontifical, il avait pu mesurer l'ambition effrénée des enfants du pape. César, surtout, qui collectionnait déjà de nombreux bénéfices ecclésiastiques et se voyait déjà pape à la suite de son père. À leurs regards, leur fébrilité, il devinait l'avidité dont ils allaient faire preuve, l'appétit insatiable qui ne souffrirait pas le moindre obstacle.

À cet instant-là, ils entendirent la voix cristalline de Giulia. Francesco et Alessandro se redressèrent. Elle chevauchait une belle monture entourée des gardes pontificaux et d'un attelage dans lequel elle aimait se reposer lors de ces longs trajets. À cheval, il fallait plus de six heures pour relier la capitale.

— Quel bonheur de vous trouver là, comme autrefois ! s'exclama-t-elle en venant vers eux.

Ses dames de compagnie et un aréopage de suivantes étaient descendus de la voiture. Mais elle les laissa derrière elle et vint s'asseoir entre eux. Quelques mèches de cheveux échappées de son chignon, les joues légèrement rougies par le vent et la vitesse de sa chevauchée, les yeux brillants comme deux étoiles, elle portait une chemise en soie blanche sur une longue jupe mauve en toile légère. Elle était renversante de beauté. Francesco détourna la tête vers le lac. Les souvenirs de leurs jeux d'enfance, lorsqu'ils chassaient ensemble, et grimpaient dans les arbres, revenaient cruellement le troubler dans la douceur de cette fin de journée.

— Rien ne change si on le décide ! s'exclama Alessandro en jetant un regard à son ami Francesco qui avait du mal à desserrer les dents.

Il n'avait jamais vraiment accepté le refus de Pier Luigi et de Giovanella de lui accorder leur fille en mariage et savait qu'Alessandro portait une part de responsabilité dans cette décision. À la mort de leur père, il aurait pu intercéder en sa faveur auprès de leur mère, qui n'écoutait que lui.

— Alors, quelles sont les nouvelles de Rome ?

demanda Alessandro d'un air faussement désinvolte.

Giulia souriait de toute la joie d'une femme aimée. Elle déposa un baiser sur la joue de Francesco avant d'embrasser la main de son frère qu'elle n'avait pas vu depuis le couronnement du pape. Pour ne pas laisser le regard de Francesco s'attarder sur le ventre arrondi de Giulia, Alessandro lança :

— J'ai entendu dire que le premier consistoire du pape avait été particulièrement riche en remerciements… Plus de 80 000 ducats ont été distribués sous la forme d'évêchés, d'abbayes, de bénéfices, de châteaux et de fiefs.

Giulia se mit à rire. Émerveillée par tout ce qui touchait au pape. Le cardinal Sforza avait été le plus gâté ; pour avoir permis cette élection, il avait récupéré la charge de vice-chancelier, sans parler des sacs d'or transportés par des mules depuis le Vatican jusqu'à son palais.

— Oui, de mémoire de Romain, on n'a jamais vu ça ! Le pape a d'ailleurs suscité des acclamations inhabituelles.

À côté d'eux, Francesco semblait choqué.

— Même le cardinal Giuliano Della Rovere a reçu quelque chose en compensation de sa capitulation…, continua Alessandro à qui Jean avait raconté cette élection. Il a aussi récupéré la légation d'Avignon où le pape espère envoyer ce cardinal qui a juré sa perte.

Giulia regarda son frère d'un air mystérieux.

— Mais le plus important, c'est la bonne nouvelle que je suis venue t'annoncer !

Alessandro voulut lui faire un petit signe pour

qu'elle se taise et qu'elle reste discrète devant leur ami d'enfance qui les observait avec une sorte de jalousie mêlée d'indignation. Mais il était difficile d'interrompre Giulia dans son élan.

— Le pape m'a confirmé qu'il allait te nommer trésorier pontifical.

Alessandro regarda Giulia avec étonnement.

— Tu es certaine ?

— Bien sûr !

Alessandro ne pouvait cacher sa déception. Il n'avait jamais été question que le pape lui attribue cette fonction. Bien qu'il s'agisse de l'une des plus importantes de la chambre apostolique, elle était, à sa connaissance, incompatible avec la dignité de cardinal. C'était pourtant bien cette nomination-là qu'il convoitait.

— Cette distinction est une marque de grande confiance, le trésorier est celui qui manie les deniers du pape ! insista Giulia, contrariée à son tour.

— Oui certainement, j'en suis très honoré…

Alessandro voulait discuter plus en détail avec sa sœur des circonstances dans lesquelles le pape lui avait parlé de cette nomination mais la présence de Francesco l'embarrassait. Sentant qu'il était de trop, Francesco se leva brusquement.

— Ne t'inquiète pas, vos petits secrets ne m'intéressent pas. Je vous quitte ! Alessandro, ton ambition ne te fait reculer devant rien ! Et en utilisant les charmes de ta sœur !

Giulia leva les yeux vers lui.

— De quoi parles-tu ? Je venais juste embrasser Alessandro et lui annoncer cette bonne nouvelle qui n'est que le fruit de son talent.

Debout, au-dessus d'elle, Francesco la toisait, le regard dur.

— Je te félicite Giulia pour la nouvelle qui te concerne également ! Nul doute que le pape saura bénir cet enfant sur les fonts baptismaux.

Giulia voulut se lever, mais Alessandro la retint, soulagé de voir disparaître de sa vue son ami, témoin de tant de souvenirs qui les gênaient aujourd'hui.

— Laisse-le partir, la jalousie coule dans ses veines, comme dans le sang de tous les Anguillara. Et sans doute t'aime-t-il encore…

La silhouette de Francesco disparut dans les bois qui menaient aux terres voisines.

*Rome, automne 1492*

Allongé dans les bras de la plus belle femme de Rome, Rodrigo Borgia n'en finissait pas de savourer ses nouvelles fonctions. Son couronnement en tant que 212e pape de l'Église catholique avait eu lieu quelques semaines plus tôt, le dimanche 16 août. Trop occupé par diverses obligations, il n'avait pas eu le temps de fêter cet événement avec Giulia. Il avait choisi le nom d'Alexandre VI pour gouverner l'Église, en mémoire du pape Alexandre III qui avait tenu tête à l'empereur Barberousse, mais surtout du conquérant Alexandre qui avait dominé le monde antique. Il voulait placer son règne sous le signe de la grandeur et du prestige retrouvés, permettre à l'Église d'étendre son empire au-delà de ses frontières actuelles.

Pour mener à bien ce défi, cette tâche sacrée, il lui faudrait avoir recours à tous les appuis possibles, à tous les soutiens, toutes les bonnes volontés, à commencer par celles de ses enfants, Juan, César, et Lucrèce, seuls êtres au monde en qui il avait véritablement confiance. Il lui faudrait aussi mobiliser d'autres ressources, celles de son corps et de son âme. Comme par miracle, quelques mois avant ce conclave qui l'avait désigné, Dieu lui avait envoyé une créature céleste, un ange venu du ciel. La femme la plus belle qu'il lui avait été donné de voir de toute son existence : Giulia Farnese.

En fin de journée, il avait enfin pu se rendre dans les appartements du palais de Santa Maria in Portico qui jouxtaient le palais pontifical et rejoindre celle qui tenait désormais une place immense dans sa vie. Il ne voulait pas seulement assouvir le désir physique de la serrer dans ses bras mais combler un besoin métaphysique.

Elle le déshabillait de ses mains expertes qui ne tremblaient pas un instant, retirant un à un les boutons recouverts de soie de son camail rouge.

— Tu ne sembles pas éprouver la moindre gêne de tenir sous tes doigts le vicaire du Christ ?

Elle leva ses yeux vert-bleu vers les siens et sourit d'un air délicieusement provocant :

— Au contraire...

Assise sur le lit, enveloppée dans un tissu de velours qui lui couvrait les seins, elle se repencha vers son ouvrage.

— Ne vaut-il pas d'ailleurs mieux que je retire aussi ces gants de vos mains pour que nous soyons tout à fait délivrés de votre *sainteté* ?

Elle tirait sur chaque doigt, enlevant ces gants décorés de broderies et de pierreries, qui symbolisaient la chasteté et la pureté du pontife sacrificateur. En la regardant le déposséder des accessoires de sa consécration, laissant glisser ses cheveux sur le côté comme une vague dorée, il se félicita de l'avoir installée à ses côtés, dès l'annonce de son élection. Les murs du palais de Santa Maria in Portico étaient mitoyens de ceux du Vatican et sa chapelle privée donnait dans la basilique Saint-Pierre. Il pouvait ainsi aller et venir entre ses appartements privés et le palais de sa maîtresse, en traversant la chapelle Sixtine, sans être vu du dehors. Outre Giulia, il y avait établi sa cousine Adriana Mila et sa fille Lucrèce, âgée de douze ans. Une constellation féminine indispensable, il le pressentait, à l'exercice de son magistère : Adriana Mila, la mère, l'entremetteuse, la confidente, Giulia, l'enjôleuse, l'inspiratrice, et Lucrèce, la jeune fille, instrument de son pouvoir sur les hommes.

À soixante ans, il n'avait pas le souvenir d'avoir jamais ressenti un tel plaisir, une telle joie. Même dans les bras de Vannozza Cattanei, la mère aimée de ses enfants, il n'avait pas éprouvé la même extase.

Comme si les gestes de Giulia avaient pris la mesure de son nouveau statut, ses mouvements s'accordant miraculeusement à ce corps qui ne lui appartenait plus tout à fait. Auréolé du prestige de sa mission divine, ces plaisirs charnels étaient bien plus que des moments de repos ou des exutoires, un rappel à l'ordre terrestre, une sorte d'ascèse qu'il devait s'infliger pour ne pas disparaître dans une fumée de prières et de litanies sacrées. Leurs retrouvailles seraient son rite purificateur à lui, sa liturgie interdite, l'autre versant sacré d'un cérémonial fait de lavements de pieds, de processions jusqu'à la basilique Sainte-Marie-Majeure. À la flambée de l'étoupe, symbole de la caducité des choses terrestres, il substituerait l'embrasement de leurs corps.

Il n'éprouvait pas véritablement de culpabilité car l'énergie renouvelée qu'il tirait de cette passion serait mise au service des plus hautes ambitions de l'Église : refaire de Rome la capitale du monde, restaurer le prestige de sa charge comme nul autre ne l'avait fait avant lui, repousser les ennemis du Saint-Siège, mais d'abord unifier les terres de l'Église en soumettant tous ces petits seigneurs et potentats locaux qui se croyaient chez eux sur les terres de l'Église et ne respectaient pas l'autorité du pape.

La tête posée sur l'oreiller, il regardait Giulia disséminer adroitement ses baisers sur son ventre, ses épaules, entre ses jambes, selon une sorte de parcours sacré qui menait à ce lieu unique où se rejoignent les puissances terrestres et célestes.

Le pape soupira en respirant son odeur, mélange de miel et de musc. En la voyant aller se servir un verre de vin, et marcher pieds nus sur les tapis tressés d'or et de soie, avec son ventre bombé porteur de vie, il était reconnaissant à ses cheveux blonds, à ses hanches si parfaites, à ses courbes infinies, à sa peau soyeuse, à ses yeux aussi lumineux qu'un vitrail en plein soleil, de l'accompagner dans cette aventure. Giulia Farnese n'avait que dix-huit ans mais elle semblait la plus expérimentée des maîtresses, la plus charmante des concubines, la plus sainte des amantes.

Elle revint vers lui, les lèvres encore humides. Elle s'allongea et il posa sa main sur son ventre bombé. Il embrassa sa bouche, goûtant le vin qui l'imprégnait encore.

— Sais-tu que sans toi rien de tout cela ne serait possible ?

Il y avait dans ses baisers quelque chose d'animal, d'avide qui lui plaisait particulièrement, une convoitise qui allait au-delà de leurs étreintes, qui se mêlait à son goût pour le pouvoir, à cette ambition familiale dont elle était devenue l'instrument. Il aimait être le complice de cette intrigue. Il savait qu'elle s'en délectait autant que lui, que son plaisir était aussi pur que ses sentiments étaient troubles.

Ses lèvres avaient le goût de ce complot de famille qui n'aspirait qu'à une seule chose : la promotion cardinalice de son frère Alessandro.

— Sans moi ou… sans cela ?

Elle avait glissé ses doigts entre ses jambes. Quelques instants plus tard, ses yeux disparurent au fond de cet abîme dans lequel ils plongeaient ensemble pour mieux se perdre. Elle s'était mordu les lèvres pour ne pas crier. Une légère trace rouge était apparue sur sa bouche.

— À cette heure-là, plus aucun serviteur ne passe ici. J'ai pris soin de faire fermer la chapelle Sixtine pour que personne ne nous dérange…

Il sentit sa paupière glisser de l'autre côté de la pièce, vers l'appartement de Lucrèce. Son expression, une légère rougeur sur son front et sur sa joue, faisait tout à coup affleurer les traits de la petite fille qui avait commis une faute.

— Je crains qu'elle nous entende…

Rodrigo sourit de cette pudeur inattendue vis-à-vis de celle que Giulia appelait sa sœur.

— Ce n'est pas toi, Giulia, déesse des sens et de l'amour, fit-il en lui caressant les cheveux, qui va craindre le regard d'une jeune fille à peine pubère… Et je pense que Lucrèce ne déteste pas nous savoir dans les bras l'un de l'autre.

Giulia reposa sa tête contre sa poitrine sans répondre. On n'entendait plus que l'écoulement d'une petite fontaine au milieu de la cour. La fenêtre qui donnait sur la cour Saint-Gélase était restée ouverte pour créer un léger courant d'air.

Il était heureux de cette amitié entre sa fille et Giulia qui s'était nouée naturellement avant le mariage de cette dernière avec le fils de sa cousine, Orsino Orsini. Depuis que Giulia était devenue sa maîtresse, ne pouvant se séparer d'elle, il l'avait placée aux côtés de sa fille pour qu'elle partage sa vie quotidienne comme une sorte de demoiselle de compagnie, de suivante, un rôle qui permettait de sauver l'honneur de son mari. Un homme dont l'œil unique le regardait avec reproche. Pour être tranquille, il avait pris soin d'éloigner ce mauvais œil à quelques lieues de Rome en le nommant, dès son élection, maire de la ville de Carbognano.

Les deux jeunes filles étaient devenues très complices. Lorsqu'elles étaient ensemble, on les prenait pour des sœurs. De six ans sa cadette, Lucrèce s'était, elle aussi, prise de passion pour Giulia. Il espérait que, au-delà de leur amitié, Lucrèce apprendrait d'elle comment obtenir des hommes ce qu'elle voulait d'eux. Il espérait que Lucrèce marcherait dans les traces de Giulia, qu'elle saurait exploiter les failles de ceux qu'il s'apprêtait à mettre sur sa route dans l'intérêt de sa famille et de l'Église. Par la magie de ce cercle vertueux, il était persuadé qu'en observant Giulia Lucrèce en tirait une leçon utile pour eux.

Il ne put s'empêcher de le lui chuchoter à l'oreille en la serrant dans ses bras.

— Au fond, j'aime que tu te sentes coupable de ce péché d'amour que nous commettons.

Il la fit glisser sur le dos et s'appuya contre elle pour contempler son corps. Sa peau était légèrement humide et le contact de ses cuisses lui sembla d'un érotisme si violent qu'il voulut à nouveau goûter la source de ce plaisir. Pour ne pas succomber encore, il la caressa du revers de la main, presque en tremblant, comme on frôle une matière dangereuse.

Ses doigts évitèrent ce ventre où il avait puisé tant de forces et qui portait sans doute leur enfant à naître dans quelques mois. Il était plus que probable qu'Orsino Orsini n'en soit pas le père, étant donné le peu de nuits qu'ils avaient passées ensemble depuis leur mariage.

Tout à coup, Giulia se redressa sur son lit. Malgré les nausées et les vertiges, elle devait se forcer à ne pas lâcher prise, à ne pas baisser la garde. Elle remonta le tissu jusqu'à son ventre.

— Je suis heureuse qu'Alessandro ait enfin une charge à la hauteur de son talent… mais…

— Mais quoi ? demanda vivement Borgia concentré sur la rondeur parfaite de ses seins.

Elle hésita à continuer, vaguement troublée par le regard perçant de son vieil amant. En équilibre, comme à chaque fois qu'elle demandait une faveur. Au début, ces manigances l'avaient amusée, elle avait adoré ce jeu d'amour qui lui donnait un rôle de l'ombre, ravie d'être le cœur d'une machination qui lui semblait louable à tous points de vue : Alessandro son frère méritait qu'on lui octroie de nombreuses distinctions. Sans son aide, car il n'avait pas la moindre fortune, hormis quelques terres et du bétail, il n'aurait aucune chance de franchir ces étapes. Mais depuis qu'elle était tombée enceinte de Rodrigo, quelques mois avant son élection, elle avait envie de se reposer un peu, de se laisser glisser dans la douceur des derniers mois de grossesse, d'accorder à cet enfant le premier rôle. N'avait-elle pas le droit, elle aussi, de profiter de son bonheur ? Car elle était amoureuse de Rodrigo autant qu'il l'aimait.

— J'espère que tu n'as pas oublié ta promesse d'en faire un cardinal ?

Lorsqu'elle perdait son assurance, que ses traits se froissaient sous l'effet d'une légère inquiétude, que l'amante passionnée s'effaçait pour laisser place à l'intrigante, il la désirait toujours. Et peut-être même davantage. Le pape se redressa, faisant mine d'être choqué par cette question.

— N'ai-je pas conféré il y a quelques jours seulement à ton frère la charge de trésorier pontifical ? Te rends-tu compte de ce que représente cette charge ?

Elle rougit. Giulia avait une vague idée de l'importance de cette fonction au sein de la chambre apostolique. Mais elle savait surtout que ce n'était pas celle qu'Alessandro convoitait.

— Oui, mais ce n'est pas ce dont nous avions discuté...

Il appuya son coude contre le lit et posa sa tête dans sa main, caressant d'un doigt son menton lisse et rond pour y trouver l'inspiration. Elle n'avait pas tort de s'inquiéter au sujet de ce prochain consistoire qui se tiendrait dans quelques mois. La liste des onze futurs cardinaux était déjà établie dans sa tête et le nom de son frère n'y figurait pas.

— Je dois attendre un peu pour nommer Alessandro, j'ai déjà une liste d'une dizaine de cardinaux à promouvoir et le consistoire est à peine remis de mon élection. Je ne peux prendre aucun risque.

Lors de sa première rencontre avec Giulia, organisée par sa cousine Adriana, il avait été immédiatement séduit par la jeune femme, la plus belle des créatures qu'il ait jamais rencontrées. Alors qu'il avait déjà fêté son cinquante-septième anniversaire, elle lui avait donné la force dont il avait besoin pour partir à la conquête de ce trône pontifical tant convoité. Cette fougue qu'il avait crue éternellement endormie depuis la fin de sa liaison avec Vannozza était revenue encore plus fortement. Son désir avait été si brûlant, il lui avait fallu si vite l'assouvir, que ses lèvres, emportées par ses baisers, lui avaient promis toutes sortes de cadeaux. Giulia tenait plus que tout à son frère cadet, Alessandro, et à l'avancement de sa carrière ; il lui avait juré entre deux étreintes qu'il en ferait un cardinal.

Mais depuis son élection, tant de choses s'étaient passées que les promesses faites avaient quelque peu perdu de leur force. Il mesurait l'ampleur de la tâche et surtout voyait s'ouvrir un tel champ de possibles pour ses enfants à travers l'argent des nominations.

— Comment cela ? répondit vivement Giulia.

— Un cardinal pauvre et sans vocation particulière ni lien de parenté quel qu'il soit avec le pape, cela ne s'est jamais vu.

— Alessandro est le plus brillant des hommes !

Il n'était pas hostile à l'ascension d'Alessandro qu'il avait brièvement vu chez lui au palais de la chancellerie lors d'événements familiaux auxquels Giulia était systématiquement associée. Sa culture était agréable quoiqu'un peu trop présente, son intelligence était manifeste ; César, impitoyable dans ses jugements et ses verdicts, semblait le respecter. Mais son habileté restait à démontrer après ses erreurs de jeunesse.

Ces fournées de cardinaux étaient des occasions trop rares de renflouer le trésor de l'Église. La première de son règne allait lui permettre de gagner plus de 100 000 écus, 10 000 écus payés par la plupart des cardinaux en échange de leur nomination. Et les Farnese n'étaient pas en mesure de débourser une telle somme.

Giulia caressa sa bouche du bout des doigts en soupirant, de cet air las qu'elle prenait lorsqu'elle était contrariée. Pour calmer les ardeurs familiales, et ne pas la décourager, il avait prévu de lui réserver une petite surprise.

— Le canonicat de l'église San Lorenzo de Viterbe est à nouveau vacant, et j'ai l'intention de le donner à ton frère…

Une légère grimace déforma ses lèvres parfaites. Rodrigo argumenta pour défendre son cadeau :

— Ses revenus ne sont pas négligeables, ma chère Giulia, et de plus c'est une ville qui se situe juste à côté de vos possessions, si je ne me trompe, ce qui n'est pas si facile à trouver !

Elle fronça les sourcils.

— Certainement, Votre Sainteté, mais ce dont vous jouissez depuis plusieurs mois ne vaut-il pas davantage qu'un… petit canonicat ?

Il ne put s'empêcher de sourire. Elle se tenait si parfaitement en équilibre entre les reproches et la reconnaissance, la méfiance et la crédulité, la fraîcheur et la sensualité, comme un roseau souple et fort en même temps, qu'il était émerveillé de son savoir-faire instinctif. Un talent inné dont il brûlait de la récompenser tout le temps.

Il se laissa glisser à son tour sur le dos pour échapper à sa silhouette ensorcelante.

Il lui faudrait donc faire campagne auprès des cardinaux qui allaient voter pour ces nouveaux entrants, et se montrer d'autant plus persuasif auprès d'eux que le jeune Farnese n'avait rien à offrir. Cette tâche ne s'annonçait pas d'une évidence aussi foudroyante qu'une nuit avec Giulia : il fallait imposer son nom au consistoire des cardinaux, alors qu'il n'avait strictement aucun allié, aucun appui d'importance, ni le moindre écu pour acheter la voix d'un de ces diables de prélats, sauf peut-être celle de ce pauvre cardinal sourd et aveugle, Maffeo Gherardi, le patriarche de Venise, qui, à quatre-vingt-quinze ans, pouvait se laisser convaincre par des promesses inaudibles. Cependant, le besoin de voir Giulia entièrement satisfaite était devenu vital pour lui.

Il la regarda à nouveau, dévoré par un désir soudain, irrépressible :

— Si tu veux que je distingue ainsi Alessandro, il faudra que tu sois très bonne avec moi, ma chère Giulia..., lui murmura-t-il à l'oreille.

Elle ferma les yeux et joignit ses deux mains autour de son cou, esquissant une prière vers le ciel.

— Si c'est de mon amour pour toi que dépend l'avenir ecclésiastique de mon frère, alors je n'ai aucun doute... il te succédera sur le trône de Saint-Pierre...

— Ne confonds-tu pas amour et désir ? demanda-t-il en la prenant brusquement.

Elle se mit à gémir, puis murmura avant de défaillir entre ses bras :

— Quelle importance ?

Submergé par la même vague de plaisir, Rodrigo

renoua avec cette part de lui-même qu'il ne rencontrait qu'avec elle. Il entrevit alors cette lumière presque aveuglante qui déchire toutes les certitudes, emporte tous les calculs et toutes les manigances.

## *12 juin 1493*

Ce matin-là, Alessandro traversait le pont Saint-Ange pour rejoindre le palais apostolique d'un pas presque léger. Il ne pouvait s'empêcher de savourer cette promenade aux abords du château, se délectant de la vision de cette forteresse dont il avait réchappé. Alors qu'il se rendait au mariage de Lucrèce, la fille du pape, avec Giovanni Sforza, elle n'était rien d'autre qu'une ombre fraîche qui abritait ses pas.

Même à pied, alors que les luxueuses livrées et les carrosses des cardinaux Orsini, Colonna, Conti, Palavicini suivaient le même chemin que lui, une partie de la revanche était déjà prise.

En tant que trésorier de la chambre apostolique, Alessandro avait depuis plusieurs mois la charge de gérer les deniers du pape sous la responsabilité du cardinal camerlingue, qui supervisait tous les biens temporels de l'Église. Son poste était stratégique puisqu'il devait suivre concrètement toutes les entrées et sorties d'argent des biens de l'Église : vente d'offices, perception de taxes diverses, deniers de l'Église des États vassaux, impôts sur les bulles et autres sceaux pontificaux. Cette fonction ne le passionnait pas mais elle avait deux intérêts pour lui : elle signifiait à tous les dignitaires de l'Église la confiance que lui avait accordée le pape et lui permettait de connaître précisément les différentes sources de revenus du pontife. Face à ces flux très importants, il pouvait mesurer à quel point ses propres revenus étaient loin d'atteindre un centième de ceux des cardinaux.

La dimension un peu trop pécuniaire de cette fonction était heureusement compensée par ses discussions avec le cardinal camerlingue Raffaele Sansoni Riario, amateur éclairé de littérature grecque et de statues antiques. Il était d'autant plus pressé de se défaire de cette responsabilité que son véritable objectif était de devenir cardinal. Dans sa ligne de mire, la prochaine désignation de cardinaux qui aurait lieu après l'été, le 20 septembre. Sa place sur la liste des futurs élus avait été promise à Giulia dans des circonstances si peu canoniques qu'on pouvait encore en douter. Il sentait que jusqu'à la dernière minute cette distinction suprême, soumise à la fluctuation du désir, pourrait lui échapper.

Pour à la fois mieux suivre la progression de son dossier et assurer sa nouvelle fonction lui réclamant une présence plus assidue, il avait quitté le palais Orsini où il résidait depuis ses premiers pas à la chancellerie et s'était établi plus confortablement dans un appartement du palais Ferriz, de l'autre côté du Tibre. Il le louait à peu de frais à une congrégation de Santa Maria del Popolo, à laquelle un cardinal catalan, proche de la famille Borgia, l'avait légué. Rodrigo Borgia lui-même y avait séjourné lors de son arrivée à Rome. Il croyait aux symboles et à l'esprit des lieux.

Cette demeure n'était pas située dans le Borgo proche du palais apostolique mais un peu à l'écart de la cité léonine. Il aimait ce quartier del Ponte où avait pris place la haute noblesse citadine romaine, sur la rive gauche du Tibre. Cette ambiance contrastée où se mélangeaient la gaieté populaire des tavernes et le calme des abords du fleuve le long duquel subsistait une muraille antique à demi effondrée.

Alessandro passa à côté d'une colonne dédiée à Jupiter qui avait été déterrée lors des derniers travaux devant le palais pontifical. Un symbole qui appartenait au monde ancien mais sur lequel le pouvoir du pape ne négligeait pas de s'appuyer pour renforcer son autorité sur la ville.

Près du palais, Alessandro aperçut le carrosse et la suite du cardinal Sforza qui supplantaient ceux des princes. À la fois témoin et oncle du marié, ce mariage l'unissait familialement au pape.

Entourés d'un groupe de courtisans, César et son frère Juan, duc de Gandie, accueillaient les invités dans la vaste entrée tandis que plusieurs serviteurs accompagnaient les nouveaux arrivants vers les appartements privés du pape. Le visage mince et sec de César était rendu encore plus austère par le vêtement violet d'archevêque qu'il portait depuis que son père lui avait transmis le riche archevêché de Valence. Il tranchait avec le luxe et l'extravagance de la tenue de son frère Juan qui portait une tunique blanche brodée de motifs tissés d'or, un collier de rubis et de perles, sur les épaules une étole dorée ; il était coiffé d'un large turban décoré d'un joyau. Un costume à la turque comme c'était la mode depuis la captivité à

Rome du fils du sultan Mehmet II. Ils attendaient Giovanni Sforza, le fiancé de leur sœur, pour le conduire jusqu'à l'autel.

— Tu viens à pied au mariage de ma sœur ?

Alessandro sourit à l'apostrophe de César. Le fils cadet du pape était beaucoup plus jeune que lui mais il était coutumier de ces remarques frisant l'arrogance et le mépris. Face à lui, il ne fallait jamais se départir de son assurance. Alors que les premiers revenus attachés à sa charge lui permettaient d'entretenir une suite de quelques serviteurs, mais aussi plusieurs chevaux pour se déplacer dans la ville, Alessandro revendiquait une certaine discrétion pour ne pas attirer l'attention sur son changement rapide de statut. Et ne pas effaroucher non plus les autres membres du Sacré Collège qu'il espérait rejoindre prochainement.

— Tu le sais, je ne peux encore rivaliser avec les livrées de ces grands seigneurs, alors je préfère profiter de l'air frais du matin.

César le regardait avec curiosité, intrigué par son apparente modestie.

— Tu as raison... De toute façon, je ne pourrais pas te blâmer de ta discrétion : ce Giovanni Sforza ne mérite pas ma sœur..., souffla-t-il en embrassant Alessandro.

Une expression hostile apparut sur son visage alors que Giovanni Sforza arrivait, portant lui le même costume que son beau-frère Juan.

— Il est vrai que je suis le seul ici dont la sœur ne pourrait être honorée d'une meilleure façon..., continua Alessandro.

César sourit à cette flatterie en posant une main sur son épaule. Il chuchota à son oreille alors que

Giovanni s'approchait de lui. Les deux hommes se saluèrent à peine.

— Mon père a tout mis en œuvre pour que cette cérémonie démontre la force de notre alliance avec le duché de Milan. Nous verrons ce que ce Sforza peut nous apporter…

Alessandro avait fait la connaissance de César lors d'un banquet en l'honneur d'Adriana Mila où sa sœur l'avait convié pour la première fois depuis son retour de Florence. Une forme de connivence immédiate s'était établie entre eux. À dix-sept ans, César était destiné comme lui à une carrière au sein de l'Église. Sa nature impatiente le rendait peu disposé à suivre ce chemin. Très proche de son père, ses ambitions étaient clairement moins ecclésiastiques que princières. César était conscient de son statut et de sa prééminence. Son impulsivité et son intelligence se mélangeaient à parts égales. Malgré cette proximité, de profondes différences les séparaient. Non seulement les idées n'intéressaient pas César, mais même elles l'inquiétaient. Il ne croyait qu'à la stratégie et à la froideur des calculs pour arriver à ses fins. Le compromis était pour lui un aveu d'échec. Seul le rapport de force comptait. Le monde selon César se divisait entre deux sphères : celle des alliés et celle des adversaires. Leur détermination commune prenait des chemins très différents et surtout obéissait à des temporalités opposées : pour César, tout ce qui n'était pas immédiat était capitulation.

Alessandro monta les escaliers et fut rejoint par les cardinaux Orsini et Colonna. Dès son arrivée dans les appartements du pape, il se mêla aux nombreux invités. Outre sa famille, les Espagnols qui peuplaient désormais sa cour et ses amis, le pape avait invité tous les ambassadeurs des puissances alliées, la France, Milan, Venise, le fils du duc Ferrare, tous les cardinaux fraîchement récompensés pour avoir voté pour lui. Les représentants d'autres grandes familles romaines qui devaient eux aussi recevoir la pourpre cardinalice prochainement.

Ce mariage qui scellait l'alliance avec Milan se voulait une démonstration de force contre ceux qui contestaient la légitimité du pontife.

Car depuis l'élection le Sacré Collège s'était divisé en deux camps : celui du vainqueur et celui du vaincu. Giuliano Della Rovere s'appuyait sur les cardinaux les plus hostiles et continuait d'intriguer aux côtés du roi de Naples pour discréditer le nouveau pape. Le cardinal Ascanio Sforza, oncle du marié, se tenait à l'entrée du premier salon, accueillant les invités en tant qu'un des hôtes de cette réception.

Le cardinal Giovanni Battista Orsini, frère de Clarisse Orsini, la femme de Laurent de Médicis, rencontré à Florence, vint vers lui. Il était l'un des plus hauts représentants de la branche dynastique des Orsini. Peu habitué à discuter avec les jeunes clercs, il était connu pour son acrimonie.

— Cher Alessandro Farnese, je suis heureux que vos nouvelles fonctions nous donnent l'occasion de vous revoir parmi nous. C'est surtout votre sœur que nous avions l'habitude de croiser jusqu'ici..., susurra-t-il.

Le cardinal était réputé avoir été particulièrement bien récompensé de son vote pour Rodrigo Borgia.

— Pas seulement, monseigneur. Quant à moi, je suis la plupart du temps à la trésorerie et auprès des officiers pontificaux pour veiller sur les revenus du pape et sur ceux des cardinaux les mieux dotés du Sacré Collège.

Alessandro le salua et alla s'asseoir dans la chapelle où la cérémonie allait être célébrée.

Il faisait très chaud sous la voûte. Le chapelain avait pourtant ouvert les fenêtres qui donnaient sur les jardins du palais apostolique pour créer des courants d'air. Mais le souffle du dehors refusait d'entrer, le vent butait contre cet entrelacs invisible, ce labyrinthe de soutanes et de convoitises. Même si l'été s'annonçait plus précoce et plus intense que d'habitude, une chaleur d'une autre nature avait envahi les lieux. L'ambition travaillait les âmes des prélats et des familiers des Borgia. À l'amorce de ce règne qui paraissait plus ouvert que jamais à l'accomplissement des intérêts personnels, une étrange euphorie saturait l'espace. La soif d'accéder aux places les plus rémunératrices, de recevoir les prébendes les plus fructueuses grouillait d'une conversation à l'autre, dissimulant sous les barrettes les aspirations secrètes.

Par sa vie même et son opportunisme débridé, sa personnalité étrangère à tout esprit de sacrifice, Alexandre VI excitait les jalousies, attisait les instincts de ses plus proches, comme ceux de ses ennemis. Son habileté se nourrissait de l'appétit des autres, sorte d'hydre gigantesque jamais rassasiée.

Alessandro observait cette foire d'empoigne à l'abri de la passion du pape pour sa sœur. Il détestait ces festivités où se mélangeaient les appétits de pouvoir et de distinction, ce gigantesque chaudron dont personne ne sortait jamais indemne.

Le cardinal Savelli se pencha vers lui. Nommé par le pape Sixte IV, il faisait partie, à soixante-dix ans passés, des plus anciens au Sacré Collège. Il avait connu comme lui les prisons du château Saint-Ange pour une obscure disgrâce. Malgré son âge, ce souvenir commun créait une forme de familiarité entre eux. Alessandro le savait favorable à son entrée au Sacré Collège. L'homme était malicieux. Lui non plus ne croyait pas un instant à la durabilité de ce mariage.

— Tu assistes à la confrontation des vieilles familles romaines et des Espagnols venus en force pour défendre leurs intérêts auprès du pape... Il est inévitable que le pape cherche à favoriser l'Espagne, d'une façon ou d'une autre...

L'esprit de cour faisait taire les protestations des invités : personne ne semblait gêné d'assister à cette cérémonie au cours de laquelle un pape mariait sa fille au Vatican. C'était pourtant la première fois qu'un tel événement avait lieu. Innocent VIII avait assisté à des banquets en présence de femmes et il avait été le premier à accueillir ses enfants au palais apostolique, mais les noces de son fils et de la fille de Laurent de Médicis n'avaient pas eu lieu dans cette enceinte sacrée.

— La cérémonie devrait être courte..., souffla le cardinal Savelli en s'éventant le visage avec un éventail.

Lucrèce entra aux bras de César et du duc de Gandie. Sa traîne était portée par une jeune fille noire, escortée par une centaine de dames romaines. Son père l'attendait sur son trône à quatre gradins, revêtu de son rochet et de son camail en soie cramoisie. Elle rejoignait l'autel où son père allait célébrer la cérémonie lorsque son regard croisa brièvement celui d'Alessandro. En la regardant passer près de lui, il contempla une jeune fille de seulement treize ans, déjà âgée de toutes les conjectures et de tous les projets matrimoniaux que son père avait formés pour elle depuis sa naissance.

Alessandro observa le regard d'Alexandre VI dont les pupilles venaient de se rétracter pour laisser ses yeux couleur vert d'eau absorber la lumière qui venait de l'éblouir. Son air aimable, et satisfait, ses gestes lents, et ronds, contrastaient avec son regard plein de vigueur et d'énergie. Il n'était certainement pas difficile, comme Giulia le lui avait dit, de tomber amoureuse de cet homme au charme évident.

Il aperçut enfin sa sœur qui se dirigeait vers l'autel, tenant le long voile de Lucrèce. Elle avait pris un peu de poids depuis la naissance de sa fille et son corps semblait désormais libéré d'une sorte de captivité enfantine. Elle n'avait jamais été aussi belle. Sa beauté plus féminine captait tous les regards. Lorsqu'elle se déplaçait, avec sa robe bleu clair, sa silhouette se propageait en ondes bleues, attirant tous les regards vers elle. Il y avait quelque chose de provoquant, d'effronté dans cette désinvolture. La sagesse de sa coiffure, de ses cheveux blonds emprisonnés dans une longue tresse, atténuait un peu cette vision indécente.

Le pape accueillit Giulia près de l'autel comme sa propre femme. Il lui avait pris discrètement la main pour l'attirer plus près de lui, la couvant du regard. Mais Giulia venait de dégager sa main d'un mouvement un peu sec qui ne lui ressemblait pas. Alessandro aperçut une ombre sur son visage. Giulia semblait contrariée.

À la fin de la cérémonie, la fête profane commença. Après la représentation d'une pièce de Plaute, les personnalités et les témoins s'éparpillèrent comme de la fumée d'encens dans les pièces de réception tandis qu'une nuée de serviteurs passaient entre les convives pour distribuer des verres d'eau-de-vie. Les cadeaux furent remis aux mariés.

Alessandro alla saluer son maître Pomponio Leto qui avait mis la pièce en scène.

Puis il se mit à chercher Giulia qui n'était pas reparue depuis la fin de la cérémonie.

Une conversation animée avait lieu entre les cardinaux Savelli et Sforza, l'ambassadeur de France, Jean de Bilhères de Lagraulas, et l'ambassadeur d'Espagne Bernardino López de Carvajal, ainsi que d'autres prélats. Il était question de la bulle *Inter Caetera*, publiée un mois auparavant, qui scellait le partage du Nouveau Monde entre les royaumes d'Espagne et du Portugal.

Alessandro ralentit son pas pour écouter leur discussion lorsqu'il sentit tout à coup qu'on lui prenait le bras.

— Bonjour Alessandro…

Alessandro se retourna. Un homme court, légèrement enveloppé, le regard vif, la barbe grise, vêtu comme un prêtre, le regardait avec une intensité inhabituelle.

— Qui êtes-vous ?

L'homme sourit malicieusement.

— Tu ne me reconnais pas ?

Plus qu'un visage, c'était la voix qui lui était familière. Un souvenir qui venait le trouver juste au creux de son oreille. Celui du prisonnier du château Saint-Ange.

— Castellesi !

L'homme était plus petit et plus lourd qu'il ne l'aurait cru. Ils se dévisagèrent un instant.

— Ne t'avais-je pas dit que nous nous retrouverions ?

Cette proximité de pierre était inoubliable. D'ailleurs, Alessandro n'avait pas omis son voisin de cachot. Il avait pris de ses nouvelles dès son retour à Rome auprès du collège des protonotaires. Les esprits s'étaient détendus à la fin de la guerre contre Naples et le pape l'avait finalement libéré. Le cardinal Borgia et le cardinal Della Rovere avaient scellé une amitié de façade dès que la paix avait été conclue avec Ferdinand d'Aragon. Mais Castellesi en avait conçu une énorme rancune contre le cardinal Della Rovere : il avait obtenu de quitter Rome et d'être envoyé en mission diplomatique en Écosse. Son habileté et sa culture avaient beaucoup plu au roi d'Angleterre. Pour tirer profit de cette bonne entente, le pape l'y avait nommé collecteur du Saint-Siège.

— Tu t'es inquiété pour moi ?

— Bien sûr, sourit Alessandro. Je n'oublie pas ceux qui m'ont aidé à surmonter cette épreuve...

En réalité, sa curiosité pour le destin de son voisin de cellule n'était pas désintéressée. Il était le seul lien qui perdurait avec la jeune religieuse qui l'avait aidé à s'échapper.

— D'ailleurs, reprit-il, savez-vous si cette jeune religieuse n'a pas été inquiétée par mon évasion ?

Castellesi eut une expression faussement désolée :

— Naturellement, après ton départ, plus aucune visite n'a été autorisée. Quant à elle... comment s'appelait-elle déjà ?

Alessandro sourit à son tour.

— Allons, cher Adriano, vous aviez bien écouté tout ce qui se passait dans ma cellule... Silvia Ruffini.

Castellesi eut l'air de se souvenir.

— J'ai la mémoire courte lorsqu'il s'agit des femmes, tu le sais bien..., fit-il en époussetant sa soutane. J'ai su qu'elle avait finalement épousé un homme puissant, un marchand je crois...

Silvia Ruffini avait décidé de ne pas s'enfermer dans la prière jusqu'à la fin de ses jours. Cette nouvelle le soulagea brièvement. Sentant le regard de Castellesi s'appesantir sur lui, il demanda :

— Qu'allez-vous faire à présent ?

— Le pape va faire de moi son nonce en Angleterre, répondit-il en baissant la voix, et je devais m'entretenir en personne avec lui de la mission qu'il va me confier.

Alessandro l'observa. Tous deux s'étaient rapprochés du pape Borgia qui apportait un sang neuf, espagnol, affranchi des clans et des factions italiennes habituelles, leur permettant de saisir leur chance de se hisser au plus haut niveau de l'Église.

— Je n'ai pas encore eu l'occasion de te féliciter pour cette évasion très réussie et pour cette charge de trésorier... Quel chemin !

— Ne m'aviez-vous pas dit qu'à Rome tout était possible ?

L'archevêque le regarda d'un air amusé.

— « Il n'est point de vent favorable pour celui qui ne sait où il va… », poursuivit Adriano di Castello.

— Je croyais que vous n'aimiez pas Sénèque ?

À côté d'eux, la conversation entre les cardinaux et les ambassadeurs de France et d'Espagne s'envenimait. Ils furent pris à partie malgré eux, dans le groupe qui donnait de la voix.

— La bulle prévoit que l'Espagne possédera les terres à l'ouest d'une ligne tracée à cent lieues à l'ouest des Açores et des îles du Cap-Vert, lesquelles appartiennent au Portugal…

— Il y a lieu de craindre que le Portugal ne veuille renégocier ce partage lors du prochain traité qui sera signé entre les deux royaumes. Le royaume d'Espagne a été grandement favorisé, continua le cardinal Savelli que son âge avancé libérait des flatteries de courtisans.

— Nous verrons cela… Sa Sainteté a tracé cette ligne avec beaucoup d'adresse et de justesse…, sourit le vice-chancelier toujours prêt à calmer le jeu pour éviter tout débordement, et plus particulièrement en ce jour où sa famille triomphait.

L'homme qui se tenait à ses côtés était le futur cardinal français. De petite taille, d'allure discrète, mais le regard vif et clair, il susurra du bout des lèvres aussi discrètement qu'il le pouvait pour ne pas compromettre sa nomination au Sacré Collège qui devait avoir lieu dans quelques mois :

— On peut regretter que le royaume de France n'ait pas pris part à ce partage. Je m'en plaindrai au pape le moment venu.

Alessandro se passionnait pour les questions soulevées par ces découvertes du Nouveau Monde.

Un sujet l'intéressait particulièrement pour en avoir discuté avec l'Académie platonicienne.

— Ce partage ne règle pas le statut de ces Indiens ramenés par Christophe Colomb en Espagne il y a quelques mois...

Des plis apparurent sur son front, puis une légère grimace tordit le visage du vice-chancelier. Le cardinal Ascanio Sforza le toisa d'un air supérieur, hésitant entre le détachement méprisant et la condescendance subtile.

— Leur statut ?! Mais de quel statut voulez-vous parler ? Ces barbares doivent être convertis le plus rapidement possible... ou devenir nos esclaves. Il n'y a pas d'autre alternative.

Puis le cardinal fit volte-face et se dirigea vers le pape qui avait pris place sous un dais d'or en attendant que le spectacle reprenne. Lorsqu'il les eut quittés, l'abbé français esquissa un sourire aimable et s'en alla attraper quelques victuailles sur le buffet, pressé de ne pas donner plus de commentaires sur cette affaire. Castellesi fit un clin d'œil à Alessandro avant d'ajouter :

— Le cardinal Sforza est d'une vénalité sans limite : il évalue la moindre conversation en écus. Combien pèse celui à qui je m'adresse ? Il n'a qu'une idée en tête : satisfaire sa vanité en faisant valoir les intérêts de sa famille... Un vrai sacerdoce !

Alessandro retrouva cette sensation ambiguë qu'il avait eue dans la prison en discutant avec cet homme.

— En parlant d'ambition, j'ai cru comprendre que tu étais toi aussi en lice pour devenir cardinal. Mais être cardinal, cela coûte cher. Il faut être en mesure d'entretenir une cour et, avant toute chose, un palais digne de ce nom pour tenir son rang. As-tu pensé à cela ?

— Certainement, continua Alessandro qui comptait sur la bienveillance des Borgia et sur sa chance.

Apercevant sa sœur, Alessandro prit congé de Castellesi non sans lui avoir promis de lui rendre visite bientôt dans sa villa en construction au nord de Rome. Alors qu'elle venait d'embrasser Lucrèce, Alessandro prit la main de Giulia et l'entraîna loin du spectacle qui se déroulait derrière eux. Son visage traduisait toujours ce mélange de colère et de désarroi. Elle prenait très au sérieux le rôle que sa beauté et son charme lui faisaient jouer. Pour que le jeu fonctionne, il lui rappelait de temps en temps qu'elle ne devait pas oublier d'en rester la maîtresse.

— Que se passe-t-il ? Tu sembles préoccupée.

Elle reprit son souffle.

— Lucrèce m'a dit que César était sur la liste des cardinaux qui serait soumise au prochain consistoire.

— C'est ce que j'ai su aussi… C'est cela qui te contrarie ?

C'était la première fois qu'un pape faisait entrer son propre fils au Sacré Collège. César lui permettrait de conforter son emprise familiale sur l'Église, il serait le point d'appui dont il avait besoin pour accomplir son ministère, une sorte de Premier ministre sans titre. Quant à Juan, il serait son bras armé, tandis que Geoffroi et Lucrèce lui permettraient, par leurs mariages avec des héritiers des puissances voisines, d'étendre leur influence sur toute la péninsule.

— Oui, car il prétend depuis plusieurs semaines qu'il doit prendre garde à ne pas choquer le collège, sous-entendant que ta nomination pourrait être trop risquée pour lui et qu'il souhaite la reporter.

— Que t'a-t-il dit aujourd'hui ? demanda Alessandro.

Derrière sa bonhomie et son air altier, le pape jouait avec les nerfs de sa sœur. Il ne supportait pas qu'elle reste trop longtemps éloignée de lui, ce qui était plus souvent le cas depuis la naissance de sa fille Laura. Son mari la réclamait. Et le pape utilisait ce moyen de pression pour la dissuader de le rejoindre.

— Il m'a dit de ne pas m'inquiéter et m'a promis que tu serais cardinal.

Alessandro sourit, non pas devant le visage contrarié de Giulia, mais en repensant à l'expression encore plus inquiète du pape lorsqu'elle lui avait repris sa main. Dans ce petit jeu amoureux, c'était elle qui menait la danse.

— Tout ira bien..., murmura Alessandro en posant un baiser sur sa joue comme autrefois lorsqu'elle venait se réfugier dans ses bras.

Mieux que des paroles, la crainte de perdre Giulia était la meilleure assurance possible, venant d'un personnage aussi retors, séducteur et ambitieux que Rodrigo Borgia. Sa fascination pour elle, et surtout l'élan vital qu'elle réveillait en lui, valait mieux que tous les serments et promesses du monde.

Alessandro quitta le palais apostolique avant même le début du banquet familial organisé par César. Il avait choisi de confier son destin aux signes. Et ceux-ci lui étaient favorables.

Rassuré, il ne pensait plus qu'à retrouver Jean Rhosos, le copiste grec qu'il avait chargé de recopier quelques ouvrages rares empruntés à la Vaticane. À l'approche de sa nomination, il lui semblait urgent d'entourer son ascension d'un halo de sagesse et d'intelligence, rempart invisible contre la fourberie de ce règne auquel il serait éternellement lié.

*Château de Capodimonte, octobre 1493*

Depuis son origine, la forteresse de Capodimonte n'avait jamais connu une telle animation, ni une telle allégresse. Ses murs gris, aux fenêtres inaccessibles et aux parapets longeant le vide, protégeaient si bien la vie de ses habitants que le destin avait failli les oublier. Ils avaient été couverts de grands draps et d'étendards aux armes des Farnese. Six fleurs de lys bleues sur fond or. Des fanions et des drapeaux avaient été élevés près des portes et du pont-levis, des bannières et des oriflammes flottaient autour des fenêtres pour célébrer l'entrée du fils cadet des Farnese au sein du Sacré Collège, en tant que cardinal diacre de Saints-Côme-et-Damien, une des basiliques mineures romaines : toutes voiles dehors, le navire familial se tenait prêt à voguer vers les sommets.

Alessandro avait toujours pensé que cette muraille qui s'élevait au-dessus du lac Bolsena, décourageant les attaques de leurs voisins ou d'ennemis venus d'ailleurs, se dressait aussi contre eux. Qu'il lui faudrait s'éloigner d'elle au plus vite, telle une malédiction. Elle avait été construite sur un promontoire qui la rendait visible à plusieurs lieues de distance. Même la nature semblait obéir à son sortilège : à ses pieds, la roche volcanique faisait parfois bouillonner les lacs et les ruisseaux qui s'écoulaient dans la vallée, vidant la terre de sa fertilité.

Cette promotion était donc aussi une victoire contre la nature. Elle permettait à ces gentilshommes issus de l'aristocratie militaire d'intégrer le cercle sacré des cardinaux comme leurs ancêtres Caetani. Alessandro figurait parmi les douze premiers nommés au cardinalat du pontificat d'Alexandre VI, ce qui était mieux qu'un anoblissement, une consécration qui hissait la famille au même niveau que les grandes lignées romaines telles que les Conti, Savelli, Orsini, Colonna.

Pour la fêter, Giovanella Farnese avait organisé la réception quelques jours après la cérémonie qui s'était déroulée au monastère de Saint-Paul-hors-les-Murs.

Et si les couloirs de la chancellerie et des offices bruissaient déjà des moqueries contre le cardinal *au jupon*, dont la sœur était la *sposa de Christo*, cette réception était justement là pour montrer que les Farnese ne se cachaient de rien.

Tous les descendants de Ranuccio l'Ancien avaient été conviés : Bartolomeo et sa femme, issu de la branche Farnese de Latera et, aux confins de la parenté, des cousins presque inconnus qui avaient lointainement croisé leur sang avec eux. Et bien sûr, le clan Farnese au complet : Angelo et sa femme, Leila, étaient venus de leur résidence de Valentano, Girolama et son mari Puccio Pucci étaient arrivés quelques jours plus tôt de Florence.

Quant à Giulia, elle était venue fêter son frère au bras de son époux Orsino Orsini. Attendant ce moment depuis longtemps, les Caetani avaient tous accepté de venir féliciter leur nouveau cousin préféré, au premier rang desquels Jacopo Caetani, l'oncle d'Alessandro, qui parlait pudiquement de cette élévation comme d'un *miracle*, faisant semblant de ne pas comprendre comment une telle nomination avait pu se produire.

Vêtu de sa soutane rouge, les épaules couvertes par une pèlerine en soie de la même couleur, coiffé de cette barrette cardinalice si convoitée, et portant l'anneau, signe de dignité, de sollicitude pastorale et d'une plus étroite communion avec le Siège de Pierre, Alessandro n'avait que faire de ces commentaires auxquels il s'était préparé. Il accueillait les invités avec la fierté que cette victoire lui inspirait. Il se tenait dans la salle d'armes pour les remercier d'avoir parcouru ce long chemin boueux jusqu'à lui.

Dans la bouche de ceux qu'il aimait ou qu'il croyait connaître, il découvrait la flatterie : « Cher Alessandro, je suis heureux qu'un homme de si grande intelligence et de si haute morale tel que toi rejoigne notre collège. C'est l'Église tout entière qui s'en trouve ainsi rehaussée dans son prestige », lui susurra le cardinal Savelli.

Mais aussi les mises en garde : « Il est souhaitable que cette barrette cardinalice si *difficilement* acquise soit une occasion de révéler ton talent, et de racheter ce qui a été obtenu si scandaleusement », lui souffla son oncle.

La connivence amicale, apôtre de l'amnésie : « Nous voilà couronnés toi et moi de la plus étrange manière, une histoire qu'il nous faudra faire oublier au plus vite si nous voulons sauver notre réputation », soupira le cardinal Cesarini, qui devait sa promotion au mariage de son frère avec une fille naturelle du pape, Gerolama Borgia.

Le propos le moins recueilli : « Il n'est pas question que je porte ce vêtement qui me gêne pour monter à cheval et que je finisse sénile avant d'avoir vécu », murmura Hippolyte d'Este qu'il avait rencontré à Ferrare. Âgé d'à peine quatorze ans, le fils d'Hercule d'Este était le plus jeune de tous les cardinaux. Il avait été nommé secrètement par le pape Innocent VIII dès l'âge de huit ans et pouvait enfin revêtir officiellement cet insigne honneur.

Le plus moqueur : « Mon père aurait été fier de ce succès. Quelle joie de t'avoir avec nous à ces réunions pour le moins ennuyeuses… Lorsque je m'endors, tu pourras me raconter ? » déclara son ami Jean de Médicis.

Les invités étaient tous arrivés, seul se faisait encore attendre le plus prestigieux d'entre eux : le pape. Il profitait d'un déplacement à Viterbe où il existait une résidence pontificale pour venir fêter Alessandro et surtout revoir Giulia. Seul membre de la famille Anguillara à avoir fait le déplacement pour partager son triomphe, Francesco vint vers lui pour l'embrasser à son tour. Sa colère avait laissé place à un air moqueur :

— Te voilà donc affublé de cette soutane qui te faisait horreur !

Alessandro sourit en repensant aux innombrables plaisanteries qu'ils avaient faites au sujet des prêtres et de leur accoutrement.

— Je ne porterai ce vêtement que pour les

cérémonies… et les représentations officielles, se justifia-t-il. Et je ne suis encore que diacre pour le moment, premier degré des ordres majeurs…

À vingt-cinq ans, comme la plupart des jeunes promus au Sacré Collège qui n'avaient exercé aucune charge ecclésiastique, il devait *attendre* quelques années, le temps de parfaire sa culture, sa connaissance de l'Église, d'approfondir sa foi, avec de nouvelles responsabilités, avant d'être consacré prêtre… Cet horizon lui semblait encore lointain et pour tout dire peu vraisemblable mais il faisait confiance à ses nouvelles fonctions, au temps et à Dieu pour creuser en lui ce mélange de conviction et d'espérance, de certitude et d'humilité dont la foi semble l'expression.

Une autre chose lui paraissait plus claire, une découverte qu'il avait faite lors de la cérémonie d'investiture. Sa fierté d'avoir atteint cette première marche n'avait pas calmé son impatience. Au-delà du Sacré Collège, il y avait la fonction suprême : prendre la tête de l'Église. S'il l'envisageait, il sentait qu'il ne devait pas la désirer trop impatiemment pour l'atteindre, qu'une ambition trop vite formée et affichée aurait peu de chances de s'accomplir. Pour s'imposer sur ce trône aussi périlleux que convoité, le chemin était autant spirituel que politique. Mais il était aussi affaire de temps et de patience. « Hâte-toi lentement. » La phrase de Marsile était la plus belle des épigraphes d'une vie.

En attendant, un autre chemin de croix plus matériel que métaphysique se profilait devant lui. Les paroles d'Adriano di Castello lui revenaient en mémoire sur l'importance de constituer une cour, d'avoir un train de vie cohérent avec sa nouvelle fonction, mais surtout de posséder un palais à la hauteur de ses ambitions.

— Tu sembles préoccupé ou concentré, demanda Francesco qui le connaissait mieux que quiconque.

— Cette distinction ne m'empêche pas de considérer la suite... Être cardinal est avant tout une fonction honorifique...

En le nommant cardinal, le pape lui avait conféré le premier bénéfice de la basilique Saints-Côme-et-Damien. En le cumulant avec les revenus de trésorier pontifical, il ne pouvait rassembler tout au plus qu'un petit millier d'écus. C'était très loin du montant qu'il fallait débourser pour acheter ou faire construire un palais à Rome.

— Te connaissant, tu as déjà dû penser à quelque chose ! souffla Francesco.

— En effet, je compte en parler au pape aujourd'hui même.

La visite du pape sur ses terres était l'occasion idéale. Elles étaient situées dans l'une des cinq provinces qui entouraient Rome, dénommée Patrimoine de Saint-Pierre. Pour réellement obtenir un changement de statut, mais surtout pour démontrer son talent et ses capacités de gestionnaire, il lui fallait devenir légat du pape dans cette province. Sa légitimité était parfaite. Un problème se posait : cette charge avait déjà été attribuée à son ami Jean de Médicis.

Sa cassette personnelle n'avait pas besoin de cette légation pour être remplie. Mais lorsqu'il lui en avait touché un mot, lui suggérant de renoncer à cette charge, Jean ne s'était pas montré très réceptif.

Le jeune cardinal lui avait expliqué que cette fonction lui était utile pour se rapprocher de Rome et s'imposer davantage au sein du collège des cardinaux. Malgré son âge, Jean ne cachait pas son ambition ni son objectif, qui était de devenir pape, afin de conforter la position de son frère à Florence. Pierre de Médicis exerçait un contrôle beaucoup moins puissant que son père sur la République de Florence. Les prêches de Savonarole étaient en train d'abîmer la mystérieuse aura que Laurent avait établie sur la cité.

Mais Alessandro avait déjà les arguments bien en tête pour en parler au pape. Il était certain de réussir à le convaincre car les intérêts de l'Église étaient de son côté : Jean ne connaissait pas cette région, ses équilibres et les différentes forces en présence. À peine âgé de dix-huit ans, il était de plus trop jeune pour cette mission délicate et ne serait d'aucune utilité au pape.

— Ne devrait-il pas déjà être là ?

— Si, j'ai d'ailleurs entendu les gardes qui le précèdent se faire annoncer.

Alessandro sortit dans la cour pour attendre le pape dont la litière, portée au-dessus de la foule agglutinée derrière le pont-levis, était visible depuis la porte principale. Bien qu'il ait laissé une partie de sa cour à Viterbe pour effectuer cette visite privée avec plus de facilité, le pontife ne se déplaçait jamais légèrement. Derrière lui, une longue file de serviteurs, de gardes, de courtisans et d'animaux remontait jusqu'au sommet de la colline. Son maître de cérémonie et ses chapelains avaient déjà disposé des meubles et des tapis dans la salle de garde pour que cette réception soit digne de son statut.

Comme le voulait la coutume, le pontife alla s'asseoir seul à une table sur une estrade, à l'écart des autres invités. Un serviteur lui donna un verre d'eau. Alors qu'il buvait pour la première fois, selon la règle protocolaire, toutes les personnes qui n'étaient pas membres du Sacré Collège s'inclinèrent devant lui.

Le pontife avait consenti à se déplacer jusqu'à leur vieille forteresse pour revoir Giulia, le lieu où son amante adorée avait vécu son enfance, mais aussi pour évaluer la richesse des terres de l'Église dans cette région du Latium où il voulait nommer César gouverneur.

Alessandro aperçut César qui le cherchait du regard. Il lui fit signe au-dessus de la foule qui s'était amassée dans la salle d'armes. Ils ne s'étaient pas vus depuis la cérémonie à Saint-Paul-hors-les-Murs au cours de laquelle le pape leur avait remis à chacun le précieux insigne cardinalice, un anneau en or serti de pierres précieuses. César avait reçu le titre de cardinal diacre de Santa Maria Novella. Pour l'occasion, il avait rasé sa barbe. La nudité de son visage adoucissait ses traits mais son regard était plus ardent que jamais. Il était vêtu de son costume de cardinal dont le tissu soyeux portait la marque de sa nouveauté. En le voyant avec une si belle allure, Alessandro crut tout à coup que César avait accepté de revêtir aussi ce destin dont son père l'avait affublé.

— Nous sommes maintenant aussi frères d'Église…, s'exclama Alessandro en l'embrassant.

— Tu le sais, les liens du sang sont pour moi plus profonds que ceux que nous donne l'Église.

Nous verrons si le destin a bien fait de me distinguer de la sorte.

César n'était pas du genre à se laisser faire par la Providence. Mais les bénéfices et les titres qu'il avait déjà reçus auraient contenté les plus exigeants. On évaluait à 16 000 ducats les revenus attachés à ses charges.

— N'as-tu pas déjà pu en mesurer l'intérêt ?

César sourit d'un air désabusé.

— Pour le moment, peut-être, mais je n'aspire ni à être riche, ni à être craint. Je souhaite avant tout laisser une trace. Et pour cela, je dois pouvoir exprimer mes talents qui ne sont pas ceux de la pensée ni ceux de la diplomatie, et encore moins ceux de la foi !

Alessandro suivit le regard de César qui s'était posé sur son frère aîné, Juan de Gandie, vêtu de l'uniforme de la garde pontificale. Il venait d'épouser Marie Henrique, cousine du roi d'Aragon. Il se pavanait avec arrogance dans la grande salle. Il espérait, grâce à son mariage, monter sur le trône de Naples. César surveillait les faits et gestes de son frère qui devait bientôt gagner le poste de gonfalonier, premier personnage militaire de Rome et des États pontificaux.

César tourna son regard vers lui.

— Au moindre faux pas de mon frère, je n'hésiterai pas à prendre cette place qui aurait dû me revenir.

Agacé par son silence, César demanda :

— Et toi ? Que feras-tu si ton frère n'a pas d'enfants à qui léguer tout cela ? Laisseras-tu l'œuvre de ton grand-père partir en fumée ?

C'était la seule ombre au tableau familial. Après cinq années de mariage, Leila et Angelo n'avaient pas d'enfants. Leur mère espérait encore qu'un miracle se produise et se rendait chaque jour dans la chapelle du village pour déposer un cierge qui se consumait implacablement sans exaucer ses prières. Tous les efforts accomplis, son entrée dans le Sacré Collège que l'on fêtait aujourd'hui, seraient alors inutiles. Mais cette situation ne l'inquiétait pas outre mesure. Elle le plaçait dans une situation relativement banale. Faute de descendance au sein d'une famille, il n'était pas rare que des prélats qui n'avaient pas encore reçu les ordres majeurs aient des enfants auxquels ils léguaient leurs biens pour qu'ils ne reviennent pas à l'Église. Sa mère ne s'était pas encore résignée à cette éventualité, ni même son frère Angelo, qui espérait encore être le chef de famille.

— Ta question me surprend ! Il est évident que je ne laisserai pas nos terres revenir à l'Église. Je n'ai pas fait vœu de chasteté.

Au fond de lui, Alessandro avait toujours eu l'intuition qu'il serait le continuateur de cette famille. Jeune et presque innocent, il s'était cru l'héritier d'une tradition militaire mais Dieu en avait décidé autrement. Il avait commencé à distinguer parmi les illusions et les goûts de sa jeunesse ceux qu'Il lui laissait accomplir, et ceux qu'Il le forçait à céder. Il ne fallait pas vouloir garder tous ses rêves au risque de les perdre. C'était à son rôle de chef de famille qu'il tenait le plus. Ce désir s'était encore renforcé, légitimé par son séjour à la cour de Laurent de Médicis. Il avait découvert que la familiarité et le temps que l'on passe avec ses enfants n'étaient pas une preuve de faiblesse, de repli sur soi, ni un renoncement aux conquêtes du monde.

— Il en est même certains qui quittent leur charge et reviennent dans le monde pour relever leur nom, continua César d'un air rêveur. Ce qui ne devrait pas être ton cas.

Alessandro acquiesça. Devenir cardinal était une telle consécration qu'il serait impensable d'y renoncer.

Ils restèrent silencieux, écoutant les musiciens qui commençaient à jouer, tandis que Giulia s'était mise à chanter. Dans l'air, il y avait autre chose que le parfum des fleurs et du raisin cueilli dans la vigne près de la forteresse.

— Pour le moment, ma préoccupation est d'être en mesure d'acheter un palais à Rome. J'aimerais acquérir le palais Ferriz que je loue actuellement. Mais je crains que mes revenus de trésorier général de l'Église ne soient pas suffisants, sauf si l'on m'octroie la charge que je pense être le mieux placé pour exercer.

À côté de lui, César l'écoutait attentivement. Rien de ce qui arrivait à ses familiers ne devait être laissé au hasard, il avait cet instinct clanique qui le rendait possessif mais soucieux du traitement de son cercle de fidèles. Il fallait profiter de cet instant.

— Je t'en parle car tu seras bientôt gouverneur de la province : je pense que la légation du Patrimoine devrait m'être attribuée.

César ne parut pas surpris de sa demande. Le cardinal Jean de Médicis avait reçu cette légation du précédent pape, juste avant qu'il ne meure. Et cette gratification honorifique à laquelle avait consenti Innocent VIII n'était pas de la moindre utilité pour le nouveau pape.

— Tu sembles aussi impatient que moi ! Je te

comprends. Et tu serais en effet le mieux placé pour cette responsabilité, mais je crains qu'il ne soit difficile d'en priver le cardinal Médicis pour le moment… Tu peux toujours en toucher un mot au pape même si ce n'est sans doute pas le meilleur moment pour en discuter…

Devant eux, le pape arborait un visage aimable. Il venait de caresser la joue de la petite Laura Orsini. Elle avait juste un an et demi et commençait à marcher. Sa ressemblance avec lui était si frappante que les cardinaux s'en détournaient de crainte de frôler le fruit d'un péché inexpiable. Alessandro sourit en voyant la silhouette au visage délicat, encadré par des boucles brunes, promener sa parenté comme un sacrilège à travers la salle de réception.

— En attendant, j'ai peut-être une autre solution pour toi…, continua César qui semblait vouloir l'aider.

Tout à coup, Alessandro sentit quelqu'un qui frôlait sa soutane. Il se retourna et aperçut Lucrèce qui glissait une main dans la sienne.

— Cher Alessandro, je te cherchais partout : sans toi la fête est ennuyeuse, murmura-t-elle. Quand viens-tu nous rejoindre ?

Son iris bleu tournoyait au fond de son regard sans que l'on parvienne à savoir ce qu'elle pensait, ni ce qu'elle voulait.

Elle enroula son bras autour du sien et appuya sa tête contre son épaule.

— Et qu'as-tu fait de ton mari, ma chère sœur ? demanda César qui la surveillait jalousement.

Elle poussa un long soupir où se bousculaient tous les regrets d'une jeune fille en mal d'amour et de distraction.

— Il est rentré chez lui à Pesaro, il semblait craindre la peste qui sévit à Rome…

— Il craignait pour sa vie et peu pour la tienne, dirait-on ! Je suis sûr que le versement de ta dot le fera revenir par ici !

César ne cachait plus son hostilité pour son beau-frère depuis que l'union avec Milan avait perdu de son intérêt. Le pape s'était rapproché du roi de Naples et voulait encore approfondir cette alliance.

À cet instant, il se tourna vers l'un des nombreux invités qu'Alessandro n'avait pas encore rencontré, sa mère ayant élargi le cercle familial et amical pour cette heureuse circonstance.

— Alessandro, j'aimerais te présenter un homme qui nous vient de Corneto et qui compte beaucoup pour mon père. Il est l'un de nos plus brillants marchands et ami.

L'homme devait avoir cinquante ans. Une certaine élégance, des cheveux gris, des hauts-de-chausses et un pourpoint en toile de satin précieux.

— Je vous présente mes félicitations, Éminence, fit l'homme en se baissant pour baiser son anneau pontifical. Nos ancêtres ont combattu ensemble aux côtés du cardinal *condottiere* Vittelleschi, et je suis heureux que cela me donne la chance d'assister à cette belle réception.

— À qui ai-je l'honneur ? demanda Alessandro.

— Giovanni Battista Crispo.

— Soyez le bienvenu.

Le cardinal de Valence se tourna vers Alessandro :

— Giovanni pourra te fournir les fonds nécessaires pour acheter ce palais rapidement, en attendant les charges qui ne manqueront pas de t'être attribuées. Il est justement très proche de la congrégation de Santa Maria del Popolo car son propre palais se situe non loin de là.

Avant qu'il ait pu répondre, César se tourna vers Giovanni :

— Le cardinal Alessandro Farnese doit être considéré comme l'un des membres de notre famille. Donnez-lui toutes les facilités dont il aura besoin. Il est l'un des cardinaux les plus prometteurs de notre Sacré Collège. Vous ne regretterez pas de l'avoir aidé car les premiers temps sont difficiles…

— Soyez-en assuré, cher César. Éminence, je serais ravi d'en discuter avec vous chez moi. Je vous attends.

César n'écoutait plus. Pressé de se défaire de sa soutane et de reprendre son existence de jeune seigneur, il cherchait des yeux son plus fidèle serviteur, Michelotto Corella, cet homme de main au regard légèrement inquiétant qui semblait prêt à tout pour son maître. Lui ayant fait signe pardessus les invités, César s'excusa :

— Je dois vous quitter, je pars chasser à l'épervier près du lac de Ronciglione pendant quelques jours…

Il regarda Alessandro, partenaire fréquent de ses échappées dans les forêts du Latium.

— Rejoins-moi après votre visite de Viterbe ?

— Peut-être…, répondit évasivement Alessandro, l'esprit soudainement distrait par la perspective de cet arrangement qui pourrait lui permettre d'acquérir le palais Ferriz.

César s'approcha pour l'embrasser sur la joue. Un parfum indéfinissable, mélange de romarin et de fruits boisés, se dégageait de lui.

Il lui chuchota à l'oreille :

— Soit, mais rejoins-nous ce soir chez Fiammetta ?

Fiammetta Michaelis était l'une des courtisanes les plus renommées de Rome. Fille du cardinal Giacomo Ammannati-Piccolomini et d'une courtisane florentine, elle attirait le Tout-Rome dans son salon. Banquiers, poètes, architectes, fonctionnaires de la curie, prélats s'y côtoyaient. La fréquentation de son palais relevait du pèlerinage, comme une sorte d'intronisation officieuse, de passage obligé pour toute personne qui voulait asseoir sa réputation. Occupés par une carrière ecclésiastique qui leur interdisait le mariage, les hommes d'Église affectionnaient les salons de ces courtisanes, à la recherche du miracle féminin. Ces salons constituaient l'un des rouages de la Ville éternelle, sortes d'officines cachées et clandestines de la curie, tant leur existence était devenue nécessaire à l'équilibre et au fonctionnement de ce monde dominé par les hommes. Pendant le pontificat d'Innocent VIII, un chanoine avait voulu les bannir de Rome et le pape en personne l'avait désavoué, leur confirmant le droit de cité.

Comble de la notoriété, Fiammetta était la seule courtisane qui choisissait ses clients.

— Je t'y retrouverai volontiers, s'exclama Giuliano Cesarini, devenu le cardinal diacre de Sant'Angelo in Pescheria.

Alessandro avait accompagné César chez Fiammetta pour fêter l'élection de Rodrigo et s'était promis de ne jamais y retourner. Il n'avait jamais compris l'engouement des hommes pour ces salons où l'on récitait parfois quelques poèmes mais où les décors sombres et richement parés fixaient à l'avance les règles du plaisir.

César posa sur lui son regard perspicace.

— Ne sois pas trop sage, Alessandro ! N'oublie pas qu'il te faudra une femme pour te donner une descendance !

*Il ne fallut pas beaucoup de temps pour que cette dignité si scandaleusement acquise et pourtant si prestigieuse me paraisse insuffisante.*

*À moins que ce ne fût son origine scabreuse qui me la rendît étrangère et surtout inconfortable.*

*Ce sentiment ne reflétait pas la moindre culpabilité mais plutôt une sorte d'embarras ou de gêne. La vérité était plus crue, moins belle qu'elle n'en avait l'air. Ce vêtement était trop grand pour moi. Mes gestes s'y perdaient, mes pensées y étaient mal ajustées, mon âme n'avait rien à y faire.*

*Je ne savais comment habiter cette fonction autrement que par l'impatience, la fureur de poser les jalons de mes prochaines distinctions. Tentant d'attraper cette eau pure qui me glissait entre les mains, je ne saisissais que du vent. Le pape s'était détourné de moi, espérant sans doute que cette semi-disgrâce me permette de devenir digne du privilège qu'il m'avait octroyé contre les caresses de Giulia.*

*Mon ambition était maladroite. Sentant qu'il me fallait devenir plus habile et dissimulé, je m'abandonnais entre deux consistoires à cette litanie de célébrations et de fêtes religieuses où je me contentais de prendre place au côté du pape selon un cérémonial scrupuleusement codifié.*

*J'observais attentivement les gestes de mes collègues du Sacré Collège pour les imiter : la main posée sur l'accoudoir, les doigts effleurant leur robe de prélat, cette vague de tissu rouge qui déferlait sur leurs chevilles. Je priais pour que ce mystère me choisisse, qu'il fasse de moi son émissaire auprès des fidèles et son meilleur ambassadeur auprès de moi-même.*

*Rome, décembre 1493*

Alessandro avait quitté la salle du consistoire tout de suite après la fin de la séance. Cette entrevue secrète réunissant uniquement les vingt cardinaux du collège autour du pape avait duré jusqu'à midi ; tous n'étaient pas d'accord entre eux sur les actions à mener face à la menace croissante que le roi de France faisait peser sur Rome. Le cardinal Giuliano Della Rovere, qui se cachait à peine de soutenir cette invasion pour déposer le pape, s'était retiré dans sa forteresse d'Ostie. Mais il continuait à agir par l'entremise des cardinaux Conti, Fregoso et Costa, ces membres du Sacré Collège qui lui étaient fidèles. Alessandro désapprouvait la façon dont les négociations avaient été menées, ce renversement d'alliance qui consistait à abandonner trop clairement le duché de Milan pour s'allier au roi de Naples et surtout à fermer la porte si brutalement au souverain français.

Les intérêts de la Maison Borgia étaient clairement privilégiés. Par le mariage entre Sancia d'Aragon, fille naturelle du roi de Naples, et Geoffroi, fils cadet du pape, les Borgia s'alliaient à une famille royale. En attendant, Alessandro avait tout de même voté la levée d'une centaine de mercenaires et de nouvelles fortifications du château Saint-Ange. Rome devait se préparer à la guerre et au déferlement de l'armée de Charles VIII qui nourrissait la folle ambition de se faire couronner roi de Naples.

Mais ce qui l'agaçait le plus encore était d'avoir dû assister à l'exposé de cet inculte et débauché de cardinal Giuliano Cesarini. Son rapport d'ambassade auprès du duc de Milan était peu clair. Il l'avait un peu aidé à le rédiger mais son discours s'était perdu dans des méandres de détails inutiles. De même son ami Jean de Médicis n'avait pas reparu à Rome depuis plusieurs semaines : il ne semblait pas prendre la mesure de la menace que ces événements faisaient peser sur Florence et sur Pierre dont le pouvoir était déjà fragile.

Quelques mois de cardinalat avaient suffi pour qu'il mesure la faiblesse de sa position. Devenu une créature du pape Borgia, il ne lui restait plus qu'à soutenir ses actions et à espérer de nouvelles distinctions. Celles-ci n'étaient pas près d'arriver : le pape avait refusé son audience privée. Il semblait considérer que sa dette d'amour et de plaisir était réglée.

Au-delà de son amertume, c'était toute l'incertitude liée à son nouveau rôle qui le tourmentait. Conseiller le pape, recevoir des ambassadeurs des puissances étrangères, assister aux célébrations liturgiques. Voilà ce en quoi consistait sa fonction. Cette mission était aussi flottante que les plis de cette soutane autour de ses jambes. Un remous fluctuant et imprévisible qu'il détestait. Il lui faudrait sculpter la forme de ce nouveau vêtement comme ce jeune Michelangelo croisé à Florence taillait la pierre, avec acharnement et précision. Car cette fonction était plus difficile à travailler que le marbre, elle lui glissait entre les mains.

Alors qu'il descendait l'escalier vers la sortie sans attendre aucun de ceux avec lesquels il se plaisait habituellement à commenter ces consistoires, César vint à sa hauteur.

— Tu sembles pressé, tu ne vas pas embrasser Giulia ? demanda-t-il, l'œil soupçonneux.

La menace de la guerre mettait ses nerfs et ceux de sa famille à vif. César guettait les moindres signes de dissidence chez les membres du Sacré Collège, y compris chez Alessandro.

— Non, pas aujourd'hui, je n'ai pas le temps, j'ai rendez-vous avec votre ami, Giovanni Battista Crispo, au sujet du palais Ferriz, répondit Alessandro avec le plus d'amabilité possible.

Le changement de légat pour présenter le pape dans la province du Patrimoine n'étant plus d'actualité, il s'était résolu à s'endetter. Il n'avait pas eu le temps de prendre des renseignements sur ce marchand romain mais il faisait confiance à César qui accordait une place plus importante à l'argent qu'il ne voulait bien le dire. Le premier échange qu'il avait eu sur ce sujet avec la congrégation de Santa Maria del Popolo n'avait pas été très encourageant. Celle-ci semblait ne pas vouloir vendre le palais. Il lui fallait un intermédiaire pour négocier.

César parut ravi de cette nouvelle.

— Tu fais bien ! Ça te changera les idées… Toi comme moi avons du mal à imaginer ne pas prendre les armes pour défendre notre ville… Veux-tu que je t'accompagne ?

— Non, merci, j'irai seul.

La méfiance de César sans cesse penché sur son épaule commençait à l'oppresser.

— J'espère qu'il te fera bon accueil.

César retrouva son écuyer espagnol qui l'attendait à la sortie du palais apostolique. Alessandro monta sur son cheval.

— Et si ce n'est pas le cas, préviens-moi ! Je pars chasser encore quelques jours. Et serai de retour dans une semaine.

Alessandro longea le château Saint-Ange où l'on construisait une citerne et cinq magasins d'huile et de blé. On faisait provision de munitions pour tenir un siège. Environnée de brume, la forteresse était plus sinistre que jamais. Pendant le consistoire, le cardinal français avait souligné combien le roi était mécontent de la volte-face du pape. La menace du déferlement de son armée sur la ville sacrée semblait réelle.

Un peu plus loin, il croisa quelques-uns des Juifs réfugiés qui avaient installé leur campement sur la via Appia. Le pape n'avait pas cédé aux menaces du Roi Catholique qui s'était plaint de le voir donner refuge aux Juifs persécutés dans son royaume. C'était une des choses qu'il appréciait chez ce pape, son ouverture d'esprit, sa fidélité aux traditions libérales du Saint-Siège, ainsi que le respect de son engagement auprès de la communauté hébraïque, lors de son intronisation. Alexandre VI pouvait se montrer capable de mansuétude.

Il traversa le pont Sisto pour rejoindre le palais situé dans le quartier des riches marchands.

En arrivant dans la via dei Banchi, où s'élevait

le palais Crispo, il s'arrêta et leva les yeux vers le premier étage, où une petite corniche en stuc avait été posée. Par la fenêtre, il aperçut de la lumière. Il était en retard mais ne se pressait pas pour arriver. À cause de ses fonctions de trésorier général de l'Église, il avait dû forcer sa nature et se familiariser avec le maniement des chiffres, mais la perspective de parler d'argent lui était toujours pénible. Surtout lorsqu'il s'agissait d'une acquisition qui lui tenait à cœur. Il s'était d'ailleurs renseigné. Ce bâtiment ancien qui nécessitait d'importants travaux ne valait pas plus de 4 000 ducats.

C'était une des raisons pour lesquelles il avait choisi d'en parler à ce Giovanni Battista Crispo, au visage si aimable et si serviable. D'abord parce qu'il était un ami des Borgia mais surtout un descendant d'un lieutenant du cardinal Vitteleschi qui avait connu son grand-père. Cette fraternité d'armes, même lointaine, lui rendait la conversation à venir moins désagréable. Et puis, il y avait quelque chose d'autre chez cet homme, une forme de courtoisie, qui l'intriguait.

Lorsque Alessandro pénétra dans le grand salon, il fut frappé par les couleurs des fresques. Il reconnut la petite ville de Corneto dont Giovanni Crispo était originaire. Un paysage de campagne avait été grossièrement dessiné par un artiste de second ordre, figurant des arbres et des buissons dans lesquels le regard se perdait sans détour. Le décor de ce palais reflétait bien l'ascension de l'un des marchands les plus respectés de Rome.

Sur la table en bois foncé, son regard fut attiré par une croix en bois finement sculptée enchâssée dans un petit cadre en vermeil. Cette croix était identique à celle que portait la religieuse du château Saint-Ange. Inoubliable détail auquel son évasion était liée. Cette coïncidence le frappa.

Absorbé par sa contemplation, il n'avait pas entendu Giovanni Crispo s'approcher.

— Votre Éminence, je suis très honoré de recevoir votre visite...

Sa barbe et ses cheveux gris contrastaient avec le reste de son allure. C'était un homme d'âge mûr qui soignait son apparence. Il effleura sa main et son anneau cardinalice d'un baiser.

Giovanni l'invita à prendre place sur un fauteuil avant de s'asseoir à son tour.

— Veuillez excuser mon retard, mais nous devons préparer notre ville à l'éventualité de l'arrivée prochaine de l'armée française, expliqua Alessandro.

— C'est donc certain ?

— Pas encore, mais il ne reste plus qu'un élément déclencheur tel que la mort du roi de Naples par exemple, qui est je crois à l'agonie. Le roi de France voudra sans doute se faire couronner à sa place...

Giovanni Crispo semblait mal à l'aise sur le terrain politique.

— Je sens qu'avec des personnes telles que vous nous sommes entre de bonnes mains !

Alessandro sourit. Giovanni Crispo paraissait habitué à complimenter ses interlocuteurs lorsqu'il n'avait rien à dire.

— Si vous le permettez, j'aimerais que ma femme vienne nous rejoindre à la fin de notre entretien... Elle n'avait pas pu m'accompagner à la fête donnée par votre mère à Capodimonte.

Un hochement de tête imperceptible. Alessandro était pressé d'en venir au but de sa venue.

— Monseigneur, j'ai réfléchi à votre proposition. Comme vous le savez sûrement, notre famille, richement possessionnée dans le Latium, a fait le choix de garder ces terres en mémoire de mon grand-père Ranuccio mais aussi parce que nous y sommes très attachés…

— Bien entendu, cette campagne que je connais est merveilleuse… même si je suis pour ma part plus citadin. Vous avez peut-être quelques revenus issus de l'élevage que vous y pratiquez ?

Alessandro sentit ses épaules se crisper. Cette conversation et l'amabilité de son interlocuteur le mettaient mal à l'aise. Il esquissa un petit geste de la main pour signifier la modestie de ces revenus.

— Ils sont assez faibles et nous servent à entretenir nos terres. Ils ne paient même pas tout le foin dont nous nourrissons nos bêtes.

Habitué à ces inventaires, Giovanni Crispo arborait toujours un sourire encourageant.

— Pour cette raison, le palais que je souhaite acheter ne pourra être payé qu'avec mes deniers personnels et ceux issus de mes revenus de trésorier général de l'Église…

— Je suis l'un des banquiers de la curie et je suis là pour prêter de l'argent à ceux dont l'établissement ne reflète pas encore l'importance de leur charge ou de leur ambition…

En le voyant si aimablement disposé, Alessandro mesura la puissance de son nouveau statut, mais aussi le pouvoir des Borgia.

— Quel palais souhaitez-vous acheter ? demanda-t-il, visiblement habitué à ces conversations où se profilaient des tractations fructueuses pour sa boutique.

— Le palais Ferriz, qui appartient à la congrégation de Santa Maria del Popolo…

Le visage de Giovanni Crispo se crispa à son tour.

— … mais je crains que ce palais ne soit pas à vendre !

Alessandro hésitait à poursuivre.

— Je connais bien ce palais et je crois savoir que la congrégation préfère le louer, continua Giovanni.

— Quel serait leur prix ? demanda Alessandro sans faiblir.

Un mélange d'étonnement et de prudence apparut sur la figure de Giovanni :

— Il y a beaucoup de travaux à faire mais vous y vivez déjà, vous le savez…

— En effet, je compte le remanier de fond en comble.

— Pour cette raison, il ne pourrait être évalué à plus de 5 000 écus. Mais encore une fois, il n'est pas à vendre. Il y a d'autres palais qui pourraient être plus facilement accessibles, et dans un quartier plus proche du Vatican. Je pourrais vous donner quelques idées… Qu'en pensez-vous ?

Les doigts d'Alessandro pianotaient sur le tissu de sa robe de cardinal. Il n'avait même pas imaginé cette éventualité. Il habitait au palais Ferriz depuis plus d'un an. Outre qu'il détestait les changements, il se plaisait beaucoup dans ce lieu, depuis les fenêtres duquel il pouvait regarder le Tibre, un peu à l'écart du palais apostolique. Il se dégageait un charme indéfinissable de ce bâtiment proche du Campo dei Fiori où les moutons venaient paître, comme s'il était à la campagne dans la ville. L'impression d'être toujours un peu chez lui à Capodimonte, en plein cœur de Rome.

— Je ne souhaite pas d'autre palais.

— Dans ce cas, seul le pape peut intercéder en votre faveur… Cela ne devrait pas être un problème pour vous…

Tout à coup, Alessandro lui trouva un sourire de boutiquier, obséquieux et lourd. Il suffisait de quelques paroles échangées pour que l'amabilité et la courtoisie basculent du côté de la flatterie, et de l'allusion grossière à la place de sa sœur auprès du pape.

— En effet…, finit-il par concéder.

— Si vous parvenez à les convaincre de vous le vendre, je pourrai vous octroyer le prêt qui vous permettra d'acheter ce palais. Avec un taux d'usure très faible, de l'ordre de 2 % par an.

Alessandro réfléchit. Il lui déplaisait de devoir recourir à ces montages pourtant simples alors que certains membres du Sacré Collège cumulaient jusqu'à 30 000 ducats de revenus par an. Mais il fallait l'avouer : le prix du palais était bien au-dessus de ses moyens. Avec à peine 5 000 écus de revenus par an, il devait recourir à un prêt sur plusieurs années pour l'acquérir. Giulia avait un peu perdu de vue la cause familiale. Depuis qu'il avait accédé à la charge de cardinal, elle consacrait sa vie à sa petite fille, qui la comblait de joie.

— J'aimerais prendre le temps d'y réfléchir.

— Bien sûr. Je suis à votre disposition.

Au moment où un serviteur déposait un verre de vin devant eux, un bruit de pas se fit entendre dans le couloir qui menait au salon. Son majordome frappait à la porte.

— Entre ! s'exclama Giovanni Crispo en se levant.

La porte s'entrouvrit.

— Enfin, chère Silvia, viens, insista encore Giovanni Crispo qui semblait pressé de lui présenter sa femme.

— Je ne vous dérange pas ?

Une force étrange se dégageait de sa voix dont l'intonation lui était familière.

— Au contraire, nous avions terminé, je vais te présenter l'un des nouveaux membres du Sacré Collège qui incarne le vent nouveau que notre pape va insuffler à l'Église…

Alessandro s'était levé à son tour, intrigué par cette personne qui semblait vouloir se dérober.

Un vertige s'empara de lui en regardant l'épouse de Giovanni Crispo venir vers eux. C'était elle. Silvia Ruffini, la religieuse du château Saint-Ange. Même sans son voile, sept années plus tard, elle avait à peine changé.

— Silvia, le cardinal Alessandro Farnese, ami proche de la famille Borgia, nous fait l'honneur de sa visite au sujet d'un palais qu'il va bientôt acquérir.

Les paroles de Giovanni Crispo lui donnèrent l'occasion de regarder Silvia avec avidité. Elle portait la même coiffure que toutes les femmes romaines de son âge, les cheveux retenus par un chignon d'où s'échappaient des boucles foncées, une tresse les rassemblant près du cou. Elle était habillée d'une robe en satin vert, et sur ses épaules était posée une sorte de cape. Ses joues avaient rougi, elle baissa les yeux en s'approchant.

— Silvia, tu sembles contrariée ? s'exclama Giovanni Crispo, étonné de la voir immobile et silencieuse. Pourquoi ne parles-tu pas de ton frère, Mario, qui se destine au canonicat et qui aurait sans doute besoin de rencontrer des personnalités telles que le cardinal Farnese ?

Les paroles de Giovanni formaient une sorte de brouhaha au fond de son oreille. Au ton de sa voix, on pouvait sentir qu'il adorait sa femme, qu'il ne l'avait pas épousée pour son argent ni pour son nom. L'homme était déjà trop riche ou peut-être trop simple : il réservait ses calculs à ses livres de comptes et à ses marchandises.

— Je serais heureuse en effet de pouvoir vous l'adresser, car il n'a que quatorze ans, dit-elle d'un ton moins enjoué, et Rome est parfois un peu périlleuse pour les jeunes hommes sans expérience…

Les paroles de Silvia faisaient se dresser tout à coup le souvenir de la forteresse.

— Le cardinal Farnese est le mieux placé pour cela ! souligna Giovanni Crispo qui semblait soulagé de voir sa femme moins troublée.

Alessandro se contenta de hocher la tête pour ne pas s'aventurer trop loin dans cet échange. L'enthousiasme de Giovanni retomba dans un silence un peu confus. Personne ne semblait vouloir reprendre le flambeau de cette conversation qui tournait court plus vite que prévu.

— Je recevrais Mario avec plaisir pour lui apprendre ce qu'il doit savoir de Rome même si mon expérience est encore modeste car, contrairement à vous, je ne suis qu'un provincial.

Le mari de Silvia se lança alors dans un bref monologue sur les avantages et les inconvénients de la vie de campagne par rapport à la vie romaine. Alessandro se souvint des propos de Castellesi qui lui avait répondu évasivement sur le mariage de Silvia. Il était certainement informé de son union avec Giovanni Crispo, l'ami proche de Rodrigo Borgia, l'homme à qui il était venu mendier un prêt pour acheter son palais. Cette situation lui parut tout à coup désagréable et il voulut y mettre fin.

— Je dois vous laisser à présent. Madame, j'ai été ravi de vous connaître, ajouta-t-il en posant son regard au fond du sien.

Giovanni se leva à son tour, inquiet de ce changement soudain d'atmosphère.

— Souhaitez-vous que je m'enquière tout de même auprès du supérieur de la congrégation de la possibilité qu'ils vendent et à quel prix ?

Alessandro était pressé de quitter les lieux, de soustraire cette tentative d'aumône au regard de Silvia Ruffini.

— Non, ne faites rien pour le moment. Je vais en parler au pape d'abord. Et je vous le ferai savoir, si Dieu le veut ! Je vous remercie.

Giovanni raccompagna Alessandro vers la sortie. Au moment de partir, Alessandro croisa le regard de Silvia. Un bref coup d'œil qui lui rappela leur rencontre clandestine au château Saint-Ange. À l'instant où il mettait un pied dehors, il se jura qu'il ne reviendrait pas dans ce palais pour y quémander un prêt, dût-il continuer à vivre dans un palais qui n'était pas le sien.

## *Début octobre 1494*

À l'été 1494, une épidémie de peste avait décimé la population romaine et s'était propagée jusqu'à la région de Viterbe. Tous ceux qui, comme Alessandro, possédaient des terres s'y retirèrent le temps de laisser passer cet orage pestilentiel. Alessandro était aussi pressé de fuir l'enchaînement catastrophique qui se profilait et dont il ne parvenait pas à être autre chose que le spectateur. Une tragédie n'arrivant jamais seule, le roi de France Charles VIII avait pris la tête d'une armée de trente mille hommes et d'une importante artillerie à la fin de l'été. Il s'était dirigé vers les Alpes. Face à ces menaces, Alessandro et sa famille s'étaient crus à l'abri derrière leurs forteresses.

Mais la peste avait franchi le pont-levis et la haute grille en fer sans qu'on s'en aperçoive : frappé par la maladie, Angelo avait succombé en trois jours. Alessandro était persuadé qu'il existait une connivence entre le bruit du monde et celui de la vie des hommes. Tous les astrologues lui avaient pourtant prédit que cette période apparemment néfaste lui serait favorable.

Giulia était arrivée quelques heures trop tard

de Bassanello pour embrasser son frère. Malgré le péril qui se rapprochait de Rome, Alessandro avait décidé de rester à Capodimonte pour soutenir Leila aux côtés de sa sœur Girolama et de leur mère. Éplorée, sans enfant, la veuve d'Angelo avait promis de vouer le reste de sa vie à Dieu et de s'enfermer dans le couvent des Murate, près de Florence.

L'enterrement d'Angelo avait eu lieu dans le mausolée familial construit par leur grand-père Ranuccio sur l'île Bisentina, au milieu du lac Bolsena.

En parcourant ce petit sentier ombragé de sapins et de figuiers, l'émotion lui avait fait prendre conscience de la fragilité de leur existence. Après la mort de son père et celle de son frère aîné, l'éternité de leur enfance venait de s'achever. Ce décès le plaçait maintenant en position d'aîné. Il devenait l'unique dépositaire et légataire des territoires que leur avait transmis son grand-père. Et peut-être plus encore de l'ambition qu'il avait de faire de sa descendance une puissance libre de toute obédience.

Cette responsabilité confirmait la nécessité d'asseoir sa stature de cardinal. Cet événement familial mais aussi l'invasion des armées ennemies servaient cette ambition : la présence de sa sœur à Capodimonte, dans un contexte dangereux, était une occasion inespérée d'user de son lien unique avec le pape.

Il ne laisserait pas Giulia repartir tant qu'il n'aurait pas reçu la charge qu'il convoitait.

Un vent froid s'était levé au fond de la plaine. Dans le brouillard humide de l'automne, la *rocca familale* avait l'allure d'une place forte dressée contre l'ennemi. Mais ce n'était pas contre les soldats français qui venaient d'envahir la Romagne, ni comme autrefois contre des seigneuries voisines venues faire la guerre aux Farnese. L'adversaire était le plus roué de tous, l'homme qui avait pris la fonction d'évêque de Rome, cet être de chair et de sang qui savait user de toutes les armes spirituelles et temporelles : la menace, la tendresse et la colère. Du côté Farnese, l'unique arme était Giulia.

— Nous n'aurions jamais dû écrire cette lettre, Alessandro ! Nous allons être excommuniés tous les deux… C'est tout ce que tu auras gagné.

Assis contre le mur sur un petit tabouret qui faisait face à un prie-Dieu, les mains croisées sous son menton, comme s'il priait, Alessandro écoutait les reproches de sa sœur qui refusait de sortir de sa chambre.

— Garde ton sang-froid ! Le bénéfice de notre action ne va pas tarder à se manifester… La lettre est partie il y a seulement une semaine…

Giulia se tenait face à la fenêtre qui donnait sur la vallée et par laquelle on pouvait voir arriver les messagers en provenance de Rome. Elle semblait scruter l'horizon, cherchant la confirmation de la malédiction qui allait s'abattre sur elle.

— Cette fois-ci tu es allé trop loin ! Ton ambition nous perdra ! Cela fait déjà un mois que nous avons enterré Angelo et que j'aurais dû rejoindre le pape à Rome !

Alessandro ne put s'empêcher de rire en l'entendant s'indigner.

— Sa lettre n'était pas si menaçante…, mentit Alessandro.

Elle saisit les brefs que lui avait fait parvenir son amant un mois plus tôt et les lui mit sous les yeux. La cire boursouflée sous les clés de saint Pierre semblait une traduction visible de la colère du pape.

— Je ne sais pas ce qu'il te faut !

Elle se mit alors à déclamer la lettre de son amant jaloux : « Ingrate et perfide Giulia… bien que nous ayons jugé ton âme mauvaise et celle de qui te conseille nous ne pouvons nous persuader que tu agirais avec tant de perfidie et d'ingratitude. »

Comme il ne réagissait pas, elle continua :

— « Et par la présente, sous peine d'excommunication, sentence ayant été rendue, et de malédiction éternelle, nous t'ordonnons rien moins que de ne pas te rendre à Bassanello, pour des raisons qui ont trait à notre état[1]. »

Cela faisait plusieurs semaines qu'elle avait entrepris une correspondance amoureuse avec son amant. Alessandro usait de la jalousie du pontife à l'égard du mari de Giulia, autant que de celle de cet époux qui voulait reconquérir sa femme et réclamait son retour à ses côtés dans son château de Bassanello.

Alessandro profitait de cet échange épistolaire pour distiller un chantage de plus en plus précis dont l'objet principal était de priver le pape de sa maîtresse adorée tant qu'il ne lui attribuait pas la légation espérée.

Alessandro avait d'abord recommandé à Giulia de lui écrire une lettre d'amour depuis Pesaro, où

1. *Correspondance des Borgia. Lettres et documents*, trad. de Guy Le Thiec, Mercure de France, « Le Temps retrouvé », 2013.

elle avait accompagné Lucrèce qui allait y rencontrer son mari, une lettre pleine de suggestions et de sous-entendus, dans laquelle se profilerait déjà par petites touches la menace de son éloignement. Alessandro lui avait carrément dicté sa dernière lettre, celle qui avait provoqué la colère du pape : elle lui annonçait qu'après l'enterrement de son frère elle ne rentrerait pas à Rome mais qu'elle irait rejoindre son mari Orsino à Bassanello.

Elle soulignait combien Orsino était devenu jaloux : il la réclamait à ses côtés depuis des mois, et elle ne pouvait pas ne pas lui obéir. Elle lui promettait que dès son retour elle ferait tout pour le satisfaire... Elle signait perfidement « Giulia, votre fidèle esclave... ».

Le pape avait très bien compris le chantage auquel se livrait Alessandro à travers elle. Ce duel épistolaire amoureux touchait à son but. Le frère de Giulia le sentait, ce n'était pas le moment de fléchir. Avec le déferlement des armes françaises, les lettres du pape étaient devenues encore plus agressives. Le pontife avait envoyé deux brefs comminatoires auxquels Giulia mourait de répondre. Alessandro sentait son impatience s'accroître à mesure que les troupes du roi de France se rapprochaient de Rome. Giuliano Della Rovere, qui profitait de toutes les occasions pour déstabiliser le pape, avait demandé au roi de France de le faire condamner pour simonie puis de le faire déposer. Le pontife était de plus en plus nerveux.

— Je trouve cela de très bon augure au contraire... De toute façon, nous n'avons plus qu'à attendre sa réaction !

Giulia se retourna vers le morceau de parchemin, reprit sa plume avant d'appuyer son front contre sa main. Le visage penché, ses cheveux enfermés dans un filet de tissu bleu dévoilaient son cou, balayé par quelques mèches. En la voyant si désemparée, il pensa pour la première fois qu'elle aimait peut-être sincèrement cet homme et que ses protestations n'étaient pas des coquetteries de petite fille mais la peur sincère qu'il se détourne d'elle.

— Tu ne connais rien à l'amour ! Je vais écrire tout de suite une autre lettre pour le rassurer et lui dire que je n'irai pas à Bassanello…

— Certainement pas !

Alessandro s'était relevé brusquement, faisant basculer son tabouret de prière.

— Tu ne vas quand même pas tout gâcher maintenant alors que nous sommes si près du but ? Et puis tes remords sont stupides.

Il se mit à tourner en rond dans la petite chambre.

— Tu agis pour le bien de notre famille et dans l'intérêt général. Je serais beaucoup plus utile au pape que Jean, surtout en ce moment, car je connais bien mieux les représentants de la municipalité, les rivalités entre factions sur lesquelles s'appuyer pour défendre les intérêts de l'Église. Jean n'y a passé que deux nuits depuis qu'il a reçu cette charge, il est tout à fait incapable d'y faire appliquer les décisions du pape… Il est aujourd'hui totalement mobilisé par le danger qui menace Florence.

— Alors, tu n'as qu'à attendre que cette mission te soit confiée, sans me mêler à cela !

Alessandro soupira en allant appuyer son épaule contre le mur. Il ne voulait pas agacer davantage sa sœur mais au fond de lui il ne lui déplaisait pas de jouer un tour à ce pape sans scrupules. Ce vicaire du Christ ne prenait même pas la peine de répondre à ses offres de service. Soit. Il était déterminé à utiliser les mêmes armes que lui. Et à aller jusqu'au bout.

— Encore une fois, cette manœuvre est dans l'intérêt de l'Église. D'ailleurs, si le pape choisit quelqu'un d'autre pour cette légation, je lui rendrai mon chapeau de cardinal !

Il s'était signé par réflexe autant que par désir de se faire pardonner ces paroles qu'il ne pensait pas totalement. Face à lui, Giulia le regardait avec fureur.

— Mais c'est peut-être ce que tu devrais faire ?

Sa remarque était tombée brusquement, sans qu'il s'y attende.

— Et renoncer à ce que notre si brillante collaboration a permis d'obtenir ?

Le visage toujours appuyé contre sa main, un demi-sourire sur les lèvres, elle glissa un œil brillant vers lui :

— Après tout, la mort d'Angelo peut te donner l'occasion de reconsidérer ta carrière ecclésiastique… tu n'es que diacre.

Giulia s'était assise à côté de lui et faisait mine de déployer ses charmes de séductrice.

— N'aurais-tu pas envie d'avoir une vraie vie d'homme et de chef de famille ? Autrefois, il me semble que c'est ce que tu voulais…

Giulia le regardait de son air le plus suave. À dix-neuf ans, ses préoccupations tournaient autour de l'amour et de la séduction dont elle était devenue une magicienne. Elle aurait peut-être aimé changer de rôle, devenir l'instigatrice des aventures amoureuses d'Alessandro pour oublier les tourments des siennes.

— Je ne compte pas renoncer à une vie de famille ! répondit Alessandro en allant s'allonger sur le lit pour s'éloigner de cette petite sœur redevenue envahissante et indiscrète. Tu es d'ailleurs bien placée pour savoir que l'on peut avoir des enfants tout en étant un homme de foi... même si cela réclame sans doute un peu plus de discrétion que ton amant n'en fait preuve...

Giulia, qui fabriquait une tresse avec sa mèche de cheveux, s'arrêta.

— Tu oses en faire la remarque ?!

Ils se mirent à rire en même temps.

— J'ai encore un peu de temps devant moi...

— Il te faudra donc trouver une femme qui t'aime suffisamment pour ne pas se marier... ou qui le soit déjà, murmura-t-elle soudain curieuse de discuter de cette perspective si amusante.

Alessandro regardait le plafond, laissant sa sœur réfléchir aux intrigues qu'elle imaginait pour lui. Égrenant tout haut les noms de ses dames de compagnie, elle faisait défiler un carrousel de jeunes femmes dont aucune ne trouvait grâce à ses yeux.

— Finalement, je ne vois guère que Lucrèce qui soit à la hauteur...

Elle insista :

— Elle m'a beaucoup parlé de toi à Pesaro, et très peu de son mari !

Alessandro faillit s'énerver.

— Mais que dis-tu ? Lucrèce est mariée jusqu'à la fin des temps ! Son père et son frère ne savent plus comment lui faire épouser tous les meilleurs partis de la péninsule... Et puis, je ne lui trouve pas de charme particulier !

— Ne t'énerve pas ! susurra Giulia qui l'observait

de loin, cherchant à attraper une confidence au détour d'une parole.

Elle alla s'allonger près de lui et se mit à lui caresser les cheveux comme elle le faisait autrefois lorsqu'il lui confiait ses secrets.

— Pendant ton séjour à Florence, n'y a-t-il eu personne ?

Il repensa à la belle Vittoria Donati à Florence dont la volupté et la douceur lui avaient fait sensuellement goûter l'idéal grec. Mais aussi à Isabelle d'Este dont la beauté et l'intelligence étaient inoubliables. Mais la duchesse de Mantoue était comme un souvenir de glace, une sculpture de marbre dont il n'émane aucun charme, qui n'inspire pas d'émotion.

— Mais tu as certainement dû croiser quelqu'un qui t'intéresse dans les soirées auxquelles César t'emmène ?

— Les soirées de César ? Je l'ai suivi une fois ou deux pour lui faire plaisir mais on n'y croise que des prostituées…

La seule femme dont il voulait parler était Silvia Ruffini, l'épouse de Giovanni Crispo. Rendue encore plus vivante à travers cette fabuleuse coïncidence.

— Je ne t'ai jamais parlé de la sœur qui m'a aidé à m'échapper du château Saint-Ange…

Giulia retenait son souffle. Alessandro était si secret, si peu bavard sur ses aventures féminines, qu'un mot de lui avait plus de poids que les confessions d'un homme dépravé.

— Tu as donc eu de l'aide ! Mais comment as-tu pu ne pas me le dire ? demanda-t-elle en se remémorant son entrée à dix ans dans le couvent où elle devait faire son éducation.

Tous les événements qui s'étaient déroulés pendant cette période hors du monde, loin de sa famille, lui semblaient lointains et flous.

— Je ne voulais pas risquer de la compromettre ! Rappelle-toi ce qu'il s'est passé, j'étais poursuivi par les gardes pontificaux ! Le pape était fou de colère à cause de cette évasion. Les sœurs lisaient nos lettres…

— Peut-être oui…

— Je n'aurais jamais pu quitter cette prison si vite sans elle…

Les caresses de Giulia s'étaient interrompues sous l'effet de la surprise.

— C'est incroyable ! Comment est-elle ? L'as-tu revue depuis ?

Alessandro leva les yeux vers sa sœur.

— Jure-moi que tu n'en parleras à personne autour de toi, et surtout pas à Lucrèce ni au pape.

— Je te le jure, sur la tête de notre chère mère que je ne voudrais pour rien au monde voir mourir !

— Il s'agit de la femme de Giovanni Crispo.

Un silence qui parut une éternité à Alessandro. Puis une exclamation de joie.

— Je la connais ! Elle s'appelle Silvia ! Elle est ravissante et très intelligente, elle parle le grec… Je lui ai proposé plusieurs fois de se joindre à nos soirées et de participer à certaines de nos séances de tapisserie mais je crois qu'elle n'aime pas beaucoup ces occupations…

Elle reprit ses caresses.

— Son mari est très ennuyeux… Mais je ne suis pas certaine qu'il soit consentant pour devenir le cocu attitré dont tu as besoin pour assurer la perpétuation de notre lignée !

— Cela paraît douteux en effet…, souria Alessandro en se remémorant la fierté de l'homme avec lequel il s'était entretenu. Mais ne va pas si vite, nous n'en sommes pas là du tout. Je ne souhaite pas créer d'intrigues. Nos relations avec les Borgia sont déjà assez compliquées…

Elle se leva du lit et le regarda avec un mélange d'ironie et d'agacement.

— Lorsqu'il ne s'agit pas de tirer les ficelles de ma vie amoureuse, tu sembles prudent, où est passée ton audace !

Alessandro ne répondit pas, il en avait assez dit pour le moment.

— C'est un très bon choix, finit-elle par conclure avec l'autorité d'une femme qui sait mettre les hommes à genoux. Ne renonce surtout pas à la revoir, cela te fera le plus grand bien ! Tu pourras enfin te mettre à ma place.

Giulia s'était levée, brandissant le petit rouleau de parchemin qu'elle laissa finalement de côté.

— Allez, c'est d'accord, Alessandro, tu as gagné ! Je n'enverrai pas cette lettre dans laquelle j'écrivais à Rodrigo que je l'aime.

Giulia déchiqueta minutieusement le rouleau de papier. Elle quitta la chambre en laissant les morceaux de parchemin sur le sol comme des confettis amoureux.

*14 novembre 1494*

— Alessandro, un convoi de gardes pontificaux vient de se faire annoncer !

Depuis l'écurie où il était en train de préparer son cheval pour rentrer à Rome, Alessandro releva la tête. Il n'était pas certain d'avoir bien entendu. Les effets du chantage de Giulia mettant un peu trop de temps à se faire sentir, il avait décidé la veille de retourner à Rome. Il ne pouvait rester éloigné du Sacré Collège plus longtemps en période de guerre. Car les nouvelles qu'ils avaient reçues de Viterbe étaient de plus en plus inquiétantes : les armées françaises remportaient victoire sur victoire avec l'appui du duc de Milan. Pise était tombée entre leurs mains. La cour de Jean de Médicis avait quitté Viterbe où il était censé accomplir sa légation : Florence était menacée, Pierre ne disputait même pas les places fortes qui se livraient sans le moindre combat. Des rumeurs sur la défection de Virginio Orsini l'inquiétaient. Leur famille était indissociable des Orsini. Il préférait être à Rome si un tel événement se produisait.

Ne voulant pas laisser sa mère et ses sœurs

seules à Capodimonte, il avait fait venir quelques hommes d'armes corses pour surveiller la forteresse en son absence. Le château et leurs biens ne risquaient pas grand-chose car il était meublé sommairement mais il pouvait constituer un beau promontoire à prendre depuis lequel contrôler les alentours et lancer des actions dans la région. Il se méfiait aussi des bandits et des soldats qui préféraient quitter leur armée pour se livrer au pillage.

Alessandro regarda Matteo par-dessus la croupe de son cheval.

— Tu es certain ?

— Oui, ils sont plus d'une vingtaine. Et le reste du convoi vient de passer le pont… Je crois qu'ils sont déjà dans la cour.

Le temps d'aller les accueillir sous la pluie, le vieux majordome qui faisait partie des murs se dirigeait vers eux. Il était suivi par un homme à la silhouette reconnaissable entre toutes. Adriano di Castello.

L'homme revenait une fois par an de sa nonciature en Angleterre. Le pape semblait chercher ses conseils, à moins qu'il n'exigeât simplement qu'il vînt lui livrer une partie, en or, du montant des impôts qu'il avait perçus là-bas au nom de l'Église. Il était devenu l'homme des missions secrètes.

Vêtu d'une cape en fourrure qui lui donnait l'allure d'un ours, accentuée par un souffle bruyant, Adriano s'avança vers lui.

— Quel plaisir de vous voir ici, entrez.

Alessandro l'entraîna vers le grand salon du premier étage de la vieille bâtisse qui dominait le lac. Giulia se tenait près du feu de la cheminée en pierre surmontée du blason des Farnese. Elle prit le bras d'Alessandro comme une petite fille qui attend sa punition.

Toujours méfiant, Adriano la regarda un instant sans la saluer ; avec une sorte de moue dédaigneuse, il contempla les murs en pierre sur lesquels étaient tendues des tapisseries figurant des motifs végétaux. L'austérité de la forteresse n'était pas du goût de cet intrigant, trop habitué au luxe des palais romains. L'air était glacé et l'on était transpercé jusqu'à l'os par l'humidité venue du lac en contrebas.

— En effet, je devrais être en Angleterre, mais les derniers événements ont un peu bousculé mon programme...

Alessandro le regarda s'asseoir sur le grand fauteuil dans lequel prenait place autrefois son père, face à la cheminée.

— Je m'apprêtais à rejoindre Rome. Où en est l'avancée des armées françaises ?

Un serviteur déposa une tasse de vin chaud devant eux, qui laissait s'échapper une vapeur blanche. Adriano but une gorgée et se racla bruyamment la gorge.

— La situation n'est pas bonne. Les armées du roi de Naples battent en retraite partout. Le cardinal Della Rovere a livré aux Français sa forteresse d'Ostie qui tient Rome et son approvisionnement. Quant aux Orsini, ce n'est pas une grande surprise, ils viennent de passer à l'ennemi et d'ouvrir leurs places fortes.

— Et les Médicis ? demanda Alessandro qui s'inquiétait pour ses amis.

Adriano eut un petit rire.

— Alors qu'il aurait pu résister brillamment aux armées françaises et passer pour un héros, Pierre de Médicis n'a rien trouvé de mieux à faire que de livrer la ville au roi !

— Comment cela ?!

— Oui, ton ami Pierre a trahi ses sujets. Le peuple vient de les chasser, lui et sa famille, de Florence. Leurs palais ont été pillés... Ils ne sont pas près de revoir leur ville !

Alessandro resta silencieux, sidéré par cette nouvelle inconcevable, alors que Laurent était mort à peine deux ans plus tôt. Pierre et Jean se retrouvaient bannis de ce paradis créé par leur père, que leur famille dominait depuis plusieurs décennies. Il repensa à ce qui lui avait semblé impossible à son départ de Florence : l'inquiétude de Laurent, sa crainte de voir l'édifice s'écrouler. Il avait eu raison. Sa disparition, ou plutôt la succession de Pierre, portait le germe de cet effondrement. La personnalité de son héritier était porteuse de catastrophes. Sans jamais l'avouer, Laurent s'était aperçu de la faiblesse de son fils et s'était employé à tisser, avant sa mort, un maillage serré de conseillers et de secrétaires aguerris autour de lui. Mais la toile n'avait pas résisté à son manque d'habileté, à son orgueil trop ostentatoire et porteur de conflit. Des siècles de suprématie minutieusement construite avaient été emportés en quelques heures.

— Comment vont-ils ? se contenta-t-il de demander.

— Ils vont bien ! Savonarole est désormais le maître... ou plutôt le sauveur qui vient de proclamer Jésus-Christ « roi du peuple florentin ».

Adriano fit signe à l'un des serviteurs qui l'accompagnait, et qui lui remit un rouleau de parchemin.

— C'est ce qui est le plus fâcheux dans cette aventure, reprit-il. Elle donne raison à ce diable de Savonarole qui avait prédit que la vengeance divine allait s'abattre sur Florence... !

Alessandro n'avait que les dernières paroles de Laurent à propos de Savonarole en tête. Le moine avait profité de sa clémence et même de sa peur pour saper leur prééminence à coups de menaces et d'invectives. Avec l'arrivée du roi de France, le glaive de Dieu s'abattait enfin sur les maîtres de cette ville débauchée et pécheresse.

Adriano le regarda en plissant les yeux de son air le plus perspicace.

— Mais je ne suis pas venu ici pour te parler de ce moine qui finira, j'en suis certain, sur un bûcher.

Giulia croisa le regard d'Alessandro. Le visage blême, elle guettait les paroles de l'envoyé du pape qui semblaient prêtes à tomber comme un couperet.

— Un consistoire secret s'est rassemblé ce matin même à la suite de la chute de Florence pour décider de quelques mesures d'urgence : Jean a été démis de ses fonctions de légat de Viterbe. Et j'ai l'honneur de t'informer que cette charge t'est confiée...

Alessandro et Giulia échangèrent un regard complice. Leurs efforts avaient porté leurs fruits.

Adriano se tourna cette fois vers Giulia.

— Ton absence a fortement déplu au pape qui m'envoie te demander de rentrer à Rome. J'ai l'ordre de te ramener avec cette escorte de trente cavaliers pour t'éviter d'être prise en otage par l'armée de Charles VIII, dont les premiers soldats ne devraient plus être loin.

Alessandro parcourut la lettre de mission signée de la main du pape qui accompagnait la bulle. Le pape le priait de ralentir la progression de l'armée française pour laisser le temps aux troupes du duc de Calabre de préparer Rome à résister.

C'était l'avenir même du pontificat d'Alexandre VI qui se jouait dans cette période délicate. Un an après son entrée au Sacré Collège, Alessandro obtenait la distinction qui allait lui permettre de faire oublier les conditions de sa nomination et de consolider son pouvoir sur la région, mais surtout prouver ce dont il était capable.

— Le pape envisage toutes les possibilités, même de se réfugier à Gaète, dans le royaume de Naples, juste au-delà de la frontière des États pontificaux..., précisa Adriano.

— Ce serait une erreur ! s'exclama Alessandro. Le roi de France va en profiter pour le déposer !

Adriano se mit à sourire, imperturbable.

— À toi de lui montrer qu'il ne doit pas craindre l'arrivée des troupes qui vont passer par Viterbe. J'ai vanté tes mérites au pape ! Pour t'aider tu pourras disposer de l'escorte de douze soldats qui te suivront maintenant dans tous tes déplacements et veilleront sur toi au palais pontifical de Viterbe.

Alessandro raccompagna Adriano dans la cour de la forteresse. L'émissaire du pape avait une affaire encore plus urgente à traiter, il reviendrait chercher Giulia et Girolama plus tard, le temps qu'elles préparent leurs affaires.

Au moment de le saluer, Alessandro ne put s'empêcher de lui faire cette remarque qui le tracassait depuis sa visite au palais Crispo :

— La jeune religieuse qui m'a aidé à sortir du château Saint-Ange est mariée à Giovanni Crispo. Vous le saviez, n'est-ce pas ?

L'homme fronça les sourcils.

— Giovanni Crispo ? Dans ce cas, elle aura eu la chance de tomber sur un riche marchand qui aura bien voulu se passer de dot !

L'instant d'après, Adriano était monté dans sa voiture. Alessandro pensa que cet homme était décidément hostile aux femmes, qu'il les considérait comme des menaces.

Au moment de le saluer par la fenêtre de sa voiture, il enfonça le clou :

— Garde-toi bien de toute aventure qui pourrait gêner ta carrière !

*Mes prières n'étaient pas parvenues à calmer mon ardeur, et mes intrigues, elles venaient de me servir ce que je désirais ardemment sur un plateau d'argent.*

*L'amour du pape pour Giulia était la source de ma fortune, il fallait l'épuiser jusqu'au bout.*

*Je ne voulais pas me résoudre à être un cardinal pauvre et effacé comme l'était le Français Raymond Péraud, un homme brillant et d'origine modeste qui n'eut de cesse de lancer une nouvelle croisade. Car le Sacré Collège n'était pas composé que d'hommes avides et ambitieux.*

*Je l'admirais pour son désintérêt des biens de ce monde. Mais aussi pour sa grande piété. Ni les richesses ni les prestiges ne lui tenaient à cœur. Il se faisait héberger et ne voulut jamais se faire construire un palais à Rome.*

*Viterbe, 15 janvier 1495*

À la nuit tombée, le palais pontifical de Viterbe était désert. Silencieux et calme comme la mer après une tempête. Alessandro s'était assoupi dans le bureau au-dessus de la salle des audiences. Cela faisait plusieurs nuits qu'il n'avait pas dormi. Les six mille fantassins et les quatre mille cavaliers français venaient de quitter la ville et leurs campements dans la campagne environnante. Il n'avait pas pu empêcher la chute de Viterbe mais l'avait retardée du mieux possible. On pouvait considérer qu'il avait mené à bien la mission diplomatique confiée par le pape : en quinze jours, il avait réussi à retourner la situation à leur avantage.

Il avait protégé les habitants contre les soldats qui ne rêvaient que de rapines et de vols. Mais surtout, il s'était employé avec une amabilité et une mansuétude particulières à trouver un logement agréable au roi de France, à lui assurer tout le confort dont il avait besoin, à transformer l'envahisseur en hôte, l'assiégé en invitant. À convertir cette chevauchée qui se voulait glorieuse et remarquable en une sorte de réception pour monarque désœuvré en mal d'aventures.

C'était par ces signes-là qu'on pouvait renverser la situation, par des détails qu'on reprenait l'avantage, en profitant de l'orgueil de ce jeune roi de vingt-quatre ans qui rêvait de chevalerie et de croisade.

Il avait sans doute permis d'atténuer la violence du déferlement sur Rome des troupes françaises : le roi était parti avec l'intention de ne pas mettre la ville à sac mais d'y passer seulement quelques jours sur la route de Naples. Mais surtout, Alessandro avait travaillé à affaiblir le projet de concile que poursuivait encore le cardinal Giuliano Della Rovere afin de faire déposer le pape. Il avait pris beaucoup de plaisir à expliquer au roi que la déposition du pape lui aurait mis l'Espagne, une majorité des Français et une bonne partie de l'Europe à dos. Impossible d'imaginer dans ce contexte d'accomplir son vœu de croisade.

Juste après le départ de Charles VIII et de ses troupes, il avait eu le temps d'envoyer un messager au pape pour le prévenir que le monarque atteindrait les environs de Rome quelques jours plus tard.

Seule ombre au tableau, sur le chemin de Rome, escortée par les trente gardes du pape, Giulia avait été capturée par les forces françaises. Elle avait été libérée sans heurts moyennant une importante rançon. Cet épisode avait ravivé la fureur du pape contre lui.

Plongé dans un demi-sommeil peuplé par les souvenirs de ces dernières journées, aussi intenses que des semaines, il n'avait pas entendu un bruit de pas, sorte de frôlement sur les dalles de pierre grise taillées dans les carrières volcaniques de la région. Il fut réveillé par un parfum familier, inhabituel dans l'air humide du palais des papes de Viterbe.

— Qui est là ? demanda Alessandro en ouvrant les yeux.

Il faisait déjà nuit et la silhouette était à peine visible. Alessandro porta la main à sa ceinture qui dissimulait un couteau sous sa robe de cardinal. Tout à coup, elle apparut tout près de lui.

— Lucrèce ?!

— Je n'osais pas te réveiller…, souffla-t-elle alors qu'elle s'asseyait à côté de lui.

Ses boucles blondes dépassaient de sa coiffe dorée, formant un halo clair autour de son visage.

— Que fais-tu ici ? Comment es-tu entrée ?

— Les gardes pontificaux ont l'habitude de laisser entrer la fille du pape ! s'exclama-t-elle d'une voix joyeuse.

Le nez long, le visage clair, les yeux bleus, elle semblait plus âgée qu'elle ne l'était.

Alessandro voulut se lever pour aller allumer une des bougies de sa table de travail. Mais elle le retint par le bras.

— Tu es très imprudente d'être venue jusqu'ici en pleine nuit…, souffla-t-il.

Lucrèce sourit, ouvrant ses grands yeux faussement candides :

— Je ne fais qu'une petite halte sur la route de Pesaro… pour te féliciter de ton action si efficace qui nous sauve la vie !

Le château était vide, la nuit était absolue. Si elle paraissait charmante avec son air provocant et sa silhouette un peu maladroite, Lucrèce était un fruit empoisonné. Le pape et son fils la surveillaient comme un appât au service de leurs ambitions.

Elle s'approcha à nouveau de lui et lui caressa la joue, son regard était devenu plus doux.

— C'est très aimable de ta part, répondit-il en allant vers la bibliothèque où étaient alignés des livres aux couvertures grisâtres. Mais je crois que ni ton père ni ton frère n'apprécieraient que tu sois ici alors que la campagne est pleine de soldats...

Tout à coup, son visage changea d'expression.

— Mais je n'ai que faire de mon père et de mon frère ! Qu'ils me laissent un peu tranquille. Après l'époux qu'ils m'ont infligé, je n'ai pas à leur rendre de comptes sur mes faits et gestes...

Alessandro trouvait touchante cette jeune fille qui évoluait dans cette prison invisible que les deux hommes de sa famille avaient érigée autour d'elle.

— Je comprends... nous ne sommes pas toujours aussi libres que nous le voudrions. Mais il est tard, ce n'est pas le moment d'en parler et je vais trouver une chambre pour que tu puisses te reposer et repartir demain au plus tôt...

Agacée par sa proposition, elle se leva, s'approcha tout près de ses lèvres, et murmura dans une sorte de baiser parlé :

— Mais je ne suis pas venue pour dormir...

Il ne put s'empêcher de sourire devant cette jeune fille de quinze ans et entoura ses épaules de son bras.

Lucrèce repoussa son étreinte fraternelle. Un pli contrarié était apparu entre ses deux sourcils, juste au-dessus de son nez. Comme toutes celles à qui l'on a tout donné et tout refusé en même temps, Lucrèce était capricieuse.

— Que veux-tu au juste ? demanda Alessandro, agacé.

— Aimer et être aimée.

Alessandro posa ses deux mains sur ses épaules comme il l'aurait fait avec sa sœur :

— Lucrèce, tu es ravissante, ne doute pas un instant de mon affection pour toi... Mais je ne peux, moins que quiconque, me permettre de poser l'œil sur toi !

— Quelle importance ! fit-elle en reprenant espoir, tu n'as pas de temps à perdre avec les attaques de ceux qui jalousent ta proximité avec notre famille... Et puis, à ton âge mon père était déjà camerlingue et vice-chancelier...

Contrairement à ce que sa figure d'ange pouvait laisser croire, Lucrèce était capable de perfidie. Mais Alessandro laissa glisser cette provocation dont elle usait comme de sa dernière arme.

— Si tu ne m'aimes pas, fais au moins un peu semblant. Tu as tout intérêt à te rapprocher de moi pour tenir tête à mon père et à mon frère qui ne pensent qu'à leurs intérêts.

— Pour faire comme tous les autres ?

— Quant à ta charge ici, sache que mon père souhaite élever mon frère Juan, et envisage de lui confier prochainement la légation que tu occupes ! Dès qu'il le pourra, Juan sera fait gonfalonier et gouverneur de la région à la place de César, il n'aura plus besoin de toi.

Alessandro resta silencieux. Il ne se faisait aucune illusion sur la fiabilité du pape. Mais il espérait que la réussite de sa mission permettrait au pontife de mesurer son utilité. Il croyait un peu naïvement qu'un terrain d'intérêts communs existait avec les Borgia. Mais il était encore très loin de mesurer jusqu'où l'absence de scrupules pouvait aller.

— Il t'en veut de l'arrestation de Giulia, et d'avoir retenu Giulia loin de Rome pendant ces derniers mois, continua Lucrèce qui sentait qu'elle avait touché un point sensible. Jamais personne ne s'est joué de lui comme tu l'as fait. Il t'a confié cette légation car il n'avait pas le choix, tu étais le plus utile en cette période, mais il a juré de ne plus rien te donner jusqu'à la fin de son pontificat !

Le bruit d'une porte qui claque fit craindre tout à coup à Alessandro que quelqu'un ne les écoute. Il alla refermer les deux battants qui reliaient son bureau à l'escalier. Les paroles de Lucrèce achevaient de le convaincre qu'il aurait été dangereux d'être à la merci d'un autre membre de cette famille infernale.

— Il est temps d'aller dormir, conclut-il.

Sentant qu'elle avait perdu la partie, elle tenta sa dernière chance.

— Je pourrais t'aider à renforcer ta position auprès de mon père, et même t'aider à obtenir l'évêché d'Orvieto qui va être vacant très bientôt..., murmura-t-elle en lui prenant les mains.

L'évêché d'Orvieto faisait partie des offices qu'il briguait car il n'était pas loin de Capodimonte. Mais il était très convoité par les autres membres du Sacré Collège. Le cardinal Cesarini, notamment, avait manifesté son intérêt. On disait qu'il voulait s'offrir une fresque de Raphaël pour son palais.

— Je pense que cela ne pourra que nous nuire à tous les deux, continua-t-il.

Lucrèce lui prit la main en le suivant vers l'escalier.

— La position de Giulia n'est pas éternelle... Tu sais, je m'efforce de la défendre dès qu'une autre femme s'approche de mon père.

Lucrèce éprouvait certainement de la nostalgie depuis qu'elle avait dû s'installer à Pesaro, dans le fief de Giovanni.

— Et tu voudrais que je sois comme les courtisans en faisant de toi ma bienfaitrice ?

Tout à coup, Lucrèce sembla triste. Il profita de ce silence pour l'entraîner vers les appartements de réception où il recevait ses hôtes de marque, loin de ses propres appartements. Avant de la quitter, il déposa un baiser sur son front, comme il le faisait toujours depuis qu'elle était devenue presque une sœur pour lui.

En redescendant le grand escalier, il pensa que cette petite scène avait eu le mérite de l'alerter sur les projets du pape. Le temps était compté s'il voulait profiter de son statut, avant d'en être dessaisi. Tôt ou tard, Alexandre VI lui ferait payer la chute de Viterbe, la trahison des Orsini, les ruses de sa sœur. Il devait accélérer la procédure en cours depuis plusieurs mois pour l'achat du palais Ferriz. À commencer par les tractations avec la congrégation Santa Maria del Popolo que le cardinal de Lisbonne, Jorge da Costa, un éminent Portugais, doyen du Sacré Collège, s'était proposé de mener en son nom. Ce protecteur des arts s'était pris d'affection pour lui. À près de quatre-vingt-dix ans, le vieil homme était riche et désintéressé, il n'était donc pas pressé. Son rythme n'était pas celui des Borgia auxquels l'éternité n'appartenait pas.

*Rome, 30 janvier 1495*

Accoudé au rebord de l'une des fenêtres de son palais, Alessandro profitait d'un rayon de soleil en regardant les rues jonchées de détritus, des restes d'occupation des armées françaises, comme si un ouragan avait retourné la ville. Des pluies torrentielles avaient fait déborder le fleuve, noyant les habitations des bas quartiers, détruisant les marchandises, emportant le bétail. Un froid glacial avait succédé à cette catastrophe figeant la population dans une sorte de torpeur. Les hommes et les femmes de la ville s'étaient consolés en pensant que ces dévastations s'abattaient aussi sur ceux qui occupaient leurs palais, pillaient leurs maisons, volaient leurs boutiques, qu'elles étaient peut-être même le signe d'un prodige divin, d'une malédiction envoyée pour chasser l'ennemi. Les armées du roi de France, qui campaient un peu partout dans la ville et la campagne, avaient fini par se mettre en route pour Naples. Pressés de les voir partir, les citoyens de l'*urbs aeterna* n'osaient imaginer comment tournerait cette folle expédition, si le couronnement du roi de France à la place d'Alphonse d'Aragon allait avoir lieu, et si ce mirage de croisade finirait par se concrétiser.

Cette ville dévastée au pied de son palais n'entachait pas le bonheur d'Alessandro. Jamais il ne s'était senti aussi heureux. Le rendez-vous chez le notaire venait de se terminer : l'acte d'achat du palais Ferriz avait été signé quelques heures plus tôt. Jusqu'au bout, l'incertitude causée par les événements avait retardé la signature. Mais il avait tenu à l'organiser le lendemain même du départ des troupes françaises. Grâce aux revenus de ses fonctions de cardinal, et de légat du Patrimoine, et en vendant quelques enclaves de terres au sud de leurs possessions, les 5 000 ducats nécessaires avaient été rassemblés plusieurs semaines auparavant. Il n'avait pas eu besoin de recourir à ce prêt que lui avait proposé Giovanni Crispo.

Cette acquisition lui permettait de faire entrer les Farnese dans l'enceinte sacrée de Rome. Une parcelle de cette ville lui appartenait enfin. Un morceau d'éternité sur lequel bâtir son avenir.

Il avala une gorgée de vin, savourant le plaisir d'être enfin chez lui dans ces murs qu'il habitait depuis plusieurs mois. Il s'était changé, troquant sa soutane de cardinal contre un costume de ville en soie, un collant de cavalier, avec son épée de côté.

Mais il était seul pour goûter ce moment. La ville avait été désertée par tous ceux qui possédaient des villas au-dessus de Rome et personne ne se risquait à se déplacer. Ses sœurs étaient réfugiées dans leurs forteresses, sa mère était restée à Capodimonte. Et il n'aurait même pas eu envie de fêter cet événement avec elles. Pour ne pas boire seul, il avait servi un verre de vin à Matteo qui s'était assoupi dans un des vieux fauteuils élimés ayant appartenu au cardinal Ferriz. Les pièces étaient encore remplies des meubles de l'ancien propriétaire qu'il avait rachetés dans le lot et qu'il n'avait pas encore pu remplacer.

C'était une solitude nouvelle, différente, pleine de possibilités, toutes liées à ce lieu dont il aimait l'odeur, ce mélange de poussière et d'humidité.

— À quoi penses-tu, Alessandro ? demanda Matteo de sa voix rauque presque endormie.

Matteo était la seule personne au monde qui pouvait lui poser une telle question et à qui il voulait bien répondre.

— Je trouve ce palais un peu vide tout de même…

— Il ne tient qu'à toi de le meubler.

Matteo avait l'esprit pragmatique et peu versé dans le sentimentalisme.

— Je ne pensais pas à des objets…

— Ah…, fit-il.

De sa fenêtre, Alessandro pouvait apercevoir le dôme de l'église Santo Marcello qui jouxtait le palais Crispo. Depuis leur entrevue un an et demi plus tôt, il n'avait jamais fait signe à Giovanni Crispo au sujet du palais Ferriz ni du prêt qu'il lui avait proposé. Ils ne s'étaient pas revus depuis. Le visage de Silvia Ruffini, ses yeux noirs qui l'avaient fixé en entrant, eux, n'avaient jamais tout à fait quitté ses pensées. Était-ce sa beauté, son allure différente, le trouble ressenti dans la cellule, presque dix ans auparavant, lorsqu'il l'avait embrassée ? Ou bien cette lumière qu'il avait surprise dans son regard lorsqu'elle l'avait reconnu dans son salon ? Ils n'avaient échangé pratiquement aucune parole pendant l'entrevue mais ils avaient renoué avec le secret de leur rencontre, cette complicité indicible, au fond de cette forteresse.

Depuis cette visite, il avait pris quelques renseignements sur elle et son mari. Comme lui, Crispo était issu d'une famille d'aristocrates provinciaux ayant versé dans les armes mais de plus fraîche naissance que celle de Silvia. Le frère aîné de Silvia était un des magistrats de la municipalité romaine. Mais ses deux sœurs avaient toutes fait des mariages plus aristocratiques qu'elle. Sa beauté lui avait donné la chance d'épouser un homme fortuné pour échapper à son destin de prières. La faiblesse de sa dot n'avait pas été un obstacle. Alessandro avait découvert par hasard que la sœur aînée de Silvia vivait avec son mari à Bolsena, dans le palais de Bertoldo Vitozzi, juste de l'autre côté du lac où se situait Capodimonte. Quant au plus jeune de la fratrie, il avait la vocation chevillée au cœur et se destinait à la prêtrise. Il n'avait pas encore eu le temps de le rencontrer mais il allait l'aider à obtenir une belle abbaye.

Il soupira en regardant l'obscurité qui commençait à envelopper la ville. Aucune des informations qu'ils avaient recueillies au cours de cette enquête n'avait satisfait sa curiosité. Tous ces détails n'étaient que des conjectures maladroites ou de pauvres recoupements qui ne saisissaient rien, pas même l'âge de Silvia, ni celui de ses enfants. À mesure qu'il s'approchait, les pièces du puzzle se multipliaient, la jeune femme se dérobait. Le désir augmentait. Ce qui l'intéressait lui échappait. Quel était le véritable lien entre Silvia et Giovanni ? Il était évident qu'il l'aimait, mais elle, l'aimait-elle ?

Il voulait la revoir. Il lui fallait trouver une

occasion ou plutôt organiser une véritable rencontre dès que la situation le permettrait à nouveau. Giulia était une experte de ces manœuvres pour en avoir été l'objet. À elle de l'aider cette fois.

— Tu peux être content de toi, s'exclama Matteo brusquement réveillé.

— Que veux-tu dire ? demanda Alessandro, surpris de l'entendre à nouveau.

Il referma la fenêtre. La nuit était presque tout à fait tombée pendant qu'il réfléchissait.

— Eh bien le pape n'a pas été déposé : il l'a échappé belle !

— Tu as raison, mais je ne suis pas le seul à avoir empêché cette catastrophe. Et je crains que les problèmes ne soient pas écartés pour très longtemps…

Le pape pouvait en effet se réjouir d'avoir réussi à éviter le pire. C'était bel et bien une œuvre collective des cardinaux et de ses plus proches conseillers, dont Alessandro faisait partie. Mais la menace d'un concile n'avait pas disparu, elle continuait sous une autre forme, dans la bouche d'un autre homme, celle du moine illuminé Savonarole qui redoublait de haine et d'invective contre l'Église. Tôt ou tard, ces menaces feraient trembler leurs certitudes.

## *10 août 1496*

Après l'expédition infructueuse du roi de France à Naples, les troupes françaises s'empressèrent de quitter l'Italie non sans avoir remporté quelques batailles pour ne pas perdre l'honneur. Quant au projet de croisade, il était ajourné.

Le désordre provoqué par l'occupation française et les menaces de déposition du pape n'avaient pas suscité que de la peur et du rejet. Nombreux avaient été les petits seigneurs des environs de Rome et les familles de la moyenne noblesse romaine qui avaient soutenu les armées ennemies. Ils avaient même voulu profiter de cette puissance étrangère pour s'affranchir de l'autorité de l'Église, critiquant haut et fort ce pape espagnol aux mœurs contestables, tout occupé de gloire familiale et moins soucieux de leurs intérêts que ses prédécesseurs italiens.

Au temps de la guerre et des troubles devait donc succéder celui de la punition des rebelles. Parmi eux, les Orsini étaient les plus puissants, ils seraient donc les premiers châtiés. Le pape avait prononcé l'excommunication de la famille, ce qui entraînait la confiscation de leurs biens et la dissolution du serment d'obéissance que leur devaient leurs vassaux. Le pape tenait à ce que la vengeance soit d'autant plus implacable que leurs possessions devaient servir à constituer une principauté pour son fils préféré, le duc de Gandie.

Sa légitimité étant encore fragile, Juan Borgia avait été rappelé d'Espagne et devait prendre lui-même la tête de cette campagne contre eux. Afin de lui fournir tous les moyens nécessaires pour parvenir à ses fins, le pape s'apprêtait à le nommer capitaine général de l'Église.

Malgré la chaleur étouffante qui sévissait depuis quelques semaines, l'évêque de Rome avait convoqué tous les cardinaux et les prélats pour célébrer le retour de son fils prodigue. Cette arrivée triomphale devait marquer l'ouverture d'une série de festivités. Cavalcades, défilés, processions : la reconquête de son autorité perdue se ferait aussi sur les âmes de ses sujets. Le pape avait décidé de mobiliser plus de moyens pour honorer le calendrier liturgique. À commencer par la première fête : l'anniversaire de son accession au pontificat, qui devait avoir lieu prochainement.

Assis sur son trône dans la salle des Pontifes, le pape attendait avec impatience l'arrivée de son fils. Celui-ci avait débarqué le matin même au port de Civitavecchia où César était allé l'accueillir.

Le convoi s'était fait annoncer quelques minutes plus tôt.

Alessandro était arrivé le dernier au palais apostolique. À l'issue de cette guerre, une certaine lassitude s'était emparée de lui. Il n'avait pas démérité en tant que légat du Patrimoine mais sa parenté avec la famille Orsini ne le plaçait pas parmi les favoris du moment. Le pape avait même un excellent prétexte pour lui retirer sa légation. Malgré les avertissements de Lucrèce, il n'était pas parvenu à enrayer ce processus dont les causes le dépassaient. Il avait fait de son mieux pour défendre ce qu'il croyait juste et utile.

Il avait commencé à prendre quelque distance avec le tumulte qui s'annonçait. Une seule chose lui importait désormais : revoir Silvia Ruffini. L'attente avait assez duré. Ce désir le tourmentait depuis trop longtemps.

Alors que les cardinaux Colonna, Sforza et Riario murmuraient entre eux en attendant l'arrivée du convoi, Alessandro s'éloigna des autres membres du Sacré Collège. Il avait aperçu Giulia qui venait de prendre place non loin du pape. Sa présence à cette cérémonie était une chance inespérée.

Ils ne s'étaient pas vus depuis plusieurs mois. Ces derniers temps, à cause de la guerre, Giulia résidait rarement à Rome. Elle semblait apprécier davantage la compagnie de son époux Orsino Orsini. Elle l'évitait aussi peut-être un peu. Alessandro savait qu'elle lui en avait voulu.

Frôlant sa robe, il s'approcha d'elle et lui serra la main.

— Giulia, j'aimerais te parler à la fin de cette petite cérémonie.

Elle bougea à peine, son beau regard bleu posé sur le fond de la rue qui semblait pourtant encore vide.

— Je ne resterai pas longtemps après l'arrivée de Juan, qu'as-tu d'urgent à me dire, mon cher frère ?

Alessandro ne put s'empêcher de sourire. Alors que son nouveau rôle de légat lui avait permis de gagner le respect des autres membres du Sacré Collège, Giulia avait pris quelque distance avec lui. Et c'était très bien ainsi. Il n'avait plus besoin de son appui. Ou presque. Mais leur complicité lui manquait.

— Tu m'en veux toujours ?

— Pas du tout ! Tu es toujours mon frère préféré mais je ne veux pas me tenir trop longtemps éloigné d'Orsino alors que les troupes de Juan vont assiéger les forteresses de sa famille…

Alessandro soupira. En tant qu'époux de Giulia, mais surtout personnage de peu d'envergure militaire, Orsino Orsini ne courait pas le moindre risque.

— Ne t'inquiète pas, ton mari ne risque rien. Quant à moi je n'ai rien à te dire qui soit lié à nos habituelles affaires. J'ai besoin de toi pour un sujet qui me concerne cette fois, continua-t-il, soudainement pressé de lui parler de ce qui lui tenait le plus à cœur.

Malgré les musiciens qui s'étaient mis à jouer, annonçant l'arrivée prochaine des cortèges, il sentit Giulia plus attentive.

— Il s'agit de Silvia Ruffini, dont je t'ai parlé il y a quelque temps…

Elle se tourna brusquement vers lui :

— Tu t'es enfin décidé à la revoir ?

Alessandro pressa à nouveau la main de sa sœur pour lui faire signe d'être discrète. Les regards désapprobateurs de quelques cardinaux espagnols, parmi les plus zélés et les plus soumis au pape, s'étaient posés sur eux. Devant le balcon, les deux cortèges se profilaient maintenant dans l'allée menant au Vatican : on distinguait deux files de cavaliers, l'italienne et la catalane.

C'était l'instant précis du recueillement : la silhouette de Lucrèce montrait la voie, suivie de ses deux pages et de ses douze dames. Elle était belle, avec ses longs cheveux blonds coiffés en arrière, et semés de fleurs.

Profitant de la diversion, Alessandro murmura :

— Oui, j'aimerais que tu viennes chez moi avec elle.

À cet instant, il croisa le regard de Lucrèce qu'il n'avait pas revue depuis sa visite à Viterbe. Elle le fixa avec insistance en s'approchant de l'entrée.

— Je n'attendais qu'un signe de ta part ! répondit Giulia qui ne prêtait plus du tout attention au spectacle qui se déroulait devant elle.

Depuis leur discussion dans la chambre de Capodimonte, elle lui avait quelquefois proposé son aide pour revoir Silvia. Impatiente de pouvoir mettre sa virtuosité amoureuse au service de son frère. Par curiosité autant que par amitié pour elle, elle s'était déjà rapprochée de la jeune femme.

— J'ai pris les devants ! Silvia fait maintenant partie de mes amies...

— Penses-tu qu'elle acceptera ? s'inquiéta Alessandro.

Giulia lui fit un clin d'œil, retrouvant les expressions qu'elle avait lorsqu'ils complotaient ensemble.

— Je n'en doute pas... Elle m'a déjà parlé de toi.

— Pourquoi ne me l'as-tu pas dit ? demanda-t-il, heureux que sa sœur donne une réalité inespérée à ce désir.

— Tu étais peu disponible, mon cher frère...

Ces derniers mois avaient été particulièrement intenses avec la guerre, les multiples trajets pour relier Rome à Viterbe, les nombreuses démarches pour acheter le palais.

Oubliant totalement la scène qui se déroulait autour d'eux, Alessandro réfléchit aux différents prétextes pouvant donner lieu à sa visite.

— Pourquoi ne lui proposes-tu pas de venir voir ce palais qu'elle ne connaît pas encore… ?

— Elle pourrait venir s'y entretenir avec moi de l'avenir de son frère ? Je dois me renseigner mais il me semble que sa nomination en tant qu'abbé est proche.

Giulia eut un brusque élan de tendresse pour son frère, virtuose de la manipulation mais débutant en amour.

— Laisse-moi faire, fit-elle en déposant un baiser sur sa joue pour la première fois depuis des mois. Je vais m'en occuper.

Alessandro et Giulia avaient presque oublié la scène qui se déroulait autour d'eux lorsqu'ils croisèrent le cardinal Sforza qui revenait vers l'assistance une timbale d'eau à la main.

— Vous ne devriez pas rater ce spectacle : le loup et ses moutons viennent d'arriver…

En contrebas, le duc de Gandie, frère cadet de César, s'avançait, coiffé de velours rouge et vêtu d'un tissu brun aux manches brodées de pierreries diverses qui scintillaient dans le soleil. Il chevauchait une monture baie, richement caparaçonnée. Cet accueil triomphal était le prélude à d'autres cérémonies prévues le lendemain au cours desquelles le duc serait nommé capitaine général de l'Église, au grand désespoir de César qui rêvait d'échanger sa soutane contre une épée.

Le cardinal Carafa susurra à son tour.

— Notre cher archevêque de Valence ne va pas pouvoir supporter une telle concurrence…

Le cardinal disait vrai. Alessandro aperçut le visage de César, traversé par un rictus de dépit. Malgré sa belle robe en soie de cardinal, sa monture élégante, il ne rivalisait pas avec la magnificence du convoi de son frère.

Lorsqu'ils furent dans la salle, le pape prit la tête de son fils cadet entre ses deux mains et l'embrassa. Puis chaque cardinal embrassa Juan et César.

— La querelle à laquelle nous allons assister va être sanglante, chuchota avec délectation le cardinal Sforza à l'oreille d'Alessandro alors que les invités du pape se dirigeaient vers la basilique pour une courte bénédiction.

La perspective d'un duel entre les deux frères ravissait tous ceux qui craignaient les agissements des Borgia contre eux.

Après la cérémonie, César vint vers Alessandro.

— Je tenais à te féliciter pour l'acquisition du palais Ferriz ! Quand m'y invites-tu ?

— Dès que tu voudras !

Observant son frère qui se pavanait d'une pièce à l'autre, César posa un regard plein de haine sur lui.

— Mon père croit qu'il suffit d'empiler des titres sur la tête de mon frère pour qu'il les mérite. Juan n'a aucune expérience et pas la moindre capacité militaire de se lancer dans cette guerre contre Orsini…

César étouffait dans sa soutane de cardinal, enfermé dans ce vêtement trop large à l'intérieur duquel se noyaient ses talents militaires. D'ailleurs, il le négligeait de plus en plus souvent pour revêtir son costume noir d'hidalgo. Depuis leur nomination, quatre ans plus tôt, il ne faisait aucun effort pour assister aux cérémonies religieuses, laissant souvent un siège vide à côté du pape. Il ne daignait assister qu'aux consistoires dans lesquels il était question de politique et jamais de sujets religieux.

— Il est vrai que leur forteresse de Bracciano est réputée imprenable, poursuivit Alessandro en regardant rêveusement Juan.

Malgré ses alertes, le pape n'avait pas voulu l'entendre sur ce sujet ni sur l'esprit de résistance de son ami Gian Giordano Orsini. L'amour du pontife pour son fils étant aussi résistant que cette muraille, il valait mieux s'abstenir d'être un oiseau de malheur.

— Quant à moi, je suis encore prisonnier de cette soutane !

— Pourquoi ne quittes-tu pas cette fonction si tu la détestes tant ?

Un silence s'appesantit entre eux.

— Je ne l'exclus pas... D'ailleurs, continua César, je ne suis pas le seul à être lésé. Il est question que Juan rafle aussi ta légation en la cumulant avec ma fonction de gouverneur. Mais je ne le laisserai pas faire. Je m'y opposerai.

Alessandro prêta une oreille distraite à la remarque de celui qui était encore gouverneur d'Orvieto. Car il ne faisait guère de doute que le pape irait au bout de son projet qui consistait à couronner Juan de toutes les manières possibles et de lui attribuer tous les revenus dont il pouvait disposer. Alessandro attendit la fin de la bénédiction et surtout du banquet qui suivit pour quitter le palais. Il voulut rentrer à pied pour longer de plus près les murs arrondis du château Saint-Ange, soustraire ses pensées aux assauts vengeurs de César et aux observations perfides de l'assistance. Rien d'autre ne comptait que les quelques mots échangés avec sa sœur et la perspective de revoir Silvia.

# QUATRIÈME PARTIE

# SILVIA RUFFINI

## *De septembre 1496 à 1503*

« Un cardinal en cour de Rome se doit d'agir avec froideur et lucidité. »

PAOLO CORTESI

# QUATRIÈME PARTIE

*Septembre 1496*

Alessandro se tenait dans sa bibliothèque, observant le plan du quartier, et la disposition des immeubles situés autour de la via Giulia et de la via Regola. Dès qu'il en aurait les moyens, il achèterait les édifices qui jouxtaient le sien pour l'agrandir et lui donner une forme plus semblable à celles des constructions récentes, et surtout plus majestueuse. Pour préparer ces acquisitions, il avait convié les magistrats du quartier et de la municipalité mais les discussions s'étaient éternisées. Voyant l'heure passer, il les avait littéralement poussés vers la sortie. Giulia devait arriver d'un instant à l'autre avec Silvia. Quelques jours après leur discussion au palais apostolique, Giulia avait proposé à Silvia de passer l'après-midi avec elle. La visite à son frère faisait partie du programme qu'elle avait prévu. En fonction de la tournure des événements, elle les laisserait ensemble ou pas.

Le temps de se changer, de revêtir une chemise et un pourpoint noir, avec des bottes en daim, une ceinture en satin, mais aussi d'allumer quelques lampes pour donner à ce salon un aspect plus chaleureux, elles seraient bientôt là. Alessandro se sentait nerveux. Tous les détails, les vieilles tapisseries, les coffres imposants, l'imperfection de ce lieu, le frappaient.

Les derniers rayons de soleil de la journée rasaient le mur. Il ouvrit les fenêtres pour laisser entrer l'air dans la pièce.

En entendant des voix féminines dans l'escalier, il se leva pour aller à leur rencontre. Puis il se ravisa, il valait mieux attendre.

Le bruit de voix se rapprochait. Son majordome ouvrit la porte.

Sa sœur entra, elle était suivie de Silvia.

Giulia toujours aussi ravissante avec ses cheveux dorés, son visage parfaitement harmonieux. Son allure faisait ressortir celle de Silvia, différente en tout point, presque opposée dans une autre forme de beauté. Ses cheveux bruns, son front dégagé par une tresse mettaient en valeur son regard lumineux et profond. Elle portait une cape en satin vert bordé de velours.

— Nous voilà, Alessandro ! s'exclama Giulia joyeusement avant de tournoyer dans la pièce. Mais je vois que tu as déjà fait quelques changements. Cette pièce est plus agréable qu'avant.

Alessandro les invita à s'asseoir tandis que son majordome leur servait des citronnades. Silvia dénoua le cordon qui fermait sa cape. Un corsage en tissu de laine mettait en valeur son cou et son buste.

Giulia s'assit sur l'un des rares fauteuils pourvus de coussins en velours. Autour d'elle, une grande pièce meublée de coffres sculptés, d'imposants bahuts, quelques chaises en bois foncé.

— Il faudra tout de même que tu meubles ce palais un peu plus confortablement et pas que de livres…

Alessandro voulut expliquer qu'il avait racheté ces meubles qui ne reflétaient pas ses goûts.

— L'emplacement de ce palais est parfait, la vue doit être magnifique du côté du Tibre, s'exclama Silvia.

Légèrement mal à l'aise, observant Silvia qui semblait, elle, parfaitement détendue, Alessandro resta debout près du fauteuil. Il la trouvait plus grande que dans son souvenir, plus féminine et sûre d'elle aussi.

Elle avait perçu sa gêne :

— Une forteresse en plein Rome nécessite forcément quelques aménagements… J'ai cru apercevoir une tour de l'autre côté du cloître ?

— Oui, je ne pense pas la garder. Il y a beaucoup de travail pour en faire un vrai palais…

Silvia parut songeuse.

— Ces palais anciens sont les plus beaux. Ils ont une âme que les constructions modernes n'auront jamais. Vous devriez y être très heureux.

Alessandro l'observait. Il y avait sur son front quelque chose de déterminé et d'énergique. Il aima qu'elle se préoccupe de son bonheur, qu'elle comprenne ce qui lui plaisait dans ce lieu.

— Je vous le ferai visiter si vous le souhaitez.

— Son jardin est l'un des plus grands des palais romains, continua Giulia qui voulait rester maîtresse de la conversation.

— Votre mari n'a pas été contrarié que je ne lui fasse pas signe pour l'achat de ce palais ? ne put s'empêcher de demander Alessandro sans relever la remarque de sa sœur.

Elle sourit d'un air détaché.

— Pas du tout. Et tant mieux si vous n'avez pas eu besoin de lui..., répondit-elle en se levant. Vous avez de très beaux livres...

Elle alla vers le meuble en bois sculpté sur lequel étaient disposées des dizaines d'ouvrages. Depuis qu'il habitait ce palais, le travail de Jean Rhosos lui avait déjà permis de constituer un noyau de bibliothèque. Chaque livre était relié précieusement.

— Ce sont des manuscrits que vous avez achetés à un marchand ? demanda-t-elle, visiblement amatrice.

— Pas tous, la plupart sont des volumes copiés spécialement pour moi par mon bibliothécaire à partir d'originaux de la Vaticane.

Alessandro s'inquiéta tout à coup de l'image que renvoyait le choix de ses livres, le caractère technique et sérieux de ces manuels sur la nature, la science, qu'il lisait pour se détendre de ses préoccupations. Il lui fallait des textes au moins aussi austères que les sujets de débat qui l'opposaient à ses camarades du Sacré Collège comme une sorte d'antidote intellectuel à l'âpreté de leurs querelles dogmatiques.

— Il y a peu d'ouvrages religieux, remarqua-t-elle d'un ton ironique.

— Vous lisez le grec ? demanda Alessandro, gêné d'être percé à jour.

— Oui j'ai reçu les mêmes leçons que mes frères... C'était si difficile que je n'ai rien oublié ! Avez-vous *Le Songe de Poliphile* ? demanda-t-elle. Notre maître nous en avait souvent parlé, et je ne l'ai jamais lu...

Ce roman d'amour citait cette devise de l'empereur

Auguste qu'il voulait s'efforcer de suivre : « Hâte-toi lentement. »

— Oui mon ami Alde Manuce m'en a donné un exemplaire, reprit Alessandro.

Giulia, qui ne goûtait pas vraiment les lettres, commençait à s'ennuyer.

— Ne t'avais-je pas dit, chère Silvia, que mon frère était un érudit ? Je vois que tu n'es pas déçue.

Giulia se leva et se servit un autre verre de citronnade. Elle soupira en caressant une petite timbale gravée avec les initiales de son frère.

— Profites-en pour aller voir les autres étages, ce palais n'est pas si vétuste qu'Alessandro semble le dire.

— Pourquoi ne viens-tu pas avec nous ? proposa faiblement Silvia.

— Je le connais déjà, répondit Giulia qui sentait que sa présence n'était plus nécessaire.

Giulia reposa son verre, l'air vaguement déçue que ce jeu n'ait pas duré plus longtemps.

— Je vous laisse parler grec ! dit-elle enfin. Je dois me lever tôt demain pour le voyage jusqu'à Bassanello…

Après l'avoir raccompagnée, Alessandro revint vers Silvia et lui prit la main. Celle-ci lui procura une sensation douce et brûlante à la fois.

Ils traversèrent d'abord les salons qui se succédaient au premier étage, avant de monter les escaliers.

À mesure qu'il gravissait les escaliers, desservant des étages de hauteurs inégales, il se sentait envahi par l'émotion. Les commentaires de Silvia sur certains détails architecturaux, l'histoire du palais ne le calmaient pas. Il n'écoutait pas vraiment ce qu'elle disait, seuls sa voix, le bruit de ses pas, ses silences, son souffle qui s'accélérait lorsqu'ils montaient les escaliers l'interpellaient. Le palais disparaissait à mesure que la visite se déroulait.

Seule cette main tenue dans la sienne lui semblait aller quelque part, entre ces murs piquetés de moisissure, dans ces couloirs sombres et mal éclairés, ces pièces disparates ; elle l'entraînait d'une salle à l'autre, lui ouvrait des perspectives qu'il ne connaissait pas.

Ils arrivèrent enfin dans le cloître. La nuit était maintenant presque tombée. On entendait le souffle des chevaux dans l'écurie, le bruit d'une fontaine tandis qu'un petit puits semblait les attendre.

Il se tourna vers elle et posa ses mains sur ses épaules.

— C'est vous qui me montrez le chemin, vous en êtes-vous aperçue Silvia ?

Elle souriait avec une assurance déconcertante. Le reflet de la lune éclairait son visage d'une lueur surnaturelle.

— Comme au château Saint-Ange, murmura-t-elle, faisant allusion pour la première fois à cette rencontre.

Elle l'embrassa comme s'ils venaient de se quitter dans la prison. Il la prit dans ses bras, respirant son cou, sa peau, ses cheveux avec une soif inattendue. Une envie et un désir jamais ressentis avant cet instant-là. C'était une sensation totalement nouvelle, étrangère et familière en même temps.

Enlacés dans l'air tiède de cette soirée, ils voulaient se laisser glisser dans la nuit, s'en remettre entièrement à elle, et ne plus rien décider.

Les cloches de l'église Santa Maria del Popolo retentirent derrière eux. Il était déjà neuf heures du soir.

Ils avaient passé plus de trois heures ensemble, sans s'en apercevoir.

— N'es-tu pas attendue chez toi ?

— Oui, il vaut mieux que je rentre, ma promenade avec Giulia ne devait pas durer si tard.

Un nuage passa sur la lune et leurs visages disparurent dans l'obscurité. Mais il voyait distinctement la lueur de ses yeux. Il lui prit la main pour la raccompagner vers sa voiture.

En marchant vers le lourd portail en bois, ils ne parlèrent pas. Submergés par ces instants silencieux. Pour éviter d'être vu, il la laissa sortir seule avec son majordome qui lui ouvrit la porte. Il l'embrassa une dernière fois avant qu'elle ne sorte. Sur la porte de sa voiture attelée de deux chevaux légers figurait le blason de Giovanni Crispo allié à celui des Ruffini. Derrière le portail, il écouta le bruit des sabots des chevaux s'éloigner.

Malgré le regret de la voir partir, il ne se souvenait pas s'être jamais senti aussi heureux. Ce sentiment lui donnait l'impression qu'aucun véritable obstacle ne s'interposait entre eux, que son mariage était comme son cardinalat, une sorte de vêtement un peu flou à l'intérieur duquel il pourrait se déplacer librement.

*Ces quelques heures passées avec Silvia me donnèrent pour la première fois l'illusion que j'étais éternel.*

*Ma foi s'en trouva ravivée. Mon désir d'être à la hauteur de la dignité qu'on m'avait confiée en fut renforcé.*

*Ces heures me confirmaient ce que j'avais entrevu dans la prison du château Saint-Ange. Mais surtout elles me faisaient comprendre que les circonstances de notre rencontre n'étaient pour rien dans mon amour pour elle. Ce sentiment était d'une autre nature que ma reconnaissance, et bien davantage encore que ce frisson de désir ressenti entre les pierres. Il abolissait aussi la prudence dont je m'étais juré de faire preuve.*

*Je pressentais que Silvia me donnerait l'occasion de démontrer que je n'étais pas seulement un ambitieux au service des intérêts d'une famille, d'une lignée dont je voulais servir le nom.*

*Mais un homme qui ne voulait renoncer à aucun de ses désirs en dépit des règles auxquelles il devait se soumettre.*

*J'étais pris de vertige en pensant à la singularité de notre future trajectoire, en sentant que nous ne marcherions dans les pas d'aucun des êtres que nous connaissions – qu'aucune route ne pouvait me servir d'exemple.*

Dès la fin de la célébration, et sans attendre la publication des indulgences plénières, le pape s'était fait porter hors de la basilique Saint-Pierre jusqu'à son palais.

Il traversait la salle ducale, suivi par César et son trésorier. Adriano di Castello faisait partie du cortège. La démarche du pape ne faisait pas de bruit sur les dalles, à peine un frôlement d'étoffe, comme si le pontife, mi-homme, mi-dieu, pouvait s'échapper des contraintes terrestres lorsque son esprit était ailleurs. S'il marchait plus vite que d'habitude, ce n'était pas seulement pour fuir le souvenir de cette messe interminable, le sermon le plus long et ennuyeux qu'il ait jamais entendu, mais pour retrouver cette ravissante créature que lui avait présentée Lucrèce. En quelques semaines, Leonella avait pris une importance inattendue dans sa vie. À soixante-cinq ans, son esprit comme son corps étaient toujours disposés à vivre de nouvelles émotions : de nouveaux espaces intérieurs s'ouvraient sans cesse au fond de lui comme des niches au fond d'une chapelle.

Vaguement inquiet de savoir si son secrétaire

particulier et confident Bartolomeo Flores l'avait bien fait venir comme prévu dans la petite chambre, près de la salle du Perroquet, il pressa encore le pas, sans attendre son trésorier qui l'entretenait depuis quelques instants d'une affaire pourtant urgente.

— Votre Sainteté, j'ai préparé le décret pour la publication des grâces expectatives, voulez-vous le relire ?

Le rouleau de parchemin où figurait la longue liste de promesses d'attribution des bénéfices vacants volait à côté de lui. En tout plus de quinze mille bénéfices attribués aux plus utiles des membres de la curie mais aussi à ceux qui avaient les moyens de payer pour la campagne militaire contre les Orsini. Celle-ci devait donner l'occasion à son fils de triompher et d'avoir toute la légitimité pour régner sur une principauté indépendante.

Il passa devant les portes du palais où vivait sa fille Lucrèce en compagnie de Giulia. Cela faisait plusieurs jours que cette dernière avait rejoint son mari à Bassanello et elle ne lui manquait pas. Il était soulagé de ne plus avoir à l'attendre, à la chercher partout, à espérer sa venue. À devoir ruser avec elle, avec son diable de frère et avec lui-même pour ne pas céder à toutes ses exigences, lui, l'homme le plus puissant de la chrétienté, il ne pouvait l'accepter. Mais ce qu'il supportait encore moins, c'était de se sentir prisonnier de sa passion, esclave de cette femme qui ne l'aimait que pour son pouvoir : ce qui était autrefois un motif d'excitation supplémentaire l'avait quelque peu lassé. Le pas léger, la jambe souple, il se sentait rajeunir : il aimait croire que Leonella, contrairement à Giulia, n'attendait rien de lui, qu'elle l'aimait seulement pour la vigueur et la beauté de son corps. Il poussa un soupir de soulagement en glissant loin des appartements de celle qui avait tourmenté son esprit ces derniers mois.

Tout à coup, la voix de César se fit entendre à côté de lui.

— Votre Sainteté, mon père, puis-je vous parler ?

Il hocha la tête en entrant dans ses appartements.

— Allons dans mon bureau, répondit-il sèchement. J'ai très peu de temps.

Il leva les yeux vers César, qui se mêlait de tout et surtout de ces attributions d'offices qui permettaient de gouverner l'Église. Il savait ce qu'il avait à faire à propos de la légation du Patrimoine. Sa décision était prise. Alessandro Farnese était trop proche des Orsini et, même si sa loyauté était indiscutable, il ne pouvait se permettre d'épargner leurs proches parents. La restauration de son autorité était à ce prix. Enfin, il était plus que temps de renforcer l'autorité de Juan face à César qui s'était distingué par son talent dans cette guerre, et dont l'instinct de domination se renforçait de jour en jour.

— J'ai cru comprendre que vous vouliez faire de Juan votre envoyé à Viterbe à la place d'Alessandro…

— Tout à fait. Nous avons besoin de l'argent affecté à cette charge. Cela nous aidera à lever de nouveaux mercenaires pour venir à bout des forteresses des Orsini au nord de Rome. Je pressens que la campagne sera dure…

César s'approcha de son père.

— Je crois que c'est une erreur. Nous avons mille autres façons de nous procurer cet argent.

Le pape leva les yeux vers lui, étonné par son audace.

— Que dis-tu ?

— L'argent que vous gagnerez vous fera perdre en influence dans cette province… Juan ne vous sera d'aucune utilité pour cette mission purement diplomatique.

— Depuis quand prends-tu la défense du frère de Giulia ?

César n'aimait pas admettre qu'il s'était trompé. Au début de la liaison de son père avec Giulia, il s'était montré méfiant à l'égard de son frère. Il avait beau reconnaître le tour joué à son père comme un coup de maître, il n'aimait pas la personnalité d'Alessandro, son ambition dissimulée, son absence de vices, cette chasteté insaisissable. Au fond, il enviait cette sécheresse de caractère qui protégeait Alessandro des aléas du désir et de la haine. Son tempérament passionné tolérait mal ce personnage tout en silence et en observation. Il considérait son habileté comme de la fourberie, son érudition comme de l'arrogance. Son goût pour la chasse, les chevaux, les exercices violents l'avait empêché de le détester tout à fait.

— J'ai changé d'avis. Contrairement à Juan, Alessandro Farnese connaît bien cette province. Il s'est montré un légat efficace et habile pendant l'invasion des armées françaises.

Le pape fit une grimace avec ses lèvres, véritable outil de décision et de commandement, à l'image des attributs pontificaux.

— Je n'ai pas le souvenir qu'Alessandro Farnese ait été aussi brillant que tu le dis. Il n'a rien pu faire contre l'armée de Charles VIII, tout au plus la retarder de quelques heures…

Retranché aux côtés de son père dans le château Saint-Ange, César avait bien suivi les opérations, lu tous les messages de ses propres envoyés qui surveillaient les actions de chacun des fonctionnaires de la curie. Leurs rapports étaient clairs : Alessandro avait habilement contribué à amadouer le roi de France, à flatter son orgueil, à lui faire sentir que la déposition du pape serait une tache éternelle sur son règne, compromettant à jamais son rêve de croisade.

Les yeux baissés, le pape faisait mine de continuer à parcourir la centaine de noms qui s'étalaient sous ses yeux.

Face à la mauvaise foi de son père, César n'était jamais à court d'idées.

— Soit, si vous ne souhaitez pas le garder, nommez-moi à sa place. Vous aurez ainsi toute confiance.

— Toi ? Mais tu croules déjà sous les prébendes…, souffla-t-il d'un ton doucereux.

Lorsqu'il voulait convaincre son fils, le pape déployait des efforts de séduction de plus en plus importants. En réalité, il commençait à craindre les réactions de César. L'invasion des soldats français avait libéré une violence innée chez lui. Il s'était vengé du pillage de la maison de sa mère par les troupes étrangères. Deux mille Espagnols à sa solde avaient attaqué, dévalisé et tué des mercenaires suisses désarmés venus faire un pèlerinage sur les reliques des saints avant de rentrer dans leur pays. Mais le plus grave avait été cet épisode effrayant : César avait fait exécuter huit gentilshommes français, les achevant de sa main, pour les punir d'avoir fait tuer un de ses chiens de chasse par leur laquais. Il n'était pas question de lui octroyer une nouvelle fonction, alors qu'il était déjà gouverneur perpétuel et légat du pape à Orvieto et dans cinq villes de la région.

— Je ne cherche pas à m'enrichir davantage ni à conquérir une nouvelle place ! Juan n'a aucun talent, ni aucune légitimité, et il n'en aura jamais la moindre, déclara-t-il brutalement en tapant de son poing sur la table, qui s'effondra.

Le pape se leva pour donner plus de force à sa parole. César savait frapper là où il était le plus vulnérable, au cœur de son affection pour ce fils trop aimé.

— Va plutôt aider ton frère à rassembler cette armée contre nos ennemis. Ne te trompe pas d'adversaire !

Un courant d'air imprévu par cette chaleur fit claquer une porte au fond des appartements. Un orage se préparait.

— Votre déception sera à la mesure de votre préférence pour lui..., murmura César avant de se diriger vers la porte.

Le pape le regarda quitter la pièce, vaguement inquiet. Lorsqu'ils évoquaient son frère, une lueur folle s'allumait dans son regard.

— Qu'en penses-tu, Adriano ? demanda-t-il sans cesser de regarder la porte.

À côté de lui, le conseiller se tenait sur ses gardes. Les relations entre les membres de cette famille étaient le seul terrain sur lequel il ne s'aventurait pas. Il y régnait trop de violence et de passion pour que son esprit veuille s'y risquer.

— Laissons à votre fils Juan l'occasion de prouver son talent... Je suis certain que César ne pourra que s'incliner devant sa force.

Le pape sentit un frisson lui parcourir le dos en pensant à ce duel qui allait avoir lieu, par armes interposées. Au-delà de la campagne contre ceux qui l'avaient trahi, c'était ce combat-là qui l'inquiétait le plus.

L'annonce avait été proclamée par le maître des cérémonies en fin de consistoire. Alessandro Farnese, cardinal diacre de Saints-Côme-et-Damien, était démis de ses fonctions de légat du pape dans la province du Patrimoine, au profit du duc Juan de Gandie. Le pontife n'avait pas pris la peine de le lui dire en personne ni de lui octroyer, en échange, un office resté vacant.

Alessandro quitta le palais du Vatican juste après l'action de grâces qui suivit cette déclaration.

Cette mesure ne le surprenait pas, il s'y était préparé depuis plusieurs semaines, sans croire un instant que l'intervention de César puisse y changer quelque chose. César n'était pas en odeur de sainteté, le pape n'en avait que pour son frère. Quant à Giulia et au pape, leur passion s'était affaiblie. Il était moins difficile de manipuler l'homme le plus retors du monde que de ranimer un amour qui s'essouffle.

Cette décision tombait mal alors qu'il commençait la rénovation de son palais. Pourtant, au fond de lui, il n'y avait pas la moindre colère, à peine une légère contrariété de voir que sa loyauté et son efficacité n'étaient pas récompensées en cette période pourtant délicate pour le pape.

Depuis sa visite chez lui, quelques jours plus tôt, Silvia occupait toutes ses pensées. Même brèves, leurs retrouvailles avaient érigé un rempart invisible entre le monde extérieur et lui : aucun événement ne pouvait réellement entamer sa joie. Toutes ses pensées étaient habituellement concentrées sur les prochains coups à jouer, les stratégies à imaginer, les silences à interpréter, dans ce jeu d'échecs où l'ambition des Borgia se mesurait à la sienne, avec des armes qu'il n'avait pas. Elles convergeaient désormais vers un autre objectif, une autre cible, peut-être plus difficile à saisir, mais encore plus désirable.

Cette destitution allait lui laisser plus de temps pour se consacrer à elle, imaginer les subterfuges pour la retrouver, la serrer dans ses bras. Car il en était convaincu depuis ce baiser, ces heures passées avec elle, à sentir son âme vibrer comme la sienne : ils n'avaient cessé de penser l'un à l'autre depuis leur rencontre.

En sortant de la salle des Pontifes, son détachement était si grand qu'il fut presque étonné de voir de l'affliction dans les regards des autres membres du collège. La main sur son épaule, le cardinal Carafa, l'un des plus riches du Sacré Collège, lui proposa même son aide matérielle. À soixante-trois ans, le cardinal de Naples, issu d'une vieille et puissante famille de l'aristocratie napolitaine, l'avait pris en amitié. Ses revenus étaient évalués à plus de 12 000 ducats par an. Il faisait partie de ceux qui se tenaient discrètement à l'écart de la cour des Borgia.

Au moment de monter sur son cheval, l'un des serviteurs d'Adriano di Castello lui transmit un billet de la part de son maître : il l'invitait à lui rendre visite dans sa villa du Monte Mario pour déguster le vin de ses premières vendanges. L'homme était définitivement rentré à Rome pour être nommé clerc de l'ordre des Franciscains. Il avait accumulé une belle fortune grâce à sa fonction de collecteur d'impôts en Angleterre, ce qui lui avait permis de faire construire cette villa. Sa personnalité déconcertante convenait à ce sentiment nouveau qu'Alessandro ressentait. Adriano était d'ailleurs le seul à connaître Silvia, à savoir où leur histoire était née. Son invitation tombait bien. Alessandro n'avait qu'une envie : parler ou penser à elle, se rapprocher de ceux qui le reliaient à elle.

Il faisait doux, un parfum délicieux flottait dans l'air. La villa était située dans les vignes, sur les hauteurs de Rome. Cette colline culminant à cent trente-neuf mètres était la plus haute de la ville. Pour y accéder, il fallait passer par un petit chemin de terre qui serpentait entre les sapins et les terrains de fouilles antiques. Le contraire d'une voie romaine rectiligne et pavée : la route pour parvenir jusqu'à Castellesi était à l'image même de cet homme : tortueuse, broussailleuse, accidentée, introuvable.

Alessandro descendit de cheval et s'avança jusqu'à la grille restée ouverte. Un vent léger faisait tournoyer les branches des arbustes près du mur. Un homme allait et venait entre les pieds de vigne, s'affairant pour en retirer les mauvaises herbes. Il était coiffé d'un chapeau en paille.

Avant qu'il ait pu le saluer, l'homme avait relevé la tête et s'était appuyé d'un bras sur son genou :

— Alessandro ! Quel plaisir de te voir ici !

En entendant sa voix, il se souvint brusquement de la muraille et du conduit qui avait créé un lien profond, presque minéral, entre eux.

— J'avais envie de prendre un peu de hauteur..., s'exclama Alessandro en s'approchant.

Le secrétaire du pape le scruta de son regard aiguisé.

— Tu ne sembles pas très affecté par la nouvelle qui te frappe !

Alessandro ne put s'empêcher de sourire même si, en le voyant, il se souvint de la méfiance de Castellesi pour tout ce qui était féminin. Son bonheur était encore trop fragile pour laisser ses remarques le gâcher.

— Les événements auxquels on se prépare sont moins désagréables que ceux qui vous frappent brusquement..., continua-t-il.

— Peut-être..., murmura Adriano en donnant son couteau et ses gants au serviteur qui tenait le panier des mauvaises herbes.

Alessandro suivit l'homme dont les pas soulevaient de la poussière, donnant à sa soutane une couleur vieillie et sale.

— Allons boire à la santé de cette fin d'après-midi...

Ils étaient arrivés sur la terrasse de la villa.

— Ne crois pas que ton mérite soit pour quelque chose dans ta destitution, reprit-il. L'amour et l'ambition du pape pour son fils n'ont pas de limite... Le pape avait besoin de cette charge de légat qui est à la fois honorifique et stratégique pour donner un peu d'étoffe à son plus jeune fils, trop occupé par les femmes et pas assez par ses intérêts politiques…

Sans même regarder la vue, Alessandro s'assit sur le banc en pierre qui faisait face au promontoire surplombant toute la ville jusqu'à la mer.

— C'est aussi une question d'argent il me semble… Mais j'aurais fait pareil à sa place. Le problème est qu'il ne m'ait rien confié en échange…

— Ne sois pas trop pressé… Ta sœur en revanche devrait se montrer plus assidue auprès du pape. Elle a un peu trop déserté le palais Santa Maria in Portico…

Levant à peine les yeux vers lui, Alessandro n'osait lui confier qu'il avait désormais besoin de Giulia sur un tout autre sujet.

— En effet, se contenta-t-il de répondre évasivement.

Adriano venait de prendre place sur le banc qui lui faisait face. Il attrapa une orangeade que lui tendait un de ses jeunes serviteurs et suça un glaçon avant de le recracher bruyamment.

— À Rome, il ne faut pas miser que sur son talent ! En attendant, si tu as besoin d'argent pour entretenir ta cour ou ton palais, je pourrai t'aider de quelques centaines de ducats…

— Merci, je préférerais en effet que cela vienne de vous que du cardinal de Naples ! Je n'ai pas très envie d'être dans ses bonnes grâces…

Alessandro espérait que la situation ne serait que temporaire. Ses 2 000 ducats de revenus ne lui permettaient pas d'entretenir son palais ni même son début de cour, composée d'un palefrenier, de quelques serviteurs et d'un majordome, mais surtout de son bibliothécaire traducteur. S'il ne fallait en garder qu'un seul, ce serait lui.

Adriano hocha la tête en fermant les yeux, d'un air entendu.

À cet instant, un autre serviteur apporta un plat de cuisses de grenouilles rôties dans lequel il piocha avec gourmandise.

Alessandro se servit à son tour.

— Les prochains mois vont être décisifs pour tes amis Borgia… Le pape veut faire de son fils un souverain et il va tout mettre en œuvre pour y parvenir.

Alessandro fit un effort pour ne pas montrer son agacement. Il lui était difficile de partager l'enthousiasme d'Adriano pour les ambitions de ceux qui étaient presque devenus sa famille. Il savait que ses bienfaiteurs cherchaient par tous les moyens à s'emparer d'un territoire appartenant à l'Église afin de l'ériger en principauté indépendante dont ils deviendraient les souverains.

— Cela ne m'a pas échappé… Mais la campagne contre les Orsini s'annonce compliquée pour Juan qui n'a aucune expérience militaire. Les fiefs de mes cousins sont les plus difficiles à prendre car les mieux défendus.

Le prélat balaya sa remarque d'un geste de la main.

— S'il n'y parvient pas, le pape a une autre solution : il va récupérer l'enclave pontificale de Bénévent.

Alessandro leva les yeux vers lui, intrigué par cette histoire qu'il ne connaissait pas.

— Ce fief de la papauté situé en terre napolitaine depuis 1260 est un territoire sur lequel l'Église a des droits mais qui est resté hors de son giron depuis longtemps… et qui pour cette raison n'est pas l'objet d'une trop grande attention du Sacré Collège...

Devançant ses questions, l'archevêque ajouta :

— Il fera ériger en duché la ville de Bénévent, en y adjoignant les villes de Terracine et Pontecorvo avec leurs comtés.

Alessandro s'adossa contre le muret, réfléchissant à ce qu'Adriano venait de dire. Il s'était un peu penché sur ce sujet qui l'intéressait au plus haut point car il espérait être un jour en position de transformer leurs terres familiales en fief souverain et indépendant.

— Il me semble que pour faire de ces terres pontificales un fief transmissible à ses descendants directs mais vassales du pape et de l'Église, il faut l'accord de tous les cardinaux ?

L'homme le regarda avec soupçon.

— En effet, il doit compter sur la loyauté de tous les cardinaux qui par leur vote utile permettront de protéger cette frontière en cas de menace du roi de Naples... Mais il ne fait aucun doute que cette décision sera votée.

Un oiseau vint se poser sur la balustrade avant de sautiller vers le plat de cuisses de grenouilles. L'archevêque tapa sur le rebord avec un bâton en bois pour éloigner l'oiseau.

— Je ne pense moi aussi qu'au bien de l'Église ! Pour exercer son magistère universel, elle a besoin d'appuis terrestres. Regardez l'invasion du roi de France : nous avons offert un front désuni, déchiré par les luttes de pouvoir. Pour se faire respecter l'Église doit être puissante, et le pape un chef d'État craint. Même si certains se prétendent choqués. Il n'a pas d'autre choix que de s'appuyer sur sa propre famille.

Alessandro prit quelques grains de raisin que lui tendait l'une des suivantes.

— C'est ce que veulent tous les papes de leur vivant mais, vous le savez bien, à leur mort ce qu'ils avaient créé sans la moindre légitimité s'écroule comme un château de cartes !

C'était le cas de Franceschetto Cibo, le fils du pape Innocent VIII, qui avait été très brièvement seigneur de Cerveteri et Anguillara. Après avoir reçu de lui ces deux fiefs, il avait été contraint, par nécessité financière mais aussi par manque de talent, de les vendre, peu après la mort de son père, à Virginio Orsini.

Assis l'un en face de l'autre, les ombres d'Adriano et d'Alessandro commençaient à s'étirer sur le sol comme les branches d'un arbre invisible.

— Mais vous oubliez que la papauté n'est pas une monarchie héréditaire…

Emporté par son esprit de courtisanerie, l'homme se leva brusquement :

— C'est ce que nous verrons ! Qui sait si César ne sera pas couronné après son père.

La silhouette de César chevauchant sa monture pour se jeter sur la trace d'un sanglier lui traversa soudainement l'esprit. Malgré son goût pour le pouvoir, jamais il ne serait disposé à prétendre à cette fonction suprême.

— César me semble plus occupé à limiter l'ascension de son frère qu'à devenir pape à son tour !

Piqué au vif, l'homme brandit son bâton comme un goupillon pour chasser le démon.

— Peut-être mais nous devons être plus forts face aux menaces de ces illuminés qui nous promettent l'apocalypse !

Depuis Florence, Savonarole fulminait contre

l'expédition ratée de Charles VIII : son échec était la punition de Dieu pour n'avoir pas déposé le pape. Ses sermons redoublaient de violence contre l'Église « débauchée », « la curie, putain fière et menteuse ». Il n'en finissait pas d'insulter le pontife, répandant son fiel dans toutes les têtes. L'accusant d'être un simoniaque, athée et pécheur public. Le pape était sur le point de l'excommunier mais il craignait d'en faire un martyr et d'aggraver la portée de ces diatribes.

— Certains pensent que l'Église devrait se réformer…, lâcha Alessandro sans donner de nom.

— Ne me dis pas que tu penses comme Savonarole ?! Ce moine assoiffé de pouvoir et d'intrigues a bâti sa fortune et son autorité sur des calomnies. Il ne faut rien céder à ce fou qui envie nos œuvres et nos palais. Si tu veux savoir ce que je pense, je crois qu'il a raison : nous ne sommes que des trafiquants d'éternité ! Des marchands de salut, et rien d'autre ! Et cela dure depuis près de mille cinq cents ans !

Les yeux exorbités, la barbe menaçante, le prisonnier du château Saint-Ange était de retour. Mais il avait touché juste. Savonarole faisait se lever un vent mauvais d'obscurantisme et de pénitence. Il avait fait dresser sur la place de la seigneurie un bûcher des vanités avec des peintures lascives, des livres obscènes, des luths, des parfums, des miroirs, des poupées et des tables à jouer, bref tout ce qui était lié à un plaisir quel qu'il soit. Ces objets avaient été entassés et brûlés. Sa promesse n'était pas la rémission des péchés, mais la menace de damnation éternelle, le malheur et la délation.

— Certains abus nous fragilisent… c'est pourtant la vérité.

Surpris en plein vol par la modération de sa remarque, l'homme le regarda, interloqué, avant de se rasseoir, attrapant un verre de vin qu'il avala d'un trait.

— Tu parles comme un cardinal en disgrâce... La papauté et la chrétienté domineront le monde comme elles l'ont toujours fait, ne nous flagellons pas comme nous y invitent ces sinistres prédicateurs !

Adriano n'avait pas le moindre état d'âme. Il faisait partie de ceux qui ne voyaient rien à reprocher aux mœurs du pape ou qui faisaient semblant de ne pas les voir.

Alessandro était lui-même mal placé pour les critiquer mais, au fond de lui, il pensait comme certains cardinaux, Carafa, Costa ou Piccolomini, que ce relâchement allait entraîner un affaiblissement du pouvoir du pape.

— L'Église doit être à la hauteur de sa tâche, c'est tout ce que je dis..., reprit Alessandro conscient de donner l'impression d'être amer.

L'homme soupira.

— Personne ne dit le contraire ! Tu as vécu un peu trop longtemps hors de Rome... Tu n'es pas habitué. Le pape t'attribuera certainement d'autres bénéfices dans les prochains mois ! J'y veillerai. Ne sois pas impatient.

Alessandro écoutait lointainement les dernières paroles d'Adriano, dont il se méfiait. Depuis quelques minutes, il sentait que son esprit était ailleurs. Que l'air de la mer, la douceur de cette après-midi face au bleu du ciel faisaient advenir le visage de Silvia. Une seule ombre voilait ce souvenir. Les occasions de la revoir étaient rares. Il fallait se montrer prudent. Ses précautions étaient peut-être exagérées. Il mesurait l'étrangeté de sa discrétion alors que la plupart des prélats et certains cardinaux du Sacré Collège avaient une ou plusieurs concubines. César lui-même était l'amant de courtisanes mais aussi de sa propre belle-sœur Sancia d'Aragon.

La seule prochaine rencontre possible pourrait avoir lieu lors de ce banquet organisé par le vice-chancelier pour fêter le duc de Gandie. Avant même de connaître l'issue de la campagne, le cardinal Sforza avait convié toutes les familles et les prélats romains pour l'assurer du soutien qu'il méritait. Mais Alessandro devrait s'assurer que Silvia s'y rendrait aux côtés de son époux car elle lui avait confié, lors de sa visite chez lui, son peu de goût pour ces événements mondains.

— Tu es bien silencieux, remarqua Adriano au bout d'un moment. Puis-je te demander qui est celle qui absorbe ainsi tes pensées ?

Il plissa les yeux avec circonspection. Alessandro ne voulut pas en dire trop :

— Vous connaissez cette personne...

Adriano fronça les sourcils, se laissant glisser contre le dosseret en pierre.

— Es-tu au moins certain que son mari sera conciliant et ne mettra pas d'entrave à votre aventure ?

La question d'Adriano était une allusion à peine voilée à cette rumeur qui venait d'éclabousser le pape. Un libelle l'avait récemment accusé d'avoir eu un enfant avec une femme mariée. Le mari jaloux s'était vengé en poignardant son beau-père qui avait servi d'entremetteur.

— Je n'en sais rien, mais j'ai l'impression qu'il aime sa femme.

Adriano s'approcha de lui comme s'il allait lui livrer un secret.

— Je vais te confier quelque chose dont je ne suis pas très fier... J'ai moi-même été marié il y a très longtemps... Une femme ravissante qui m'aimait, mais l'amour est quelque chose de très encombrant.

— Et vous, l'aimiez-vous ?

— Bien sûr ! Mais j'ai dû défaire mes liens avec elle pour pouvoir être libre de mener ma carrière ecclésiastique comme je l'entendais.

Le sort de cette jeune femme répudiée par Castellesi laissa Alessandro songeur.

— Et je suis aujourd'hui soulagé d'avoir rompu... car ma voie est celle du cardinalat que le pape m'a promis. Je ne peux me laisser distraire par ces sentiments, si sincères soient-ils. Je te dis ça car je pense que tu peux aller loin. La route pour arriver au sommet sera semée d'embûches : tu dois, dès à présent, t'en soucier.

À cet instant, un messager arriva les informant que Juan Borgia et son armée venaient de mettre le siège devant la forteresse de Bracciano. Un assaut des plus laborieux s'annonçait.

Alessandro profita de cette interruption pour prendre congé de son hôte. Il en avait assez entendu. Les leçons de Castellesi, ses liens matrimoniaux rompus, ses conseils et ses outrances l'accablaient. Il n'était pas d'humeur à se laisser piéger comme autrefois, dans la cellule du château Saint-Ange, mais à s'échapper loin de ses vignes et de ses présages, pour retrouver celle qu'il aimait.

## *7 juin 1497*

Silvia avait pris place dans son carrosse aux côtés de Federica Vespuci, son amie venue de Venise. Même si le palais du vice-chancelier n'était qu'à quelques rues du leur, Giovanni avait insisté pour qu'elle s'y rende avec leur voiture. C'était une occasion de montrer ses armes un peu trop récentes entrelacées à celles des Ruffini. Giovanni n'avait pas manqué de les faire graver à la feuille d'or sur les portes.

— Tu as bien fait de venir, murmura Federica alors qu'elles approchaient du palais du vice-chancelier. Le cardinal Sforza craint tellement de se voir priver de ses charges d'Elne et d'Eger dans le royaume de Hongrie, à cause de sa mauvaise conduite, qu'il va nous offrir un banquet sans précédent…

Elle laissa échapper un petit rire qui fit trembler sa poitrine outrageusement comprimée par son corsage. Le cardinal Ascanio Sforza voulait célébrer la nomination du fils du pape comme duc de Bénévent pour se faire pardonner son attitude ambiguë lors de l'invasion des armées françaises. Tout le quartier qui entourait son palais était encombré par les voitures et les livrées des familles romaines, des tissus colorés étaient suspendus aux façades des palais, des habitants s'étaient attroupés pour guetter les invités, des mendiants attendaient qu'on leur distribue quelques écus. Le pape et son fils César, ainsi que tous leurs familiers, étaient attendus, en invités d'honneur.

Silvia essayait de s'intéresser aux remarques de Federica, mais elle ne pensait qu'à une chose : à cette lettre qu'elle avait reçue d'Alessandro quelques jours plus tôt lui donnant rendez-vous à cette réception.

— Es-tu certaine que le cardinal Farnese sera là ? J'ai entendu dire qu'il avait quitté Rome, car il ne pouvait plus entretenir sa cour...

Silvia regrettait de s'être confiée à Federica. Mais le silence d'Alessandro après sa visite chez lui l'avait troublée et presque inquiétée. En l'absence de Giulia, qui avait rejoint son époux ces dernières semaines, elle avait eu besoin de parler à quelqu'un. Elle s'était mise à douter. Federica n'avait fait que lui répéter des rumeurs qu'elle connaissait. Alessandro Farnese était un jeune ambitieux qui avait utilisé les charmes de sa sœur pour prendre pied dans la curie romaine. On le disait proche de Lucrèce, sans scrupules, naviguant dans cette famille espagnole aux mœurs débridées avec une aisance et un cynisme qui choquaient l'aristocratie romaine.

La voiture s'arrêta quelques mètres avant la porte.

Giovanni Battista, qui chevauchait devant le carrosse, leur ouvrit la porte et prit la main de Silvia pour l'aider à descendre.

Une nuée de serviteurs affublés d'une tunique bleu et or aux couleurs des armoiries Sforza formaient une haie parfaitement droite depuis la rue jusqu'à l'intérieur du palais. Rares étaient les cardinaux qui pouvaient égaler une telle débauche de faste et d'abondance. Seuls ceux qui occupaient les offices les plus importants étaient dotés d'une telle fortune au sein du Sacré Collège. Ils se livraient une guerre d'apparat, rivalisant par la taille de leur palais, la beauté des fresques qui les décoraient, la richesse de leurs bibliothèques, le nombre de leurs serviteurs, de leurs chevaux, de leurs chiens de chasse.

À côté de Federica, Silvia avait suivi Giovanni Battista jusqu'à la cour intérieure.

Une troupe de musiciens jouait dans le couloir du palais. Le duc de Gandie, qui venait de recevoir une distinction lui donnant le rang de prince, se tenait au milieu de la cour intérieure, recevant les félicitations et les hommages qui lui étaient dus. Son visage exprimait un mélange d'étonnement et de vanité. La campagne contre les Orsini s'était soldée par un échec cuisant. Il avait fallu l'aide de généraux espagnols pour prendre la forteresse d'Ostie et justifier sa promotion. Mais son élégance vestimentaire était à la mesure de son manque de talent militaire.

Silvia avait aperçu quelques cardinaux. Mais parmi eux, pas l'ombre de celui qu'elle cherchait, ni celle de César qu'elle savait proche de lui.

— Je t'avais dit qu'il ne serait pas là…, susurra Federica en s'approchant de son oreille. J'espère que tu vas quand même profiter de cette occasion pour t'amuser un peu…

— Je n'ai pas aperçu le cardinal de Valence non plus… J'espère que tu n'es pas trop déçue, répliqua Silvia.

Federica avait rougi. Elle ne se remettait pas de sa brève aventure avec César Borgia.

— Viens, rapprochons-nous, dit-elle, j'entends parler d'eux.

Autour d'elles, les cardinaux Savelli et Colonna, l'ambassadeur de France Jean de Balue et les notables de la ville discutaient du dernier consistoire.

Les vingt-sept cardinaux avaient ratifié la proposition du pape, seuls le cardinal Piccolomini et l'ambassadeur d'Espagne s'étaient opposés à l'érection de cette principauté souveraine, protestant contre le démembrement de l'État pontifical. Certes, il ne s'agissait que d'un petit royaume, un duché à la frontière du royaume de Naples. Mais ce premier couronnement n'était qu'une étape. On savait que le pape voulait ensuite imposer son fils comme successeur de l'actuel roi de Naples, un monarque affaibli, placé sous tutelle étrangère. Les cardinaux commentaient l'expression de dégoût qu'avait eue César au moment du vote. Et quand le pape avait annoncé que le bénéfice de l'église San Michele d'Arezzo, rapportant 30 000 ducats par an, lui était octroyé, à lui, il n'avait pas desserré les dents. Cette dotation allait considérablement améliorer le train de vie de sa cour mais elle n'était qu'une maigre compensation face au triomphe de son jeune frère.

— L'archevêque de Valence a quitté le palais juste après le vote qui a érigé son frère duc de Bénévent…, répondit le cardinal Savelli soucieux de ne pas dire un mot de trop.

— À mon avis, le cardinal de Valence ne viendra pas ce soir. Sa fureur est trop grande…

— Quant au cardinal au jupon, ce cher Alessandro Farnese, j'ai bien peur que la fortune ait tourné pour lui. On dit qu'il n'aura plus de quoi se payer des domestiques, crut bon d'ajouter le cardinal Colonna.

— Encore un consistoire qui s'achève sans qu'aucune charge nouvelle lui ait été confiée. Sans les charmes de sa sœur, il est un peu démuni, siffla l'ambassadeur de France.

Les supputations des cardinaux furent interrompues par le chant d'une jeune femme qu'ils ne connaissaient pas :

— Ce doit être elle, Leonella Amalfi… Le pape semble subjugué.

Assis sur la cathèdre pontificale disposée sur une estrade, le pape regardait les yeux mi-clos la jeune femme qui jouait de la harpe. Il profitait de son triomphe, le visage serein. Dans son regard, il y avait cette jeune femme, dont la chevelure rousse ne pouvait rivaliser avec celle de Giulia, mais qui avait eu le bon goût de la ramasser à l'intérieur d'un filet d'or serti de petites pierres précieuses.

Alors qu'elle guettait la suite de leur discussion, Silvia aperçut un homme petit et gros qui la regardait fixement. Il avait l'air isolé du reste des invités. Comme si son regard le détachait de la foule. Devant lui, un spectacle de bouffons déguisés en paysans faisait rire l'assemblée.

— Qui est-ce ? J'ai l'impression de l'avoir déjà vu.

— C'est le cardinal Adriano di Castello… Le secrétaire et confident du pape, répondit Federica.

Silvia voulut s'échapper dans le jardin à l'arrière du palais. La perfidie des invités lui était d'autant plus pénible qu'elle lui donnait le sentiment qu'Alessandro ne viendrait pas.

En sortant de la pièce, elle l'aperçut juste en

face d'elle. Il avait les traits creusés, le visage pâle. Sa silhouette de jeune homme transparaissait à travers son vêtement de cardinal. Ses paupières tombantes, son regard lointain, ses joues sculptées par une sorte de tension intérieure. Il n'était pas aussi bel homme que César Borgia dont les traits semblaient avoir été taillés par un sculpteur, mais il se dégageait de lui une assurance et une force qui le rendaient séduisant.

Il traversa la pièce pour venir vers elle.

— Silvia, je voudrais que tu me pardonnes.

— J'ai l'impression que tu aimes disparaître... Mais cette fois, tu n'as pas la même excuse.

— Je n'en ai pas.

Il frôla sa main dans les plis de son vêtement. Autour d'eux, la foule des invités semblait avoir disparu.

— Je vais séjourner chez moi à côté du lac Bolsena pendant les prochaines semaines. J'aimerais que tu viennes m'y rejoindre.

Silvia regarda au fond de la pièce, Giovanni Battista discutait avec Jean de Médicis. Alessandro observa sa réaction, conscient de son audace. Cette idée s'était imposée après sa discussion dans les vignes d'Adriano di Castello. Il fallait sortir de Rome, profiter de l'été pour s'éloigner des regards.

— C'est Giulia qui t'invitera à venir chez nous, continua-t-il, la sentant troublée.

Silvia entraperçut une évasion possible. Croisant le regard de Federica qui les observait, elle pensa à sa sœur Camille qui vivait à Bolsena, où elle avait l'habitude de passer une partie de l'été avec ses enfants. Elle sourit à cette idée merveilleuse.

Il serra sa main, et quitta les lieux.

Silvia avait quitté Rome avec ses deux fils Virgilio et Tiberio pour passer l'été chez sa sœur Camilla ; Giovanni Battista était resté à Rome pour suivre ses affaires. Au-delà de son désir de retrouver Alessandro, elle était pressée de quitter Rome. Les premiers jours d'été y avaient été marqués par une découverte macabre : le corps du duc de Gandie avait été repêché dans le Tibre, transpercé de sept coups de couteau. Cet assassinat avait eu lieu quelques jours après la réception du cardinal Sforza. Son cadavre avait été retrouvé là où l'on déversait les ordures. L'enquête avait rendu les habitants fébriles, la police fouillant les habitations des courtisanes où il avait l'habitude de se rendre, interrogeant ses familiers. Une atmosphère de délation s'était répandue ; chacun soupçonnant les familles hostiles aux Borgia.

Le pontife était resté prostré trois jours dans ses appartements. Il ne mangeait plus, ne célébrait plus aucune messe, donnant de l'inquiétude à son entourage. Alessandro et Giulia étaient rentrés à Rome pour le soutenir. Giulia avait été touchée par le spectacle de cet amant glorieux pleurant comme un enfant la mort de son fils.

Experte en séduction comme en résurrection, elle avait déployé ses charmes avec d'autant plus d'adresse qu'elle se savait momentanément détrônée par Leonella. Malgré ses efforts pour redonner vie au pontife, le désespoir de ce dernier était trop grand pour être soulagé. Seul l'examen de conscience pouvait vraiment l'apaiser. Le pape avait annoncé en consistoire extraordinaire vouloir racheter sa conduite et réformer l'Église. Il avait créé une commission composée de six cardinaux et chargée de rédiger une bulle de réforme pour réorganiser la liturgie, réprimer la simonie, l'aliénation des biens de l'Église et le train de vie du clergé.

Dès son retour à Capodimonte, Giulia avait fait savoir à Silvia qu'elle l'attendait chez elle. La forteresse n'était qu'à quelques lieues de chez Camilla, de l'autre côté du lac. Giulia l'avait accueillie comme sa sœur en vue des trois jours qu'elle passerait chez eux. Lorsque Silvia arriva vers cinq heures du soir, Alessandro était parti à la chasse.

Giulia, qui passait ses journées avec sa fille âgée de cinq ans, lui fit visiter les lieux. Elle lui présenta leur mère qui vivait avec ses chiens dans ses appartements au premier étage de la forteresse. Maigre silhouette dans la grande pièce voûtée, elle était d'une beauté lumineuse. Giovanella Farnese écouta silencieusement le discours de Giulia, présentant Silvia comme son amie. Elle la regardait, caressant la tête de son braque allongé à ses pieds. Aucune question, aucune parole inutile. Seul son regard occupait l'espace.

— J'espère qu'Alessandro vous montrera l'île Bisentina, c'est un endroit envoûtant.

Silvia se promena dans le jardin au pied de la muraille. L'air chaud de cette fin de journée d'été était rempli d'odeurs de vignes, d'oliviers, d'eau fraîche et de pins. Il régnait une atmosphère étrange dans cette forteresse, un mélange de fierté et de témérité se dégageait de ces pierres dressées vers le ciel, de ce promontoire qui dominait le lac, reflétant les vies et les personnalités des êtres qui avaient vécu là.

Alessandro les retrouva pour le souper sur l'une des terrasses qui surplombaient le lac. Il s'excusa pour son retard. Son allure était très différente de celle du cardinal en soutane croisé au palais de la chancellerie. Les cheveux décoiffés par le vent, le visage détendu, habillé d'une chemise froissée, et d'une culotte en tissu noir, il portait un poignard sur le côté droit et ressemblait à n'importe quel gentilhomme.

— Où en est la commission de réformes ? demanda Silvia à qui son frère avait fait part des espoirs que suscitaient ces annonces.

Comme d'autres, il prenait très à cœur l'avenir de l'Église et les changements profonds qu'elle devait opérer pour être respectée.

Alessandro baissa les yeux. Depuis quelques jours, le pape allait beaucoup mieux. Son désir de repentance avait fait place à la peur, voire à la honte. Un faisceau d'indices accusait César : sa jalousie, et les témoignages reçus la nuit du meurtre.

— Elle n'a pas été réunie depuis quelques jours… Je crains que cette volonté ait été de courte durée. La pénitence n'est pas dans la nature du pape.

— L'enquête n'a rien donné ? s'étonna Silvia.

Giulia et Alessandro se regardèrent, se sentant presque coupables car trop proches de celui qui était soupçonné. Voyant qu'ils ne voulaient pas s'attarder sur cet événement, Silvia changea de sujet.

— Que chasses-tu ? demanda-t-elle.

Cette pratique contrevenait à la règle qui voulait que les cardinaux ne chassent plus dès leur nomination. Mais l'usage était courant et personne ne songeait plus à s'en étonner.

— La perdrix ou le sanglier…

— Alessandro est le meilleur chasseur de la province, peut-être même de la région.

Silvia le regarda à l'autre bout de la table en chêne. Ces quelques heures passées à Capodimonte lui avaient permis de mieux cerner ce qui lui plaisait chez lui. Cette forme de droiture, peut-être même de rigidité, qui trouvait sa source dans cette lignée militaire dont il semblait fier, à l'image de ces armures disposées dans la salle d'armes. Ce tempérament perdurait malgré la fonction toute en sinuosités et accommodements qu'il avait choisie.

Elle ne parvenait pas à en saisir tous les contrastes mais ce mélange de fougue et de prudence était précisément ce qui lui plaisait.

— Toi qui connais maintenant les deux côtés du lac, que penses-tu de ce point de vue là ? demanda Alessandro, troublé par sa présence.

— La vue est plus belle d'ici. On y voit mieux l'île Bisentina : est-elle habitée ?

— Il y a eu une congrégation de moines mais ils ont quitté l'île, il y a juste un gardien qui veille sur nos chapelles…

— C'est le monde enchanté de notre enfance, nous avons passé nos journées à inventer toutes sortes de jeux dans ce mausolée familial un peu embroussaillé ! s'exclama Giulia.

Alessandro avala une gorgée d'eau.

— Il y a le tombeau de notre grand-père et six autres chapelles sur l'île. Je voudrais les restaurer.

À la fin du souper, Giulia se retira dans sa chambre, laissant la pénombre envelopper leurs deux silhouettes.

Alessandro hésita. La soirée était douce, la chaleur moins pesante qu'en plein jour. Il flottait même un petit vent agréable.

— Si tu n'es pas fatiguée, nous pourrions aller nous promener sur l'île maintenant.

— Pourquoi pas.

Ils descendirent l'escalier en pierre qui menait au lac. Ils n'avaient pas besoin de torche tant la lune éclairait leurs pas. Cette lumière nimbait le lac et ses abords d'un voile mystérieux. Le sable noir accentuait ce contraste avec la lueur argentée.

Une barque était amarrée au bord de la plage. Ils montèrent dans l'embarcation, et Alessandro se mit à ramer.

La barque glissa dans la nuit. Silvia était assise face à Alessandro, sur une planche en bois.

Avant même d'avoir posé le pied sur la terre ferme, au milieu du lac, le souffle de l'île les enveloppa. Des odeurs puissantes de figuiers et d'eucalyptus leur montèrent à la tête. Ils accostèrent sur la pointe sud de l'île, sur un bout de rocher qui avait été aménagé pour accueillir les bateaux.

Ils firent quelques pas et arrivèrent sur une

petite esplanade. Il la prit dans ses bras. Une sensation encore plus enivrante, mêlée aux parfums de l'île, les envahit.

— Pourquoi avoir tant attendu pour nous retrouver ? demanda Alessandro en murmurant à son oreille.

Puis il lui posa la question qui lui brûlait les lèvres depuis sa visite au palais.

— Ce mariage avec Giovanni Battista était-il prévu avant que nous nous rencontrions ?

Silvia ne répondit pas. Elle ne voulait pas laisser Alessandro deviner cette place unique qu'il occupait depuis longtemps dans son cœur.

— J'ai toujours su que je devais l'épouser.

Ils commencèrent à longer un chemin en bordure du lac pour ne pas perdre la lumière de la lune.

Il lui raconta que ce lieu avait servi de retraite quelques siècles auparavant lorsque les Farnese avaient été menacés par les luttes de pouvoir entre familles locales.

Tout au bout, elle aperçut une sorte de niche de pierre. Construite au sommet d'une colline, son clocher tenait tête aux arbres et aux ombres ; elle surplombait le lac comme un phare invisible.

Il l'entraîna vers une petite chapelle perdue entre les arbres et les fleurs sauvages.

Ils poussèrent une porte en bois. Un souffle humide et frais se propagea dans l'air.

Sur le mur, face à eux, était construit un monument sculpté en marbre. Allongée sur un tombeau, la statue d'un homme se reposait d'un sommeil éternel. Tout autour étaient scellées des plaques et des épitaphes au nom des ancêtres de la famille Farnese. Partout des licornes sculptées brandissaient le symbole de la fierté familiale.

Ils revinrent vers le cloître déserté par les moines. Ils entrèrent par la porte de l'église qui n'était pas fermée et pénétrèrent dans une pièce équipée de tables et de chaises pour accueillir une communauté. L'air chaud de la journée était encore emprisonné dans la pièce, un pichet d'eau et des gobelets étaient posés sur la table. Les moines semblaient avoir quitté les lieux à peine quelques heures plus tôt. Ils se dirigèrent vers le couloir où les portes distribuaient plusieurs cellules de moines. L'une d'entre elles était entrouverte. Une couverture en toile recouvrait un lit étroit fait pour une silhouette dont la prière était le seul horizon. Ils s'y allongèrent, pressés d'être l'un contre l'autre, emportés par un mélange d'émotion et de plaisir.

Ils restèrent enlacés jusqu'au matin.

Le chant des oiseaux le réveilla. Allongés sur la paillasse, leurs corps étaient indistincts. La lumière du jour n'entrait que par une petite lucarne, laissant une ombre diffuse estomper leurs silhouettes. Alessandro regardait Silvia, suivant les lignes veloutées de ses bras, de sa hanche tournée sur le côté, comme un jardin inexploré, une île encore plus mystérieuse. Leur étreinte n'avait rien éteint, rien élucidé, il y avait encore tout à conquérir, et à connaître. Cette ignorance lui parut merveilleusement attirante.

Il caressa ses cheveux défaits, la tresse qui lui servait de couronne s'était détachée, libérant de larges boucles châtains. Elle sourit sans ouvrir les yeux. Dans cet instant, elle ne voulait pas penser aux prochains jours ni au retour à Rome.

Alessandro ne pouvait s'empêcher de réfléchir à toutes sortes de choses, à sa vie loin de Rome, aux projets des Borgia auxquels sa carrière était suspendue, à Giovanni Battista Crispo. La mort de Juan de Gandie allait changer le cours de la politique pontificale mais aussi la carrière de César. Les équilibres profonds du gouvernement de l'Église se trouveraient inévitablement modifiés par cet événement. Silvia était un éclat de lumière qui traversait toutes les strates de son existence. La voir ici, dans cet environnement qui lui était familier, si proche, le confortait dans ce sentiment nouveau qu'il avait eu en la retrouvant : elle faisait partie intégrante du projet qu'il voulait accomplir.

— Penses-tu qu'il puisse être… accomodant ? demanda Alessandro en repensant aux avertissements d'Adriano.

Elle ferma les yeux à nouveau, agacée par la question d'Alessandro, par la prudence qu'elle devinait. Mais il fallait avouer que la personnalité de Giovanni Battista n'était pas vraiment portée au compromis. Il se moquait de ceux qui acceptaient que leur femme prenne un amant en échange de quelques avantages. Il n'était pas dans son caractère de se laisser corrompre. Il l'aimait trop pour envisager un tel marchandage.

— Je ne crois pas.

Il la prit dans ses bras.

— N'y pensons pas…

— Tu as raison. Nous pourrions rester sur cette île pour toujours…, souffla-t-il en allongeant son bras sur le sien, se laissant à son tour glisser dans l'insouciance de cet instant.

Le mois d'août passa sans qu'ils s'en aperçoivent au son des aigrettes. Il se mêlait désormais aux journées et aux nuits d'Alessandro un sentiment permanent de joie et d'impatience à l'idée de revoir Silvia, un mélange d'ardeur et de tranquillité profonde même lorsqu'elle était absente. Le temps semblait continu, sans intervalle, ni rupture, ne formant plus qu'une suite de jours dont elle était l'origine et le but. Cette cohérence avait quelque chose d'enivrant mais aussi d'inquiétant.

Silvia avait séjourné plus longtemps que prévu chez les Farnese, Giovanni ayant été retenu à Rome. Au lieu de trois jours, elle était restée une semaine, puis elle était revenue quelques après-midi avec ses enfants, compagnons de jeux de la nièce d'Alessandro, Laura Orsini. Intriguée par cette amitié soudaine entre sa sœur et la maîtresse du pape, Camilla l'avait accompagnée. Elle avait bientôt surpris des regards et des gestes que le cardinal Farnese et Silvia ne pouvaient cacher.

Au début du mois de septembre, César revint de sa légation napolitaine où il avait pris la place de son frère. Cet événement marqua la fin de leur séjour enchanté. Alessandro rentra à Rome pour participer à l'hommage organisé par le pape pour accueillir son fils. Le pontife avait tenu à ce que tous les cardinaux viennent à sa rencontre, comme si de rien n'était, et l'escortent jusqu'au Vatican où se déroulerait un consistoire.

Le pape faisait bonne figure, mais sa froideur vis-à-vis de César, lorsqu'il était venu le saluer, n'avait fait qu'alimenter les rumeurs sur le rôle du fils aîné dans la mort du cadet.

Bien qu'il ait abandonné sa commission de réformes, le pape voulait donner des gages de sa moralité pour apaiser le scandale de l'assassinat de son fils. Les cellules du château Saint-Ange étaient pleines de criminels et de faussaires qui vivaient autrefois en liberté avec l'assentiment d'autorités complices. Pour donner l'exemple, le pape avait décidé de purger la chancellerie pontificale de ses trafiquants les plus notables. L'archevêque de Cosenza, Bartolomeo Flores, qui s'était cru intouchable car secrétaire du pape, avait été enfermé dans un cachot. Coupable d'avoir fabriqué près de trois mille fausses bulles qu'il avait vendues pour des sommes importantes, il avait été condamné à la prison perpétuelle. Parmi les actes vendus le plus cher figurait une autorisation pour une religieuse, princesse portugaise, de quitter son ordre monacal pour convoler avec le fils naturel de son roi. Un autre offrait à un clerc la possibilité de se marier tout en gardant ses titres religieux. Mais la plupart du temps il s'agissait de simples dispenses pour acquérir de riches bénéfices.

L'ascension de César, récupérant un à un les honneurs et les titres de son frère, devenait indissociable de l'assassinat du duc de Gandie, et, à défaut de preuves, la rumeur y voyait un mobile. Alessandro donna à son ami quelques conseils pour tenter d'améliorer sa réputation d'héritier ambitieux et dépravé, pour se recomposer une image de combattant valeureux au service des intérêts de la papauté. César devait suspendre ses agissements politiques les plus visibles et, surtout, rompre avec ses habitudes de vie. La débauche menaçait son âme et sa lucidité mais aussi sa santé depuis qu'il avait contracté à Naples ce *mal français*, cette maladie vénérienne qui s'était propagée en Italie depuis l'invasion des troupes françaises.

Pour l'éloigner de ces tentations, Alessandro conseilla à César de quitter Rome chaque fois qu'il le pouvait et l'invita à venir chasser chez lui. La forteresse de Capodimonte n'était pas la plus luxueuse des habitations, mais ses terres étaient parmi les plus riches en gibier de tout le Latium. Sensible aux recommandations d'Alessandro, il accepta immédiatement, alors que d'autres invitations lui avaient été faites par le cardinal d'Agrigente, un Catalan qui organisait de belles battues entre Rome et Ostie, avec pour relais de chasse la villa La Magliana.

Alessandro voulait en profiter pour lui parler de l'évêché de Corneto et Montefiascone. Ce diocèse proche des terres des Farnese avait toutes les chances de devenir vacant. Son titulaire était atteint du même mal que César. Il semblait sur le point de succomber.

Le cardinal de Valence vint en ami, avec une suite légère d'une dizaine de serviteurs et de quelques soldats, et son fidèle Michelotto qui ne le quittait jamais.

À la fin d'une journée de chasse dans la forêt de chênes qui s'étendait depuis le lac Bolsena jusqu'aux environs de Viterbe, ils se retrouvèrent à Capodimonte devant la grande cheminée. Sans s'en apercevoir, ils burent plus de vin que de raison, en l'honneur de cette journée et de leur avenir. César posa la main sur l'épaule d'Alessandro en regardant les flammes qui brûlaient les bûches. Leurs cheveux étaient encore mouillés par la pluie, tombée sans interruption pour la première fois depuis deux mois.

— Je n'ai pas passé une telle après-midi depuis longtemps, tu te défends mieux que la plupart de mes gardes espagnols mais surtout tu montes toujours aussi bien à cheval…

Prudent, comme toujours avec César, Alessandro lui prit l'épaule à son tour.

— Je n'ai aucun mérite, je connais très bien les lieux. C'est toi qui me sembles plus en forme que jamais… tu as tué plus de sangliers que je ne l'ai jamais vu.

Il avait interrogé Matteo qui se tenait derrière eux, rapportant un faisan déplumé pour le faire dorer sur le feu.

— Une demi-douzaine, en effet.

Il ne fallait pas donner l'occasion à César d'être jaloux. Ce sentiment pouvait lui faire perdre tout jugement. Mais il n'en était pas moins vrai que sa silhouette était plus agile, plus souple depuis son retour de Naples.

— Je le dois à mon médecin Gaspar Torrella : il a trouvé un remède contre cette maladie dont je souffre depuis des mois.

Alessandro remarqua que César ne portait plus

la pochette rouge qu'il glissait dans un pli de sa chemise : ce tissu symbolisait sa fonction de cardinal lorsqu'il n'était pas vêtu de sa soutane. Il avait en outre laissé pousser sa barbe. Il n'y avait plus sur son visage trace de la colère et des tourments qui l'agitaient lorsque son frère recevait des honneurs qu'il estimait immérités.

César s'assit sur un tabouret en bois près du feu et agita les braises avec le tisonnier. Depuis son arrivée, il n'avait pas prononcé d'autres paroles que celles que s'échangent des chasseurs. À présent, il semblait absorbé par des pensées différentes.

— Tu t'en doutes, la mort de mon frère va changer beaucoup de choses pour moi…

César semblait prêt à des confidences sur ses projets.

— Je vais abandonner les ordres mineurs et le diaconat dans quelque temps. J'y suis contraint désormais…

Les flammes de la cheminée éclairaient son visage d'une lueur rougeoyante. César prenait garde à ne pas donner l'impression de se réjouir de la mort de Juan. Depuis qu'il était revenu de Naples, prenant la mesure de son nouveau rôle, il avait changé d'attitude. Sa décision n'avait rien d'étonnant quand on le connaissait, bien qu'elle soit exceptionnelle dans l'histoire de l'Église.

— Tu pourras évidemment compter sur moi le moment venu pour expliquer ton geste aux cardinaux qui ne le comprendraient pas…

— Je doute qu'ils s'opposent à cette décision, s'agaça César. C'est une question de circonstances… même si ce n'est un secret pour personne que je ne me suis jamais senti fait pour l'état cardinalice… le célibat… Les conciliabules ne sont pas pour moi. J'ai besoin de plus d'action.

Alessandro se souvenait de leur nomination. César lui avait semblé indifférent à cette élévation, n'en retirant qu'une fierté superficielle, désinvolte, retirant son habit dès les premières heures suivant la réception donnée par son père. Alessandro ne put s'empêcher de penser aux offices rendus vacants par la décision de César de quitter le cardinalat. Nul doute que le pape en ferait usage pour faire taire les critiques et s'assurer du soutien de la couronne espagnole sur ses différentes actions. Il croisa le regard de son compagnon, qui s'était appesanti sur lui.

— Tu es comme moi, il me semble…

— Que veux-tu dire ?

— Je ne te vois pas rester toute ta vie dans les couloirs du Vatican avec tous ces vieillards pour compagnons…

Alessandro plongea à son tour le regard dans les flammes qui se déhanchaient tel un serpent attirant sa proie pour l'étouffer.

— Après tout, poursuivit César, ton frère est lui aussi mort sans héritier, tu n'as reçu que les ordres mineurs, comme moi tu pourrais légitimement quitter le Sacré Collège pour te consacrer à la préservation de ta lignée et de son patrimoine…

L'idée de renoncer à cette dignité si difficilement acquise, grâce à sa sœur, lui semblait aussi irréaliste que peu judicieuse. Sa condition matérielle l'empêchait d'entretenir une cour prestigieuse à la hauteur de ses ambitions mais cette situation était transitoire, attachée à ce pape imprévisible qui privilégiait ses intérêts familiaux plutôt que le mérite de ses proches conseillers.

— Mais je ne compte pas renoncer à transmettre mes terres à mes héritiers…, répondit Alessandro.

— Pourquoi t'embarrasser des règles et des contraintes que la fonction de cardinal t'inflige ?

Alessandro réfléchit à sa réponse. Inutile d'expliquer à César que ce rôle de conseiller du pape lui semblait le mieux à même d'exprimer ses qualités, mais surtout qu'il aimait aussi l'idée de servir une cause plus grande que lui.

— Je ne suis pas comme toi le fils du pape ! Ton désintérêt pour cette fonction te fait oublier qu'elle nous procure une influence qui n'a d'autre limite que notre ambition.

Un pli de dégoût dessinait une grimace sur le visage de César. Aucun des attributs du cardinalat ne trouvait grâce à ses yeux. Il était mû par une énergie qui vivait la moindre contrainte comme une entrave. César attrapa une pomme de pin qui était tombée du coffre à bois et l'écrasa au fond de sa main.

— Pour moi ce n'est pas un moyen suffisant pour donner à ma famille un établissement durable, ni même agir pour le bien de l'Église à laquelle notre destin est lié…

Alessandro hocha la tête, intrigué par l'enthousiasme inhabituel de César. Il ne fallait pas être très perspicace pour savoir ce que le fils du pape avait en tête. Se mettre au service de la papauté comme *condottiere* pour favoriser son ascension.

— Comme tu l'as vu lors de l'invasion française, nous ne pouvons pas compter sur la loyauté de nos propres vassaux. Nous devons reprendre l'ascendant sur ces territoires, sans parler de cette noblesse romaine qui nous méprise et sera toujours prête à nous trahir. C'est par les armes qu'il faut rétablir notre autorité.

César s'était levé, exalté par ce projet de reconquête. Il s'arrêta et regarda Alessandro. Bien que sa figure ait changé, le regard de César était toujours le même. Il était habité par ce mélange d'ardeur et de folie, cette conviction que personne ne pouvait lui résister.

— Tu pourrais prendre part à ces succès militaires et même en profiter...

Il laissa les morceaux de pomme de pin glisser entre ses doigts.

Sur le principe, Alessandro approuvait l'objectif de César. Mais il le connaissait trop bien pour ne pas voir dans cette volonté un prétexte pour prendre le contrôle, si ce n'est s'emparer, des forteresses et des terres de tous les souverains des États pontificaux. Voyant qu'il ne répondait pas, César se rassit et susurra d'une voix mielleuse :

— Tu quitterais ce vêtement qui te colle à la peau comme la mauvaise réputation de ta sœur...

— Je me moque de ce que pensent les gens... Tu veux savoir ? Cela me fait rire.

Alessandro exagérait car il savait que cette notoriété sulfureuse entourant sa nomination et sa présence au Sacré Collège ne serait peut-être même jamais oubliée. Mais il aimait mieux tenir sa fortune des amours du pape que des meurtres de son fils.

— Tant mieux pour toi si tu n'es pas affecté par ces murmures de jaloux... mais tu devras toute ta vie composer avec ces critiques !

Alessandro pensa à Silvia et sentit s'appesantir l'ombre de la nuit sur ses épaules. Elle se tenait quelques jours plus tôt dans le fauteuil sur lequel

César s'était assis. Les pieds nus, vêtue d'une légère robe blanche. Il revoyait sa silhouette fine, ses lèvres parfaites où flottait souvent ce sourire quand elle posait sa main sur la tête, inclinant son visage. Cette expression, mélange indescriptible d'ironie et de nostalgie, avait l'art de susciter en lui un désir inconnu jusqu'alors. Il avait commencé à entretenir une relation cachée avec une femme mariée qui l'obligerait à la plus grande prudence. Il était conscient des efforts auxquels il lui faudrait consentir dans l'avenir, car le règne d'Alexandre VI était exceptionnel par le degré de licence auquel se croyaient autorisés les clercs et les prélats. Alessandro surprit le regard curieux de César, il eut soudainement envie de lui demander s'il n'y avait pas une femme derrière ce projet de renonciation. Son aventure avec Sancia, la femme de son plus jeune frère, était connue de tous et semblait susciter en lui des sentiments. De l'amour peut-être ? Il n'avait sans doute rien connu de tel dans les bras des courtisanes qui l'attendaient dans leurs salons sans mystère.

— Est-ce aussi pour épouser ta belle-sœur que tu souhaites te libérer de cette charge ?

César changea d'expression, laissant un sourire glisser sur ses lèvres, visiblement troublé.

— Sancia est merveilleuse mais une telle union ne servirait nullement mes intérêts. Je ne peux épouser une bâtarde, mariée qui plus est à mon frère… Je pense plutôt à sa demi-sœur, Charlotte d'Aragon, qui serait un bon parti.

Le fils du pape ne s'embarrassait pas de sentiments. Alessandro mesura à nouveau l'abîme qui les séparait.

— Il faut éviter de se laisser entraîner dans ces aventures qui sont des pièges… C'est pour cette raison que les courtisanes me semblent plus appropriées à mon mode de vie, pour le moment. Toi aussi, tu devrais faire attention aux femmes mariées, souffla César, plantant son regard noir dans ses yeux.

Alessandro ne répondit pas. César possédait des informateurs partout et connaissait les secrets de tous ceux qui faisaient partie de son entourage. Mais cette fois l'origine de cette indiscrétion n'était pas un mystère : Giulia avait renoué avec le pape et s'était confiée à lui comme elle le faisait chaque fois qu'elle était dans son lit.

Au fond de son fauteuil qu'il semblait ne pas vouloir quitter, César souriait, ravi de sa remarque.

— Silvia Crispo est une jolie femme mais un peu trop discrète à mon goût. Peut-être cache-t-elle bien son jeu ? demanda César en faisant glisser sa tête en arrière, un sourire grivois sur les lèvres. Giovanni Battista semble y trouver son compte… Et toi aussi d'après ce que j'ai compris…

Alessandro se leva pour servir un nouveau verre de vin mélangé. Le terrain des femmes était le plus scabreux de tous ceux que pratiquait César, on ne s'y aventurait qu'à ses dépens.

— Tout le monde n'est pas obligé d'aimer les courtisanes…

— Je ne les aime pas, justement, je les baise ! hurla César en se redressant brusquement, posant ses deux mains sur ses genoux, les yeux écarquillés où flottait une lumière démoniaque. Et elles aiment ça, je crois être le meilleur amant de cette ville. Sais-tu que j'ai eu jusqu'à huit femmes différentes en une seule nuit ? Et encore, pour me satisfaire, il m'a fallu sodomiser ce pauvre cardinal Carafa qui voulait se contenter de regarder...

L'évocation de ces nuits de débauche envahit la pièce d'un curieux silence. Même les cardinaux les plus hostiles au pape étaient compromis par César, toutes velléités de moralisation de la cour pontificale étaient entachées par sa brutalité et son irrespect. César avala une longue gorgée de vin, pour calmer cette ardeur qui se réveillait comme un monstre assoiffé.

— Pourquoi me racontes-tu cela ?

— Ta pruderie te perdra..., murmura-t-il. À moins qu'elle ne te sauve ? Qui sait... Nous sommes différents, et c'est précisément pour cela que j'ai besoin de toi. Je suis assez intelligent pour savoir qu'il m'est nécessaire de tempérer mon ardeur, qui confine à la démesure... et peut me faire commettre des erreurs. C'est ce que je veux éviter pour accomplir mes projets.

César était sincère. Il avait le talent de passer d'une émotion à l'autre sans aucune gêne. Il était difficile de ne pas être séduit par l'énergie qui émanait de lui.

— La rumeur prétend que tu as fait tuer le duc de Gandie.

César se laissa glisser contre le dossier du fauteuil.

— Je n'ai pas tué mon frère... Les Orsini se sont vengés contre le plus faible d'entre nous, celui qui gênait leurs projets. N'en parlons plus jamais.

Il soupira, soudainement calme.

— Nous avons été reçus cardinaux ensemble, comme tu le sais je suis superstitieux. Je pense que, d'une façon ou d'une autre, nos destins sont liés.

Alessandro préféra ne pas relever cette périlleuse remarque.

Après avoir prononcé ces paroles, César posa son verre sur le sol. Il se leva et sortit sans saluer son hôte. Alessandro resta seul dans la pénombre alors que le feu continuait de se consumer. Face aux belliqueux projets de César, sa requête concernant l'évêché de Corneto et Montefiascone faisait bien pâle figure. Leur conversation la lui avait fait totalement oublier.

D'autres pensées se bousculaient dans sa tête, réveillées par leur conversation, attisées par le feu qui couvait dans l'œil de César. Se pouvait-il que le fils du pape devienne un chef de guerre brillant et éclairé ? Que la mort de son frère ne soit qu'un bienfait de la Providence ? Dans le salon peuplé d'ombres et de souvenirs guerriers, où flottait la légende de son grand-père, Alessandro sentit vaciller cette flamme au fond de lui qu'il croyait éteinte. Cette lueur persistait malgré ses engagements et ses choix. Pouvait-il remettre son destin entre les mains de cet être si imprévisible et si violent ? Dont les éruptions de folie alternaient avec des éclairs de lucidité et des intuitions de génie. La question le traversait à nouveau pour la première fois depuis sa captivité au château Saint-Ange, mais surtout depuis son séjour à Florence. Étourdi par le mélange de fatigue et de vin, il finit par s'endormir.

## *1498*

La marche de César vers l'État laïc se poursuivait comme une nécessité historique et morale. Avec la mort du roi Charles VIII, le pape avait reçu un allié précieux en la personne du nouveau roi de France, Louis XII, désireux de faire annuler son mariage avec Jeanne, la fille de Louis XI, une reine contrefaite et stérile. Il avait besoin d'une dispense pour convoler avec Anne de Bretagne, la veuve de Charles VIII, afin de préserver le duché de Bretagne de toute sécession. Pour obtenir cette dispense, Louis XII était prêt à tout ou presque et notamment à faire de César un prince français avec des revenus au moins égaux à ceux qui étaient les siens lorsqu'il était cardinal. Pressé de mettre en œuvre cet accord inespéré, le pape avait convoqué un consistoire en plein été. La divine Providence souriait au pape et à son fils. Il fallait s'y soumettre au plus vite.

Les membres du Sacré Collège accoururent sans se faire prier. Alessandro n'avait pas eu besoin de déployer de grands efforts pour les convaincre de soutenir la renonciation du cardinal de Valence. Tous les cardinaux étaient pressés de le voir quitter leur condition et, compte tenu de sa vie dissolue, de ne plus partager cette couleur pourpre avec lui. Leur fébrilité était d'autant plus grande que la luxure, un temps réfréné par le pape en deuil, s'était à nouveau répandue dans la ville. Le désespoir du pape avait brièvement assaini les mœurs puis ensuite ouvert un nouvel abîme de turpitude.

Le mal français rendait visibles leurs écarts de conduite, et les membres du Sacré Collège promenaient sur leurs visages purulents la trace de leur perversion. Parmi les conseillers du pape, le cardinal de Segorbe était si atteint qu'il était dispensé de s'incliner devant le pontife, tandis que le cardinal de Monreale avait reçu l'autorisation de se retirer pour ne plus paraître aux cérémonies depuis un an. Comme la maladie, l'incroyance se répandait partout et le pape ne prenait même pas la peine de condamner des libelles qui niaient la vie dans l'au-delà. Le moine Savonarole, le seul ennemi que le pape craignait encore, avait été pendu avant l'été à Florence.

Cet événement n'avait pas suscité autant de soulagement qu'espéré parmi les cardinaux qui étaient tous préoccupés par l'atmosphère morbide qui s'était propagée dans leurs rangs.

Convoqués pour le consistoire extraordinaire, ils ne cessaient de s'entretenir de la série de décès suspects qui avaient eu lieu au cours des derniers mois. Obsédé par la magnificence de la suite princière qui devait accompagner le voyage de César en France, le pape cherchait à mettre la main sur les biens des cardinaux décédés en cour de Rome. Le droit canon permettait au pape de disposer de ceux-ci seulement s'ils trépassaient. Le pape avait déjà réussi à mettre la main sur les biens du cardinal Campofregoso, mort avant l'été, mais leur valeur l'avait déçu, il s'était alors tourné vers ceux d'un évêque de Calahorra, un Juif converti, jeté en prison, au prétexte qu'il continuait à pratiquer son ancienne religion. À sa mort, le pontife avait pu percevoir 20 000 ducats.

Ce jour-là, le pape avait du retard. Des négociations de dernière minute s'étaient déroulées dans les coulisses du palais. Avant d'entrer dans la salle, Alessandro avait surpris les discussions animées auxquelles participait l'ambassadeur espagnol Garcilaso de la Vega qui s'était opposé à la renonciation. Il était furieux que cette décision soit le prélude au rapprochement de la papauté avec le roi de France contre la couronne espagnole. Le pape avait recouru à sa méthode habituelle : il avait promis d'attribuer plus de 35 000 ducats de bénéfices ecclésiastiques dont allait se délester le cardinal de Valence à des proches des Rois Catholiques. Visiblement satisfait de cette proposition, l'ambassadeur finit par céder.

La cérémonie de renonciation put commencer.

César fit un discours solennel qui lui donna tout à coup l'air plus recueilli qu'il ne l'avait jamais été. Alessandro l'écouta retracer son parcours, son inclination pour l'état séculier, et sa volonté de ne pas s'opposer au pape.

À la fin, César s'agenouilla, empreint d'une gravité inhabituelle.

— Je prie les cardinaux à m'autoriser par dispense à déposer l'habit ainsi que les dignités ecclésiastiques, à rentrer dans le siècle et à contracter mariage. Je rends à Sa Sainteté les églises, les monastères, tous les bénéfices ecclésiastiques que je possède.

Tous votèrent unanimement pour cette dispense soumise au jugement de Sa Sainteté. À la fin, César déposa sa cape cardinalice devant eux. Puis il se releva et quitta la salle. Les cardinaux se dispersèrent à leur tour, soulagés par cet événement qui redonnait un semblant de probité à leur aréopage.

Alessandro sortit le premier de la salle des Pontifes pour rejoindre César dans les appartements de leurs sœurs à Santa Maria in Portico. Une petite cérémonie familiale les attendait pour fêter cet événement qui marquait l'accomplissement de ses espoirs et l'ascension qui se préparait. César était pressé, il devait recevoir l'ambassadeur du roi de France chez lui moins d'une heure plus tard pour mettre en place les prochaines étapes de son voyage en France.

— Levons notre verre à César et à son ambassade française ! s'exclama le cardinal Cesarini qui faisait partie des intimes. Elle se présente sous les meilleurs auspices si j'ai bien compris, continua le jeune prélat jamais à court de flatteries. Combien as-tu réussi à collecter pour ton voyage ?

Une fois n'était pas coutume, César ne pouvait s'empêcher de sourire à ces hommages.

— Nous atteindrons bientôt 200 000 ducats… L'évêché le plus doté de tous est bien celui de Parme, 12 000 ducats d'un seul coup !

Alessandro se souvenait de la transmission des bénéfices du défunt cardinal Sclafenati à César quelques mois auparavant alors même que sa renonciation au cardinalat se préparait. Parme était l'un des évêchés qu'il convoitait. Il l'avait fait savoir au pape dès qu'il avait reçu son titre de cardinal. Adriano di Castello lui avait confirmé l'importance stratégique autant que les revenus considérables de ce diocèse. Mais à la mort de celui que l'on appelait le cardinal parmesan, Alessandro avait renoncé à en parler au pape et à faire campagne pour l'obtenir. Inutile de se positionner pour une cause perdue d'avance. Le pape et son fils étaient trop occupés à préparer la campagne de Romagne, à collecter des fonds auprès des cardinaux décédés en cour de Rome pour se soucier le moins du monde de lui attribuer quelque office.

— Mais tu auras beau me flatter, continua César, il n'y aura parmi ma suite que des membres de la plus haute aristocratie romaine... J'emmène une trentaine de jeunes hommes dont je crains que tu ne fasses pas partie !

Bien qu'il fût l'arrière-petit-fils du cardinal Colonna, l'ascendance du cardinal Cesarini était trop lointaine pour César qui avait la mémoire sélective et courte, c'est-à-dire au service de ses intérêts immédiats.

— N'emmènes-tu pas un de mes cousins Caetani ? demanda Alessandro qui s'inquiétait maintenant pour ses plus proches cousins et surtout pour Jacopo.

Après la tentative de spoliation des Orsini, il pressentait que les Caetani, moins puissants que les Colonna, étaient les prochains sur la liste.

Leurs biens situés au sud de Rome, sur la route de Naples, étaient menacés. César eut l'air vaguement gêné. Il prenait garde de ne pas mentionner devant Alessandro leurs citadelles de Sermoneta, appartenant à ses cousins les plus proches.

— J'aurais bien aimé mais je crois que ton

oncle Jacopo a fort à faire avec une révolte dans son fief.

Il hésita avant de continuer d'une voix douce :

— Ne sois pas inquiet pour eux, je souhaite que nos relations avec les grandes familles romaines soient désormais pacifiées comme elles le sont avec les Orsini.

Alessandro ne croyait pas un mot de cette volonté d'apaisement.

Lucrèce s'approcha de son frère pour accrocher les agrafes de sa chemise. Sa bouche était trop proche de celle de César, qui la dévorait des yeux. Elle enroula une écharpe blanche autour de son cou et César appuya ses lèvres contre les siennes. À peine surprise, Lucrèce recula et reprit le bras d'Alphonse d'Aragon, demeuré immobile, le visage crispé.

— Il y a de quoi te fêter, César. Pour t'être vu accorder le comté de Valence, ton titre ne change pas ! continua Alessandro en levant sa coupe en vermeil pour détendre les visages.

— Celui-ci m'a porté chance jusqu'ici. Mais j'espère mieux encore ! Le comté de Valence va être érigé en duché. Le roi se montre très bien disposé à mon égard.

Mais César était prudent et plus avare de précisions sur son alliance avec le roi de France que sur le coût de son équipement pour cette expédition.

— Combien de temps cette campagne va-t-elle durer ? demanda Alessandro.

— Au moins six mois, peut-être plus… Tout dépend de la date de mon mariage avec ta sœur, mon cher Alphonse, nous serons ainsi vraiment frères…

César avait jeté un regard de défi à ce jeune et

nouveau beau-frère qui venait d'épouser sa sœur. Malgré sa tendresse pour Lucrèce, Alphonse d'Aragon semblait légèrement en retrait, mal à l'aise. Sa sœur Charlotte élevée en princesse de sang à la cour de France avait de hautes ambitions et lui avait déjà fait savoir qu'elle refusait d'épouser un cardinal défroqué. Ce refus laissait présager des tensions entre eux.

En le regardant boire d'une traite le vin épicé que l'on servait toujours chez eux, Alessandro eut la sensation qu'il s'agissait de leur dernière réunion familiale.

— Cela fait longtemps que nous ne t'avons pas vu, cher Alessandro, murmura Lucrèce qui semblait d'humeur joyeuse et amicale. N'as-tu pas quelques secrets à nous dévoiler ?

César, qui partageait le moindre de ses secrets avec sa sœur, avait dû lui parler de Silvia. Mais Lucrèce ne paraissait pas jalouse. Son propre bonheur la rendait bienveillante et soucieuse de celui d'Alessandro. Le visage épanoui, elle tenait le bras d'Alphonse d'Aragon, dont elle semblait très amoureuse.

— Rien que tu ne saches déjà, ma chère Lucrèce. Être loin de Rome ne signifie pas que j'ai des secrets.

Cela faisait des mois qu'il désertait son palais trop grand pour être habité sans une cour de serviteurs, trop vaste pour y loger un prélat sans moyens. Près du lac Bolsena, il retrouvait Silvia dès que sa sœur lui en donnait le prétexte. Ils avaient décidé de mettre Camilla dans la confidence. Elle acceptait qu'ils se servent d'elle et de toutes sortes d'obligations inventées pour les y aider.

— Vraiment ? dit-elle d'un air enjoué.

Alessandro ne put s'empêcher de rougir.

— Il est vrai que mes affaires ont pris quelque retard depuis que César prépare sa renonciation. La chasse me permet d'attendre des jours meilleurs...

Lucrèce se tourna vers son frère.

— César ? Comment se fait-il qu'un de nos si proches amis, le frère de notre sœur, puisse être ainsi traité ?

César laissa tourbillonner la question de Lucrèce avant de répondre d'une voix moqueuse :

— Le bonheur te rend généreuse, ma chère sœur, mais sache qu'Alessandro préfère attendre qu'on lui octroie de modestes charges plutôt que de venir les saisir lui-même...

— Que veux-tu dire ? demanda Lucrèce en les regardant tous les deux.

Pour ne pas répondre mais surtout parce qu'il était pressé, César prit congé. Alessandro le suivit dans le vestibule.

— As-tu repensé à notre discussion ? demanda César en replaçant le fourreau de son épée le long de sa jambe comme s'il se préparait à se battre en duel à la sortie du palais.

À Capodimonte, César avait senti l'esprit d'Alessandro vaciller. Mais ce court moment de doute était la conséquence de l'alcool et ne reflétait nullement sa pensée. Il n'était pas prêt à renoncer au cardinalat, ni à prendre les armes comme l'avait fait autrefois le cardinal Vittelleschi.

— Je crois que tu auras bien d'autres choses à faire avec ton armée que t'encombrer d'un soldat sans expérience comme moi ! s'exclama Alessandro. Je te serai plus utile ici pour t'assurer du soutien du Sacré Collège à ton retour de France.

Le visage de César se figea en une expression méprisante.

— Je ne compte pas demander l'assentiment du Sacré Collège sur quoi que ce soit à mon retour.

Sur ces paroles cinglantes, César quitta le palais apostolique.

*Septembre 1499*

À Rome, à l'approche du jubilé, on guettait les signes. La foudre venait de s'abattre sur le château Saint-Ange. Elle tomba sur une réserve de poudre qui explosa et projeta des blocs de pierre dans les airs, blessant plusieurs dizaines de personnes jusque de l'autre côté du Tibre. La statue de l'archange saint Michel qui surplombait le château avait été brisée en mille morceaux et s'était comme volatilisée. Alessandro n'avait pas manqué d'interpréter cet événement comme une sorte d'avertissement. Depuis son emprisonnement, la forteresse gardait son aura mystérieuse, comme si une part de lui-même avait été capturée pour toujours dans ce cylindre funéraire. Il était attentif à tout ce qui s'y déroulait.

Le voyage de César en France avait été un succès. Reçu triomphalement par le roi, il avait été titré duc de Valentinois, s'était marié à la princesse Charlotte d'Albret, et avait conforté son alliance avec le plus puissant monarque d'Occident. Il était sur la route du duché de Milan. Toutes les actions du pape étaient maintenant orientées vers la préparation de la campagne militaire que César allait livrer dans les États pontificaux pour rétablir l'autorité du Saint-Siège.

Plus que jamais, les consistoires étaient des réunions fantoches qui servaient à approuver les décisions du pape, sans qu'aucune protestation puisse être émise.

Pour une raison qu'Alessandro pressentait, l'attention du pape se portait particulièrement sur la révolte qui sévissait dans le duché de Sermoneta, chez son oncle Jacopo Caetani.

Il n'avait dû qu'à l'estime du cardinal Piccolomini d'être prévenu à temps du complot qui se préparait : cette révolte n'était qu'un prétexte pour faire main basse sur leurs possessions.

À la fin du consistoire, le cardinal lui avait appris que son oncle Jacopo avait été convié par le pape pour qu'il fournisse plus de précisions sur la répression en cours.

Cette rencontre allait avoir lieu en fin de journée. Elle se solderait par une arrestation et une privation de son fief. Alessandro avait demandé à Matteo d'aller prévenir son oncle chez lui avant qu'il ne vienne rencontrer le pape.

Mais Jacopo demeurait introuvable. Alessandro se souvint de son habitude d'aller écouter une messe le soir dans la chapelle familiale de la basilique San Bartolomeo.

Lorsqu'il entra dans l'église, il reconnut la silhouette mince et haute de Jacopo par-dessus les prie-Dieu vides. Il était presque seul dans la pénombre, face au prêtre qui levait l'hostie. Deux femmes et un chanoine se tenaient sur les chaises devant l'autel. Quelques bougies les éclairaient faiblement. L'office touchait à sa fin. Avant que le prêtre ait terminé, Alessandro alla s'asseoir à côté de son oncle.

— Que fais-tu ici ? demanda Jacopo, l'apercevant à ses côtés.

Malgré leur désaccord et surtout son mépris pour les Borgia auquel il le savait lié, son oncle était resté son plus proche allié familial. Il lui avait prêté de l'argent pour l'aider à payer les serviteurs qu'il avait gardés au palais du Campo dei Fiori, en attendant de nouvelles charges.

— Je devais absolument te voir…

Autour d'eux, les statues des saints dessinaient des ombres inquiétantes sur les murs.

— Je n'ai pas le temps de rester, je suis attendu au palais pontifical, souffla-t-il en faisant le signe de croix.

— Justement, tu ne dois pas y aller, c'est un piège.

— Que dis-tu ?

Alessandro attendit que la fin de l'office et le bruit des femmes qui se levaient couvrent ses paroles :

— Les gardes du pape vont t'arrêter…

Un silence s'engouffra entre eux, plongeant dans le souvenir du château Saint-Ange. La situation vécue plus de dix ans auparavant s'inversait.

— Mais ça n'a aucun sens… s'exclama-t-il furieux de ne pas comprendre. C'est lui qui nous a demandé de nous faire justice nous-mêmes !

— Tout cela n'est qu'un prétexte pour vous dessaisir de vos possessions, murmura un ton plus bas Alessandro. Le pape se sert de cette révolte pour mettre la main sur vos fiefs sans que les Colonna soient alertés et viennent vous défendre…

Jacopo ne répondit pas, frappé par l'évidence du piège dans lequel il était tombé.

— Il va prononcer votre déchéance pour rébellion, continua Alessandro.

Jacopo fit un nouveau signe de croix.

— C'est impossible ! Notre famille n'est pas une menace pour eux…

— Vous êtes une proie plus facile à saisir que les Colonna et la nouvelle politique du pape est bien de soumettre les barons romains.

— Tes liens avec le pape ne peuvent-ils nous protéger d'une telle catastrophe… ? demanda-t-il encore sidéré.

— Le pape et son fils n'ont d'autres alliés qu'eux-mêmes, et encore…

— Comment as-tu pu te compromettre avec de tels bandits !

Alessandro avait appris à composer avec ces êtres éclatants et obscurs à la fois, dont les actes mêlaient la suavité et la cruauté avec un naturel déconcertant. À les observer, il avait compris qu'ils s'infligeaient les mêmes traitements qu'à leurs proches.

Jacopo resta quelques minutes à réfléchir, évaluant les chances de s'échapper de Rome sans être rattrapé par les gardes pontificaux.

— Je dois me présenter au palais apostolique dans trente minutes, continua-t-il.

— Tu dois partir immédiatement, avant l'heure de votre rendez-vous, pour ne pas éveiller l'attention.

Tout à coup, Jacopo se leva.

— J'irai quand même à ce rendez-vous ! Je ne veux pas fuir. Un protonotaire, seigneur de Sermoneta, ne fuit pas devant ces infâmes créatures.

Alessandro resta un instant sidéré, avant de se lever à son tour.

— Comment cela ?

— Le pape ne peut se comporter ainsi contre nous qui avons toujours défendu les intérêts de l'Église. Il n'est pas possible que nous nous échappions par crainte de subir ses menaces !

Les pas d'un sacristain résonnaient sous la voûte alors qu'un nuage avait plongé la chapelle dans la pénombre. Quelques cierges en fin de vie donnaient au visage de Jacopo une mine crépusculaire.

— Mais ces menaces sont bien réelles ! Vous serez enfermé dans une geôle du château Saint-Ange à votre tour…

En parlant, Alessandro sentait ses mots se désagréger dans sa bouche, sa colère fondre comme de la cire face à la flamme qui brûlait dans les yeux de son oncle.

— Fuir serait une façon d'user des mêmes méthodes que ce pape scandaleux ! Et je ne le veux pas.

— Ce sont vos fiefs et vos biens qui seront saisis…, tenta encore Alessandro au nom de l'intérêt familial.

Mû par un élan sacrificiel, Jacopo semblait déjà ailleurs.

— Il aura peut-être notre citadelle, mais il n'aura pas mon honneur !

Sur ces grandes paroles, drapé dans sa fierté ancestrale, Jacopo Caetani quitta la chapelle pour se diriger vers le lieu de son arrestation. Alessandro regarda sa silhouette s'éloigner, se sentant partagé entre l'admiration et la colère contre cet homme qui s'en allait vers sa perte.

## *29 mars 1500*

Alexandre VI avait de la chance. Les festivités célébrant les succès de César Borgia s'entremêlaient aux célébrations de cette année de jubilé, sanctifiant l'âme des pèlerins en même temps qu'elles effaçaient les crimes commis au nom de ses succès. Processions de chars à travers la ville, carnavals, combats de taureaux, cérémonies et prosternations. Rome n'en finissait pas de célébrer cette année sainte et le nouveau prophète militaire qui allait sauver les terres de l'Église de la déchéance terrestre. Pour quelques dizaines d'écus, le ciel était à portée de main. Et les caisses du pape étaient pleines pour financer l'armée de César qui allait repartir au combat.

Au creux de l'apothéose du pape et de son fils, Alessandro et Silvia se croyaient à l'abri. Protégés par l'agitation permanente qui régnait à Rome, l'afflux de pèlerins, l'euphorie de cette rémission individuelle et collective.

Ils commettaient de nombreuses imprudences. Silvia n'attendait plus que le Campo dei Fiori soit vide pour rejoindre celui qu'elle aimait, Alessandro ne congédiait plus ses domestiques lorsqu'elle venait le retrouver.

César Borgia allait recevoir ce matin-là dans la basilique Saint-Pierre les insignes de gonfalonier et la Rose d'or qui feraient de lui le nouveau capitaine général de la Sainte Église romaine. La cérémonie allait marquer l'apothéose du fils du pape.

La suite d'Alessandro faisait si pâle figure face à celles des autres cardinaux que son ami Jean de Médicis lui avait proposé d'arriver en sa compagnie. Ils s'étaient rejoints à proximité du Campo dei Fiori.

Juste avant de quitter son palais, Alessandro avait reçu une lettre de Silvia. Il l'avait ouverte, sans plus de précaution, devant son ami. Elle lui demandait de venir la retrouver après la cérémonie. Giovanni Crispo était parti à Corneto pour une affaire urgente de famille. Cet empressement le surprenait, d'autant qu'ils ne s'écrivaient jamais, pour éviter que leurs courriers ne soient interceptés.

— Tu as reçu une lettre importante ? demanda Jean en le regardant rouler le billet et le glisser dans sa poche.

Alessandro s'était confié à celui qui était resté son ami le plus proche au Sacré Collège. Il lui avait expliqué qu'ils étaient tenus à une double clandestinité : d'une part celle que lui imposait sa dignité de cardinal et d'autre part celle qui tenait à son statut de femme mariée.

Avec les années, l'amitié d'Alessandro et Jean s'était approfondie. L'exil avait fait mûrir ce dernier. Alessandro avait confiance en lui. À cause de son éloignement des cercles familiaux romains mais aussi de son lien qui perdurait à travers lui avec Laurent de Médicis.

— C'est un message de Silvia... Je la verrai à mon retour, murmura-t-il.

— J'espère avoir l'honneur de rencontrer un jour celle qui a eu grâce à tes yeux.

Jean semblait mal à l'aise. Alessandro ne lui connaissait aucune relation féminine.

— En effet…, répondit évasivement Alessandro, qui sentait qu'ils avaient manqué de discrétion ces derniers temps, leurs rendez-vous étaient devenus plus fréquents, moins scrupuleusement organisés en fonction de la visite de Giulia à Rome.

Silvia et lui profitaient plus souvent qu'ils ne l'auraient dû des absences de Giovanni Battista souvent retenu à Florence ou Ancône pour ses affaires. Et pour la première fois depuis leur séjour à Capodimonte, ils avaient dérogé à la règle qu'ils s'étaient fixée de ne jamais passer une nuit ensemble à Rome. C'était une sorte de frontière qu'ils n'avaient pas franchie auparavant, autant par crainte d'attirer l'attention de leurs familiers que de ne plus pouvoir y renoncer.

— Fais attention, Rome est la ville du vice mais elle n'aime pas le secret… ni ceux qui se cachent.

Alessandro regarda la foule qui s'était amassée sur l'avenue qui menait à la basilique Saint-Pierre pour assister à ce triomphe.

— Tu as raison…

César avait demandé à le rencontrer juste après la cérémonie. Il organisait depuis plusieurs jours des entretiens informels avec les dix-sept cardinaux du Sacré Collège pour s'assurer de leur soutien. Il voulait s'assurer qu'ils signeraient bien la bulle qui le désignerait vicaire du pape en Romagne.

— Je crains que César ne se joue de nous…, continua Alessandro qui s'inquiétait pour son oncle enfermé au château Saint-Ange, à quelques mètres d'eux.

Un procès fantoche l'avait très vite déclaré coupable de crime de lèse-majesté contre le pape et, comme prévu, tous les biens de la famille avaient été confisqués. L'image de son oncle titubant entre les murs humides de cette geôle ne le quittait plus. Il comptait plaider sa cause auprès de César.

— C'est ce que je t'ai dit depuis le début ! Mais tu n'as pas voulu m'écouter ou alors tu as fait semblant !

Les succès de César semblaient n'avoir aucune limite. Il déployait son talent militaire à travers les terres de Romagne. Comme promis, Alessandro avait soutenu son entreprise en votant lors des consistoires consacrés aux affaires courantes les crédits que le pape voulait mobiliser pour financer cette reconquête. Alessandro n'était pas seulement fidèle à ses liens avec le pape et sa famille, il pensait comme eux que l'Église devait s'appuyer sur un territoire unifié et soumis pour poursuivre sa mission évangélique.

Mais sa loyauté n'avait pas été payée en retour et son oncle était toujours en prison.

— Nous n'avons plus qu'à attendre le prochain pontife puis à devenir pape nous-mêmes ! continua Jean.

Depuis l'élection d'Alexandre VI, Jean gardait une certaine distance vis-à-vis du clan Borgia en attendant de voir si César était un allié ou un ennemi de la seule cause qui l'intéressait : faire en sorte que sa famille redevienne maîtresse de Florence.

« Que le Seigneur te couvre de l'habit du salut et t'entoure de celui de la joie, au nom du Père, du Fils et du Saint-Esprit. Amen. » Le pape avait prononcé ces paroles sacrées en revêtant César de son manteau de gonfalonier. Il avait juré à son tour de se soumettre à saint Pierre et à l'Église, en tant que porte-étendard de la Sainte Église romaine. Il avait également reçu le bâton de commandement et les deux étendards.

Plus flamboyant que jamais, César attendait Alessandro dans ses appartements au-dessus de la salle du Perroquet. Vêtu de velours noir, la taille serrée par une ceinture de brocart tissé d'or, il avait quitté le vêtement d'apparat de gonfalonier dont son père l'avait revêtu. Son allure était impressionnante, sa beauté éclatante. Il ouvrit les bras d'un geste amical pour lui donner l'accolade.

— Alors, comment as-tu trouvé cette cérémonie ?

— À ton image : brillante.

Un sourire sur les lèvres, il tournoya autour du fauteuil avant de l'inviter à s'asseoir.

— Je sens une pointe de sarcasme dans ton compliment. Je suis désolé pour ton oncle..., commença-t-il spontanément. Je crains que les troubles qui ont éclaté à Sermoneta n'aient échappé à tout contrôle et qu'il n'ait perdu la main…

César prenait les devants pour en venir aux sujets qui l'intéressaient.

— Je ne suis pas certain que cela mérite une condamnation à mort ni une confiscation de ses biens, rétorqua Alessandro que la mauvaise foi de César insultait.

— Sa peine n'a-t-elle pas été commuée en prison perpétuelle à la suite de ses aveux ?

— Des aveux obtenus sous la torture !

Alessandro n'avait pu s'empêcher de lever la voix.

— Calme-toi… J'en parlerai à mon père, je te le promets.

Au lieu de le rassurer, la promesse de César lui glaça le sang. Elle était pire qu'une menace tant elle semblait guidée par le seul intérêt tactique qui l'habitait.

— Quant à ton projet de recevoir l'évêché de Corneto et Montefiascone, il faut que tu attendes des jours meilleurs…

Alessandro le regarda, intrigué par cette déclaration imprévue. Alessandro n'était pas prêt à renoncer à cet office si proche de chez lui que lui avait pourtant promis le pape. Il lui permettrait d'étendre son influence sur la région et de consolider son pouvoir sur ses terres.

— Pour quelle raison ? Cet évêché est pourtant vacant depuis plusieurs mois et personne d'autre que moi n'est plus légitime…

César ouvrit les mains en signe d'impuissance.

— J'ai besoin d'argent pour que cette campagne

soit victorieuse, et Giovanni Battista est un fidèle soutien que je ne peux ignorer…

Le sang d'Alessandro se glaça en entendant ce nom. Giovanni Battista Crispo était originaire de Corneto où son jeune frère Vincenzo était notaire de la chambre apostolique.

— Il t'a dit quelque chose à mon sujet ?

— En effet, je crains qu'il n'ait plus que des soupçons sur la conduite de son épouse… Il s'est opposé à ce que tu reçoives le moindre office.

Alessandro sentit son visage se décomposer. Giovanni Battista Crispo, le mari de Silvia, faisait tout à coup irruption dans ses projets. Celui qu'il avait soigneusement évincé de ses pensées, le repoussant loin de son existence, telle une ombre qu'on ne veut pas voir.

— Depuis quand accordes-tu de l'attention à l'avis de cet homme ? demanda Alessandro.

— Il a un don pour faire pousser de l'argent dans les bourses les plus vides…

Alessandro savait que le pape était à l'affût des moindres sommes d'argent qui permettraient à César de lever une armée plus grande : le pontife prévoyait de nommer une fournée de douze cardinaux contre une rémunération de la part des nouveaux venus de 4 000 à 25 000 ducats.

Tous les moyens étaient bons pour grossir la cagnotte nécessaire pour s'offrir de brillants *condottieri*. Qui sait quelles spéculations immobilières orchestrées par Giovanni Battista Crispo pouvaient bénéficier à César ? Alessandro savait qu'il ne pouvait pas lutter sur ce terrain-là.

À la suite de leur entretien, il sortit sans attendre du palais pontifical. En montant sur son cheval pour rejoindre directement le palais de Silvia, il sentit grandir sa crainte de voir celle qu'il aimait livrée à tous les libelles et rumeurs qui avaient crucifié sa sœur. La réputation sulfureuse entourant sa nomination n'attendait qu'une nouvelle affaire pour se réveiller.

Face à l'édifice aux pierres neuves et aux contours presque trop nets, il resta quelques minutes à attendre, embusqué dans un recoin. La fenêtre de la chambre de Silvia était juste au-dessus du figuier. Il avait aperçu un garde qui surveillait l'enceinte du palais mais il semblait regarder ailleurs. Juste après avoir quitté César, il était repassé chez lui pour retirer sa soutane et sa barrette de cardinal. Dès qu'il changeait de vêtements, il se sentait quelqu'un d'autre. Il voulait grimper sur ce mur à mains nues, comme autrefois, lorsqu'il escaladait la forteresse de Capodimonte avec Francesco. Ne pas attendre que la suivante de Silvia vienne le faire monter en cachette jusqu'à ses appartements.

En quelques gestes, il retrouva son agilité et gravit la façade par le côté. Lorsqu'il fut près de la fenêtre ouverte, il guetta les bruits. Aucune voix ne lui parvenait du jardin, ni du palais.

Il s'y pencha. La chambre semblait vide. Il attendit encore jusqu'à voir passer une silhouette dans l'obscurité. Silvia. Elle se tourna vers la fenêtre et croisa son regard. Après un instant de frayeur elle le reconnut et se précipita vers lui.

Il enjamba la fenêtre.

— Giovanni me surveille constamment, souffla-t-elle. Je ne peux plus sortir sans un des gardes, même pour aller chez ma sœur…

Alessandro recula, à peine étonné.

— Oui, il sait tout…

Ses yeux semblaient presque noirs tant elle avait l'air inquiète.

Il prit son visage dans ses mains.

— Lui ou son frère Vincenzo est intervenu auprès de César pour que l'on ne m'attribue pas l'évêché de Corneto.

Silvia parut surprise.

— Giovanni n'aurait pas fait cela. Il est trop bon. Enfin, je le croyais. Je crains qu'il ne soit dévasté… Je ne l'ai pas vu depuis hier. Il est parti à Ancône sans explications.

Elle s'approcha de la petite statuette en bronze qui représentait la Vierge, cette figure où elle puisait toujours une forme de réconfort. Alessandro la prit dans ses bras.

— Que voulais-tu me dire dans ta lettre ?

— J'attends un enfant…

Il recula et la regarda sans parler. Puis, ne sachant que dire, il la serra dans ses bras. Un brusque sentiment de joie l'avait envahi.

À cet instant, sans penser à rien d'autre, il fut simplement heureux. Ils restèrent quelques instants immobiles, cherchant à puiser dans ce silence une forme de réconfort ou de certitude. Tout à coup, un bruit de clé se fit entendre dans le couloir. Elle recula.

— Giovanni a fait semblant de se réjouir…

Alessandro se demanda combien de temps cette mascarade pouvait durer.

— Je lui ai promis que je ne te reverrais plus…

— C'est ce que tu souhaites ?

Elle alla vers la porte pour la fermer à clé et revint vers lui.

— Non bien sûr, mais restons éloignés quelque temps, laissons-le croire et faire croire que cet enfant est le sien pour le moment…

Silvia semblait sûre d'elle. En regardant son visage charmant, sa peau lumineuse, ses lèvres parfaites, il pensa que Giovanni Battista l'aimait aussi exclusivement.

— Nous ferons comme tu voudras.

## *Été 1500*

La mort de Jacopo Caetani survint au cœur de l'été, alors qu'une épidémie de peste traversait à nouveau la ville.

Alessandro ressentait ce meurtre comme une double trahison : à l'égard de son oncle qui avait une haute conception de l'Église, mais aussi de lui-même, en mémoire des liens quasi familiaux qui l'unissaient au pape. Son impuissance le rendait furieux. Ses tentatives pour convaincre les cardinaux de l'aider à le faire libérer s'étaient révélées infructueuses et presque dangereuses. La peur faisait perdre leur discernement aux membres du collège qui siégeaient autour du pape.

Il ne lui restait plus qu'à donner à son oncle la plus belle et la moins discrète cérémonie d'enterrement possible. Il avait expressément demandé à ce que le convoi funèbre qui emportait la dépouille de Jacopo Caetani passe devant le Vatican pour rejoindre la basilique San Bartolomeo, où était installé le tombeau des Caetani. Il voulait que ce convoi traverse le Borgo Nuovo à l'heure où le pape donnait une de ses bénédictions aux pèlerins venus chercher la rémission de leurs péchés. Être certain qu'il verrait du haut de son balcon passer le cortège. Maigre consolation.

Ce soir-là, il se tenait en première ligne derrière le cercueil. Le soleil disparaissait derrière les collines et tirait ses derniers feux rouge et orange dans le ciel.

Quelques-uns de ses serviteurs avaient rejoint le petit groupe de fidèles et d'amis qui s'étaient rassemblés derrière ce convoi funèbre. Sa mère, qui ne quittait jamais Capodimonte, avait renoncé à faire ce trajet même pour son propre frère. À côté de lui, Giulia tenait par la main Laura, sa fille de huit ans. Elle avait la même silhouette, le même déhanchement un peu lascif que sa mère. Son chignon aux cheveux blond-roux, de cette couleur scintillante, indéfinissable, qui était aussi celle de Rodrigo Borgia, signait son ascendance.

Couché pour l'éternité, son oncle était encore debout. Sa stature se tenait fièrement au-dessus des silhouettes couchées devant la puissance des Borgia. Elle ne l'avait jamais autant impressionné.

Lorsqu'ils traversèrent le pont, Giulia ralentit son pas pour être à sa hauteur et prendre son bras. Elle n'était pas reparue à Rome depuis plusieurs mois, restant au chevet d'Orsino Orsini qui était au plus mal.

— Silvia est enceinte, murmura Alessandro en prenant la main de sa sœur.

Dans la sienne, il avait l'impression de tenir celle de Silvia, tant elles étaient devenues proches malgré leurs différences de caractère. Giulia sacrifiait tout à sa volonté de séduire, enjôleuse et drôle. Tandis que Silvia choisissait qui elle aimait, ne voulant pas s'embarrasser de conquêtes qui ne l'intéressaient pas. Elle préférait aimer qu'être aimée.

— Fais attention, éloigne-toi d'elle quelque temps, ce serait plus prudent.

Alessandro ne fut pas surpris par ce conseil tant Giulia avait su garder la tête froide pendant toutes ces années. Il l'avait lui-même formée à ne pas se laisser attendrir par les sentiments.

— Alors qu'Adriana nous avait laissé entendre qu'Orsino serait un homme compréhensif et souple face à l'amour que me portait Rodrigo, il se révéla beaucoup plus jaloux que prévu..., continua celle qui s'y connaissait en mensonges.

Devant eux, le convoi avait bifurqué vers la basilique qui les attendait, portes grandes ouvertes. Une foule s'était agglutinée sur leur passage, croyant assister à une procession jubilaire, préambule à des festivités plus profanes, comme c'était la coutume. Alessandro ne fit rien pour les décourager, au contraire, il ralentit son pas, pour mieux laisser ces spectateurs admirer l'énième victime de l'arbitraire pontifical. Comme si le ciel voulait dramatiser cette scène, il devint gris, des nuages apparurent, l'air fut de plus en plus lourd et des éclairs traversèrent l'horizon. Mais les hommes et les femmes attendaient la pluie sans bouger, avides de voir s'engouffrer ce cercueil recouvert d'un tissu de velours aux armes des Caetani. L'œil saturé de festivités et de réjouissances, ils étaient brusquement envoûtés par cette scène macabre, attirés par ce sinistre cortège.

Cette revanche dérisoire lui rappela la conversation avec son oncle dans sa geôle quelques jours avant qu'il soit empoisonné et la promesse qu'il lui avait faite de rendre visite au cardinal Della

Rovere. Cette perspective lui était désagréable. Bien qu'il ait revu le cardinal de Saint-Pierre-aux-Liens plusieurs fois depuis son séjour au château Saint-Ange, il ne l'avait jamais rencontré en face à face. Sa proximité avec les Borgia les avait toujours tenus éloignés.

— À quoi penses-tu ? demanda Giulia en s'éventant le visage. Tu sembles préoccupé.

— Au cardinal de Saint-Pierre-aux-Liens que je dois rencontrer. J'en ai fait la promesse à notre oncle et je vais le faire savoir.

Alessandro se savait suivi, observé dans ses moindres faits et gestes. Surtout depuis sa discussion avec César, le jour de son intronisation comme gonfalonier de l'Église. Michelotto Corella, son âme damnée, faisait surveiller la ville par ses espions pour s'assurer que rien ne lui échappe.

— Tu es sûr ? demanda Giulia. C'est un hypocrite. Je préfère encore les hommes tels que Rodrigo. Au moins, ils ne se cachent de rien…

Alessandro savait que l'entourage du cardinal Della Rovere avait contribué à répandre des expressions désagréables sur son compte et sur Giulia : *cardinal au jupon, épouse du Christ*. Ces mots avaient laissé des traces. Tout ce qui pouvait entacher la réputation du pape et contribuer à sa déposition avait été fait. Le cardinal Della Rovere était pourtant tout aussi débauché que le pape et sa famille. Mais plus discret. Il avait eu quelques aventures mais il n'avait engendré que des filles. La plus aimée de toutes, Félicia, était soigneusement cachée. Depuis sa naissance, on ne lui connaissait plus que des aventures masculines. Il choisissait désormais ses amants parmi ses conseillers les plus proches ou ses secrétaires personnels.

— J'ai cru comprendre que leur différend avait cessé… ?

En pénétrant dans l'église, Alessandro sentit une odeur d'humidité mélangée à l'encens lui sauter au visage.

— Ce n'est qu'une façade, le cardinal attend son heure. Il s'est retranché dans sa forteresse d'Ostie et n'est plus reparu à Rome depuis quelque temps…

Alexandre VI allait avoir soixante-dix ans dans quelques mois et sa santé commençait à décliner. Il y avait de grandes chances que le cardinal Della Rovere soit le prochain pape, même si les nominations à répétition de cardinaux espagnols ou à la solde du pape actuel diluaient les chances du cardinal Della Rovere de se faire élire. À la mort d'un pontife toutes les cartes étaient rebattues, l'issue d'un conclave était toujours imprévisible.

Et il n'aimait pas que le fils du pape ne connaisse plus de limites à son pouvoir et à sa folie.

*Janvier 1501*

Le cri d'un nouveau-né traversa les murs jusqu'à la via dei Banchi. Il tranchait avec le brouhaha nocturne de la rue qui menait au palais de Silvia. Alessandro le reconnut tout de suite. Marchant entre les flaques d'eau, il suivit sa trace. Envahi de brigands, de mendiants, de marchands ambulants, l'air n'était pas fait pour accueillir ce souffle pur. Il pensa qu'il était presque impossible de naître à Rome : la ville n'était peuplée que de vieillards ou d'ambitieux. Les femmes y étaient tolérées mais comme des demi-sorcières. Quant aux enfants, ils mouraient ou vivaient en sursis en attendant l'âge adulte.

Il avait voulu profiter d'un déplacement de Giovanni Battista pour se faufiler jusqu'à la chambre du nouveau-né. Depuis l'accouchement, Giovanni Battista, qui pressentait que cet enfant avait été conçu lors d'une de ses absences, ne quittait pratiquement plus jamais Rome.

Lorsqu'il avait su que c'était une fille, Alessandro s'était senti particulièrement ému. Peut-être parce qu'il s'y mêlait une légère désillusion. Ce n'était pas le fils qu'il espérait. Comme si le destin avait voulu suspendre son accomplissement, attendre qu'il soit en mesure de donner une légitimité à sa descendance. La naissance d'une fille lui procurait une joie plus secrète, plus intime : alors que Silvia n'avait eu que des fils avec Giovanni Battista Crispo, cette différence signait sa paternité.

Alessandro ne resta que quelques instants dans la chambre. Le temps d'observer une ressemblance, du bout des yeux, quelque part au coin du nez. De serrer la mère dans ses bras, et d'entendre le prénom de l'enfant : « Costanza. »

Cette vision ainsi que le regard de Silvia achevèrent de le convaincre qu'il ne pouvait laisser son destin entre les mains de César et de son père. Il fallait à la fois préparer l'avenir et faire savoir à ceux à qui il devait tout que sa loyauté ne pouvait être trop durement éprouvée.

## *Février 1501*

— Le cardinal Farnese ?

Giuliano Della Rovere avait levé les yeux de la carte qu'il étudiait. Depuis le début de la campagne de César, il observait chaque nouvelle ville conquise, chaque nouvelle forteresse soumise, suivant minutieusement le parcours du duc de Valentinois comme pour en contrôler la marche, en précéder le triomphe. À son grand désespoir, les villes se livraient une à une à César presque sans résister, refusant de défendre les seigneurs qui les avaient opprimées. Mais en entendant le nom de cette créature des Borgia, une sorte d'étincelle jaillit dans son esprit. Alessandro Farnese était un de ces alliés dont la loyauté ne pouvait être questionnée tant sa dette à leur égard était grande. Il était l'un des rares Italiens qui entretenaient un lien familial avec eux, au même titre que les prélats espagnols ou catalans qui avaient rejoint le cercle des conseillers du pape. Même si depuis quelque temps il semblait faire l'objet d'une certaine disgrâce de la part du pape et de son fils. Le cardinal Della Rovere, qui ne montrait jamais ses émotions, même à son fidèle secrétaire

Francesco Alidosi, ne put s'empêcher de réagir vivement.

— Faites-le donc entrer ici !

Le secrétaire Alidosi parut étonné.

— Ne souhaitez-vous pas, Votre Éminence, que je lui demande la raison de sa visite ? Il ne s'est pas fait annoncer…

Le cardinal le regarda avec stupeur.

— Croyez-vous que le cardinal Farnese ait fait tout ce chemin pour me saluer poliment ? Je préfère qu'il me dise cela lui-même. Nous verrons mieux ce qu'il a vraiment en tête.

— Je présume qu'il cherche un peu de soutien…, continua Alidosi qui connaissait la situation de tous les membres du Sacré Collège.

— Sans doute, et c'est ce qui m'intéresse, sourit encore le cardinal Della Rovere.

Le secrétaire Alidosi demanda au chambellan d'introduire le visiteur.

— Prenez place, s'exclama le cardinal en désignant un fauteuil près de la cheminée.

Il régnait dans ce salon la même austérité qu'au château Saint-Ange. Des armures vides montaient la garde de chaque côté d'une grande table, des meubles épais et sombres, une absence de lumière même en plein jour. Jamais ils n'avaient évoqué ensemble leur entrevue au château Saint-Ange quelques années plus tôt. Mais en entrant dans cette grande salle sombre et froide, il ne put s'empêcher de penser que le cardinal Della Rovere était l'homme des forteresses imprenables.

— Ce château est impressionnant, s'exclama Alessandro, admirant la robustesse de ce bâtiment triangulaire autant que la présence belliqueuse de cet homme assis face à lui.

Il se tenait sur une cathèdre posée sur une estrade, devant une grande table, comme l'aurait fait un pape en visite dans la forteresse d'un seigneur.

Construite à l'embouchure du Tibre sur le site de la villa antique d'Ostie, la tour ronde ne contrôlait pas seulement le trafic fluvial et l'accès à Rome ; depuis quelques années, elle était devenue le dernier rempart de la péninsule contre le pouvoir des Borgia. Lorsqu'il n'était pas en exil à Avignon, le cardinal Della Rovere se tenait embusqué dans ce château qu'il avait fait bâtir au cours des premières années de son cardinalat, comme un chef de guerre attendant son heure. Il n'en finissait pas de tramer des intrigues contre celui qui lui avait *volé* le trône apostolique, lui arrachant quelques-unes des précieuses années qui lui auraient permis de restaurer le prestige de la papauté et de l'Église.

— C'est un bâtiment dont je suis fier car il est de nature à décourager nos ennemis de s'attaquer à Rome. Il présente des caractéristiques innovantes en matière d'architecture militaire. Je vous le ferai visiter si les fortifications vous intéressent...

Alessandro observa encore la hauteur du plafond voûté, l'épaisseur des fenêtres à meneaux qui isolaient la pièce du monde. De l'autre côté de la cour, on pouvait discerner le chemin de ronde qui longeait entièrement l'édifice.

— Mais il n'est malheureusement pas suffisant pour repousser les ennemis de l'intérieur, continua Alessandro qui s'intéressait davantage aux fresques qu'aux forteresses depuis l'acquisition du palais du Campo dei Fiori.

— Il faut d'autres moyens en effet...

À plus de cinquante ans, le cardinal Della Rovere semblait à peine vieilli malgré les années de rivalités et d'exil. Même assis, on voyait qu'il était grand, que ses épaules larges sous sa robe pourpre étaient celles d'un homme taillé pour la guerre. Son grand front était barré par une frange de cheveux bruns, cernant sa large tonsure. Il émanait toujours de lui une autorité peu commune.

— Si vous n'y voyez pas d'inconvénient mon secrétaire restera avec nous pendant notre entretien…

Alessandro avait rencontré Francesco Alidosi à plusieurs reprises à Rome. Un homme dont la beauté était aussi frappante que son regard était trouble. Il avait accompagné le cardinal Della Rovere lors de sa légation à Avignon et personne n'ignorait qu'il avait profité de ce séjour prolongé loin de Rome pour devenir son amant.

Avant de parler, Alessandro disposa les plis de sa soutane autour de ses jambes, jouant sur la curiosité de son hôte.

— Je suis, comme vous le savez, attaché à la restauration de l'autorité pontificale sur les États de l'Église.

Le cardinal Della Rovere hocha la tête d'un air aimable.

— Je comprends que vous y soyez particulièrement sensible en effet, mon cher Alessandro, glissa-t-il en souriant.

Alessandro ne releva pas cette allusion au motif de son arrestation près de quinze ans plus tôt.

— Je tenais à vous informer que certaines actions se préparent qui pourraient avoir des conséquences négatives sur l'équilibre de ces États.

Le cardinal de Saint-Pierre-aux-Liens plissa les yeux comme pour tenter de discerner quelque chose qui l'intéressait.

— Tiens ? Vous avez enfin ouvert les yeux ?

Alessandro sentait monter la fureur de son interlocuteur lorsqu'on s'approchait trop près de César Borgia. Il voulut tout de suite préciser les choses.

— La campagne que le capitaine de l'Église est en train de mener pour rétablir l'ordre dans les États pontificaux me semble bénéfique pour la papauté. Je ne suis pas là pour trahir ce en quoi je crois. Il n'y a qu'à voir comme les populations abandonnent ceux qui les avaient gouvernées.

— Votre oncle Jacopo Caetani n'aurait pas été d'accord avec vous…

Le cardinal Giuliano Della Rovere avait changé d'attitude. Tout son être exprimait le désir de voir Alessandro prendre fait et cause contre le pape. Alessandro soupira en pensant à Jacopo. Son empoisonnement, la violence qui s'était abattue sur Rome ces derniers temps, l'assassinat d'Alphonse d'Aragon étranglé par Michelotto Corella alors qu'il s'acharnait à ne pas mourir de ses blessures étaient pour beaucoup dans cette visite. Mais sa volonté de freiner cette dérive sanglante n'était pas son seul motif.

— Sa mort est particulièrement regrettable. Mais mes affaires personnelles n'ont pas vocation à guider tous mes choix.

Le visage du cardinal Della Rovere s'adoucit légèrement.

— C'est tout à votre honneur. Mais je vous avoue que j'ai plus que des doutes sur les motifs de cette campagne. Il est évident que César Borgia agit pour le compte de sa famille, voire exclusivement le sien, et pas pour celui de l'Église.

— Son ambition est incontestable. Mais, pour le moment, César est capitaine de l'Église, il n'agit que pour le compte de celle-ci.

À nouveau, le regard du cardinal exprima un tumulte intérieur que rien ne semblait pouvoir éteindre.

— Êtes-vous stupide ? L'ambition de César Borgia est au service de ses intérêts. Il se fera couronner roi de Romagne dès qu'il aura fini ses conquêtes !

Alessandro gardait son calme.

— Ces conquêtes permettront de rétablir une autorité qui faisait défaut à la papauté. Pour le moment, les réussites de César ne reposent que sur la protection du pape, qui n'est pas éternel.

Le cardinal haussa les épaules en jetant un regard plein de connivence à son secrétaire.

— Je vous trouve bien optimiste. Aucun des papes qui succéderont à son père ne pourra s'en défaire.

Alessandro attendit quelques instants.

— Mais je suis tout de même curieux d'entendre ce que vous êtes venu me dire..., continua le cardinal.

— Contrairement à ce que le pape vous a promis, César a décidé de s'emparer du fief de Sinigaglia et d'en chasser votre frère pour placer l'un de ses hommes à sa tête. Quant à Urbino, César procédera de la même façon avec le duc Guidobaldo de Montefeltre.

Le cardinal ouvrit de larges yeux. La seigneurie de Sinigaglia, concédée à son frère cadet par leur oncle Sixte IV, avait fait l'objet de discussions secrètes entre le pape et Giuliano Della Rovere. Une telle destitution constituerait une attaque et un affront personnels difficilement tolérables. Mais ce qui l'inquiétait encore davantage était la menace qui se profilait sur le duché d'Urbino alors que son propre neveu devait en hériter à la mort du duc. Francesco Maria Della Rovere, le fils de son frère Giovanni et de Jeanne de Montefeltre, était le successeur désigné de son oncle, l'actuel duc, Guidobaldo de Montefeltre, qui n'avait pas d'enfant. Cette transmission concentrait tous ses espoirs dynastiques pour faire perdurer le nom des Della Rovere dans l'histoire. En un instant, la révélation d'Alessandro faisait s'effondrer le château de cartes familial que le cardinal de Saint-Pierre-aux-Liens s'employait à préserver malgré son hostilité manifeste pour le pape. Pour ne pas paraître étonné ni pris de court, il toussa légèrement avant de répondre.

— Il n'osera pas mettre en péril cette promesse qui m'a été faite de ne pas menacer nos intérêts... Le roi de France ne l'accepterait pas.

— Vraiment ?

Un silence s'appesantit entre eux.

— Pourquoi venir me dire cela ? N'est-il pas un peu tard pour changer de camp ?

— Je ne change pas de camp, je vous offre la possibilité de préparer le duc d'Urbino à se défendre pour empêcher cette spoliation... Cette attaque devrait avoir lieu au printemps.

Le cardinal Della Rovere se gratta la barbe, l'air circonspect.

— Qu'espérez-vous de moi ? demanda-t-il finalement.

— Rien de particulier. Seulement je vous rejoins

sur une partie de votre analyse : je ne voudrais pas que la réussite de cet homme ne le rende trop puissant. Si le duché d'Urbino tombe aussi entre ses mains, il franchira ce seuil critique qui lui donnera suffisamment de poids pour se maintenir sans l'aide de la papauté...

Le cardinal Della Rovere le regardait avec stupeur.

— Je vais prévenir mon frère et Guidobaldo et les aider à rassembler quelques troupes. Mais je crains qu'il ne soit un peu tard. La seule chose qui pourrait encore arrêter l'ascension de César, comme vous le dites, c'est que son père disparaisse.

Alessandro ne releva pas cette allusion. Le cardinal enchaîna :

— Il y a peut-être un moyen de le discréditer à jamais. Si les orgies au Vatican ne choquent personne, il reste l'inceste...

Le cardinal plissa ses yeux noirs. Malgré le flou laissé entre les mots, la lumière qui éclairait ses yeux s'était tout à coup figée, en alerte, prête à entendre ce qu'il allait dire. Personne n'ignorait que Giuliano Della Rovere cherchait des moyens de discréditer le pape élu pour le faire déposer, qu'il avait rassemblé autour de lui une petite troupe de cardinaux fidèles, qui le soutenaient dans cet objectif, espérant récolter les fruits de leur infidélité au pape. Sa tentative d'en appeler au roi Charles VIII afin qu'il profite de sa venue à Rome pour déposer le pontife avait été un échec. Mais il gardait la même ligne : travailler dans l'ombre, chercher des appuis extérieurs, faire valoir des arguments *spirituels* pour disqualifier moralement son ennemi.

— Vous seriez l'une des rares personnes susceptibles de témoigner, vous qui les fréquentez de près… C'est ce qui nous a manqué lorsque j'ai tenté de faire déposer le pape avec l'aide du roi de France. Un témoin.

Le cardinal eut un petit geste de mépris en regardant son secrétaire puis Alessandro. Il continua :

— Dès qu'il a vu le pape, ce satané monarque s'est incliné comme un communiant alors qu'il m'avait juré qu'il le ferait traduire devant un tribunal et qu'on pourrait convoquer un concile pour réformer l'Église !

— Ces histoires d'inceste ne sont que des rumeurs, reprit Alessandro.

— Vous êtes sûr ? Giovanni Sforza a pourtant été formel.

Alessandro se souvenait des déclarations du premier mari de Lucrèce. Il aurait facilement pu accréditer cette idée, ayant vu sa sœur et Lucrèce se coucher dans le même lit alors que le pape rejoignait sa maîtresse.

— Je le crains, Éminence.

Le secrétaire Alidosi le regardait avec mépris, sa lèvre inférieure légèrement tombante sous l'effet de la déception. Malgré cela, il régnait toujours sur ses traits un mélange de fourberie et de douceur.

Leur entretien prit fin sur ce silence. Le cardinal Farnese prétexta un rendez-vous qui l'empêchait de visiter la forteresse.

Lorsqu'il fut parti, le cardinal Della Rovere resta quelques instants à observer le vide laissé par ce surprenant visiteur. Il avait toujours considéré ce cardinal Farnese comme un jeune ambitieux sans conviction, prêt aux pires chantages pour obtenir ce qu'il voulait. Mais sa loyauté lui avait plu. À moins que ce ne soit son allure de jeune homme souple et ferme à la fois. Le secrétaire Alidosi sembla percevoir cette marque d'intérêt.

— Il semble avoir le bien de notre Sainte Église à cœur. Évidemment, nous pouvons regretter sa prudence… Mais j'aime que l'on ne trahisse pas son bienfaiteur…

connection, par ses innombrables agents, pour obtenir ce qu'il voulait. Mais sa logique lui avait dit, à [illegible] [illegible]

— Il semble [illegible]

[illegible]

*J'éprouvais, en quittant le cardinal Della Rovere, plus d'enthousiasme qu'en entrant dans son bureau. Cet homme dur était un chef de guerre. Même si nous n'étions pas dans le même camp, son allure intraitable me plaisait.*

*J'étais aussi certain d'avoir été suivi, ou du moins observé, lors de cette visite.*

*J'assumais cette petite trahison car ma loyauté vis-à-vis du pape et de sa famille menaçait de faire de moi un courtisan que l'on méprise. Il faut savoir déroger momentanément à ses principes pour mieux les servir.*

*Mes anciennes passions étaient mes refuges. Je passais encore plusieurs heures par semaine à l'université. J'y suivais les conférences d'un jeune astronome polonais, Nicolas Copernic, dont l'observation du ciel me permettait de prendre quelque hauteur. En attendant d'être craint, j'espérais que des événements imprévus me permettraient d'obtenir ces distinctions que le pape me refusait encore.*

*Je m'étais toujours juré que je ne deviendrais pas un cardinal pauvre. Si la chance se refusait à moi, je n'excluais pas de rendre cette barrette de cardinal et de revendre le palais Ferriz. Me retirer sur mes terres, vivre comme mon père de nos modestes revenus agricoles et de l'élevage de moutons, épouser Silvia lorsqu'elle serait veuve. C'était un horizon envisageable.*

*Mes affinités avec le cardinal Della Rovere me paraissaient plus nombreuses qu'avec Alexandre VI. Et les Borgia n'étaient pas éternels malgré leurs tentatives de bâtir un royaume au cœur de l'Italie.*

## *Mars 1501*

Marcello Donati se tenait devant Giovanni Battista Crispo, l'air coupable. Le fidèle maître d'œuvre venu du port de Ripa avait retiré son chapeau. Conscient d'apporter une information peu agréable à son maître, il semblait prendre part à sa douleur.

— Oui. Le cardinal Farnese est venu au palais il y a quelques jours… Ce fut une courte visite.

Giovanni Battista Crispo était assis à sa table de travail où s'étalaient toutes sortes de livres de comptes et de lettres de change à percevoir auprès de l'administration pontificale. De marchand, il était devenu banquier puis, en gagnant la confiance du pape, il avait peu à peu acquis la responsabilité d'administrer les revenus de la chambre apostolique dans sa province d'origine. Cette avancée réalisée grâce à la présence de son frère à Corneto en tant qu'administrateur apostolique et le succès de ses placements financiers laissaient présager l'attribution de nouvelles charges. Il jeta un regard désabusé à ces documents qui signaient l'évolution de son statut. Sa déroute conjugale ne lui paraissait que plus cruelle au regard de sa réussite matérielle et de son influence grandissante auprès du pape.

— Quelle heure était-il ?

Giovanni Battista Crispo s'accrochait à des détails dérisoires pour ne pas sombrer, sentant son cœur douloureusement frappé par les paroles de Marcello. Le pire n'était évidemment pas cette visite, l'heure à laquelle elle avait eu lieu, mais tout ce qu'elle signifiait.

— Environ vingt heures, lorsque vous êtes sorti pour rencontrer votre frère...

Giovanni Battista Crispo avait organisé cette rencontre avec Vincenzo dans une taverne du rione Colonna exprès pour laisser le champ libre au cardinal Farnese. Ses soupçons l'obsédaient. Les pleurs de Costanza le poursuivaient dans son sommeil, tandis que la vision de Silvia dans les bras d'Alessandro Farnese le rendait fou. Il préférait savoir que douter, il préférait souffrir que deviner. En quittant son palais pour une heure seulement, laissant à Silvia une courte liberté, il pensait savoir à quoi s'en tenir. Pour seulement une heure, alors qu'elle vivait sans la moindre visite depuis des semaines, elle ne résisterait pas à faire venir son amant, à lui faire entrevoir cette enfant qui était la sienne. Quel homme viendrait visiter une femme pour seulement quelques minutes dans la chambre d'un nouveau-né ? Cela ne pouvait être que le géniteur de leur fille.

— Vous êtes certain ?

Giovanni Battista se tenait au bord du précipice. C'était plus qu'il ne pouvait supporter.

L'homme hocha à peine la tête.

Giovanni Battista Crispo sentit tout le poids de

sa vie lui tomber sur les épaules. Les paroles de son frère lui affirmant qu'ils pouvaient tirer bénéfice de cette « éventuelle liaison » résonnaient trop lointainement. Elles lui semblaient encore plus cruelles.

Il savait depuis le début que la fille dont il rêvait n'était pas la sienne. Fermer les yeux sur cette paternité douteuse ne suffisait pas à calmer sa douleur.

Il avait tout tenté : discréditer le cardinal auprès de César Borgia, empêcher que lui soit attribué l'évêché de Corneto, sa terre d'origine, son fief.

Et même reconquérir Silvia qu'il aimait pardessus tout mais qui ne lui accordait plus un regard. Malgré ses efforts, son corps restait glacé, impassible sous ses caresses, à peine un léger tremblement de dégoût lorsqu'il s'approchait d'elle. Ses fils demeuraient ses seules raisons de vivre. Mais comment le jugeraient-ils lorsqu'ils apprendraient cette trahison ?

Tout à coup, la douleur morale devint physique, le poids qui venait de s'abattre contre sa poitrine lui vrilla le cœur. Le côté gauche de son corps fut brusquement traversé par un éclair ; depuis son bras jusqu'à son épaule, il traversait son corps comme la lame d'une épée.

— Prenez cela..., articula-t-il en tendant une bourse remplie de quelques écus à Marcello.

— Non...

Giovanni Battista le regarda, étonné, incapable de prononcer un mot. Il tenta de se lever. Pour avancer, tenant à peine sur ses jambes, il s'appuya sur le coffre de mariage que lui avait offert Silvia, une crédence en bois précieux qui symbolisait leur union. Au contact de cet objet qui lui rappela leur nuit de noces, une étincelle plus violente encore parcourut sa poitrine.

— Laisse-moi…

— Non, monseigneur.

Il commença à glisser le long du meuble, tandis que Marcello essayait de le retenir.

En croisant l'œil noir de son serviteur, où tourbillonnait une menace, peut-être même une vengeance, il aperçut cette part de mystère qui l'avait toujours inquiété. Celui d'un homme au passé trouble appartenant à une lignée d'assassins, de sbires qui avaient commis des crimes au service des familles romaines, un jeune garçon qu'il avait pris à son service pour le soustraire à ce destin. Au bord de l'abîme, un sursaut le traversa. Le désir soudain de venger son honneur, de ne pas laisser la place libre à celui qui avait gâché son bonheur. Allongé par terre, la tête posée sur les genoux de Marcello, il articula à voix basse :

— Va voir mon frère, et dis-lui de ne pas laisser ce crime impuni.

Ces paroles en forme de malédiction furent les dernières qu'il prononça.

Vêtu d'un pourpoint en satin blanc et d'une veste en velours marron qui rehaussait les reflets roux de ses cheveux, Vincenzo Crispo n'était pas mécontent de sa réussite. Il séjournait depuis quelques jours dans le palais Savelli, la famille de sa femme, à Rome. Il se félicitait que ses affaires avec son frère au service de la chambre apostolique leur permettent d'envisager de nouveaux placements. Une seule ombre obscurcissait ses pensées.

Il s'inquiétait pour son frère. Giovanni Battista était un homme d'une grande probité, un exemple pour tous ceux qui le croisaient, surtout dans ce milieu d'affaires où les aventuriers et les bandits étaient nombreux.

Mais depuis quelque temps il ne le reconnaissait plus. Lorsqu'il l'avait retrouvé dans cette taverne, ce soir de tempête, il avait essayé de le raisonner, de calmer sa colère. Il lui avait conseillé de ne pas chercher à lever ses doutes. Lui avait assuré qu'il n'y avait rien à découvrir au sujet de Costanza. Elle était sa fille. L'aventure de Silvia avec ce cardinal proche des Borgia allait passer, et pouvait même être une bonne chose pour leurs affaires. Mais Giovanni n'avait rien voulu entendre. Sa jalousie était trop violente, ou peut-être son amour pour sa femme trop absolu, pour qu'il puisse percevoir le moindre intérêt dans cette trahison. Vincenzo craignait que leurs récents succès soient déstabilisés par sa virulence à l'égard du cardinal Farnese. Et il était imprudent de se mettre un membre du Sacré Collège à dos. À Rome, la chance tournait vite. Il suffisait de voir comment Alphonse d'Aragon, le propre gendre du pape, avait été assassiné afin de laisser le champ libre à une union plus utile pour César Borgia.

Il avait rendez-vous avec Giovanni Battista le matin même avant son départ pour Corneto lorsqu'il reçut la visite de Marcello, l'homme à tout faire de son frère. Assis dans la bibliothèque, Vincenzo le fit entrer dès que son majordome l'annonça.

L'homme semblait bouleversé. Dès qu'il plongea son regard dans le sien, Vincenzo y perçut un abîme, la profondeur de ceux qui ont croisé la mort.

— Monseigneur…

L'homme avait rougi.

— Dites-moi ! s'impatienta Vincenzo en se levant.

— Votre frère, mon maître, vient de succomber, dans mes bras.

Vincenzo s'approcha de lui et mit ses mains sur ses épaules. Il tremblait.

— Que dis-tu ?

— Il est mort, monseigneur. Il n'a pas supporté…

— Comment est-ce possible ? demanda Vincenzo qui ne connaissait pas d'ennemi à son frère.

L'homme s'assit sur le banc en tissu qui faisait face au bureau, il regardait fixement ses mains.

— Il n'a pas supporté ce que je lui ai dit. Sur le cardinal Farnese. Il a semblé souffrir très violemment de la poitrine. J'ai tenté de le porter mais il est tombé dans mes bras. Nous avons installé Monsieur votre frère dans sa chambre avec l'aide de son majordome. Et je suis venu vous voir tout de suite, c'est ce qu'il m'a demandé de faire…

Vincenzo se tenait près de Marcello. La sidération l'empêchait de parler. La santé de Giovanni Battista était fragile, son médecin lui ayant toujours conseillé d'éviter les excès. Sa seule outrance était Silvia. Elle était devenue son obsession.

— Et Silvia, où est-elle ?

— Elle est avec ses enfants chez Ruffino Ruffini.

Vincenzo ne parvenait pas à départager la colère de la tristesse, le désarroi du ressentiment. Il se sentait submergé par l'émotion. Abasourdi par la perte si brutale de son frère mais aussi de son plus fidèle associé, de ce complice qui lui avait ouvert les portes de l'administration pontificale. Il s'en voulait d'avoir laissé son frère seul, de ne pas avoir insisté pour qu'il le rejoigne quelques jours à Corneto. Quant à Silvia, elle n'avait jamais eu le moindre amour sincère pour Giovanni. Elle s'était servie de lui pour sortir de son couvent. Il n'avait pas compris la passion de son frère. Il avait en vain tenté de le dissuader, il l'avait finalement épousée, alors qu'aucun autre homme ne voulait d'une fille cadette, sans la moindre dot. Une fille de petite noblesse dont il s'était épris dès le premier regard. Elle l'avait envoûté, ensorcelé. Jusqu'à ce drame.

Vincenzo sentit le regard de Marcello s'appesantir sur lui. Il y avait quelque chose d'inquiétant dans son œil ou alors sur son visage à moitié recouvert par la barbe. Son teint mat, ses sourcils noirs comme deux touffes de cheveux au-dessus de ses yeux lui donnaient l'air d'un bandit. Il semblait vouloir parler encore.

— Qu'y a-t-il d'autre ?

— Avant de rendre l'âme, finit-il par dire, M. Crispo a demandé que ce crime ne reste pas impuni.

Vincenzo se laissa tomber à son tour sur son fauteuil. Il appuya sa tête contre sa main.

— Quel crime ? Mais de quel crime parle-t-il ?

Face à lui, le crucifix en pierre accroché au-dessus de la crédence luisait dans l'indifférence. Il leva les yeux pour implorer quelque chose, espérer un signe alors qu'il sentait se refermer l'étau de cette requête posthume, la malédiction de la vengeance. Il murmurait des paroles inaudibles.

Tout à coup, une voix se fit entendre au fond du brouillard. Là où l'accablement l'avait frappé. Vincenzo leva les yeux vers la seule personne qui avait pu prononcer ces mots, pour être sûr d'avoir bien entendu. Marcello se tenait près de lui. Ou plutôt ce regard qu'il ne lui avait jamais vu. Son timbre aussi était différent, il ne vibrait pas de la même manière. Il venait du fond de sa gorge, d'une vie qu'on ne soupçonnait pas.

— Je peux m'en charger.

Dans les appartements de César au palais apostolique, des femmes avaient commencé à se déshabiller après le banquet tandis que d'autres, plus rapides, s'étaient mises à ramper, nues, entre les chandeliers allumés. Elles attrapaient des châtaignes avec leur bouche et roulaient, ivres, entre les meubles au milieu des serviteurs. Au bout d'un moment, des manteaux en soie, des barrettes, des chaussons brodés d'or et d'autres objets appartenant au pape furent présentés aux invités : ils furent promis à ceux qui donneraient aux courtisanes les marques les plus nombreuses de virilité.

— Je m'en vais ! s'exclama Alessandro au cardinal Giuliano Cesarini qui se tenait à côté de lui.

Pour fêter le troisième mariage de Lucrèce, celui qui l'unissait avec Alphonse d'Este, fils du duc de Ferrare, César avait invité son père et sa sœur à un grand banquet auquel il avait convié leurs plus proches amis ainsi qu'une vingtaine de courtisanes. Cette union, qu'il avait lui-même orchestrée, avait été scellée par procuration à Ferrare quelques semaines plus tôt. Sûr de la beauté et du charme de sa sœur, autant que de l'intérêt pour le duc de Ferrare d'une alliance avec la papauté, César ne s'était pas laissé impressionner par le mépris d'Hercule d'Este. Le roi de France avait servi d'intermédiaire. En échange, le monarque avait obtenu pour le cardinal d'Amboise, son favori, plusieurs bénéfices et de nombreuses marques de distinction de la part du pape. Cette alliance était un succès stratégique pour César, le duché dans lequel il avait pris pied lui servait de rempart entre les États conquis en Romagne et la République de Venise qui s'inquiétait de la puissance croissante des Borgia. Et, ce qui ne gâchait rien, le duché de Ferrare abritait l'une des cours les plus raffinées de l'époque.

Giuliano regarda Alessandro, plus gêné par sa présence que par le spectacle qui se déroulait devant eux. Les premiers accouplements avaient lieu dans les coins de l'appartement, dans une ombre, ultimes refuges d'une pudeur malmenée ; dans quelques minutes à peine, les corps ne prendraient plus ces précautions et les coïts auraient lieu en pleine lumière.

— Je ne veux pas vexer César…

Alessandro fit un signe en direction du nouveau duc de Romagne dont le corps semblait indissociable de celui d'une de ses courtisanes.

— Il ne remarquera pas notre absence… Fais comme tu veux, je ne reste pas.

Giuliano Cesarini prit congé de lui et, l'air soulagé, s'approcha du buffet d'un pas léger. Alessandro se dirigea rapidement vers la porte pour ne pas risquer d'être retenu par l'une de ces femmes dont la ferveur n'avait rien de spirituel. Il avait honoré l'invitation de César : c'était tout ce qui comptait. Il n'avait plus rien à faire là. César savait qu'il n'appréciait pas les mêmes plaisirs que lui mais il ne pouvait s'empêcher de vouloir le convertir. Toutes les fêtes qui se déroulaient chez lui dégénéraient en orgies mais, ce soir, les danses et les jeux sensuels avaient commencé plus tôt que d'habitude.

Cette invitation n'était sans doute pas non plus étrangère à sa visite au cardinal Della Rovere, dont César avait dû être informé. À l'approche de sa prochaine campagne militaire, il ne pouvait prendre le risque d'être trahi ou même affaibli par la moindre infidélité dans son entourage.

En partant, il entendit la voix de Lucrèce qui chuchotait près de lui.

— Alessandro... Peux-tu m'aider à partir d'ici ?

Elle était cachée dans les plis d'un rideau, le visage blême, les traits tirés. Depuis que son contrat de mariage avait été signé, elle passait ses nuits à danser et à boire aux fêtes qu'organisait son frère.

— Je ne peux me compromettre dans cette orgie, le duc de Ferrare a envoyé des émissaires pour s'assurer que je suis bien aussi chaste et pieuse que les ambassadeurs du pape le lui ont promis.

Alessandro avait aperçu l'un des envoyés du duc de Ferrare qui semblait absorbé par la danse d'une courtisane. Il regarda du côté de César qui venait de leur tourner le dos.

— Personne ne regarde de ton côté, tu peux te cacher ici, fit-il en levant les plis de son manteau qui recouvrait sa soutane.

La future duchesse d'Este sourit, ravie de cette cachette improvisée et vint se coller contre lui. Ils avancèrent vers la porte. Elle semblait remise du deuil d'Alfonse d'Aragon qui l'avait tant fait souffrir. Elle était éprise de son nouvel époux autant que de la couronne qu'elle allait ceindre.

— Ce mariage semble te réjouir...

Alessandro s'était toujours demandé à quel point elle était une victime consentante de son frère, quels véritables sentiments naissaient au fond de son regard, ceux d'une sœur soumise, presque sainte, ou ceux d'une jeune femme qu'excitait le désir effréné de son frère.

Au moment de franchir la porte vers le vestibule, il sentit une main se poser sur son épaule.

— Vous n'allez pas vous échapper comme cela ! La soirée vient à peine de débuter.

Les cheveux hirsutes, le visage défait, les joues et les lèvres rouges, César se tenait devant eux. L'air étonné, il s'interrogeait sur leur réticence à s'adonner aux mêmes plaisirs que lui.

— Alessandro, je suis particulièrement curieux de savoir ce que tu sais faire..., murmura-t-il en le dévisageant avec une sorte de concupiscence avant de regarder sa sœur.

— Lucrèce, ma sœur, tu n'as pas envie de lui ? C'est pourtant ce que tu m'as toujours dit...

Lucrèce était restée sous le manteau d'Alessandro, l'air apeuré. César était ivre, le regard tournoyant autour d'un point fixe. Il était effrayant mais sa chemise à moitié défaite sur son torse nu, son œil brillant, son menton aiguisé par les plaisirs inassouvis le rendaient beau.

— Allez viens ! Embrasse ton frère avant de le quitter pour toujours !

Alessandro n'eut pas le temps de la retenir par la taille. César la saisit par le poignet et l'embrassa. Lucrèce s'était laissé faire.

— Les émissaires du duc sont juste derrière nous..., souffla-t-elle.

César rit bruyamment en regardant par-dessus son épaule, sans la lâcher.

— Eux ? Ils sont bien trop occupés ! Retrouve-moi ce soir pour une dernière nuit avant ton départ pour Ferrare, tu ne l'oublieras jamais.

Le visage de Lucrèce exprimait un mélange de terreur et de fascination. Le deuil l'avait rendue plus belle, le visage marqué par la souffrance, les cheveux blonds qui scintillaient à la lumière des bougies, elle avait l'air d'une femme. César lui caressa la figure avec le dos de sa main.

— Lucrèce est la plus séduisante de toutes ! Aucun homme ne la mérite mais au moins cet Alphonse d'Este sert mes intérêts.

Voyant qu'elle ne réagissait pas, César tenta de l'intéresser à son tour.

— Quant à toi, Alessandro, il se peut que j'aie besoin de toi à l'occasion de ma prochaine campagne. Ne veux-tu pas que nous en parlions ce soir ?

Derrière eux, le relâchement des corps prenait de l'ampleur. Il n'y avait pas d'espace possible pour la moindre parole.

— Profite de tes invités...

Soudain, une courtisane, surgissant de cette fosse, enroula ses bras de pieuvre autour de César, l'entraînant dans ce tourbillon. Avant de se laisser glisser, il murmura d'une voix sourde :

— Comme tu voudras ! Tu finiras par le regretter.

Alessandro pensait exactement le contraire. Il prit la main de Lucrèce et l'entraîna vers la sortie.

Ils firent quelques pas vers la chapelle qui séparait le palais de César de celui de Lucrèce.

— Ne me juge pas, Alessandro, mon frère est fou mais personne ne peut lui résister. Même pas moi.

César était difficile à suivre : sa volonté était irrésistible, son absence de scrupules repoussante.

— Peut-être es-tu le seul à pouvoir lui tenir tête…, murmura-t-elle tout bas avant de s'arrêter et de lui prendre les mains, l'air émue. Reste à ses côtés, je t'en supplie, ne le laisse pas. Tu l'aideras à se sauver de lui-même lorsque j'aurai quitté Rome !

Des larmes coulaient sur ses joues. Elle semblait perdue. Alessandro voulut la prendre dans ses bras. Mais il y avait suffisamment de confusion pour ne pas en rajouter.

— Personne ne peut empêcher César de faire ce qu'il veut, poursuivit Alessandro.

Mais Lucrèce avait eu une révélation qui l'avait réconfortée.

— Si, je vais en parler à mon père avant de partir. Il doit faire de toi son envoyé pendant cette campagne, pour que tu puisses le surveiller et le conseiller. Sinon sa folie le perdra.

Autant que possible, Alessandro était resté discret lors des derniers consistoires, en attendant que les buts de la prochaine campagne se dessinent. Rester prudent, défendre les mesures qui devaient l'être, tenter d'empêcher celles qui ne serviraient qu'à permettre à César de s'approprier personnellement les villes des États pontificaux. En consistoire, au moment d'attribuer des missions à certains cardinaux, le pape avait plusieurs fois posé son regard sur lui alors que le cercle des plus fidèles alliés s'amenuisait.

Avant de la quitter, sans doute pour longtemps,

il embrassa la jeune femme sur le front. En la regardant avec sa tresse enroulée autour de sa tête, il pensa à Isabelle d'Este qui portait la même coiffure et dont il avait défait les cheveux quelques années plus tôt.

— Ne t'inquiète pas pour César. Tu as assez veillé sur lui. C'est ton tour maintenant d'être heureuse.

Elle resta pensive quelques instants avant de continuer.

— Peut-être… mais saurai-je l'être ?

Alessandro sourit. Cette question lui fit encore penser à Isabelle, devenue duchesse de Mantoue.

— J'ai connu ta nouvelle belle-sœur lors de mon séjour à Florence. Ne suis pas son exemple sur ce point-là. Même si sur d'autres aspects elle pourra beaucoup t'inspirer…

— J'ai hâte de la rencontrer, on la dit brillante et belle…

Isabelle n'était certainement pas dans le même état d'esprit. Elle restait une inoubliable jeune femme orgueilleuse, peu disposée à laisser d'autres créatures féminines occuper une place de premier plan dans sa propre famille.

Alessandro passa par un couloir qui donnait directement sur la via del Borgo. La nuit était plus sombre et froide que d'habitude. L'humidité traversait l'épaisseur de son manteau bordé de fourrure. Il monta sur son cheval entouré de son palefrenier et de Matteo qui l'escortait toujours le soir avec deux de ses gardes. Il pressa le pas de sa monture en traversant le pont Sisto. Il voulait s'éloigner au plus vite des appartements du duc de Valentinois. Quelque chose de morbide pesait sur ses épaules. La vision de cette scène orgiaque et de cette étreinte amoureuse entre un frère et une sœur le poursuivait.

Il voulut aller embrasser Silvia. La serrer dans ses bras. C'était une envie violente, aussi ardente que celle qui semblait animer César lorsqu'il parlait de sa sœur. Il bifurqua vers son palais, pour passer sous sa fenêtre et voir si elle était éclairée. Longeant bientôt les murs de la façade, il leva la tête vers la petite lucarne qui donnait sur sa chambre. Malgré l'heure tardive, il y avait de la lumière dans toutes les pièces. Il s'avança jusqu'au portail. Des gardes parlementaient, un homme qui portait l'uniforme de la police municipale se tenait à côté d'eux. Son cœur se serra brusquement. Une agitation inhabituelle régnait à l'intérieur. Il voulut s'approcher mais Matteo le retint.

Sortant à peine du palais apostolique, vêtu de son manteau de cardinal, il n'était ni prudent ni approprié qu'il se promène dans les rues. Il laissa Matteo derrière lui et rejoignit le Campo dei Fiori.

Les minutes qui suivirent furent parmi les plus longues de son existence. L'esprit embrumé par toutes sortes d'idées obscures, Alessandro s'était replié dans son cabinet de lecture près de la bibliothèque du salon. Une impression désagréable l'avait saisi en passant devant le palais Crispo. Un règlement de comptes avait-il eu lieu ? Ces scènes nocturnes n'étaient pas rares, se rassurait-il, préférant tenir éloignées d'autres pensées plus funestes. La jalousie de Giovanni, les avertissements d'Adriano. Ne pas imaginer le pire.

Il arpenta la pièce, guettant le retour de Matteo. Il frôla la table de travail où il rassemblait son courrier. Jean Rhosos y avait déposé un exemplaire imprimé de *L'Iliade* qu'il avait lui-même enluminé. La couverture en cuir figurait un des épisodes de l'épopée d'Homère. Pendant un bref instant, il crut y voir la scène de la mort de Patrocle, l'ami fidèle d'Achille.

Il s'immobilisa brusquement. Plusieurs pas résonnaient dans l'escalier. Matteo n'était pas seul.

La peur fit brusquement place au soulagement. Silvia était juste derrière lui. La capuche de sa cape formait une ombre sur son visage. Ses yeux brillaient, ses paupières étaient gonflées. Elle semblait bouleversée.

Elle se jeta dans ses bras.

— Giovanni a eu un malaise il y a quelques heures…

Elle murmura :

— Il est mort…

Alessandro la tint serrée contre lui. Il resta quelques minutes sans bouger, incapable de faire le moindre geste, réfléchissant à ce qu'il venait d'entendre. Puis il s'éloigna d'elle.

— Que s'est-il passé ?

Alessandro pensa tout à coup à César, à ces victimes qui se multipliaient, ces mises à mort dont on ne savait plus très bien si elles étaient un avertissement ou une vengeance, la conséquence ou la cause d'un outrage.

Giovanni avait gêné les projets de César, l'argent promis n'était pas arrivé assez vite. Un client mal servi lui avait reproché son manque de libéralité. À Rome, la mort était si banale…

Silvia eut un mouvement de recul.

— Giovanni avait découvert notre histoire et cela l'a tué.

Alessandro se tut. Frappé par l'évidence autant que la surprise. Dans cette ville corrompue jusqu'à la lie, aussi sainte que dépravée, l'amour aussi pouvait tuer. Ou plutôt la jalousie.

Cette mort naturelle les accusait tous les deux. Jetant une lumière fautive sur leur histoire. Mais elle les libérait aussi de cette présence, de cet obstacle permanent à leur amour. Il la prit dans ses bras, se sentant brusquement responsable d'elle, autant que de ses enfants.

Dehors il se mit à pleuvoir violemment. Alessandro pensait à sa dernière visite à Silvia, aux précautions qu'ils avaient prises. Il n'avait pas commis d'imprudence particulière mais les mailles du filet s'étaient resserrées depuis la naissance de Costanza. Il leur était devenu impossible de se voir.

— Prions pour que son âme ne nous tourmente pas, murmura-t-il en se signant.

Alessandro réfléchissait aux conséquences de ce drame. Par superstition autant que par prudence, il s'inquiétait de cet événement providentiel qui libérait un peu trop vite Silvia de ses liens. De la nuisance que pouvait continuer à exercer cet homme d'outre-tombe. Après qu'il l'avait empêché de conquérir l'évêché de Corneto, Dieu sait quel pouvoir néfaste aurait sa mort.

— Vincenzo t'a-t-il dit autre chose ?

— Oui, il semblait désorienté, plein de haine contre moi, contre toi...

Elle lui prit les mains, dans un élan inhabituel. Elle devinait ses craintes.

— Tu sembles inquiet...

Avec un peu de chance, cette disparition et les circonstances de sa mort n'intéresseraient personne, tant la vague de décès qui submergeait les cardinaux et le personnel ecclésiastique noyait les esprits depuis des mois. Chacun était occupé à préserver sa vie et ses intérêts en attendant des jours meilleurs.

— Restons prudents pendant les prochains mois, murmura-t-il comme si, tout à coup, les ombres s'étaient mises à les observer.

Il raccompagna Silvia à sa voiture. Elle allait rejoindre ses fils chez son père, préférant éviter

Vincenzo qui surveillait jalousement la dépouille de son frère. L'homme s'était saisi de toutes les tâches à effectuer, la reléguant hors de ce cercle sacré qui entoure la famille d'un défunt.

Pour ne pas la savoir seule, loin de lui, dans ces moments pénibles, où flottait le parfum d'une accusation, il lui promit d'envoyer Giulia qui venait, elle aussi, de perdre son mari. Elles veilleraient l'une sur l'autre avec la même tendresse que lui mais sans susciter de réflexions malveillantes.

Contrairement à ce qu'Alessandro espérait, le décès de Giovanni Battista Crispo ne passa pas inaperçu. Le caractère naturel de cette mort surprit le pape et quelques cardinaux habitués à ce que personne ne trépasse sans y avoir été aidé. Elle attira la curiosité, intrigua jusqu'au cérémoniaire du pontife qui la mentionna dans son journal.

Les prémices d'une rumeur commencèrent à se répandre à partir de cet événement alors que sa relation avec Silvia était restée jusque-là relativement secrète. Sans doute une indiscrétion d'un serviteur ou de Vincenzo Crispo lui-même.

Pour éviter que ces « bruits » ne prennent de l'ampleur, et pour laisser à Silvia et à ses enfants le temps de se remettre, Alessandro pensa s'éloigner de Rome. Comme si le destin voulait l'y aider, le pape l'invita à visiter les dernières terres conquises par le duc de Romagne, Piombino et l'île d'Elbe, dont il voulait prendre possession. À n'en pas douter, comme le lui avait confié à demi-mot le cardinal Riario, le pontife souhaitait l'entretenir de prochaines charges qu'il voulait lui confier.

Au port de Civitavecchia, Alessandro monta à bord de l'une des six galères que le pape avait commandées pour transporter la suite nombreuse qui l'accompagnait. Il emmenait avec lui tous les attributs de sa dignité temporelle : chaises à porteurs, dais brodé, chanteurs de sa chapelle et son cérémoniaire.

Évidemment, César faisait partie du voyage, ainsi que cinq autres cardinaux proches du pape.

Au moment d'embarquer, le pape avait fait savoir à Alessandro qu'il voulait l'avoir avec lui pendant la traversée jusqu'à Piombino.

Lorsqu'ils furent dans la cabine, le pape le fit asseoir sur un fauteuil près de lui, face à la mer. Adriano di Castello assistait à l'entretien.

— Cher Alessandro, nous avons eu quelques différends, il y a des années, mais les événements récents nous ont permis de mesurer à quel point la fidélité de nos liens est précieuse.

En réalité, le cercle de leurs soutiens s'était considérablement restreint.

— Les succès de César prouvent l'utilité de cette campagne qui va permettre à notre Église de restaurer son prestige temporel trop longtemps abandonné aux petits seigneurs du Latium... Car nous remettons en question des intérêts injustement gagnés et préservés par ces familles arrogantes...

Le pape et son fils jouaient habilement la carte de la défense des populations opprimées par les seigneurs tyranniques. Bien que ces familles romaines lui soient proches de nombreuses façons, Alessandro ne pouvait s'empêcher d'admirer les succès de César. Avec une habileté impressionnante, il s'était attaché en quelques jours des hommes et des femmes qui étaient gouvernés depuis longtemps par des lignées prestigieuses. Le renouveau incarné par César les avait séduits, tout comme son comportement soucieux de justice et d'équilibre.

— Je n'en doute pas, Votre Sainteté, je vous ai d'ailleurs toujours été fidèle…

Alors qu'une tempête semblait se lever, faisant tanguer de plus en plus fortement la cabine, le pape ne perdait ni son calme ni sa contenance.

— Mais je ne suis pas éternel et j'aimerais aussi que mon fils puisse compter sur toi, après moi…

— Vous semblez en pleine forme…, souffla Alessandro qui luttait contre une sensation de mal de mer de plus en plus désagréable.

— La papauté n'est pas une monarchie. Nous ne pouvons pas nommer notre successeur et c'est bien dommage. Il ne faut d'ailleurs pas faire confiance au cardinal de Saint-Pierre-aux-Liens, qui est un homme belliqueux et sans honneur. César a tendance à croire qu'il est possible de s'entendre avec lui. Toi-même tu as pu le croire…

Il avait soufflé ces dernières paroles en observant sa réaction. Cet entretien n'arrivait pas par hasard.

— Pour te récompenser de ta loyauté, continua-t-il, je voulais t'annoncer que l'évêché de Corneto et Montefiascone allait t'être attribué. J'ai demandé au vice-chancelier de l'Église de s'occuper personnellement de la bulle t'attribuant cette nouvelle charge.

Alessandro ne fut pas surpris par cette annonce mais surtout de la rapidité avec laquelle la disparition de Giovanni Crispo avait permis cette nomination.

— Je vous remercie, Votre Sainteté, Montefiascone est situé juste en face de Capodimonte. Je m'efforcerai d'être digne de cette charge.

Cet évêché ne changerait pas son train de vie. Mais il lui permettrait d'asseoir un peu plus son autorité sur la région de l'autre côté du lac Bolsena. Il s'agissait d'un jalon supplémentaire sur la carte de son territoire familial. Avant d'être une succession de châteaux, de forteresses, un assemblage hétéroclite de villes, de pierres et de forêts, les frontières de ce nouveau pays aux confins de ses rêves et de ses ambitions prenaient forme dans sa tête.

À l'évocation de Corneto, le pape ne put s'empêcher de pousser un soupir, en forme d'hommage à l'un de ses anciens familiers.

— Ce pauvre Giovanni a trépassé sans raison mais sa mort n'est pas un mal pour tout le monde d'après ce que j'ai compris…

L'œil brillant, le pape observa sa réaction. Malgré son âge et ses préoccupations politiques, son attention restait toujours en alerte lorsqu'il s'agissait de femmes. À soixante-quatorze ans, il venait de baptiser lui-même son dernier fils du nom de Rodrigo, né d'une liaison avec une femme inconnue.

Alessandro profita de cet instant de connivence avec le pape pour évoquer son appui à la campagne de César. À l'issue du consistoire, le cardinal Riario, vice-chancelier de l'Église, avait aussi sous-entendu qu'une charge importante et lucrative lui serait bientôt dévolue.

— Comme vous le disiez au début de notre entretien, les objectifs de la reconquête de la Romagne me paraissent en effet louables par plein d'aspects. Je n'ai d'autre volonté que d'apporter mon aide à César.

— C'est d'ailleurs pour parler de cela que je t'ai fait venir sur ce bateau…, continua le pape de son air roué.

Le talent de diplomate et l'habileté d'Alessandro l'avaient séduit à plusieurs reprises. Il lui fallait un homme totalement à sa main dans cette période si délicate. Mais aussi quelqu'un qui serait en mesure d'observer César et de lui rendre compte de ses agissements sans lui laisser une totale liberté.

— Je vais t'attribuer la légation des Marches, qui va être au cœur des prochaines actions du capitaine de l'Église, et où il aura besoin d'être secondé pendant cette période.

La province d'Ancône était un des territoires des États pontificaux dont César n'avait pas encore repris le contrôle. Cette nomination était un signe de confiance qui allait l'éloigner de Rome pour longtemps. En ces temps de guerre, elle revêtait une dimension particulière, alors que la fonction première de légat était, au nom du pape, de porter la paix entre les chrétiens. Proclamée en consistoire, cette charge était l'une des plus honorifiques que le pape pouvait lui donner.

Assis dans une taverne sans lumière, Marcello Donati n'avait pas besoin de bougie pour voir ce qu'il faisait. Il connaissait par cœur le geste, le léger mouvement du poignet qui permettait d'aiguiser la lame du couteau au plus près. Ne laisser aucune chance à sa victime. C'était son credo, sa profession de foi. Jamais il ne ratait sa cible. Car il savait toujours comment appréhender les hommes. Il fallait tenir compte de la personnalité de chacun.

Avec le va-et-vient de la pierre contre la partie la plus coupante du poignard, il obtenait une arme redoutable, capable de tuer, presque à distance. Une mort tranchante, immédiate.

Il enroula un ruban en cuir autour du manche du poignard qu'il avait hérité de son père.

Il reposa l'objet aiguisé. Lorsque Giovanni Crispo avait prononcé son nom, il avait tout de suite pensé à cette aventure que lui avait racontée son grand-père.

La fortune, ou le hasard, lui donnait l'occasion de terminer le travail que n'avait pas fini son ancêtre. Assassins de père en fils, de grand-père en petit-fils. Certains se transmettaient des terres, eux se léguaient le talent d'organiser des embuscades, de donner la mort. Il avait tenté de s'affranchir de cette vocation familiale, de trouver un autre métier, grâce à l'aide de Giovanni Crispo. Mais il lui avait suffi de voir agoniser son maître dans ses bras, de sentir qu'il le suppliait de venger son honneur, pour que son instinct se réveille.

Quelques décennies plus tôt, la conjuration contre les Farnese, orchestrée par l'un de leurs voisins et à laquelle Renato Donati avait prêté main-forte, avait failli réussir. Les Farnese n'avaient dû leur survie qu'à l'astuce et à l'agilité de l'un des leurs. Le plus jeune de la famille. Le petit garçon à peine âgé de quelques années s'était caché dans un tonneau pendant que les hommes mettaient fin à la domination de la famille Farnese sur la région. Ses parents, ses frères et sœurs et ses oncles et tantes avaient tous péri dans ce piège.

Le petit garçon portait le nom de Ranuccio : il était le grand-père du cardinal Alessandro Farnese.

Bouleversé par la mort de son frère, Vincenzo Crispo était resté assez flou sur l'objectif de ce règlement de comptes. Dans l'émotion, il avait d'abord mentionné le cardinal Farnese mais il s'était repris en demandant qu'un avertissement ou seulement une sanction lui soit infligée. Il devait s'en prendre à une personne de sa suite, dont il était proche.

Mais l'occasion était trop belle, la coïncidence sûrement divine, de réparer la malchance de son ancêtre qui avait laissé s'échapper Ranuccio dans le palais d'Ischia di Castro. Un désir de revanche avait illuminé son esprit lui faisant oublier la modération de Vincenzo.

Le cardinal Alessandro Farnese, il le savait, avait de la chance. C'était un héritage familial. Il l'avait encore constaté la veille. Il avait prévu d'agir ce soir-là mais le cardinal avait brusquement quitté Rome pour un voyage avec le pape. Il était plus difficile de tuer un homme qui avait de la chance. Il se dérobait, se faufilait entre les ombres, échappait par miracle aux trajectoires que la mort traçait au creux de l'existence.

Alors que certaines victimes étaient déjà venues à lui, qu'elles s'étaient offertes si facilement qu'il en avait eu des remords.

Cette fois-ci, la chance n'y suffirait pas. La famille Farnese ne survivrait pas à ses stratagèmes. Il savait que cette mission-là prendrait du temps, mais il n'était pas pressé. Il attendrait le bon moment pour agir.

## *1502*

Accompagné d'une troupe de gardes pontificaux et d'une suite de quelques serviteurs, Alessandro chevauchait vers Cesena où César résidait encore. Revêtu de sa soutane et d'un épais manteau d'hermine brodé d'or, il espérait arriver avant la nuit pour le prévenir qu'une conjuration se préparait contre lui. Ses émissaires l'avaient informé que les *condottieri* qu'il employait depuis le début de la campagne s'apprêtaient à le trahir. Lassés par sa puissance, écœurés par les crimes qu'il avait commis, et peut-être jaloux de son talent, Paolo Orsini, Gentile et Giampaolo Baglioni ainsi que Vitellozo Vitelli et Francesco Anguillara s'étaient retrouvés chez le cardinal Orsini pour se concerter sur le piège qu'ils allaient lui tendre, sans doute dans l'une des prochaines places fortes qu'il devait prendre.

Alessandro avait réduit le plus possible la taille de sa suite mais il n'avançait pas très vite. Contrairement à la tradition qui voulait que le légat du pape monte sur une chaise à porteurs, il chevauchait sa propre monture. La route était très mauvaise, embourbée par des journées de pluie.

Précédé de la croix de la légation et de l'étendard du représentant de saint Pierre, son cortège composé de nombreux gardes pontificaux était sans cesse ralenti : il attirait les foules affamées par des semaines de disette. L'hiver était particulièrement rude cette année-là. Les paysans, femmes et enfants réclamaient du blé, s'accrochaient à leurs soutanes, menaçant de faire tomber les chapelains de leurs montures. Il avait fait charger plusieurs sacs de blé sur des montures spéciales pour les faire distribuer le long de leur trajet, mais déjà, alors qu'il venait à peine de quitter Ancône, ses sacs étaient vides.

Dans le contexte de la reconquête militaire à laquelle se livrait César, la présence quasi permanente d'Alessandro à Ancône et dans la province était requise. Quelques voyages à Rome étaient nécessaires pour rendre compte de son action et de celle de César au pape. Le pontife suivait les moindres avancées de son fils comme une sorte d'ouvrage délicat et fragile.

Cela faisait plus d'un mois qu'il était installé à Ancône. Il était soulagé d'être loin de Rome. Du moment que Silvia venait le retrouver pour de brefs séjours. Elle logeait dans le palais jouxtant celui de sa légation, laissant ses fils à son père et ne gardant que Costanza avec elle. Cette distance leur permettait de respirer loin des soubresauts que la mort de Giovanni Crispo avait provoqués, de croire que leur vie était devenue simple.

— Il eût peut-être été plus rapide d'envoyer un émissaire, souffla son secrétaire, Bartolomeo Giudicioni, qui venait de recevoir une gerbe de boue dans la figure, après l'écart de son cheval.

Alessandro n'avait pas hésité longtemps à se

déplacer en personne au-devant de César. Sa vengeance, contre ces *condottieri* qui l'avaient déjà trahi une première fois et venaient de se rallier à lui, serait sanglante. Le pape lui avait déjà fait savoir qu'il allait emprisonner le cardinal Orsini qui était l'âme de cette trahison. Alessandro craignait que cette revanche ne frappe aussi son ami d'enfance, qui s'était laissé entraîner dans cette aventure. Il était déterminé à lui sauver la vie.

— Non, je dois le voir en personne, rétorqua-t-il sèchement en tendant un mouchoir à Bartolomeo.

Ce nouveau secrétaire, docteur en droit, que lui avait recommandé Adriano di Castello pour le suivre dans sa légation, était un jeune homme intelligent et rugueux. Il avait trente-quatre ans comme lui. Mais il s'était égaré dans d'obscures fonctions curiales. Après quelques semaines d'essai, il l'avait gardé pour une seule raison : il disait ce qu'il pensait. Même si sa franchise agaçait Alessandro, et tombait parfois à côté, elle lui rappelait l'époque où lui-même était un jeune écrivain apostolique auquel personne ne prenait la peine de mentir. Devenu un prélat influent et craint, il fallait préserver intacte sa capacité à entendre la vérité, à exercer son oreille au désagrément du réel. La vanité était un gouffre dans lequel plongeaient la plupart de ses relations, y sacrifiant jusqu'à leur ambition.

C'était la seule chose qui manquait à César, dont le pouvoir sur les terres brillamment conquises était encore fragile : un secrétaire un peu fruste et honnête, dont le bon sens serait une forme de courage.

— Bien sûr, Votre Éminence… Permettez-moi tout de même de m'étonner de voir que les plaines sont vides et que pas un soldat ne semble y stationner.

Aux abords de la cité, le campement n'était composé que d'une petite centaine de soldats alors que des mouvements hostiles se préparaient contre César.

— Je ne connais pas les plans de César mais, vu les difficultés d'approvisionnement, il a sans doute préféré congédier ses troupes.

Sur la place de la forteresse, ils furent frappés par la vision sinistre du corps supplicié de Ramiro de Lorca, l'un de ses plus fidèles serviteurs. Le corps décapité était allongé sur une claie, revêtu de son manteau de pourpre et les mains gantées, parfaitement mis. Sa tête était plantée sur une pique, juste à côté, tandis que le couperet encore ensanglanté gisait à terre. Ils passèrent rapidement à côté de cette dépouille.

— Que s'est-il passé ? Ramiro de Lorca n'était-il pas le serviteur attitré de César ?!

Alessandro s'abstint de répondre. Cette vision lui avait coupé la parole. La manœuvre était habile et sinistre comme son auteur. César n'hésitait pas à sacrifier ceux qui le servaient pour s'attacher les habitants d'une cité, opprimés par ces fidèles serviteurs qui n'avaient fait qu'appliquer ses ordres.

Lorsqu'ils arrivèrent, ils furent conduits au palais municipal où ils croisèrent un messager qui quittait le bureau de César et qui se prosterna aux pieds d'Alessandro. C'était justement un envoyé de Vitellozo Vitelli qui s'éclipsa très vite, effrayé par le mensonge qu'il venait de délivrer.

César recevait ses invités en chef de guerre, vêtu de son armure. Dans la vaste salle de garde voûtée, que réchauffait à peine un feu de cheminée, Alessandro reconnut Michelotto Corella qui prenait ses ordres pour la prochaine étape de la campagne.

Mais il distingua aussi une silhouette, qui se tenait à côté de César, comme embusquée. C'était un homme de petite taille, au teint mat, aux cheveux roux et au visage affûté qu'il reconnut immédiatement. Son regard vif contrastait avec le chapeau mou dont le bord tombait sur le côté de sa tête.

Après lui avoir donné l'accolade, César désigna cet homme à Alessandro :

— Tu connais le seigneur Nicolas Machiavel, ambassadeur de la République de Florence, qui est mon hôte depuis quelques jours...

Alessandro considéra Nicolas Machiavel qui vint le saluer. Son ambassade se prolongeait depuis plusieurs semaines tant les intentions de César à l'égard de Florence étaient troubles et changeantes.

— Nous nous sommes déjà rencontrés, il y a plusieurs années, au palais de la via Larga...

Alessandro se souvenait de l'endroit exact où ils s'étaient croisés dans la villa de Laurent. Il s'était forgé l'œil et le jugement à la cour de Laurent de Médicis. Plus de dix ans plus tard, il avait cette même présence diffuse, insaisissable.

— C'était une autre époque, souffla l'envoyé de la République qui n'avait jamais caché sa fascination pour Laurent.

Il représentait la République qui était désormais dirigée par Pier Soderini, nommé gonfalonier à vie.

— Une époque brillante où le peuple était

heureux, poursuivit Alessandro en souvenir de ce séjour qu'il avait tant aimé.

L'homme le regarda, un demi-sourire sur les lèvres. Il se dégageait de son visage une malice, et de son attitude une certaine distance, celles d'un homme de lettres converti aux mécanismes politiques mais qui préfère les idées au pouvoir.

Alessandro avait pris place devant la table où César comptait ses forces. Il resta silencieux, étonné de voir que Nicolas Machiavel restait avec eux.

— Tu peux parler devant lui, nous sommes alliés maintenant ! s'exclama César. Florence va bientôt former une alliance pour nous soutenir.

Alessandro acquiesça sans répondre. Depuis le début de la campagne, le secrétaire manœuvrait habilement. Pour empêcher que César n'attaque la République, il lui laissait espérer que Florence rejoindrait ses soutiens.

— Alors mon cher, poursuivit César, te voilà donc légat du pape, je t'en félicite, cela ne te va pas si mal finalement... Ton impatience se satisfait-elle de ces lenteurs et de ce cérémonial séculaire ?

La perspicacité de César lui donnait l'air de se moquer de vous.

— Nous servons les mêmes intérêts, fit Alessandro en dépliant sa soutane autour de ses jambes, d'un geste dont il avait pris l'habitude lorsqu'il désirait mettre une distance entre son interlocuteur et lui, mais nous n'avons pas les mêmes armes.

— Qu'as-tu à m'apprendre de si urgent que je ne sache déjà ? continua César toujours ironique. Ne t'inquiète pas en tout cas du manque de troupes, j'attends l'arrivée imminente de mille mercenaires suisses…

César pencha la tête sur le document qu'on lui tendait : les actes de soumission des villes qu'il venait d'assiéger.

— Nous avons intercepté une lettre du cardinal Orsini : les *condottieri* qui t'avaient fait allégeance ont finalement décidé de te trahir…, reprit Alessandro. Ils ont prévu de te tendre un piège à Sinigaglia.

César leva les yeux vers lui.

— Je suis au courant…, fit-il en croisant le regard de Michelotto qui avait propagé une nuée d'espions dans toute la province. Qui a trahi trahira… Sinigaglia… Un nom aussi fourbe qu'un poignard.

Ses capitaines avaient reçu la mission de prendre cette place forte située à quelques lieux de Fano. L'envoyé qui venait de sortir de la pièce l'avait justement informé que la place était tombée entre leurs mains et qu'ils préféraient l'attendre pour recevoir la soumission de la cité.

— Que vas-tu faire ? demanda Alessandro.

César semblait avoir déjà tout prévu.

— Y aller dès demain, comme je l'envisageais, pour ne pas éveiller leurs soupçons et les convier à un magnifique banquet dont aucun ne réchappera ! N'est-ce pas Michelotto ?

L'homme était un alliage rare d'esprit de soumission, de force et de fidélité.

— Maître, le palais Bernardino vous attend là-bas… Vous n'aurez plus qu'à les y inviter, sourit-il.

César regardait le mur face à lui, l'air tout à coup rêveur.

— Il va juste me falloir plus de soldats que prévu… Quant aux Orsini, cette fois-ci, je crains qu'il n'en reste plus un seul… Ils ont signé leur mort. De même que ton ami Francesco…

Un silence chargé s'imposa brusquement dans la pièce.

— Ce sera un beau banquet…, sourit encore César, semblant ailleurs.

La douceur de sa voix ne coïncidait pas avec le rictus effrayant qui contractait sa figure abîmée par la vérole. Dès que son visage exprimait de la haine ou de la fureur, les stigmates de la maladie devenaient plus visibles.

Pour faire bonne mesure, et tenter de sauver son ami, Alessandro avait décidé de charger le cardinal qu'il savait perdu et de prêcher la modération contre ceux qui n'étaient pas les plus impliqués.

— Dans cette punition que tu dois leur infliger, tu dois faire preuve de discernement… Ton intérêt et ton honneur te commandent d'être le plus magnanime possible : ta réputation en sortira grandie ; pense à la suite, tu ne seras pas toute ta vie un chef de guerre…

César jeta un coup d'œil vers Nicolas Machiavel, cherchant l'assentiment de celui qui vivait dans son ombre depuis des semaines, et dans les yeux duquel il contemplait son reflet avec passion. L'image qu'il aperçut sembla lui plaire.

— Nous verrons… Tes intentions sont louables mais la pitié n'est pas bonne conseillère.

À cet instant, il attrapa l'épée que lui tendait son majordome ; il se retourna avant de sortir de la pièce.

— Je te laisse en bonne compagnie. Mon cher

Nicolas, prenez-en soin, c'est une belle âme, pas comme la mienne.

César disparut derrière un rideau qui cachait une porte.

L'ambassadeur de la République de Florence se tourna vers Alessandro.

— Comment sortir de ce piège ? Voilà qui promet d'être intéressant… Cette fois César ne devra pas trembler s'il veut en réchapper.

Alessandro observait le regard de Nicolas Machiavel, avide du stratagème qu'allait inventer César.

— César est le plus doué des chefs militaires que j'ai rencontrés, il réussit au nom de la papauté ce qu'aucun *condottiere* n'a réussi à faire pour le compte d'autres États. L'Église a de la chance d'avoir un tel capitaine à son service.

Alessandro ne put s'empêcher de ressentir un pincement désagréable. Était-ce de la jalousie ou l'envie de mener des actions militaires dont les résultats soient spectaculaires ? Il ne regrettait pas de ne pas participer à cette sanglante épopée mais il enviait l'enthousiasme que suscitaient les succès de César, l'efficacité avec laquelle il menait cette aventure, ces manœuvres dont les effets se faisaient sentir immédiatement. Par contraste, son action lui paraissait lente, interminable, scrupuleuse, encombrée par toutes sortes de contraintes. Et le temps qu'il lui faudrait pour accomplir ses vœux les plus chers lui paraissait infini.

Laissant libre cours à son enthousiasme, Nicolas Machiavel fit un pas vers lui en esquissant un geste du bras, comme s'il prenait à témoin une audience invisible.

— Son intelligence tactique, son absence de sentiments témoignent d'une nouvelle façon d'agir et de gouverner qui est tout à fait originale et jusqu'ici imparable.

Alessandro remarqua que le turban de l'homme avait légèrement glissé en arrière, découvrant son crâne dégarni. Sa présence continue aux côtés du duc de Valentinois avait éveillé chez lui une admiration sincère.

— Mais ces succès seront-ils durables ? l'interrogea Alessandro. Cela fait plusieurs semaines que je sillonne la région d'Ancône pour garantir la loyauté des habitants mais rien n'est encore certain.

Nicolas Machiavel le regarda avec une sorte de détachement aristocratique.

— C'est toute la question... Aura-t-il assez de temps pour cela ? demanda-t-il nonchalamment en attrapant un grain de raisin dans une corbeille de fruits. Si Dieu lui prête vie !

— Et à son père..., poursuivit Alessandro.

Nicolas Machiavel le regarda avec curiosité.

— Oui, il faut de la chance. C'est un élément essentiel, vous avez raison.

Alessandro avait déjà réfléchi à cette question.

— L'orgueil peut aussi être une faille, ne pensez-vous pas ?

L'envoyé de Florence parut surpris. Il concevait l'action de César comme une œuvre d'art qui ne souffrait pas la moindre critique. Il semblait avoir été envoûté par les actions du fils du pape, à moins qu'il n'usât de l'admiration pour préserver Florence des agressions de cet homme ivre d'ambition.

— Ne soyez pas jaloux... ! Vous serez peut-être

un jour l'objet d'une œuvre qui racontera vos mérites au monde...

— Je n'ai que faire d'un récit. Je veux que cette œuvre existe, répliqua Alessandro, agacé.

— Pour répondre à votre question, l'orgueil de César est sans doute grand mais son absence de scrupules lui permet de garder la tête froide.

— Heureusement pour vous, votre modèle est aussi talentueux que votre fascination est grande.

L'ambassadeur sourit pour la première fois avec sincérité.

— Et vous, quelle est votre ambition ?

— Servir l'Église est mon ambition.

— « Est » ou « et » ?

Sans attendre qu'il réponde, Nicolas Machiavel baissa la tête en signe de respect pour le saluer.

— Je vous en félicite. Nous nous reverrons prochainement pour connaître la suite de tout cela...

Alessandro reprit la route d'Ancône le soir même. Le duc de Romagne mit sa vengeance à exécution. Pris par surprise au banquet auquel il les invita, plusieurs conjurés furent étranglés. Un véritable massacre s'ensuivit. Quant à Francesco Anguillara, il ne s'était pas présenté au banquet et avait mystérieusement échappé à cette tuerie.

## *Printemps 1503*

La parade des cinq cents soldats de César Borgia qui défilaient devant le palais pontifical était un artifice destiné à gagner du temps. Depuis quelques semaines, César hésitait. Allait-il porter secours aux armées du roi de France qui perdaient du terrain dans le royaume de Naples ou se ranger du côté des Espagnols pour profiter de leur victoire ? La trahison des alliés français, sans lesquels les victoires en Romagne auraient été impossibles, flottait tout à coup dans l'air. Impensable encore quelques semaines plus tôt, le capitaine de l'Église était désormais si puissant qu'il imaginait abandonner ceux à qui il devait tout.

Depuis la terrasse, entouré des cardinaux, le pape bénissait ce spectacle, l'esprit absorbé par la meilleure façon de profiter de cette troupe d'élite. Au-devant et au dos de leurs costumes jaune et rouge, le nom de César Borgia avait été brodé au fil d'or. Les lettres scintillaient dans la lumière de cette matinée de printemps. Mais la pureté de l'air était trompeuse. Pour réunir ces soldats, il avait fallu recourir aux méthodes habituelles.

Cette mascarade avait assez duré. Alors que le

défilé avait à peine pris fin, Alessandro quitta le palais pontifical. Il s'éclipsa sans escorte, un manteau noir couvrant sa soutane rouge pour éviter les regards indiscrets. Il était rentré de sa légation la veille, mais il ne pensait qu'à retrouver Silvia. Ils s'étaient quittés trois mois plus tôt.

Ses dernières lettres l'avaient inquiété. Son beau-frère semblait d'humeur curieuse, indiscrète ; il posait des questions sur ses habitudes, ses prochains séjours à Rome. Quelque chose se tramait, une menace obscure qu'il ne parvenait pas à saisir. Pour détourner son attention, il avait écrit à Vincenzo Crispo et lui avait proposé de le rencontrer. Sa lettre était restée sans réponse.

Alessandro passa de l'autre côté du château Saint-Ange et sentit l'ombre de la forteresse sur ses épaules. Il respira profondément. L'air de la mer, ce parfum tumultueux, brassé de mille odeurs, éclaircissait toujours ses pensées.

Son inquiétude n'était peut-être que l'effet de leur séparation. De son envie d'être avec elle. Bien qu'elle l'ait placé au cœur des événements, cette mission lui avait semblé trop solitaire. Sillonnant la province des Marches, cheminant dans les pas de cet homme qui maniait le meurtre et le mensonge avec un talent diabolique, traquant les conjurations et les revirements. Sur la trace sanglante de sa vengeance contre les Orsini, il avait rassuré les populations terrifiées. Il était parvenu à empêcher que César ne fasse assassiner Nicolo Orsini. Mais dans un accès de fureur, comme une sorte d'exutoire à la mansuétude imprévue de César, le pape avait tenu à faire mourir le cardinal Anguillara dans une des cellules du château Saint-Ange.

Jusqu'où irait cette famille au nom de la restauration du prestige pontifical ? Malgré sa loyauté, des doutes commençaient à l'assaillir. La présence de Silvia ne lui avait jamais semblé si précieuse. L'antidote ou le remède à cette succession d'atrocités commises au nom de l'Église, pour en défendre l'autorité.

Il avait réfléchi pendant ces soirs d'hiver, seul dans son palais d'Ancône. Une idée à laquelle il hésitait encore à s'abandonner revenait avec insistance. Depuis la mort de Giovanni, rien ne s'opposait à ce que Silvia vienne habiter avec lui. À part son statut de cardinal, qui réclamait prudence et discrétion.

Bifurquant dans une ruelle qui longeait le Tibre, il pressa le pas. À la fin du consistoire, Adriano di Castello lui avait donné rendez-vous dans la taverne dite des Deux Frères. Il n'avait pas précisé le motif de cette entrevue. Située un peu à l'écart du quartier où ils vivaient, on n'y rencontrait que des pèlerins, des étrangers de passage, venus se recueillir sur les reliques des martyrs de l'Église. On pouvait s'y parler discrètement.

Il remarqua les pas d'un autre cheval que le sien. Une présence qui pesait sur ses épaules, suivait ses gestes.

La porte de la taverne était juste à côté. En entrant, le souffle tiède de la pièce mélangé à l'odeur de soupe lui sauta au visage. Au-dessus du feu était suspendue une marmite en fonte dans laquelle mijotait éternellement la même soupe.

Il aperçut Adriano de l'autre côté de la pièce. Il se tenait appuyé contre la cheminée, sa tête était recouverte d'une capuche. Son visage ne reflétait pas la satisfaction qui aurait dû être la sienne depuis que le pape l'avait nommé cardinal de San Crisogono. Après plusieurs années d'attente et d'efforts, il avait reçu la juste récompense pour ses nombreux services rendus au pape et de sa gestion habile des affaires de la curie.

— Vous semblez d'humeur peu joyeuse... N'avez-vous pas pourtant toutes les raisons de vous réjouir ? s'exclama Alessandro en arrivant près de lui.

Son visage était crispé, ses traits tendus, sa bouche plissée par un mauvais rictus qu'il ne lui avait jamais vu. Au bout d'un moment, Adriano desserra les dents :

— Tu n'as pas été suivi ?

— Je ne crois pas. Que craignez-vous donc ?

Il s'assit face à lui, sur la table avaient été posés deux bols de soupe où flottaient quelques morceaux indistincts de lard.

Adriano di Castello engouffra une cuillère débordant de soupe dans sa bouche.

— Tu ne devrais pas te déplacer seul ainsi...

Il observa la salle pendant quelques minutes avant de continuer.

— Un mauvais coup se prépare contre toi...

Alessandro resta silencieux. Il repensa aux lettres de Silvia.

— Quel genre de mauvais coup ?

Le regard couché sur la table, la barbe grisonnante, le cardinal de San Crisogono ressemblait à un de ces voyageurs ou aventuriers qui ne s'embarrassent d'aucunes manières.

— C'est ton tour à présent...

Il se racla la gorge bruyamment, marmonnant des paroles difficiles à déchiffrer.

— Un certain Marcello Donati est sur tes traces, continua-t-il.

— Donati ?

Ce nom était inoubliable. Associé à la tuerie d'Ischia di Castro qui avait failli éradiquer tous les membres de la famille. C'était l'histoire la plus ancienne qu'on lui ait racontée. Une obscure querelle entre ses oncles et des petits seigneurs dont ils étaient les maîtres. Le père de Ranuccio avait mis fin à ces troubles en distribuant quelques terres et en punissant les paysans complices de ces crimes. L'un d'entre eux, le plus redoutable de tous, Renato Donati, avait disparu dans la campagne.

— Oui, je connais ce nom…

Avant qu'il ait pu raconter cette histoire, le cardinal lui coupa la parole, l'air pressé.

— Lorsque je rendais visite à ma mère, je l'ai croisé sur la place de l'Horloge à Corneto, là où vit Vincenzo Crispo.

Le visage d'Alessandro s'assombrit en entendant ce nom.

— Où qu'il se trouve, sa présence n'est jamais innocente. Surtout chez le beau-frère de Silvia dont le mari est mort par ta faute. Tu devrais te méfier.

— Peut-être, souffla Alessandro qui se méfiait aussi de ces interprétations de malheur.

— Tu ne me fais pas confiance ? demanda le cardinal.

Autour d'eux, le bruit des rires et des conversations formait une protection inattendue contre les oreilles indiscrètes.

— Quel intérêt aurait Vincenzo Crispo à agir contre moi ? Si longtemps après la mort de son frère ?

Le bruit de la salle lui parut tout à coup très lointain. L'archevêque posa son œil dur sur lui.

— Tu es un peu trop rationnel et sûr de toi. Je te recommande d'être prudent… C'est tout.

Alessandro croisa le regard d'Adriano. Sans vouloir prononcer le nom de Silvia Ruffini, il pensait évidemment à elle, au champ de liberté qui s'était ouvert quelques mois plus tôt avec la mort de Giovanni Battista Crispo. Le cardinal s'essuya la bouche avec la manche de son vêtement.

— D'autant plus que tu es en train de renverser cette mauvaise réputation qui était la tienne lors de ton arrivée au sein du Sacré Collège. Ce serait dommage de gâcher cette ascension.

Grâce à cette légation qui le plaçait au cœur des événements, Alessandro avait pris la tête d'un petit groupe de cardinaux réformateurs dont les opinions n'étaient pas aussi violemment hostiles au pape que celles du cardinal de Saint-Pierre-aux-Liens. Son positionnement sérieux et pragmatique mais aussi sa vie privée plus discrète et sobre que celles de la plupart des membres du Sacré Collège étaient appréciés. Les initiatives du cardinal d'Amboise auprès de lui le prouvaient. Face aux outrances de César et au pape vieillissant, ses avis, son influence auprès du pontife étaient recherchés. Ses qualités de diplomate et sa mesure plaisaient. Même le pape, agacé par leurs désaccords et son indépendance, écoutait ses conseils. S'il ne lui avait pas retiré sa légation, c'était uniquement parce qu'il avait perçu son utilité.

— Peut-être, mais si c'est au célibat que vous pensez, je ne peux me le permettre et je n'en ai aucune envie !

Le cercle noir autour des pupilles de l'archevêque était devenu plus brillant, plus énigmatique.

À cet instant, l'un des tenanciers de la taverne s'approcha du feu pour remplir un bol de soupe. Alessandro observa Adriano dont la figure était brouillée par le halo de vapeur qui s'échappait du couvercle de la marmite. On aurait dit qu'il était fait pour vivre dans la fumée, pour disparaître dans le brouillard et les atmosphères troubles.

À côté d'eux, une jeune femme blonde aux yeux gourmands le regardait avec insistance.

Le cardinal s'essuya la bouche d'un revers de la main.

— Je ne dis pas qu'il ne faut pas avoir d'enfants, et dans ton cas tu y es obligé si tu ne veux pas que ton nom disparaisse… mais il faut se montrer prudent, les mœurs ne seront pas toujours aussi relâchées…, continua le cardinal.

Alessandro avait lu tous les pamphlets qui se répandaient contre le pape et sa famille, les accusations prenaient de l'ampleur. César, qui ne les supportait pas, faisait exécuter tous ceux qui écrivaient des libelles hostiles, qui les traduisaient ou qui les répandaient. Il ne se sentait pas menacé par ces critiques. Il était entièrement et totalement fidèle à Silvia. Il y avait dans son amour pour elle une forme d'abstinence et de chasteté qui était la composante d'une vocation maritale ou religieuse.

— Et alors, où voulez-vous en venir ? demanda Alessandro de plus en plus agacé par ces commentaires intrusifs.

— Tu devrais remarier Silvia à un homme ambitieux qui comprendra tout l'intérêt qu'il peut avoir à s'allier avec la femme d'un cardinal.

Alessandro était jaloux rien qu'à l'entendre.

Cette méthode avait été appliquée pour sa sœur, tiraillée entre le déshonneur de son époux légitime et les exigences de son amant. Il n'avait aucune envie d'infliger une telle situation à Silvia.

— Le mari n'est jamais aussi compréhensif qu'on le voudrait, prétendit Alessandro.

— Rodrigo a marié Vannozza Cattanei à des hommes soumis. Il suffit de bien les choisir.

Exaspéré, Alessandro faillit se lever. Le cardinal avala une gorgée de vin sans le quitter du regard.

— Tu es amoureux et cela n'est pas bon…

Le cardinal se servit un nouveau verre de vin. Ils burent tous les deux en silence.

Alessandro lui trouvait une expression étrange, qu'il ne lui avait jamais vue. Un air de dégoût mêlé à de la haine.

— Je ne vous ai pas encore félicité pour votre nomination, reprit-il, pour changer de sujet.

Dans la lumière tamisée de la taverne, Adriano laissa échapper un léger sifflement.

— Cela m'a coûté la modique somme de 20 000 ducats… Le pape engraisse ses oies avant de les tuer. Tout cela finira mal.

— Vous êtes inquiet pour vous ?

— Regarde ce qui est arrivé au cardinal Michieli, qui était mon ami.

Le cardinal de Venise était mort en deux jours de vomissements, laissant derrière lui plus de 150 000 ducats et de la vaisselle en argent. Il y avait peu de doutes sur l'origine de cet empoisonnement.

— Personne n'est à l'abri… sauf toi peut-être !

Alessandro se sentait en effet peu concerné par la convoitise et l'avidité du pape à l'égard de son inexistante fortune. Mais il n'ignorait pas qu'à la cour des Borgia il ne faisait pas bon être riche. La même histoire se répétait depuis quelques mois : les derniers membres du Sacré Collège qui étaient morts de façon suspecte avaient tous reçu peu de temps avant leur décès une série de prébendes et autres bénéfices qui avaient significativement accru leur richesse et, de fait, la somme que le pape pourrait percevoir à leur mort.

Dans cette course à l'héritage, Adriano di Castello, récemment doté de nombreux offices, représentait une cible de choix.

— Je suis vigilant…

La salle s'était brusquement vidée de ses clients. Ils étaient désormais seuls dans la taverne, avec la jeune femme blonde qui n'en finissait pas de le fixer avec avidité et concupiscence.

En se levant, Adriano semblait moins sombre.

— Notre ami Paolo Cortese ne dit-il pas qu'un cardinal en cour de Rome se doit d'agir avec froideur et lucidité ? Tel est en effet le principe que je voulais te rappeler, cher Alessandro.

Alessandro regarda partir celui qu'il finissait par considérer comme un ami. Malgré son affection pour lui, le cardinal de Crisogono lui avait toujours inspiré une certaine méfiance.

## *Mai 1503*

Tenir Silvia dans ses bras lui procurait une joie toujours aussi forte, aussi simple. Surtout lorsque la lumière commençait à dessiner la courbe de ses épaules, de ses cuisses.

Il avait décidé de rester une nuit de plus avec elle alors qu'il devait prendre la route d'Ancône et y séjourner un temps indéfini. Le capitaine de l'Église avait finalement choisi de porter secours à l'armée du roi de France contre celle du roi de Naples, soutenue par l'Espagne. Cette décision était son œuvre. L'ambassadeur du roi de France lui ayant plusieurs fois rendu visite dans son palais pour lui demander d'intercéder auprès du pontife.

S'étant rangé à son avis, le pape lui avait intimé l'ordre de retourner dans les Marches pour s'assurer que la province ne profiterait pas du départ des troupes de César pour remettre en question sa récente autorité. Il y était attendu le plus tôt possible.

Alessandro était heureux que ce choix ait finalement été fait. Il était convaincu qu'un revirement vis-à-vis du roi de France aurait déshonoré la papauté autant que l'Église et qu'elle aurait définitivement décrédibilisé César.

Il se tourna vers Silvia qui semblait dormir encore.

Tout à coup, il sentit son souffle contre son épaule, ses cheveux glissèrent sur son bras. Il effleura ses lèvres. La perspective de son départ la rendait nerveuse. Elle était plus lointaine depuis quelques jours, sauf cette nuit, mais il craignait de la perdre à nouveau.

— Dès que j'aurai passé quelque temps à Ancône, tu pourras me rejoindre avec les enfants. Sans doute dès le mois de juillet.

Silvia ne répondit pas. Elle supportait de plus en plus difficilement leur éloignement, sa solitude dans ce palais où l'ombre de Giovanni flottait comme un reproche. Son père lui avait proposé de s'installer chez lui avec ses enfants. Ce choix cristallisait une autre possibilité : celle de venir vivre avec Alessandro. Leur vie ensemble était à la fois une inquiétude et un désir qui s'invitaient souvent dans leurs silences.

— À quoi penses-tu ? demanda-t-il au bout d'un moment.

— Tu le sais bien.

Ils n'avaient pas abordé ce sujet depuis longtemps. Mais à l'approche de son départ il revenait en force.

— Nous avons respecté le deuil qu'il fallait, reprit-elle. Pourquoi continuer à rester loin l'un de l'autre ?

Face à son air évasif, elle se dressa.

— Je comprends que tu veuilles être prudent mais, au fond, qu'est-ce qui nous en empêche ?

Il tourna la tête, évitant de croiser son regard.

— Je m'inquiète pour toi…

Elle se redressa brusquement.

— Pour moi ou pour toi ?

— Tu sais comme Giulia a souffert des insultes proférées contre elle lorsqu'elle était la maîtresse du pape. D'ailleurs les libelles parlent encore de l'épouse du Christ...

Alessandro ne lui dit pas que son nom était apparu très récemment, à Ancône, où on lui avait prêté une maîtresse.

Avant qu'il ait pu finir, le visage de Silvia s'enflamma. Ses cheveux noirs décoiffés retombaient en boucles autour de son visage.

— Tu n'es pas pape ! Et peut-être ne le seras-tu jamais...

Un frisson traversa le tissu de sa chemise de nuit. Sa robe en soie découvrait ses épaules et dessinait l'ovale de son ventre arrondi. Elle recouvrit son ventre d'un mouvement de la main. Alessandro voulut la prendre par le bras, mais elle s'éloigna.

— Que veux-tu de plus ?

— Vivre à tes côtés...

— Tu es veuve...

— Nous vivons dans une ville où personne n'est respectueux des usages, les cardinaux moins que quiconque. Pourquoi faudrait-il nous infliger de telles contraintes ?

Alessandro repensa à sa conversation avec Adriano. Il avait fait bonne figure mais elle l'avait quelque peu ébranlé. Les insultes proférées contre lui au moment de sa nomination commençaient à peine à être oubliées. Personne, et surtout pas les membres du Sacré Collège, n'ignorait cette règle non écrite et à peine formulée qui voulait qu'aucune femme ne s'installe sous le toit d'un cardinal. Pour un prélat non consacré, une vie maritale était plus compromettante qu'une vie licencieuse.

— Tu te trompes, même Rodrigo Borgia a

préservé les apparences en établissant Vannozza dans une maison proche de la sienne, jamais sous son toit.

Enveloppée dans une sorte de manteau en velours vert dont les manches frôlaient le sol, Silvia s'éloigna. Cette comparaison avec une jeune aubergiste du Trastevere, issue de la bourgeoisie romaine, lui déplaisait. Un argument plus fort lui vint à l'esprit.

— Rodrigo était déjà prêtre à l'époque, et tu ne l'es pas encore !

Rodrigo avait juste eu le souci de ménager l'apparence d'une vie chaste comme on rafistole grossièrement les lambeaux d'un vêtement. Ces précautions s'expliquaient moins par sa volonté de respecter les ordres sacrés que celle de rester libre de ses mouvements. Quant à lui, il avait encore un peu de temps avant de recevoir les ordres majeurs et de ne se consacrer qu'à l'Église.

— À moins que tu souhaites que je me remarie, comme Vannozza ? demanda-t-elle finalement.

— Non, il n'en est pas question.

Ces paroles ne suffirent pas. Silvia était sur le point de sortir de la pièce.

— Alors tu es un hypocrite.

— Personne ne dit qu'être la femme d'un cardinal est facile...

Lorsqu'il leva les yeux, il vit que Silvia avait quitté la pièce. Il sortit la chercher. Le palais semblait vide. Pas un bruit ne s'échappait de l'escalier. Il erra quelques instants jusqu'à ce qu'une vieille servante s'approche de lui pour lui dire que la *signora* était sortie. Par la fenêtre de la galerie, Alessandro aperçut une pluie fine qui avait commencé à tomber. Matteo l'attendait chez lui, il avait préparé son équipage et sa suite pour quitter les lieux le plus tôt possible. Il déposerait une lettre à Silvia en partant.

En sortant dans la rue, il entendit des pas qui foulaient les pavés mouillés, des éclaboussures dans une flaque d'eau.

À mesure qu'il progressait vers son palais, il entendait de plus en plus distinctement le souffle d'un homme derrière lui. Ce bruit traversait celui des gouttes d'eau qui heurtaient les toits et les pierres. Il s'en voulut de ne pas avoir demandé à Matteo de venir le chercher.

Il avait aperçu une silhouette, vêtue d'une veste épaisse en drap marron, en sortant du palais. C'était un homme sans regard, au visage vide.

Il changea de trajectoire, prit une petite ruelle pour rejoindre plus vite son palais. Ce n'était plus une présence diffuse mais un homme qui semblait le connaître, savoir comment placer ses pas dans les siens. Il eut le temps de se faufiler par la grille du jardin qui restait toujours ouverte, à l'arrière du palais. Il referma la porte et attendit dans le recoin d'un mur.

Après avoir vérifié toutes les portes, il se rendit à l'écurie où Matteo devait être en train de préparer les chevaux.

Mais son écuyer n'y était pas. L'attelage avait été préparé, les animaux étaient en train de terminer leur foin. Un silence étrange régnait dans la cour. En sortant, il aperçut quelque chose au fond du jardin. Il s'approcha. Le corps de son palefrenier gisait dans une flaque de sang au pied de la façade intérieure du palais.

Tout à coup, Alessandro sentit un bras s'enrouler

autour de son cou, la lame d'un couteau traverser le tissu de sa soutane jusqu'à son épaule. Mais elle s'arrêta avant de le transpercer. Le bras n'exerçait plus la moindre étreinte, la main était devenue molle. Il entendit le poids lourd du corps d'un homme s'écrouler derrière lui.

Il se retourna et vit Matteo, hagard.

Alessandro le prit dans ses bras. En entourant ses épaules, il sentit que le tissu était recouvert de sang.

— Matteo, que s'est-il passé ?

Matteo essayait d'articuler, du sang coulait entre ses lèvres.

— Je suis allé te chercher chez Silvia pour te prévenir que des hommes étaient entrés ici, mais tu n'y étais plus, et en revenant, j'ai vu cet homme derrière toi.

Matteo était déjà à bout de forces.

— Qui sont-ils ? Les connais-tu ?

Le visage de Matteo était livide. Plus aucun souffle ne traverserait ses lèvres.

Alessandro le serrait contre lui. Le regard de Matteo s'ouvrait sur autre chose. Un dernier mot effleura ses lèvres.

— Donati.

Alessandro se pencha pour recueillir ce souffle qui s'échappait. Ce nom maudit prononcé comme une incantation. La tête de Matteo venait de glisser sur sa main. Il ne bougeait plus.

Alessandro repensa à la lame du couteau contre son épaule, au visage de l'assassin qui s'était effondré derrière lui en souriant légèrement. Sa soutane collante de sang avait pris une couleur plus foncée.

Silvia avait attendu qu'Alessandro quitte son palais pour rejoindre celui de son père, qui n'était situé qu'à quelques rues de chez elle. L'émotion l'avait brusquement submergée. Elle s'en voulait de lui avoir fait ces reproches. Mais cet enfant qu'elle attendait et dont elle ne lui avait pas parlé lui donnait une force et un désir de vivre à ses côtés presque irrépressibles.

Les projets d'Alessandro occupaient tellement ses pensées qu'elle craignait de n'être qu'un moyen de les réaliser. Elle le trouvait changé, plus absorbé par sa carrière ; celle-ci avait pris une autre dimension depuis que le pape lui avait confié cette légation.

Elle s'engagea dans l'escalier menant aux appartements de son père, situés au premier étage. Tout au fond se trouvait le lieu, mi-chambre, mi-cabinet de lecture, où Ruffino Ruffini se tenait ordinairement pendant la plus grande partie de la journée. Elle entra, se remémorant combien elle adorait l'y retrouver lorsqu'elle était enfant ; la pièce sentait le renfermé, de vieilles tapisseries et des livres couvraient les murs.

Ruffino Ruffini leva les yeux vers elle. Son visage lisse exprimait toute la douceur de son caractère mais ses yeux surtout se posaient sur les êtres avec une bonté rare.

L'homme ouvrit ses bras pour l'embrasser.

— Tu sembles triste.

— J'ai réfléchi à votre proposition.

Ruffino Ruffini la regardait avec curiosité. Depuis la mort de Giovanni Crispo, il se sentait à nouveau responsable d'elle. Juste après son décès, il avait proposé à Silvia de venir vivre chez lui pour l'aider à élever leurs fils, ne sachant ce que le cardinal Farnese était en mesure de faire pour elle. Sa liaison avec ce cardinal à la réputation sulfureuse l'avait d'abord inquiété. Il n'appréciait guère les mœurs de ces prélats arrogants qui ne pensaient qu'à jouir de leur statut en décrédibilisant l'Église. Il n'était pas flatté que sa fille ait une liaison avec lui, contrairement aux sœurs et aux frères de Silvia qui semblaient s'en féliciter. Le seul qu'il écoutait était son fils cadet Mario, qui se destinait à l'Église et avait pris sa défense à plusieurs reprises. Mais Ruffino avait apprécié que le cardinal Farnese prenne l'initiative de le rencontrer peu après la mort de son gendre. Le cardinal Farnese lui avait parlé de Silvia avec sincérité. Il semblait l'aimer. Son érudition, son goût pour les lettres et l'histoire correspondaient davantage au caractère de Silvia que celui de Giovanni. Seule son ambition l'inquiétait. Son allure détachée, son visage impassible ne le trompaient pas sur ses intentions. Son regard reflétait toute l'ardeur de son âme. Il voyait cette même lumière dans celui de Silvia. Une question demeurait : quelle place donnerait-il à Silvia et à ses projets familiaux, ce feu qui l'habitait allait-il consumer leur amour ou bien l'aider à grandir ?

Silvia s'était assise à ses pieds, posant sa joue sur ses genoux.

— Je pense que je ne dois pas rester dans ce palais qui me rappelle trop de souvenirs, mais je ne veux pas revenir chez vous.

Il lui caressait la tête. Il sentait qu'il devait l'écouter.

— Je comprends...

Le bonheur d'une vie simple lui semblait tout à coup désirable. Comme Giulia Farnese qui vivait retirée sur ses terres. Après deux années de veuvage, la sœur d'Alessandro avait mis fin à son aventure tumultueuse avec le pape. Elle lui avait confié ne plus désirer que le calme, voire la monotonie d'une vie à la campagne. Elle avait remis le destin de sa fille Laura entre les mains de son frère qui avait déjà en tête une alliance utile à lui proposer.

— Tu ne penses tout de même pas vivre avec le cardinal Farnese ?

— Je crois qu'il ne le souhaite pas.

Slivia sentait des aspirations contradictoires tirailler son cœur. Elle se savait entièrement et éternellement liée à Alessandro. Elle aimait son ambition, son intelligence, mais aussi sa prudence. Elle craignait son goût pour le pouvoir, sa façon d'ajuster parfois son jugement à ses intérêts, au regard de ses adversaires, cette habileté qui confinait à la duplicité.

— Vous souvenez-vous, mon père, du prisonnier qui s'était évadé du château Saint-Ange lorsque j'étais au couvent de San Petita ?

— Oui...

— Il s'agissait d'Alessandro Farnese…

— Vraiment ?

Elle hésita à lui confier le secret de leur rencontre qu'elle n'avait raconté à personne. Mais il était la source de leur histoire. Elle pensa qu'en dénouant ce pacte secret, elle retrouverait une forme de liberté.

— Nous faisions quelques visites aux prisonniers. Nous nous y sommes vus pour la première fois.

Ruffini vit apparaître les murs cylindriques de la vieille forteresse. Cet éternel rempart contre les ennemis des papes et de Rome renfermait des sortilèges inconnus. Il comprenait à cet instant le souhait de sa fille de quitter ce couvent dans lequel elle avait brièvement voulu s'enfermer. Ce mariage précipité avec Giovanni Crispo, alors qu'elle s'y était toujours refusée, avait été l'unique moyen de sortir de cette clôture.

— Je l'ai un peu aidé à s'en échapper…

Ruffini resta silencieux. Silvia guettait sa réaction.

— Alessandro Farnese n'est pas n'importe qui, continua-t-il sans paraître surpris de son aveu. Ce que tu me dis confirme ce que je pense. Il ne peut risquer de se compromettre… C'est à toi de faire quelques sacrifices.

Silvia ne s'attendait pas à trouver un tel allié d'Alessandro en la personne de son père.

— J'attends un enfant.

Ruffini prit la main de sa fille.

— L'as-tu dit à Alessandro ?

— Pas encore…

Ruffino Ruffini avait toujours aimé la même femme à laquelle il était resté fidèle toute sa vie. Il comprenait qu'on se sente lié à jamais à quelqu'un.

Silvia se laissa bercer par la caresse de son père sur sa tête, son silence bienveillant, oubliant sa colère et ses doutes.

Dès que le chef de la police municipale eut quitté le palais avec ses sbires et ses hallebardiers, Alessandro retourna chez Silvia. Elle se tenait dans sa chambre. Assise à son bureau, elle était en train d'écrire une lettre. Son visage était éclairé d'une lumière différente. Sa robe qui marquait sa taille mettait en valeur son ventre.

En le voyant entrer, Silvia aperçut tout de suite sur son visage une expression inhabituelle. Mais surtout son vêtement était taché de sang et de boue.

— Que s'est-il passé ?

— Matteo a été poignardé, il est mort dans mes bras…

En s'approchant de lui, Silvia sentit un corps inerte, vidé de sa force. Il semblait si bouleversé qu'elle le crut blessé.

Il s'assit près de la cheminée. Il resta un long moment immobile, ne parvenant pas à détacher ses yeux de la flamme qui vacillait. Silvia posa sa main sur son épaule. Sa tristesse était à la mesure de ce que Matteo représentait pour lui.

— Adriano avait raison…

— Que dis-tu ?

— Adriano m'avait alerté il y a quelques semaines. Je n'ai pas voulu t'inquiéter.

— Que t'avait-il dit ?

— Ton beau-frère a demandé à quelqu'un de me tuer… Je dois à Matteo de ne pas être mort aujourd'hui.

Silvia s'était assise à côté de lui.

— Vincenzo ? Ce n'est pas un assassin.

En revoyant le visage tordu de douleur de Matteo, Alessandro baissa les yeux. La figure de Silvia s'assombrit brusquement.

— Rien de tout cela ne serait arrivé si nous ne nous étions pas revus, si j'étais restée fidèle à Giovanni…

Alessandro lui prit la main.

— Nous avons eu raison.

À cet instant, il aperçut son ventre plus arrondi que d'habitude. Sans un mot, il la prit dans ses bras.

Ils s'enlacèrent longuement, oubliant les paroles, les événements de la journée, la mort de Matteo, les intrigues de Vincenzo Crispo, se cherchant comme deux inconnus ayant perdu la trace l'un de l'autre, se retrouvant par d'autres chemins. L'obscurité enveloppait leur silence d'un halo mystérieux, profond et léger en même temps. À leurs gestes se mêlaient pourtant toutes sortes d'images contradictoires et énigmatiques : des enfants et des fantômes, des projets et des secrets, des obstacles et des libertés.

Plus tard dans la nuit, Alessandro réfléchit aux choix qui s'imposaient désormais à lui.

La douceur de son corps, ce nouvel enfant qui naîtrait, comme Costanza, à la fin de l'année ne l'avaient pas seulement consolé de sa tristesse. Ils l'avaient réveillé. À l'accablement succédait la colère, la fureur même, d'avoir subi une telle attaque, chez lui. Sa prudence lui paraissait soudainement excessive, comme un aveu de faiblesse auquel il ne voulait pas consentir.

À côté de lui, Silvia ne dormait pas, son souffle était suspendu au sien. Elle guettait ses paroles.

Il murmura dans l'obscurité :

— Tu t'installeras dès que possible au palais du Campo dei Fiori avec tes enfants. Pendant mon absence, je ferai surveiller le palais par les gardes corses de Capodimonte. Ils empêcheront d'autres tentatives même si je pense que rien n'arrivera. Dès que possible, je vais faire venir Vincenzo chez moi. Il verra ainsi que nous ne craignons pas de vivre ensemble. Ni de le faire savoir.

*5 août 1503*

Ce soir-là, la lumière du soleil couchant donnait aux vignes du cardinal de San Crisogono un éclat particulier. Elle se réfléchissait dans la vaisselle en cuivre, les timbales en argent, les cruches en verre soufflé, les couverts disposés sur les tables, sous les chênes. Les plats d'anguilles séchées, les rougets, les seiches de Corse avaient été disposés sur des nappes en lin blanc. Des bougies diffusant un parfum délicat avaient été allumées.

Tout était en place pour accueillir le pape, son fils et les cardinaux dont il était proche. Cette soirée dans les vignes avait été prévue quelques jours plus tôt par le pape qui voulait fêter le départ du capitaine de l'Église vers le royaume de Naples. Il espérait profiter des chênes et des oliviers de son jardin pour se détendre.

Le pouvoir des vignes et de la lumière était infini. Sur le chemin de la villa, on trouvait toujours au détour d'un sentier une colonne ou une pierre ayant appartenu à une villa antique. Un objet qui rappelait combien la mort était proche mais tenue à distance. Comme une sorte de pèlerinage, de retour aux sources païennes de la ville.

En longeant les tables installées près des terrasses qui surplombaient la ville, le cardinal poussa un soupir. Ce décor parfait lui fit penser que le pape, une fois de plus, parvenait à ses fins. Tout semblait moins grave à l'ombre des chênes.

Le cardinal rejoignit l'office où étaient entreposées les provisions. Il voulait faire un dernier tour pour s'assurer que tout était prêt, que les pâtés et les saucissons avaient été sortis des chambres froides. Mais surtout, il voulait inspecter d'un peu plus près les barriques de vin et les pigeonneaux marinés que les serviteurs de César avaient déposés dans l'après-midi. Il fronça les sourcils en apercevant ses serviteurs qui s'affairaient dans tous les sens.

— Que se passe-t-il ? Les plats ne sont pas encore disposés ?

En désordre sur l'établi, les huîtres marinées, le thon et la dorade salée, seiche de Corse, spicule, ombrine, rouget…

— Les poissons sont arrivés en retard, monseigneur.

Le cardinal traversa la cuisine, fuyant les odeurs d'un air dégoûté.

Le chapelain espagnol du pape se tourna vers lui alors qu'il s'approchait des trois jarres déposées sur le sol.

— C'est un cadeau du pape pour vos invités. Ce vin est issu des vignes de Madonna Vannozza.

Le cardinal retira le bouchon et se baissa pour renifler à l'intérieur. Aucune odeur particulière ne s'en dégageait.

— Vous voulez dire qu'il n'en boira pas lui-même ?

Le chapelain désigna deux carafes posées sur une coupelle.

— Le pape a décidé de faire un régime... Il se contentera de déguster ce vin-là, qui est plus digeste...

Le cardinal imaginait que César s'abstiendrait de boire de l'alcool la veille d'un départ en campagne. Il serait donc le seul à goûter cette boisson avec les autres cardinaux. La manœuvre était trop grossière. Comment le pape pouvait-il penser qu'il se laisserait berner par un tel stratagème ?

Il regarda à nouveau les trois jarres : des gros pots en terre cuite d'apparence inoffensive mais qui renfermaient un liquide suspect. Il recula, fébrile. La vision d'une mort violente, le corps traversé de spasmes, l'assaillit.

Le pape l'avait récemment interrogé sur le montant de ses revenus, la valeur de ses biens, tout en lui faisant remarquer à quel point il ne devait sa fortune qu'à son bon vouloir. Il lorgnait sur sa villa et sur ses terres depuis quelques années.

Le cardinal repensa à tous les efforts consentis, les châtiments, les manœuvres effectuées pour soutenir l'ascension de cette famille d'Espagnols vers le sommet de l'Église.

Lorsque le chapelain du pape eut quitté la chambre froide, le cardinal se dirigea vers son serviteur qui disposait les carafes de vin sur un plateau.

Il était temps d'en finir. Et l'Église ne s'en porterait que mieux. Le cadeau si inquiétant du pape lui fournissait l'occasion rêvée de se débarrasser de ces ingrats qui ne pensaient qu'à leurs intérêts. L'été, la malaria emportait toujours quelques personnes dans l'entourage du pape : la mort se propageait plus facilement, les soupçons seraient dilués dans une nuée de miasmes marécageux.

Attendant que le serviteur du pape soit sorti, le cardinal chuchota à Marcello :

— Tu veilleras à servir le vin qui nous est destiné au pape, en priorité, et à son fils. Quant à nous, nous boirons de ce vin-là que tu mélangeras avec quelques gouttes de celui-ci…

Marcello fut intrigué.

— Pourquoi donc, monseigneur, si celui-ci est mauvais ?

Le cardinal ne voulait pas qu'on le soupçonne : si le breuvage était légèrement corrompu, il serait atteint aussi mais moins violemment.

— Parce que je te le demande…

L'arrivée du pape et de sa suite, quelques minutes plus tard, fut annoncée par un nuage de poussière.

Le pape était en avance : il voulait profiter des dernières lueurs du soleil avant la nuit. Les figuiers embaumaient l'air, le temps semblait suspendu. L'éternité était proche. À moins que l'abîme ne ressemble au paradis.

Le cardinal s'avança vers le pontife en s'efforçant de sourire.

— Merci de nous accueillir dans ce lieu enchanteur…, déclara le pape qui avait jeté un regard plein de convoitise sur ce paysage.

— Je suis heureux que Votre Sainteté nous fasse l'honneur de cette visite mais elle est ici chez elle…, sourit le cardinal en s'inclinant.

Le pape baissa les yeux.

— Allons donc, mon cher Adriano, ne soyez pas si cérémonieux, je viens ici en ami…

Plein de mansuétude pour son hôte, le pape déposa un baiser sur sa joue, oubliant le protocole qui voulait que le cardinal lui baise le bout de son chausson. Le cardinal de San Crisogono ne put s'empêcher de penser aux lèvres de Judas qui s'étaient posées sur la joue du Christ avant son martyre. Rougissant de son habileté, il exultait d'avoir retourné l'arme contre son assassin.

— Espérons que nous pourrons vous faire oublier les désagréments des dernières semaines…, susurra le cardinal en observant la suite du pape.

Il cherchait à distinguer parmi les cardinaux en mauvaise santé lesquels succomberaient à cette soirée.

Le pape n'était accompagné que des cardinaux espagnols qui s'émerveillaient de la beauté des lieux. Il ne subsistait plus grand monde parmi les membres du Sacré Collège : les Savelli, Colonna, Orsini, représentants des familles romaines, avaient tous été assassinés ou, privés de leurs biens, ils avaient fui Rome. Hippolyte d'Este, jeune beau-frère de Lucrèce, était l'unique représentant des familles souveraines d'Italie. Le cardinal, qui avait eu vent de la tentative d'assassinat contre Alessandro Farnese, s'en inquiéta auprès de César.

— Le cardinal Farnese aurait dû être avec nous mais il a été retenu par une affaire urgente à régler…, répondit César.

Adriano n'insista pas, soulagé qu'Alessandro n'ait pas à subir cette périlleuse soirée.

Le pape, qui avait pris place sur sa cathèdre, un peu à l'écart des invités, levait de temps à autre un œil lourd vers l'assistance, car il ne semblait pas prendre réellement plaisir à ce souper. Le banquet avait mal commencé. Alors qu'il s'apprêtait à enfouir dans sa bouche une poignée de friture de poisson, un hibou était tombé, mort, dans son assiette. Ce présage funeste avait failli gâcher la fête. Le cardinal avait cru que le pape quitterait le banquet avant même d'avoir bu une coupe de vin. Au lieu de quoi il avait prononcé ces paroles d'un air étrange : « La chance est une maîtresse infidèle, elle n'aime pas gâter trop longtemps les mêmes hommes. » Cela faisait plusieurs mois qu'il n'avait subi aucune avanie, aucune défaite. Rien ne résistait à ses volontés, ni à celles de César. Et il commençait à s'inquiéter.

Mais le charme des lieux avait repris le dessus. Et César n'était pas un homme qui pouvait renoncer aux plaisirs de la table.

Le cardinal s'était tenu à distance, observant les va-et-vient, le vin qui passait d'une coupe à l'autre. Vaguement inquiet de perdre sa trace, il avait lui-même versé le breuvage dans la carafe du pape et de son fils. Au moins une fois, il avait aperçu le liquide suspect glisser sur leurs lèvres.

À la fin du souper, le pape et sa suite avaient quitté les lieux sans s'attarder, précédés par César. Même la veille de son départ vers Naples, avec son armée de cinq cents cavaliers et deux mille fantassins, le fils du pape était pressé de retrouver les nombreuses courtisanes qu'il visitait chaque soir avec la régularité d'une horloge.

Silvia n'avait eu que quelques rues à franchir pour s'installer au palais du Campo dei Fiori. Ses malles avaient été transportées en pleine nuit pour ne pas attirer l'attention. Elle avait choisi de n'apporter que très peu d'objets : les bijoux qu'elle aimait, des vêtements, quelques meubles décoratifs, les affaires de ses enfants.

Son trajet avait été aussi court que discret, mais un monde allait séparer son existence révolue de simple et digne veuve du sieur Crispo de sa nouvelle vie de concubine d'un cardinal. En venant vivre dans ce palais, Silvia franchissait le Rubicon des convenances patriciennes et, sur la foi de son amour, acceptait d'entrer dans une semi-clandestinité imposée par le statut et par l'ambition de son amant.

Alessandro lui avait attribué l'appartement ayant la plus belle vue sur le Tibre, le seul dont la rénovation fût achevée. À côté de sa chambre, elle avait installé celle de Costanza et celle de ses deux fils Virgilio et Tiberio. Elle avait fait poser une tapisserie représentant une Vierge à l'enfant pour donner plus de chaleur à la chambre.

D'autres aménagements devaient avoir lieu prochainement, liés à des acquisitions de parcelles voisines. Alessandro ne lui avait pas donné plus de détails mais il avait manifestement de grands projets pour ce palais dont les frontières mêmes semblaient encore incertaines.

En passant dans le couloir du deuxième étage, elle entendit du mouvement au premier étage. Après quelques jours passés à Ancône, Alessandro était revenu pour le dernier consistoire avant la trêve du mois d'août.

En descendant l'escalier, elle se souvint de sa première visite avec Giulia qui leur avait permis de se retrouver, des ruses pour tromper l'attention de Giovanni. Elle eut une pensée presque nostalgique pour ces instants volés.

Sous la porte de la bibliothèque, elle aperçut un rai de lumière. Elle frappa et entra. Alessandro était debout face à la fenêtre, il regardait le soleil qui se consumait dans le ciel, faisant tournoyer les nuages dans une traînée de feu.

— Tu n'es pas allé dîner dans les vignes d'Adriano ?

— Non, j'attends la visite de Vincenzo Crispo.

Elle observa Alessandro dont les pensées lui échappaient parfois. Il semblait serein mais sa main droite trahissait une certaine impatience. Ses doigts jouaient avec les perles de son chapelet, faisant onduler les plis de sa robe. Il était toujours vêtu de son habit de cardinal, sa soutane rouge, le camail de la même couleur sur ses épaules, la croix apostolique sur sa poitrine, et même de sa calotte. Lors de sa légation à Ancône, il avait pu mesurer l'effet que produisait cet habit, l'aura qui s'en dégageait dès qu'il entrait dans une pièce. Il s'était habitué à son effet un peu magique, à ce mélange de crainte et d'admiration qu'il suscitait. Il laissait les ombres s'y glisser, et semblait prêt à lui confier ce rôle qu'il devait jouer. Il se dégageait de lui une fierté nouvelle.

Sentant le regard de Silvia s'appesantir sur lui, Alessandro se retourna.

— L'un de ses domestiques est venu ici l'annoncer lorsque j'étais au Vatican. Je finissais par croire qu'il craignait de me rencontrer…

Cela faisait des semaines qu'il lui avait écrit pour l'inviter. Pour ne pas l'effrayer, il ne l'avait pas accusé directement, mais il avait insinué qu'il ne laisserait personne s'attaquer à son honneur ni aux êtres dont il était proche. La police n'ayant pas retrouvé l'assassin, Alessandro avait demandé à ses gardes corses de mener leur enquête de leur côté. Ils étaient rapidement remontés vers Marcello Donati, maçon issu d'une lignée de bandits du Latium, maître d'œuvre des chantiers de Giovanni Battista et Vincenzo Crispo.

— Cela ne serait pas très étonnant, le connaissant, reprit Silvia. Sais-tu si Marcello Donati a été retrouvé ?

Surveillant les abords du palais du Campo dei Fiori, ses gardes lui avaient plusieurs fois proposé d'intervenir et de venger Matteo en s'en prenant à l'un des palefreniers de Vincenzo. C'était la coutume des différents clans familiaux de se faire justice eux-mêmes par l'intermédiaire de leurs gens d'armes ou de paysans qu'ils recrutaient sur leurs terres. Mais Alessandro avait refusé qu'ils s'en prennent au frère de Giovanni. Il leur avait en revanche laissé le champ libre pour retrouver

Marcello Donati et lui infliger la punition qu'il méritait.

— Donati n'a pas encore été retrouvé, mais ils finiront par mettre la main sur lui, murmura Alessandro.

Il n'aimait pas la vengeance mais il ne voulait pas trahir Matteo et était impatient de clarifier cette affaire, pour tout dire absurde, puis de la clore définitivement par la mort de l'assassin. En tant qu'évêque de Corneto et Montefiascone, il aspirait à faire de Vincenzo Crispo un allié plutôt qu'un ennemi. En tant qu'administrateur de second rang de ce diocèse, Vincenzo était devenu son obligé mais demeurait un rouage significatif pour son autorité et sa mainmise sur l'évêché. S'il voulait asseoir peu à peu sa domination sur la région de Viterbe pour, le moment venu, faire ériger ses possessions en marquisat, ou même en duché, aucun soutien, aucun allié ne devait être négligé. Alessandro maîtrisait de mieux en mieux le fonctionnement de la curie et savait que le rôle du moindre officier ne devait pas être méprisé. Gagner Vincenzo Crispo à sa cause était une tâche qui nécessitait autant de patience que de sang-froid, le contraire de la brutalité et de la violence dont César usait avec tant de talent mais parfois de maladresse.

— Je vais vous laisser tous les deux, suggéra Silvia.

Alessandro posa sa main sur son bras.

— Non, reste ici. Nous le recevrons ensemble.

Silvia craignait de provoquer le frère de Giovanni Battista par sa présence mais surtout par son ventre arrondi qui ne pouvait laisser de doute.

— Tu es certain ?

Elle portait une robe verte en mousseline légère qui donnait à sa silhouette une allure vaporeuse. Avoir quitté le palais Crispo la rendait plus belle que jamais.

— Oui, je veux qu'il te voie ainsi.

Il voulait montrer à Vincenzo Crispo qu'il ne le craignait pas.

À cet instant, le majordome annonça le visiteur.

Alessandro ne l'avait croisé qu'une seule fois à Corneto avec sa femme, Lucrezia Savelli. Ils ne s'étaient pas revus depuis la mort du mari de Silvia. Vincenzo s'avança pour baiser l'anneau qu'Alessandro lui tendait. En sentant ses lèvres frôler sa bague, Alessandro perçut un léger tremblement. Il devait avoir le même âge que lui, mais son allure, son visage semblaient ceux d'un homme plus âgé. Ses cheveux aux reflets roux, son teint blanc laiteux, son corps frêle le surprirent. Il ne ressemblait pas à son frère. Sa bouche légèrement tordue, son regard un peu trop mobile cherchait un moyen de s'échapper. Alessandro l'observa un instant : c'était bien de la peur qu'il lisait dans son regard.

Sa proximité connue de tous avec César et le pape inspirait de la crainte. Il ne mesurait pas l'effet de cette intimité et se demanda pourquoi il n'en usait pas davantage.

— Votre Éminence, je suis honoré de votre invitation, s'exclama Vincenzo, à bout de souffle. Votre bibliothèque est, paraît-il, le reflet de votre réputation d'humaniste…

Alessandro sourit. Son érudition n'était pas seulement un moyen de se distraire des austères débats canoniques mais une manière de faire vibrer une lumière plus douce sur son existence et sa réputation, d'envelopper son ambition d'un halo de sagesse.

— À défaut de sainteté, elle contribue à m'inspirer une certaine modération. Elle ne compte pour le moment qu'une soixantaine d'ouvrages mais je prévois de la remplir entièrement. Elle n'égalera jamais la bibliothèque de Laurent de Médicis mais elle m'aide à avoir de meilleures pensées…

Alessandro alla vers la table où étaient posées une timbale en argent et une carafe remplie d'un nectar violet.

— Voulez-vous un verre de jus de raisin ? demanda Alessandro. Et toi Silvia, que prendras-tu ?

Vincenzo Crispo se retourna et eut un léger sursaut.

— Silvia vit ici à présent, continua Alessandro le plus naturellement possible.

Vincenzo ne dit rien. Il semblait pétrifié.

— Je suis heureux que vous ayez accepté mon invitation…, poursuivit Alessandro. Je commençais à penser que vous aviez peur de me rencontrer…

Les joues de Vincenzo Crispo se mirent à rougir. Personne ne refusait l'invitation d'un cardinal. Surtout s'il était l'un des conseillers les plus proches du pape. Mais sur sa figure se lisait l'inquiétude d'avoir à répondre d'une tentative d'assassinat.

— J'ai été pris par divers problèmes à résoudre à Corneto… Je voulais d'ailleurs profiter de cette entrevue pour vous féliciter de votre nomination.

— L'évêché de Corneto et Montefiascone est très important pour moi, continua Alessandro. J'ai besoin d'avoir des personnes de confiance sur lesquelles m'appuyer pour l'administrer.

— Vous pouvez compter sur moi, répondit Vincenzo d'un ton obséquieux.

Alessandro l'observait. Sa voix était celle d'un homme intelligent, avec lequel on pouvait discuter. Il ne ressemblait pas à ces intrigants qui complotent inutilement pour obtenir d'illusoires revanches.

— D'autant que certains événements survenus récemment me causent du souci..., continua-t-il.

Vincenzo baissa les yeux.

— Comme vous le savez peut-être, des hommes se sont introduits chez moi récemment...

— Silvia m'en avait averti... Vous avez des informations sur les commanditaires ? susurra-t-il à voix presque basse.

Alessandro ne voulait pas l'incriminer directement : pour s'en faire un allié, il devait transformer cette tentative d'assassinat en aventure malheureuse, peut-être même en accident.

— L'enquête n'a rien donné... Mais mon écuyer, qui était aussi mon ami, m'a avoué en mourant qu'un certain Marcello Donati avait voulu porter la main contre moi...

Vincenzo Crispo semblait sur le point de se liquéfier sur le tabouret sur lequel il avait pris place. Le jour de la mort de Gian Battista, il s'était laissé submerger par l'émotion. Mais surtout par la proposition imprévisible de Marcello dont il avait découvert l'ascendance sanglante. Quelques jours plus tard, lorsqu'il s'était senti moins bouleversé, il avait demandé à Marcello de ne pas obéir à l'injonction de Gian Battista. Mais Marcello était devenu incontrôlable, une sorte de folie l'avait saisi. L'amour pour son maître mêlé à un instinct meurtrier l'avait rendu sourd à ses remords.

— Éminence, je…

Sentant qu'il était sur le point de se confondre en excuses, Alessandro balaya d'un geste cette confession dont il ne voulait pas.

— Si Dieu le veut, l'homme qui l'a poignardé répondra de son crime. Mais je préfère oublier cet épisode qui a coûté la vie à l'un de mes plus fidèles amis.

Vincenzo se racla bruyamment la gorge.

— C'est tout à votre honneur, Votre Éminence, de ne pas ajouter suspicion et confusion à ce drame, accident malheureux… issu de la folie d'un homme.

Les paroles, l'attitude aimable et tremblante de Vincenzo Crispo confirmèrent son intuition. Marcello Donati avait agi de son propre chef, ou alors à peu de chose près.

Alessandro ferma les volets intérieurs.

— Ma légation à Ancône me prenant beaucoup de temps et l'administrateur qui occupe mon évêché étant encore un peu novice, je voudrais vous proposer d'être son secrétaire afin que vous puissiez l'aiguiller dans la tâche et me faire des rapports réguliers.

Vincenzo le regarda pour la première fois droit dans les yeux. Il semblait considérer sa proposition avec un mélange de contentement et de fébrilité. La mort de Gian Battista lui avait fait perdre non seulement un frère mais un associé bénéficiant de relations privilégiées avec la papauté. Celles-ci reposaient sur l'amitié de son frère avec le pape et César mais aussi avec le vice-chancelier, Raffaele Sansoni Riario. Sans un relais efficace auprès du Saint-Siège, ses affaires perdraient de leur vigueur.

— J'accepte avec grand plaisir, Votre Éminence, votre confiance m'honore...

— Je demanderai à mon administrateur de vous réserver le meilleur accueil lors de votre prochain séjour.

Au moment de quitter les lieux, Vincenzo Crispo paraissait si soulagé de la tournure de cet entretien qu'il s'approcha de Silvia en souriant.

— Ma chère Silvia, je sais comme vous avez été vous aussi éprouvée par la mort de mon frère. Je suis heureux que vous puissiez trouver du réconfort... Vous pourrez compter sur ma discrétion.

Alessandro laissa l'un de ses gardes raccompagner Vincenzo Crispo. Lorsqu'il eut quitté la pièce, Silvia se dirigea vers Alessandro. Ce dernier ne lui avait rien confié de ce qu'il allait dire à Vincenzo. Elle avait admiré l'habileté avec laquelle il avait mené cette discussion sans humilier son adversaire, bien qu'un peu gênée de la magnanimité d'Alessandro envers celui qui avait causé la mort de Matteo.

— Nous sommes tranquilles avec lui, mais ne t'y fie pas, tous ne seront pas aussi flattés de servir nos intérêts.

## *13 août 1503*

Les couloirs du palais apostolique n'avaient jamais été aussi déserts, les ombres aussi furtives, les paroles aussi rares. Les serviteurs du pape, son médecin et son confesseur se croisaient sans se parler, s'effleuraient sans se voir. La mort rôdait. On s'évitait pour ne pas parler de celui qui agonisait.

Aux côtés du cardinal Jean de Médicis, Alessandro arpentait le couloir depuis quelques minutes. C'était la troisième fois qu'ils revenaient au palais pour un consistoire qui n'aurait jamais lieu. Depuis que la fièvre l'avait saisi, une semaine après le banquet dans les vignes du cardinal de San Crisogono, le pape avait annulé toutes ses célébrations et ses réunions avec les cardinaux. Une saignée de treize onces de sang l'avait brièvement rétabli avant que le mal, à nouveau, ne grandisse.

— Le plus incroyable, chuchota Jean à Alessandro, c'est que César est aussi mal que son père…

Jean de Médicis suivait avec intérêt l'état de santé du pape et de son fils. Depuis que César avait trahi leurs espoirs de reprendre le contrôle de Florence, il s'était réfugié dans les lettres et les discussions philosophiques avec son secrétaire Bibiena, son ami Pietro Bembo et Jacopo Sadoleto. Il avait reconstitué la brillante cour de son père : artistes, poètes, philosophes et hommes de lettres se retrouvaient dans son palais de Sant'Eustachio, reproduisant cette académie chère à son père. L'éventuelle disparition du pape pouvait lui redonner de l'espérance. Il était encore trop jeune pour envisager de devenir pape, mais l'élection d'un nouveau pontife pouvait rebattre les cartes en leur faveur.

Alessandro se dirigea vers l'appartement de César qui avait demandé à le voir la veille mais qui ne semblait pas prêt non plus à le rencontrer. Il croisa son âme damnée, Michelotto Corella, qui rôdait autour des appartements du pontife, une main posée sur son poignard, tel un fauve, prêt à bondir pour mettre la main sur le trésor pontifical dès que le pape aurait succombé.

— César m'a fait appeler. Puis-je le voir ? l'interrogea Alessandro.

L'homme parut embarrassé par sa question.

— On vient de le plonger dans un bain glacé pour faire baisser la fièvre… Il vous recevra demain…

Tout à coup, Pedro Gomboa, évêque de Carinola, confesseur du pape, surgit d'un escalier et se précipita dans la chambre du vicaire du Christ. Affolé par la perspective d'arriver trop tard et de n'avoir pu soulager une conscience si lourdement chargée, il les bouscula sans se retourner. Le pape ne pouvait recourir qu'à un Espagnol, compatriote de Valence, pour confesser ses péchés. C'était la seule langue où perduraient encore les traces d'une innocence qu'il aspirait, in extremis, à retrouver.

Jean ne put s'empêcher de glousser :

— Tu sais ce que dit le cardinal Carafa : « Le pape prend un Espagnol pour confesser ses péchés pour être sûr que Dieu, qui parle italien, ne le comprenne pas. »

Alessandro s'approcha de l'évêque de Venosa, le médecin attitré du pape, qui passait à son tour près de lui, l'air accablé par la tâche impossible qui lui incombait.

— De quoi souffre-t-il ?

Le médecin s'était à peine retourné, avant de glisser par la petite porte qui menait aux appartements du pontife.

La rumeur attribuait ces douleurs à la malaria mais les symptômes étaient très similaires à ceux des cardinaux récemment empoisonnés.

Alessandro avait tenté de rendre visite à Adriano. Mais comme d'autres participants à ce banquet, il était frappé par des symptômes similaires. Malgré la confusion, une vérité s'imposait. Le cardinal de San Crisogono était un homme imprévisible, capable de tout. Y compris de mettre fin à la domination de ceux dont il avait été le plus proche serviteur. Malgré la maladie du cardinal qui pouvait donner l'impression qu'un empoisonnement général avait eu lieu, ou une sorte d'intoxication, Alessandro se remémorait sa dernière conversation avec Adriano. Mais surtout la dureté de son visage lorsqu'il lui avait parlé du pape.

— Ne restons pas là…, reprit Jean. On pourrait nous accuser de Dieu sait quelle accointance avec César… Et je ne voudrais pas être là lorsque le pape va mourir et qu'ils vont tous se jeter sur le trésor pontifical…

En passant près de la porte des appartements de César, Alessandro crut entendre un râle alors qu'il s'agissait d'une injure. Il se récriait contre son état, entre deux vomissements.

— Comme toujours César ne fait rien à moitié… La malchance qui le frappe aujourd'hui est aussi grande que la chance dont il a bénéficié…

Alessandro resta encore quelques instants entre deux pièces, observant l'agitation qui créait des espaces de solitude inattendus, guettant les signes, fasciné par l'atmosphère crépusculaire qui régnait dans ces appartements. L'homme et le fils, terrassés au même moment, par le même mal. César incapable d'agir alors que ses intérêts étaient menacés par la disparition imminente de son protecteur. Le déroulement de cette tragédie inattendue l'attirait comme une parabole dont il devait extraire tous les enseignements : il lui fallait naviguer dans l'air vicié de la chute pour s'en prémunir à jamais.

## *18 août 1503*

Le corps du pape Alexandre VI était si corrompu que le poison lui-même eut du mal à en venir à bout. Le dixième jour, il reçut l'extrême-onction des mains d'un évêque, en présence du dataire et du palefrenier qui recueillirent son dernier souffle. Uniques témoins d'une agonie aussi théâtrale que solitaire.

Après que Michelotto Corella avait mis la main sur le trésor pontifical qui contenait près de 100 000 ducats, l'ensemble des serviteurs du pape se ruèrent sur la garde-robe du pontife et sur ses objets, comme c'était la tradition.

Ne perdant pas son calme, le maître de cérémonie habilla le corps du pape pour que sa dépouille soit exposée dans la basilique Saint-Pierre.

*La mort de mon bienfaiteur me laissait orphelin de son ombre, de son amour indécent pour ma sœur qui planait comme un reproche sur mon entrée dans le collège des cardinaux. Nos mémoires seraient éternellement liées comme nos vies.*

*En fus-je triste ? Je ne crois pas.*

*J'étais trop lucide pour penser que sa disparition allait effacer la honte qui entourait ma nomination au cardinalat. Elle faisait néanmoins pâle figure au regard des crimes de meurtres, viols, rapts, incestes, luxure, simonie qu'on lui reprochait.*

*Heureusement pour moi, je n'étais pas le seul à avoir été souillé par ces agissements.*

*Il avait été un meilleur pape que l'histoire le dirait, ne retenant que ses frasques et ses crimes odieux. Mais cette version-là demeurerait difficile à défendre.*

*Je fis le serment de ne jamais oublier de célébrer sa mémoire si je devenais pape. Je tins parole et fis dire une messe à chaque anniversaire de sa mort.*

*L'oubli et l'ingratitude étaient pour moi les pires des crimes.*

## *20 août 1503*

Pendant la vacance du Saint-Siège, le pouvoir était entre les mains du Sacré Collège. Alessandro était, parmi la trentaine de cardinaux, l'un des nouveaux maîtres de Rome.

La mort du pape avait décalé son entrevue avec César Borgia de quelques jours. Le duc de Valentinois avait dû agir vite. Le temps de mettre le trésor pontifical à l'abri chez Lucrèce, à Ferrare, de dépêcher en urgence quelques soldats fidèles sur les terres récemment conquises. Car le château de cartes édifié avec tant d'adresse menaçait de s'évanouir plus vite qu'un songe : tous les ennemis du pape et de César se réveillaient, les familles romaines dépossédées reprenaient leurs terres, les représentants de la papauté dans les provinces conquises étaient malmenés, les prisonniers du château Saint-Ange étaient libérés, les victimes ressuscitaient.

Alessandro avait reçu un envoyé de César en pleine nuit. Car son maître voulait l'entretenir au plus vite de ses projets. Il allait avoir besoin d'appuis pour préserver son statut jusqu'à l'élection du nouveau pontife mais surtout pour élire le candidat qui lui serait favorable, face à son éternel ennemi, le cardinal de Saint-Pierre-aux-Liens. Giuliano Della Rovere était sorti de sa forteresse pour la première fois depuis des mois et faisait activement campagne pour son élection « pour le bien de la religion et la paix de l'Italie ».

Alessandro prit immédiatement le chemin du palais apostolique. Bien que la situation du duc de Valentinois soit quasiment désespérée, il lui déplaisait d'ignorer sa chute comme l'avaient fait nombre des cardinaux qui étaient autrefois les plus pressés de se prosterner à ses pieds.

Dans le palais, l'atmosphère était lugubre. Les serviteurs avaient déserté les lieux. Les rumeurs les plus étranges couraient sur les derniers instants du pape ; un démon serait venu dans la chambre mortuaire, avec l'apparence d'un singe, pour y prendre son âme. Ces frayeurs avaient des causes bien réelles et non moins horribles que ces légendes. Avec la chaleur de l'été, le corps du pontife s'était dégradé plus vite que prévu. Pour ne pas infliger cet horrible spectacle aux pèlerins et aux fidèles venus prier, il avait dû être enfermé dans son cercueil. Les coups de marteau pour faire entrer le corps gonflé du pape dans sa bière trop étroite avaient résonné longtemps dans les couloirs.

Dans les appartements si richement décorés, il ne restait plus que les sièges pontificaux, des tapisseries, quelques coussins. Vestiges dérisoires d'un règne éclatant. Les funérailles devaient avoir lieu une semaine plus tard, le temps de pacifier Rome livrée au pillage. Des libelles injurieux sur le pape et sa famille circulaient partout. La ville était prise d'assaut par tous les capitaines hostiles à César, des centaines de maisons d'Espagnols avaient été brûlées. En représailles, César avait fait incendier le palais Orsini du Monte Giordano.

Alessandro se faufila jusqu'aux appartements où vivait le duc de Valentinois, situés au-dessus des chambres pontificales. Entouré de sa garde rapprochée, il était encore alité, le visage exsangue, le corps amaigri, la mort l'avait frôlé de si près qu'elle semblait ne l'avoir pas tout à fait quitté.

Alessandro avança prudemment vers César.

— Alessandro, approche-toi, je n'ai pas assez de force pour parler fort.

De près, il avait l'air encore plus épuisé. Mais son regard exprimait une forme de reconnaissance. César n'avait jamais été aussi seul.

— Je n'aurais jamais cru que je serais cloué dans ce lit à la mort de mon père, mais la chance est une maîtresse infidèle, comme il le disait...

Il porta une timbale en argent à ses lèvres desséchées et avala une gorgée d'eau.

— Mais rien n'est perdu... puisque tu es là.

Avant qu'il ait pu demander quelque chose, Alessandro prit les devants :

— J'ai sondé les cardinaux italiens, ils sont d'accord pour confirmer ta fonction de capitaine général de l'Église, pour que tu puisses pacifier Rome avec tes deux mille soldats jusqu'à l'élection du nouveau pontife.

— Je n'en attendais pas moins ! Mais j'ai besoin de toi pour autre chose...

Cette flamme qui animait son regard avait faibli mais elle n'avait pas disparu.

— Je voudrais que tu m'aides à convaincre le Sacré Collège de transformer la Romagne, les Marches et le duché d'Urbino en une royauté héréditaire vassale du Vatican, comme l'est le royaume de Naples.

Alessandro écouta l'audacieuse proposition de César avec attention. Malgré les événements, le duc de Romagne ne voulait pas renoncer à ses conquêtes, à moitié mort sur son lit, il continuait la guerre. Sa pugnacité était impressionnante.

— Je crains que le collège ne puisse valider une telle proposition… même si j'en défendrai l'idée.

Un bref sourire passa sur les lèvres de César.

— Tu sous-estimes ton pouvoir de conviction… Tu es écouté et respecté. Ton avis pourra faire la différence.

Alessandro ne répondit pas ; il réfléchissait aux arguments à avancer pour défendre son point de vue. Le manque de loyauté des seigneurs de ces provinces vis-à-vis de la papauté, la difficile gestion de ces territoires morcelés plaidaient pour un gouvernement unique. Mais l'idée que César puisse perdurer politiquement allait soulever des protestations des seigneurs qui tentaient déjà de reprendre possession de leurs terres, mais aussi des puissances voisines telles que Venise et Florence, qui se méfiaient de l'attitude belliqueuse de César. En même temps, une telle tentative pourrait lui servir le moment venu : elle créerait un précédent facilitant l'érection de ses possessions en duché indépendant par un membre de la famille du pape. Mais il n'en était pas encore là et, à ce stade, il lui sembla plus prudent de décourager César.

— Le Sacré Collège n'est pas à mes ordres. Les Espagnols y sont puissants… Ton père en a nommé un certain nombre que je connais peu et qui ne te seront pas forcément favorables vu l'hostilité du camp espagnol contre toi…

César soupira, submergé par un frisson de fièvre.

— Dans ce cas, tu vas m'aider à faire élire Francesco Todeschini-Piccolomini comme successeur, il m'a déjà donné l'assurance de son soutien…

César ne se démontait pas. C'était sa plus grande qualité et son plus grand défaut. Francesco Todeschini-Piccolomini était un vieillard infirme de quatre-vingts ans dont la vie tenait du miracle. Il ne faisait aucun doute que son pontificat serait court. Mais il pourrait permettre à César de gagner un temps précieux.

— D'accord, mais pourquoi ne veux-tu pas soutenir le cardinal d'Amboise qui est en meilleure forme ? Le roi de France est ton allié et cela te donnerait plus de temps pour agir…

— Je ne lui fais pas confiance… Mais surtout je crois que le Sacré Collège veut élire un Italien. Je dois agir vite, murmura-t-il à bout de forces.

Alessandro acquiesça avant de quitter la pièce. Ils n'avaient pas évoqué le cardinal Della Rovere qui occupait pourtant toutes les pensées de César. Son élection signerait sa chute définitive.

L'intermède Pie III ne dura que vingt-sept jours. Il mourut par défaut, un peu comme il avait été élu. Le conclave se réunit à nouveau. Il élut au premier tour, le 1er novembre 1503, Giuliano Della Rovere, qui prit le nom de Jules II, en référence à Jules César l'empereur romain qui portait le même nom que le pape Jules Ier, mais surtout le même prénom que son ennemi : César. Pour se faire élire, le nouveau pape avait promis tout ce que l'on voulait : des bénéfices, des dignités, des serments. Il avait usé des mêmes méthodes qu'Alexandre VI.

Le lendemain de ce moment tant attendu, tout était prêt : son anneau pontifical était déjà gravé à son nom, ses armoiries fraîchement peintes s'affichaient partout dans la ville.

Pour gagner les voix des cardinaux espagnols, il avait dû signer un traité avec César prévoyant de le maintenir gonfalonier de l'Église et de le confirmer dans ses États.

Peu après son élection, le nouveau pape avait joué double jeu pendant quelques mois avec le duc de Valentinois pour profiter de son aide militaire et repousser les Vénitiens hors des territoires pontificaux. Mais dès qu'il n'avait plus eu besoin de lui, il avait annoncé vouloir restaurer l'autorité unique du Saint-Siège sur les principautés de Romagne.

Quant à Alessandro, le nouveau pape lui avait témoigné des égards inattendus. Il semblait apprécier sa jeunesse, sa diplomatie, sa capacité à se mouvoir dans des sphères qui lui étaient hostiles ou étrangères. Ennemi à conquérir ou allié à protéger, il ne voulait pas choisir. Jules II avait confirmé à Alessandro sa légation dans les Marches et lui avait donné pour mission de s'assurer que le duc de Valentinois n'y avait aucun appui.

Alessandro se rendit à Ancône pour tenter d'y faire régner un ordre qui vacillait.

Mais il fit durer le trajet autant que possible par toutes sortes de haltes sur ses terres, à Montefiascone, ou chez d'obscurs cousins. Même lointainement, il lui déplaisait de contribuer à la chute de César, ce frère d'armes pour lequel il éprouvait une étrange affection.

Cette légation le contrariait d'autant plus que Silvia était sur le point d'accoucher de leur enfant. L'impatience se mêlait à l'espoir de voir naître un fils, l'héritier qu'il espérait pour sauver les possessions familiales. Parmi les astrologues qu'il avait consultés aucun ne l'avait vraiment rassuré. Les étoiles étaient capricieuses, il fallait être patient lorsqu'on les consultait. Et la patience, Alessandro en avait peu.

Le jour de son arrivée à Ancône, il était allé déposer un cierge à la basilique Saint-Marcellin, dans laquelle flottait le parfum de la cire évaporée depuis des siècles. C'était l'odeur du temps et des premiers siècles de l'Église, celle des martyrs dont les reliques étaient précieusement conservées dans un petit tabernacle au fond de la crypte. Il aimait cette atmosphère émanant de cette présence mystique et secrète.

Au bout de quelques jours, il fut délivré de l'incertitude. Le messager qui arriva de Rome lui annonça la naissance d'un fils. Pressé de voir ce nouveau-né, de s'assurer de sa bonne santé et de celle de Silvia, il voulait faire confiance aux événements pour lui permettre de revenir rapidement à Rome.

L'arrestation de César par les gardes pontificaux lui fournit le prétexte qu'il attendait. Le pape accepta qu'il revienne de sa légation pour quelques jours à condition qu'il l'aide à obtenir ce qu'il voulait de César : les codes secrets pour accéder aux places fortes qui étaient encore tenues par ses fidèles capitaines.

Alessandro fit le trajet en une nuit et rejoignit directement le palais du Campo dei Fiori au petit matin. Il embrassa Silvia, considéra longuement cet enfant au visage brun et aux cheveux déjà nombreux. Entre deux langes, dans les bras de sa nourrice, il lui trouva un air ombrageux. L'enfant porterait le nom du père d'Alessandro : Pier Luigi.

Alessandro se dirigea vers la tour Borgia où César avait été placé en détention.

Le duc de Valentinois ne se nourrissait plus depuis trois jours et préférait dépérir plutôt que de lâcher les clés de ce duché de Romagne si chèrement conquis. Tous ses biens lui avaient été confisqués pour dédommager les ennemis qu'il avait lésés ; le pape parlait de le transférer au château Saint-Ange.

Alessandro ne se faisait aucune illusion au sujet de sa mission. César se laisserait difficilement convaincre de capituler et de renoncer à ses prétentions sur son duché. Malgré cette situation, son euphorie était telle qu'il avait le sentiment que rien ne pouvait lui résister. Sa fierté et sa joie parvenaient presque à lui faire croire qu'il allait réussir son ambassade.

En entrant dans la tour, il aperçut Nicolas Machiavel qui rôdait toujours dans les parages de César au nom de la République de Florence, la mine moins triomphante que lors de leur dernière entrevue. Passant d'une pièce à l'autre, le cou légèrement penché à droite, il surveillait l'évolution de la situation. Tant que César ne cédait pas, une légère incertitude planait sur l'issue de cet affrontement.

Nicolas Machiavel traversait l'antichambre avec ce même chapeau florentin, sorte de besace à l'envers dans laquelle puiser toutes sortes de pensées secrètes.

Alessandro l'interrogea du regard. L'air détaché et presque blasé, l'ambassadeur murmura :

— Il va vers le tombeau… Peut-être parviendrez-vous à faire quelque chose ?

Sans attendre sa réponse, il poursuivit son chemin vers la porte et disparut dans le couloir. En entrant dans l'appartement, Alessandro aperçut Miguel de Olmeida, l'un des capitaines de César, Juan de Vera, son ancien précepteur devenu cardinal, et d'autres soldats qui ne voulaient pas déposer les armes. Le dernier carré de fidèles d'une armée en déroute.

Dans les appartements du prisonnier mijotaient à parts égales la défaite et la volonté de ne pas capituler. Les membres de sa cour y remâchaient les chances d'échapper à leur sort, l'existence de ces 300 000 ducats enfermés dans les banques de Florence et de Gênes constituant le seul atout dont ils disposaient pour lever une nouvelle armée.

Allongé sur son lit, le regard absent, César observait les membres de sa suite jouer aux échecs sans y prendre part.

C'était la première fois qu'Alessandro le revoyait depuis l'élection de Jules II. Le visage de César était amaigri, ses traits plus secs que jamais, les yeux cernés par des demi-cercles marron, les crevasses de la vérole étaient réapparues. À vingt-neuf ans, le duc de Valentinois avait atteint le sommet et avait tout perdu. Lorsqu'il fut près de lui, César leva un œil.

— Ah, c'est toi...

Puis il se retourna vers son capitaine :

— Le pape m'envoie maintenant le cardinal Farnese dont il disait tant de mal il y a encore peu de temps !

Alessandro s'assit sur le bord de la chaise.

— Tu aurais mieux fait de ne pas venir..., continua César dont le fiel semblait s'être dissous dans une sorte de lassitude.

Même si cette ambassade était une mascarade, il fallait faire bonne figure.

— Ton intérêt est de collaborer avec le pape. Je peux te promettre la liberté et un départ pour Naples dès que tu auras transmis les codes d'accès aux dernières forteresses. Tu pourras ainsi rejoindre tes neveux et tes enfants que les cardinaux espagnols ont déjà emmenés à Naples.

Une légère étincelle brilla dans l'œil de César avant de disparaître dans la nuit de son regard.

— Tu crois vraiment que ce pape va se priver de m'humilier ? Je ne te pensais pas si naïf... Je n'ai plus rien, tous mes biens m'ont été confisqués.

— Justement, le pape souhaite trouver une issue à cette crise et il ne veut pas laisser s'enliser la situation.

En entendant ces paroles, César le regarda avec intensité.

— C'est bien joué... J'admire la façon dont tu t'es rapproché de ce vautour et dont tu lui sers maintenant de messager.

Alessandro eut presque de la peine pour César qui n'avait plus que la raillerie pour se défendre.

— Je faisais la même chose pour ton père...

Son regard partit à nouveau dans le vague.

— Tu as raison, et d'ailleurs ton intérêt est bien qu'il soit dans les meilleures dispositions pour légitimer ton fils qui vient de naître... Toutes mes félicitations d'ailleurs. Comment s'appelle-t-il ?

Alessandro ne put s'empêcher de sourire.

— Pier Luigi.

César haussa les épaules. Sa propre descendance lui était indifférente et lointaine. Il avait eu une fille de Charlotte d'Albret, Louise, qu'il n'avait jamais rencontrée. Deux autres enfants illégitimes issus de ses nombreuses relations avec des courtisanes romaines dont il n'avait que faire. Sa vie n'était qu'un vaste champ d'aventures, trop mouvementé pour y établir une construction dynastique. Il n'avait aucun sens de la postérité.

— J'ai toujours su que ce diable d'Adriano di Castello ne nous apporterait que des ennuis. Tu as fait le bon choix en restant cardinal...

Tout à coup, une idée sembla retenir son attention.

— Nous aurions dû te faire pape, ainsi ma chute n'aurait pas été possible...

Puis César se laissa à nouveau glisser sur un coude, tel un empereur romain épuisé par ses conquêtes.

Comme à chaque fois qu'il se sentait proche de César, Alessandro mesurait ce qui les séparait.

— Ton intérêt est de collaborer, qu'as-tu de plus à perdre que tu n'as déjà perdu ? retenta Alessandro, agacé de le voir s'enferrer dans cette posture de perdant.

César laissa échapper un petit rire.

— Je reconnais bien ta faculté à raisonner et à manœuvrer : mais je ne suis pas philosophe comme toi ! J'attends que la chance tourne... Cette liberté que tu me proposes est bien fade à côté de ce duché que j'ai constitué et auquel je ne veux pas renoncer. Ce pape n'aura pas un mot de ma part.

Alessandro ne pouvait pas lutter contre un rêve qui s'évanouissait.

— Je te laisse à tes regrets, s'exclama-t-il en se levant.

César tout à coup se redressa, son œil vif s'était réveillé.

— Je n'en ai aucun, Alessandro ! Ou plutôt, je n'ai qu'une seule inquiétude...

Alessandro se tenait debout face à lui.

— Ne jamais revoir Lucrèce...

L'avenir du duc de Valentinois était entre les mains du pape. Dès qu'il aurait lâché son duché, le pape l'enverrait loin de Rome, en Espagne ou ailleurs.

Alessandro sortit de la tour. Malgré l'échec

prévisible de la discussion, il ressentait un certain soulagement. Après tout ce qu'ils avaient vécu, même si ces adieux n'en étaient pas tout à fait, il avait constaté que César n'était pas prêt à se laisser mourir. Il lutterait jusqu'au bout. Tôt ou tard, il finirait par entrevoir un autre moyen de reconquérir ses terres et la chance, comme il le disait, finirait par revenir.

Alessandro recroisa Nicolas Machiavel en haut de l'escalier. Il semblait l'attendre, curieux de connaître le résultat de son ambassade. Établir le procès-verbal de la défaite, consigner ce qui pouvait l'être de cette débâcle, en attendant que le désastre soit complet ou que la contre-attaque soit lancée.

Alessandro s'approcha.

— César ne cédera pas. Si c'est cela que vous souhaitez savoir pour votre compte rendu à la République…

— Je le sais bien. Que vous a-t-il dit de plus ?

— Qu'il voulait décider du moment de sa capitulation. Il attend que la chance tourne…

L'homme resta silencieux. L'air soudain rêveur. Profitant de ce flottement, Alessandro commença à descendre les marches, quand soudain l'homme se remit à parler.

— Il est dangereux de compter sur elle. Pour moi, César a tout gâché en croyant naïvement que Giuliano Della Rovere serait son allié… S'il avait fait élire le cardinal d'Amboise, il aurait sauvé son duché. Parti de rien, il aurait pu être le premier fils de pape souverain d'une principauté indépendante. Quel dommage !

Il avait l'air franchement dépité, comme on

regrette un mauvais coup de pinceau sur un chef-d'œuvre.

— Qu'écrivez-vous ? demanda Alessandro soudain intrigué par cette passion qui débordait le cadre d'un compte rendu.

— Je ne m'intéresse pas aux hommes mais aux principautés qu'ils construisent. César y aura presque réussi… Je raconterai sa vie qui pourra servir à édifier les hommes qui veulent gouverner.

— Que lui manquait-il selon vous ? demanda Alessandro.

L'homme réfléchit quelques instants.

— Il ne lui manquait rien : sa prudence et son sens tactique étaient parfaits jusqu'à ce qu'il se laisse désorienter par des événements imprévisibles…

Puis, il souleva son chapeau :

— Mais peut-être saurez-vous mieux que lui les anticiper ?

Il quitta les lieux, emportant toutes ses réflexions.

En sortant du palais pontifical, Alessandro réfléchit à ces dernières paroles. Pour ne pas se laisser surprendre par des événements, il fallait faire en sorte que ceux-ci n'aient pas lieu. L'action de César avait été trop rapide, trop fulgurante, pour être autre chose qu'une succession de pièges que l'on déjoue.

Une œuvre avait besoin de temps et de persévérance pour être durable. Pour la première fois de sa vie, face à cette chute aussi magistrale que l'avait été l'ascension de César, il pensa qu'il n'était pas pressé. Au fond, ses projets n'étaient pas très différents de ceux de César, mais il employait des moyens distincts pour les atteindre. D'un pas tranquille, il longea le Tibre en pensant avec bonheur que la disparition de ceux qui avaient fait sa fortune le laissait désormais tout à fait libre de tracer son chemin vers le sommet de l'Église.

# REMERCIEMENTS

Mes remerciements vont à André Dauchez, Armand Jamme et Olivier Poncet, pour leurs réponses à mes nombreuses questions sur l'histoire de l'Église et l'univers ecclésiastique. Mais aussi à Leurs Excellences les ambassadeurs de France à Rome, qui m'ont accueillie au palais Farnese pour visiter ces lieux : M. Loïc Hennekinne et M. Jean-Marc de La Sablière.

# DE LA MÊME AUTRICE

*Aux Éditions Gallimard*

LE SACRE DE LOUIS XVII, coll. « L'Infini », 2001 (Folio n° 3912)

LE SECRET DE L'EMPEREUR, 2015 (Folio n° 6329). Prix du Roman historique de la ville de Blois 2016, prix Marguerite Puhl-Demange 2016

LES TRAFIQUANTS D'ÉTERNITÉ, I : L'AMBITION, 2023 (Folio n° 7374)

LES TRAFIQUANTS D'ÉTERNITÉ, II : L'ASCENSION, à paraître

*Aux Éditions de l'Archipel*

ÉTONNANTES HISTOIRES DE L'HISTOIRE DE FRANCE, 2019

*Tous les papiers utilisés pour les ouvrages*
*des collections Folio sont certifiés*
*et proviennent de forêts gérées durablement.*

*Composition Nord Compo*
*Impression Novoprint*
*à Barcelone, le 15 mai 2024*
*Dépôt légal : mai 2024*

ISBN 978-2-07-306285-7 / Imprimé en Espagne

**628754**